许烟锋 著

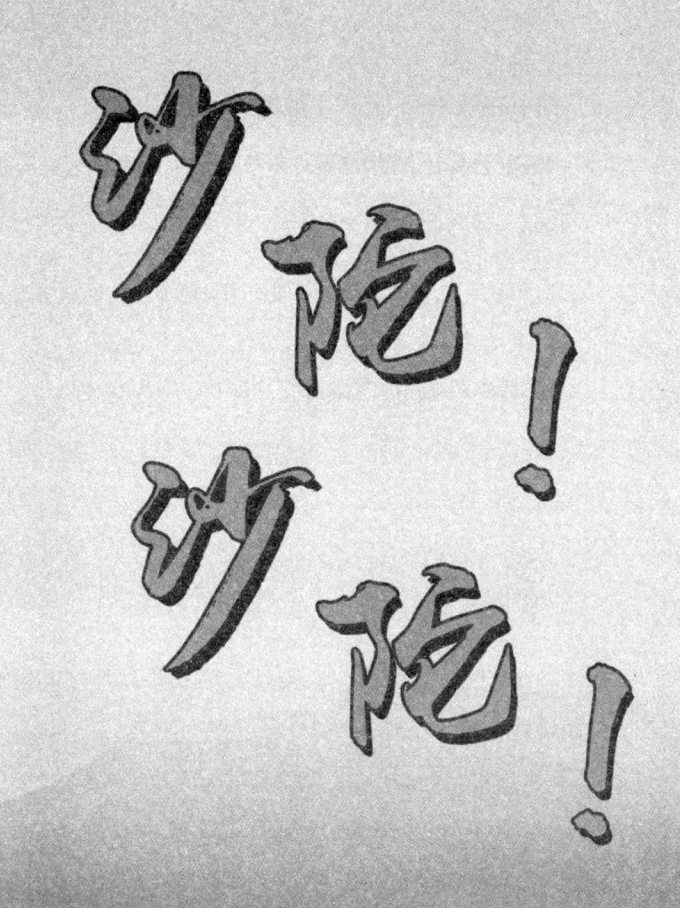

沙陀！沙陀！

黑龙江人民出版社

图书在版编目（CIP）数据

沙陀！沙陀！/许烟锋著. —哈尔滨：黑龙江人民出版社，2018.12

ISBN 978-7-207-11572-0

Ⅰ. ①沙… Ⅱ. ①许… Ⅲ. ①长篇历史小说—中国—当代 Ⅳ. ①I247.5

中国版本图书馆CIP数据核字（2018）第299394号

责任编辑：王　琳
封面设计：梵丁工作室

沙陀！沙陀！

许烟锋　著

出版发行	黑龙江人民出版社
地　　址	哈尔滨市南岗区宣庆小区1号楼
邮　　编	150008
网　　址	www.longpress.com
电子邮箱	hljrmcbs@yeah.net
印　　刷	北京万博诚印刷有限公司
开　　本	787×1092　1/16
印　　张	22.25
字　　数	342千字
版　　次	2018年12月第1版　2021年1月第2次印刷
书　　号	ISBN 978-7-207-11572-0
定　　价	58.00元

版权所有　侵权必究　　　　举报电话：（0451）82308054
法律顾问　北京市大成律师事务所哈尔滨分所律师赵学利、赵景波

序
（提要）

北碛生桀骜，
卓群倥偬仑。
光阴弓并酒，
帛简墨及魂。
铁甲贯伏腊，
金刀夺晓昏。
阊阖壮哉舞，
倏泪今犹痕。

目 录

第 一 回　化怨为仇悍卒归乡　舍生赴死忠臣尽命……………1
第 二 回　克用出世露颖鹿塘　庞勋数终捐躯涣水……………9
第 三 回　祝融干拂钼麇尴尬　雄魃眷顾赵括踌躇……………15
第 四 回　段威卫魂断斗鸡台　李太仆功成药儿岭……………20
第 五 回　后羿弯弓横攒孤雁　单于把酒纵论群雄……………25
第 六 回　剑南镇重修邛崃关　长安城尽带黄金甲……………30
第 七 回　杨复光临危拔都将　李克用承旨演鸦兵……………36
第 八 回　朱全忠兵围上源驿　李克用马跃升仙桥……………47
第 九 回　罗城受俘美人临刃　散岭避祸天子赠袍……………53
第 十 回　李襄王汉宫充傀儡　高节帅隋苑作牺牲……………58
第十一回　茬苒人置酒三垂冈　铿锵子萌心百年歌……………64
第十二回　张相国气狭肇兵事　李太保力勇赴戎机……………71
第十三回　谋成德金头王负义　拒邢洺黄晴儿殒身……………78
第十四回　国老定策怀恨抱恨　天子门生构兵失兵……………85
第十五回　唐昭宗箭矢承天楼　李亚子诗书石门寺……………91
第十六回　庞师古骄志清口溪　李克用轻敌木瓜涧……………99
第十七回　捭阖翰墨吞吐宇宙　结束甲戈恢复山河……………107
第十八回　南司恨绸缪北司恨　劫驾贼锋芒夺驾贼……………115
第十九回　葛从周全忠更全孝　罗绍威断绦复断州……………124
第二十回　四镇怀凶奸枭移祚　三矢遗恨英武归天……………133

沙陀！沙陀！

第二十一回	数言挑拨老臣从逆	千里驰骋新王救危	143
第二十二回	纵横捭阖景仁折戟	是非成败存勖参禅	152
第二十三回	窥冕旒狂妄刘逆子	赴鼎镬沉静李义节	160
第二十四回	邈佶烈壮志收义子	符存审虚兵胜强敌	169
第二十五回	破幽州擒父子二人	祭太庙偿天伦一恨	177
第二十六回	疏可间亲亲子弑父	强欲凌弱弱弟图兄	185
第二十七回	计出帷幄弄巧成拙	功成矛戈化敌为属	194
第二十八回	纵横阡陌一步百计	内外交通四州四杰	203
第二十九回	饮长恨一星归天佐	怀至忠三俊拒夷敌	219
第 三 十 回	结小怨谢彦章毙命	全大义周德威捐躯	230
第三十一回	李亚子浴血全孝义	张七哥洒泪尽忠贞	242
第三十二回	史建瑭秉忠攻镇定	李存勖承恨破契丹	251
第三十三回	顽敌终破四柱倾覆	孤城不屈一节升退	263
第三十四回	李存勖称尊夺郓州	王彦章挂帅袭德胜	274
第三十五回	康延孝投名行险计	李嗣源邈志克敌都	283
第三十六回	张全义卓群三勋臣	高季兴觉悟二失策	292
第三十七回	顶天英雄悬悲后罄	亘古神烈抱憾数终	301
第三十八回	喜出望外幼子功成	变生不测功臣殒命	310
第三十九回	皇甫晖负气行大事	邈佶烈奉诏伐叛臣	319
第 四 十 回	无愧天地君臣节烈	有赧古今兄弟情绝	330

附　录 ················· 340

跋 ················· 352

第一回
化怨为仇悍卒归乡　舍生赴死忠臣尽命

　　唐皇李氏，本源鲜卑。西魏时李虎位列八柱国之一，建勋良多。后宇文篡魏，杨坚代周，李氏始终跻身显位。隋末天下大乱，李虎之后唐国公李渊起兵太原，后来居上，掩平各路烟尘，立国开基。

　　初唐数代，君臣戮力，上下同心，内修政事，外拓疆土，威震天下。大唐国运如日中天。至玄宗李隆基天宝年间，乱肇渔阳，前安后史，八载乃止。之后李唐皇纲日堕：内有宦官擅权，天子废立，多出其手，至甘露之变，天下悚然；外有藩镇为祸，自专一方，其间纵有元和中兴，亦不过是昙花一现。

　　唐懿宗咸通年间，西南边患迭出，南诏屡屡兴兵寇犯唐岭南西道节度使治下安南府——咸通四年间，两陷安南治所交趾，掠杀人口十余万，经略使蔡袭身中十余箭，蹈海而死。唐廷震悚，授骁卫将军高骈为安南都护兼本管经略招讨使，统兵御敌；又急敕诸藩镇州道，募兵援戍岭南。各处闻敕而动，次集安南。那高骈本是宪宗时名将高崇文之孙。

　　高骈督本部进抵邕州，时各镇援兵尚未齐集，南诏军数万已至，围定邕州，昼夜攻打。高骈遂择了三百精勇将校，打开城门，突入南诏营寨，斩杀千余人。南诏退军数十里。

　　高骈乘胜接连数战，连获大胜，斩敌无数，南诏兵将胆裂，仓皇班师而逃。自此南诏上下皆畏高骈如虎。高骈遂镇安南。

　　却言武宁军节度使崔彦曾驻徐州，闻朝廷募兵敕旨，调集精兵两千，由军将尹戣率领，往援安南。行至桂州，分拨八百人戍守于此。尹戣对那八百戍兵言道："你等戍守桂州，三年为期，期满便可归乡。此三年务要

沙陀！沙陀！

在此竭心用力！"众人应诺。

咸通六年，徐州八百戍卒戍守桂州期满，请求归乡。崔彦曾命人传令，只言麾下兵将多有差遣，一时难以集合轮换之戍卒——着此八百人再戍三年。一时军心怏怏，已多怨言。

至咸通九年，徐州戍卒驻桂州已满六年，屡求还乡。崔彦曾以"军帑空虚，发兵之费不足"为由，令再戍一年。此令一出，戍军愤怒。戍卒牙官许佶、赵可立、王幼诚、刘景、傅寂、张实、王弘立、孟敬文、姚周九人合谋，鼓动众军卒自行还乡，且诉诸都将王仲德。王仲德叱令诸兵卒各安值守，不得为乱。戍军益怒，遂群起斩杀王仲德。许佶等计议，以粮料判官庞勋素有人望，欲奉其为主帅，遂携王仲德首级往谒。

庞勋正自歇息，蓦见许多军校执刀枪而入，掷都将首级于脚下，遂惊问道："你等意欲何为？"

众军答道："我等舍妻别儿，去家万里，为朝廷戍边效死。向者许以我等三年为期；期至，更延三年。我等一再隐忍，今已戍双期，竟以他由再延戍期，直欲令我等终老西南耶？人遇我如肱股，我遇人如腹心；人遇我如草芥，我遇人如蠃螺。匹夫尚知人无信义，便如车无辊轵。今朝廷节度屡屡失信于我等，安望我等效之死命？我等唯思归乡，别无他求，因都将不允，故杀之。君素为我等所敬慕，今欲奉君为主帅，率我等归乡。请君勿负众军之望！"

庞勋道："归乡之心，我与君等并无二致。既奉我为主帅，当遵我号令；否则，不敢从命。"

众军齐道："愿效死命！"

于是八百人结师北还。沿途藩镇，未得朝廷敕旨，并不出兵阻拦。畅行至湖南，乘船沿江东下。一路多有流民散徒加入，人势渐盛。

行至淮南，节度使令狐绹遣人致慰，并供以钱粮。都押牙李湘私谓令狐绹道："徐州戍卒擅自归乡，其势必为变乱。虽无敕令诛讨，明公身为藩镇大臣，自可临机制宜。高邮地岸高水深，乃是设伏绝好所在——可使奇兵夹击两侧，焚荻舟塞其前，剖劲卒绝其后，乱贼一战尽可擒也。"令狐绹闻言踌躇不决，李湘再三进言，令狐绹终不纳，李湘嗟叹不已。

既过淮南，已入武宁军地界。途经泗州，刺史杜慆闭城为备，军士皆

张弓露刃。变军见城中严防，遂径缘城而去。

已近徐州。徐州城内崔彦曾召集诸将佐幕僚计议，诸人剿抚主张不一，崔彦曾犹豫不决。其亲信尹戡、杜璋、徐行俭等人皆说道："桂州戍卒猖狂无制，若纵之入城，必为逆乱，恐徐泗全境皆不免涂炭。不若乘其远来疲敝，出奇兵击之，我逸彼劳，击之必胜！"崔彦曾计点城内兵卒，只有四千余人，遂分三千人由都虞候元密统带，径往符离迎击变军。

庞勋得讯，聚众计议，刘景等人道："城内既然有备，莫若备载资财，乘船顺流而下，泛五湖为盗。"

庞勋道："我等干犯天威，风餐露宿，辗转而行数千里，今已临近家门，岂可轻言退却？莫若拼死与之一战，况且与战未必便败，纵然战败，亦可再图他计！"

众将皆附庞勋之言。许佶更道："我等在外戍守六载，军士们早已归心似箭，故排万难而返乡。今与故里近在咫尺，纵水火为障，虎狼设阻，亦可冲荡而过！"于是整兵迎击元密官军，酣战半日，官军大溃，元密马蹄陷泥泽，为变军所杀。官军一战被斩千余人，余者尽数归降，竟无一人逃还徐州。

庞勋初战获胜，于是召集众军言道："我等擅自归乡，只因思念妻儿。今已近家，徐州竟视我等为仇雠，出兵相拒。徐州既不容纳我等，我等莫若相与戮力同心，杀入城去！况城中将士皆是我等父兄子弟，我等一呼于外，其必响应于内！"众军皆踊跃称善。

于是变军迅即北渡淮水，九月十五日抵徐州城下，此时变军部众已逾万人。崔彦曾率众登城观看，但见变军旌旗蔽日，营寨相连，徐州四面尽被围定，左右尽惊得变色。徐州部将劝崔彦曾弃城，逃奔兖州。崔彦曾怒道："我为元帅，城陷身死，职所在也！"立斩言者，指挥城中所余之军防守，并下令诛杀变军城中亲眷。十七日，大雾弥漫，咫尺之距难以见物，变军鼓噪而攻，一战而下徐州，城中军民争相归附。节度使崔彦曾、监军张道谨等被俘，军将尹戡、杜璋、徐行俭等尽数被乱军斩杀。

庞勋入城，众人簇拥其高踞帅衙，左右护卫极是威武。徐州诸官吏次第谒见，皆伏地叩首，莫敢仰视。庞勋颐然自得。许佶等人密言道："崔彦曾久镇徐州，城中多其党羽爪牙，唯有杀之可绝此辈之望。若以妇人之仁，

第一回　化怨为仇悍卒归乡　舍生赴死忠臣尽命

3

沙陀！沙陀！

临事不决，日久必生祸患。"于是遂议定次日斩杀崔彦曾一干人。

左右又进言庞勋上表朝廷，自求为武宁兵马留后。庞勋欲寻一善署文之人草拟表章，人言团练判官温庭皓文辞练达，往日徐州奏表多出其手。庞勋使人召来授命。温庭皓闻言徐道："此事甚大，非顷刻可成，请归家为将军细细撰拟。"

庞勋闻言喜道："先生虽执文墨，勋劳却在诸人之上。"遂命人护送温庭皓归家。

次日，温庭皓早至帅笱，庞勋且喜且急问道："表章可草成？"

温庭皓仍徐言道："昨日归家，乃是与妻儿诀别。今日特来领死。"

庞勋闻言色变，凝视温庭皓良久，冷笑道："我能克徐州，何患无一草表章之人？"乃命擒下温庭皓与崔彦曾等人一并处斩。笔者感叹云：

"旌麾指处箪壶迎，
挟马银刀惭愧形。
千万健儿齐卸甲，
不屈不附一书生。"

于是庞勋命提出崔彦曾、监军张道谨等并温庭皓，一齐斩于闹市。刑场之上，崔彦曾目视温庭皓叹道："我平日待君并无厚恩，不料君竟伴我死义！"

温庭皓道："将军之渥泽，乃是私恩；朝廷之章法，乃是大义。今日赴死，非全私恩而报大义也，虽死何恨！"坦然赴死。

庞勋复命上宾周重草写表章，周重受命，立即铺卷于案，援笔在手，不加思忖，一挥而成，文不加修，并无停辍。庞勋称奇，览其表云："臣之一军，乃汉室兴王之地。顷因节度使刻削军府，刑赏失中，遂致迫逐。陛下夺其节制，翦灭一军，或死或流，冤横无数。今闻本道复欲诛夷，将士不胜痛愤，推臣权兵马留后，弹压十万之师，抚有四州之地。臣闻见利乘时，帝王之资也。臣见利不失，遇时不疑；伏乞圣慈，复赐旌节。不然，挥戈曳戟，诣阙非迟！"庞勋大悦，立遣押牙张琯奉表诣京师。

许佶、周重等人言于庞勋道："我等离戍归乡，杀官据城，其罪远大

于银刀、挟马之流，朝廷必无赦宥一当厉兵秣马，积粟屯粮，以备不虞；还当据守藩镇要冲，以资进退。"当下庞勋自代行徐州兵马留后之职，以许佶为都虞候，赵可立为都游奕使，其他亲信皆使充要职，又命刘行及、王弘立、梁丕、姚周诸将各统兵马，分驻徐州四面州府，以备朝廷围剿。一时濠州、宿州等处俱归附，独有泗州，赖刺史杜慆率军民据守，一时难下。

庞勋乘胜，更分遣诸将南夺舒、庐，北占沂、海，连陷沭阳、下蔡、乌江、巢县、滁州、和州，一时军威大振，旌麾指处，尽皆披靡。

武宁军所辖泗州，早得闻徐州之变，又闻庞勋兵近本府，上下惊惶。有部众劝刺史杜慆离州避祸，杜慆昂然道："安平享其禄位，危难弃其职守，决不为也。人各有家，谁不恋之？我独求生，何以安心？当与将士共死此城！"众皆动容。于是上下一心，并力守城。庞勋大将吴迥督兵围攻多日，终不能下。

庞勋亦知泗州地处江淮要冲，志在必得，遂调各处军马往助攻城。不数日，王弘立等诸路集聚泗州，一时泗州城外变军营寨层层延绵。那王弘立惯用大刀，极是勇猛，人称"王大刀"，乃变军悍将。便在此时，探得镇海节度使杜审权遣大将翟行约引精兵五千来救泗州，军马已近淮水，吴迥、王弘立并诸将计议，遂由王弘立引兵逆战援军，余者由吴迥统带，将泗州团围四面，日日强攻。

再言镇海节度使杜审权，闻知泗州被围窘急，乃遣大将翟行约引精兵五千来救。翟行约点了军马，星夜北进，行至淮水之南，忽闻一声炮响，迎面杀出无数徐州变军，为首一员大将，横刀立马，正是王弘立，迎头截住翟行约。翟行约怒道："叛逆之人，还不授首！"招呼镇海军厮杀。正自鏖战，王弘立另伏两支人马自后杀出，镇海军大溃，翟行约欲夺路逃走，被王弘立自后赶上，一刀斩杀。其余镇海军尽被诛杀，无一逃出。

徐州变军大振，王弘立道："淮南令狐绹亦图援泗州，前锋已入都梁城。今莫若乘胜而进，再摧淮南之贼！"遂引兵径袭都梁城。此时令狐绹遣李湘、郭厚本、袁公弁等引淮南军在都梁城内，不意徐州变军行军如此迅疾，竟无防备，教王弘立一鼓攻入，淮南军大溃，李湘、郭厚本尽死于乱军中，袁公弁带伤逃走。徐州变军遂据淮口。

唐廷早得徐州戍卒北还之报，初时不以为意，直至其攻克徐州，斩杀

沙陀！沙陀！

节度，横行淮泗，方始忧惧。懿宗召三省问计，议定出兵征剿。宰相刘瞻奏请诏岭南西道节度使康承训督军前往徐州戡乱。门下侍郎路岩道："康承训色厉内荏，优柔怯懦，不堪为帅，用之恐误大事。"

刘瞻道："康承训确非彪悍，然其遇事多谋，知人善任，捭阖诸将，得心应手。且其为岭南西道节度使，桂州兵变，正在其节度权内，着其征讨，亦是常理。"

懿宗道："便依刘宰相言。"

路岩不便再说。刘瞻又以为康承训一军难以功成，应有别路军马相佐，懿宗亦准奏。遂以康承训为义成节度使、徐泗行营度招讨使，出新兴，攻柳子镇；另以神武大将军王晏权为徐泗行营北面招讨使，兵指丰、沛；以羽林大将军戴可师为徐泗行营南面招讨使，渡淮河，救泗州——诸镇兵马俱受康承训节度。

康承训接旨，集合兵马军械粮草开往徐州，又奏请天子准予沙陀部落使朱邪赤心及吐谷浑、鞑靼、契苾酋长各率部众随同征伐。

懿宗览康承训表章问道："向闻沙陀军骁勇善战，不知其出若何？"

刘瞻奏道："沙陀本西突厥别支，世居北庭之碛，永徽年间即效命王事；贞元年间其首领朱邪尽忠为吐蕃所杀；元和年间，尽忠子执宜从李愬攻蔡州吴元济，立有大功，授金吾卫将军。赤心即是执宜之子。今正可命其平靖徐州之逆。"

懿宗便拟准奏。门下侍郎路岩谏道："沙陀人本性枭逆，桀骜难驯，若再成功劳，恐不复为制。"

刘瞻道："然则徐泗之乱已是燃眉之急。"

路岩道："徐泗乱军乃肘腋之患：乱军夙无大志，不过是因迁延戍期，争一时之气，才至如此。若善加抚慰，为首者授以散官闲职，其乱自平。"

刘瞻道："不然！徐泗之兵骄横恣肆，为祸已久，稍不顺意，辄生事端：前番银刀、挟马之属，一言不合即驱杀镇帅；今日戍边之军，违令擅归且戕杀都将，若再纵容则诸道戍边兵卒必然效仿，朝廷无以制御。且自安史之乱后，藩镇日益割据自谋，今有罪者不加征剿，何以号令诸道藩镇？长此以往，朝廷威信不复。今戡徐泗之乱，不啻昔日元和平淮西之功也。"

懿宗急欲平定徐州，遂依刘瞻之奏。路岩嗟叹而出。

却言南面招讨使羽林大将军戴可师，骁勇嗜杀，人皆畏之，称之为"狼帅"。领旨自集所麾羽林军三万，倍道行军往淮南。临近淮水，忽报康承训遣军士赍书信飞驰而至，将书信呈与戴可师。戴可师展其信，言三路诸军正渐次集结，徐州变军枭悍诡诈，未可轻敌，妄进恐有不利，当据淮水固守而待诸军集毕共进云云。

戴可师览毕冷笑道："彼蕞尔亡徒，有何可惧？我军一至，立成齑粉！"

康承训军士道："康招讨虑事持重，望大将军从其言。"

戴可师怒道："我与康承训官品一般，奈何受他调度！"遂不听其言，渡淮水，进入淮南。

众将欲直救泗州，戴可师道："不可！当先复淮口，以通漕驿，再救泗州。"遂引兵直趋都梁城。都梁城守军不满千人，登城望见官军势大，尽皆胆裂。是夜，潜开城门，落荒逃去。戴可师轻取都梁城。

戴可师笑道："贼军徒有虚名，我军未至，望风披靡。且看我来日解了泗州之围，当径取徐州。只恐待我擒了庞勋之时，康承训尚未集兵完毕，彼时看他羞也不羞！"因命整军进入城内，城内早已空虚。戴可师命军士卸甲休整，以备次日往救泗州。是日晨，天降大雾，对面难见。众官军长途奔行，俱是因倦生息，各自休息，不多防备。

哪知泗州王弘立率兵数万来援都梁城，驰至城下——已于途中遇见出逃之军，得知城中虚实。乘雾气迷漫，官军不觉，王弘立一声令下，变军四门杀入，官军登时大乱，多半未及披甲执刃，便被斩杀。戴可师闻得变故，忙上马带同监军及亲将寻路奔走，未至城门，被王弘立率兵四面围住，戴可师奋力死战，不能突围，被王弘立一刀斩杀，其一行尽死于乱军之中。变军于城内扫荡，官军有拼杀出城者，亦被追赶至淮河，溺水而死。都梁城内死者相叠，血盈街巷，尸腐之气经月不散。三万官军尽殁。戴可师被传首徐州。

徐州变军一战而破唐军精锐，戴可师被斩，天下震动。徐州得捷报，群情雀跃。庞勋命做露布，遍散诸州府营寨乡村。淮南士民震恐，纷纷往江左避乱。徐泗北面招讨使王宴权闻戴可师兵败身亡，心生惧意，亦整军后退。许佶遂会同徐州诸文武计议拥立庞勋称王，庞勋力辞，后受拥不过，乃自称天册大将军，部下尽有升赏。庞勋意得志满，自以为天下无敌，渐

沙陀！沙陀！

有自大。周重目睹而切谏道："自古骄满奢逸，得而复失、成而复败者极多。况今徐州内征不附、外御围攻，忧患实甚，将军诚不足为小胜而喜。"庞勋知其忠直，但骄横如故。

却言康承训得戴可师败报，惊道："狼帅贪功轻进，自取败亡，却令贼势益加嚣张！"当下奏报朝廷。朝廷遂以马举为淮南节度使，并充徐泗南面招讨使，以代戴可师；又因王宴权畏敌，以曹翔为兖海节度使，充徐泗北面招讨使——与康承训约期一同进兵。

第二回　克用出世露颖鹿塘　庞勋数终捐躯浍水

却言康承训渐次已合各镇兵马十万人，自新兴至鹿塘，连寨三十余里，与变军对峙。王弘立以破戴可师之勇，自请往攻康承训。庞勋道："康承训为人谨慎，颇重法度，不比戴可师一勇之夫，不可轻敌。"

王弘立道："当乘其各路兵马远来疲敝，速战破敌。若待其休整齐备，则不易击之矣。"

庞勋甚是嘉壮，道："若斩得康承训，足当狼帅十倍！"

又命大将姚周督精兵屯柳子镇以为接应。

王弘立遂自提精兵三万，飞渡潍水，倍道行军，衮夜赶至鹿塘寨，至天明已四面围定，王弘立立马高岗，临望鹿塘寨大笑道："康承训之军亦尽在我彀中！漏刻之间，我功成矣！"部下诸将谄谀道："将军破戴可师于前，摧康承训于后，孰人之功可比将军？纵韩、白将兵，也不过如此耳！"王弘立欣然自得。

再言鹿塘寨军校天曦巡营，蓦见四面旌旗遍布，尽是徐州变军，援弓执刃，蓄势待攻，忙飞报主帅。康承训闻报忙出营觇看，一见变色道："贼军骤至，我等不知，如之奈何？当固守待援。"时沙陀酋长朱邪赤心在侧，笑言道："仆射勿忧，待我引兵退敌。"康承训道："贼军势大，将军慎之！"朱邪赤心旁一短身少年笑道："我视徐州贼军如腐草败木。只与我五百骑兵，定教退敌！"朱邪赤心遂点集了五百沙陀军交与这少年，跨马杀出寨门。

王弘立正于高处矜喜，忽见鹿塘寨中冲出一队骑兵，衣甲马匹尽是墨色，如一袭黑风扫入本军阵中，奔杀到处，本部军人仰马翻。当先有一小将，

沙陀！沙陀！

年十余，一目微眇，手持毕燕铁挝，最是骁勇。王弘立惊问道："这是何处之兵？"左右知者答道："此乃沙陀军，康承训力请前来参战。阵前小将乃是沙陀头领朱邪赤心之子，年十五，人称飞虎子。"王弘立惊道："久闻沙陀军骁勇异常，今日一见，传言不虚。"遂指挥徐州变军奋力向寨中冲杀。

飞虎子正自冲杀间，亦有部下告之："那高处簇拥观望者，便是贼将王弘立。"飞虎子道："待我斩此人，雪戴可师兵败之耻。"左右诧异道："彼距我等尚远，有这许多军马，如何近得前去？"飞虎子不答，催马径奔王弘立，如一道电光，瞬间闪至，徐州变军波开浪裂般披靡两旁，王弘立身边健将忙举刀遮拦，尽被铁挝扫断。王弘立欲摘刀迎战已是不及，被一挝击中头颅，落马而死。飞虎子从容下马，拔出佩刀，将首级割了，悬在坐骑项下，复上马厮杀。变军大骇，溃不成军。沙陀兵乘势冲杀，康承训又忙遣其余各部出寨助战，尽歼王弘立之军。

沙陀军破了王弘立，康承训遂提兵进往柳子镇。柳子镇守将姚周闻报大惊道："王大刀常胜将军，今竟一战被杀，实是挫动我军锐气！"一面差人速报徐州庞勋，一面整军准备迎敌。

康承训兵近柳子镇，探马报说："姚周自柳子镇至芳城，前后设数十个寨栅，联络不绝。"康承训引诸将登高觇望，见数十个寨栅势如长蛇，首尾相顾。朱邪赤心看罢道："此寨栅依就山形水势，颇是得法，看来姚周深谙用兵之道。"

次日交兵，康承训仍使朱邪赤心沙陀军为前部，正遇一彪军摆开，姚周立马在门旗下。朱邪赤心喝道："你等戍守边地，本有勋劳，却擅离职守，自结归乡，且戕杀主帅，妄据藩镇，抗拒天子。今数路天兵已到，犹不知悔！"姚周厉声道："我等抛家舍室为国家戍边。然崔彦曾背约于前，断人归期；拒纳于后，隔人亲望，累欺我等。我等本有功无罪，今朝廷不加矜恤，反事征伐，我等无他计，唯战而已。大丈夫立于天地之间，安可任人剖割！"遂挥军上前厮杀，忽背后阵脚大乱，原来飞虎子引一支骑兵自后面杀来，徐州变军大乱，姚周吆喝不住，败退下去。失了第一寨。

朱邪赤心并不停歇，引兵乘胜而进，直入第二寨，姚周部下大将刘丰率军抵挡，飞虎子跃马上前，交手只数合，便斩了刘丰，刘丰部下大溃，沙陀军又夺了第二寨。待至第三寨，守将丁从实未料沙陀军如此之快，排兵布阵未毕，沙陀军已然攻入，丁从实猝然迎战，被沙陀军冲乱阵脚，第三寨也失陷了。

变军益退，沙陀军益进，竟一发不可收拾。连战三日，姚周所立寨栅，被沙陀军尽数夺了，自柳子镇至芳亭，变军尸首叠枕相加，不可胜数。姚周落荒而走。

姚周失了寨栅，回顾身边，只有数十骑跟随，循涣水岸而走。背后沙陀军蹑来。左右道："柳子镇已失，我等舍命护将军往宿州暂避。"姚周仰天叹道："主公以重任付我，我今失地折兵，一败涂地，何颜再归徐州面见天策将军！"竟投涣水而死。左右大哭而散。

庞勋闻得败报，大惊失色，忙聚文武计议道："今柳子镇已失，姚周尽节。康承训兵锋益近，我等当曷为？"周重道："柳子镇地要兵精，姚周勇敢有谋，今一战覆灭，徐州之势实危如累卵，只得悉兵四出，决力死战。"庞勋遂命桂州宿党张实、张儒与徐州旧将张玄稔同往守宿州，自将精兵三万往丰县与徐州互为犄角，留许佶、周重并父亲庞举直守徐州。

再言淮南节度使马举引精兵三万往救泗州，分三路渡淮，白日虚张旌旗，夜间虚设灯火，鼓噪之声不绝，播传数里，徐州变军一时不知援军多少，吴迥思忖："官军甚多，如反将我部团围，则腹背受敌。莫若集兵于一处，可合力突围。"遂命将兵马集敛于城西寨，马举乘势包围城西变军营寨，纵火焚烧，变军死伤无数，吴迥引残部逃往濠州与刘行及会合，其余变军将领汤群、诸葛爽等尽率部归降。马举入城与杜韬等人相见，不禁唏嘘。至此，泗州之围方始得解——前后被围七月有余。守城之人食不果腹、夜不得寐，面目多已生疮疤——却未有降敌之人。马举遣人将捷讯报于康承训。

康承训得报时已兵围宿州，便回复马举，着其进兵濠州，追杀吴迥、刘行及。却言宿州守将张玄稔乃是崔彦曾旧部，当日不得已违心归附庞勋。今见官军大进，料得庞勋早晚必败，遂与心腹部将张皋、董厚等商议，在城中柳溪亭设伏，斩杀了张儒、张实兄弟，持二人之首出城投降。康承训大喜，厚加抚慰。自此又收复了宿州。又乘势攻陷符离，兵锋直指徐州。

曹翔之军进至沛县，便只在此与变军周旋，并不前进。左右不解。曹

沙陀！沙陀！

翔道："此番征剿庞勋逆党，有胜无败。康承训乃三军主帅，克敌巢穴之大功，自是由其独当；马举南路救泗州，自与强贼厮杀；我北路无有大敌，只护翼康承训大军即可。"左右又道："然前番王宴权因畏敌不前而遭朝廷切责而罢职，今不可再蹈其覆辙。"曹翔道："此一时也彼一时也——前番戴可师于都梁城败亡，军心萎靡，不罢黜王宴权无以树威示儆；今番诸路攻无不克，士气高涨，自不必有吴姬之忧。"众将乃服。

庞勋此时尚在丰县，闻知官军已近徐州，便与赵可立等人商议道："如今官军已逼近徐州城下，柳子镇以西必然空虚，我等率军出其不意，往攻宋州、亳州，康承训必引兵回救，我等便在官军归途要害处设伏邀击，可获全胜。"遂自石山西出，往攻宋州。

康承训得知庞勋攻掠宋州，惊道："元凶西窜，攻我后方，我等当回兵救援。"朱邪赤心道："庞勋必是因我军迫近徐州，故抄我后路，意在使我等回军，他却于归路设伏邀击。今我军连捷，势如破竹，徐州旦夕可下，待克了贼人巢穴，再回军往追袭庞勋所部。"康承训颔首。遂命围定徐州。

康承训由诸将护卫，来至城下，对城内呼道："朝廷唯诛逆党，不伤良人。你等何必为贼舍命守城？望早定进退。若再迟疑首鼠，须臾之间，与贼同为鱼肉！"守城军中崔彦曾旧将路审中径开门迎纳官军，朱邪赤心等早带人马一拥而入。许佶、周重知官兵已入，慌引麾下数百人，拥了庞举直，自城中小路突出。奔至北门吊桥边，撞着官军，许佶、庞举直等死于乱军之中，周重投护城河自尽，数百人亦尽死难。

康承训入城，将城中桂州戍卒并亲族尽数收捕。宣谕道："归义即可免死！"众就缚者高声道："事败则死，决不投降！"直至杀尽，无一人乞活。徐州遂克。

康承训便自引兵八万，由朱邪赤心为前锋，追蹑庞勋而来。朱邪赤心引本部倍道而行，行至蕲地，正遇庞勋伏兵。庞勋见来军一色黑衣黑马，如一袭黑云。左右言于庞勋道："这便是沙陀军，王弘立、姚周等人尽为其所败，将军小心。"庞勋道："遇敌即战，胜败凭天。既逢强敌，后退亦败，莫若努力向前！胜败与否，休失了徐州壮士威风！"众将慨然道："原当如此！"遂上前迎战。

康承训以鞭指变军道："尔等宵小，窃据藩镇，对抗大家。今兵败势蹙，尚凶心未泯，负隅顽抗，浑不知死期已近！"

庞勋朗声道："我等但以归乡为念，还家为谋，然天子不逐邪佞，反斥贤良，目忠臣为盗寇，言壮士作元凶，不持公允，却加剿伐。如此欺我，我不拒之，又当如曷？人为刀俎，我却非鱼肉。今并力一战，胜则生，败即死，强似世间诸多折节苟活之辈！"

说毕，双方混战。庞勋所带之人乃变军精锐，俱是强兵悍将，加之人人舍命厮杀，竟一时与沙陀军战得难解难分。

自晨至午，官军越聚越多，且变军久战，终不及沙陀兵将剽悍，纷纷死伤。庞勋见身边之人渐少，情知突围无望，叹道："我等离桂州之日，已坐不赦之罪。然攻城据府，纵横淮泗一年。今日之败，时也运也。死亦无憾！纵死魂魄亦当长留故乡！"遂自刎而死。其余兵将并力奋战，直至力尽而死，无一人投降。笔者有言语感叹道：

"离家壮士几春秋，
振臂不平自画谋。
陈胜揭竿惊殿陛，
曹髦横寻惭公侯。
路隔千里心非远，
身被刀矛气未休。
纵死涣边无抱恨，
游魂八百绕徐州。"

官军于涣水边搜索数日，才觅得庞勋尸首，康承训命枭首，使人持了，往徐州各处招降。又越数日，马举遣人来报，言已攻克濠州，斩杀刘行及。吴迥突围而出，被马举之军追杀于招义。至此，桂州戍卒之变彻底平息。康承训一面靖略徐州各地，一面使人书写表章，将捷报驰奏长安。

康承训自回徐州缮后，这日复入城，与诸将路经汉高祖庙，左右有人言道："去年逆党破城，庞勋初入徐州便拜谒汉高祖庙，其僭逆之心益发昭彰。"

康承训道："汉高祖一介布衣，手提三尺白雪，斩蛇起义，创下四百

沙陀！沙陀！

年基业——大汉之强盛，唯有国朝可与之比肩。汉高祖自为历来举事者膜拜。"

飞虎子在一旁道："昔日后赵帝石勒称：'会与光武逐鹿，鄙夷孟德、仲达，若与汉高同时则甘为之驱驰'——其志终不高远，若我与刘邦同时，与之一争也未可知。"

朱邪赤心斥道："勿得胡言！"

康承训道："飞虎子志气远大，且年少便立此大功，日后其富贵不可限量！"

朱邪赤心惶恐谢道："犬子年幼无知，仆射勿以其言为意。"

徐州经此一乱，诸事另举。宰相萧仿密奏懿宗道："庞勋逆据徐州之时，武宁军所辖各州，畏其强势，多数影从；独泗州不附，相与抗拒周旋始终——与徐州之兵将必多有龃龉，今番不宜再将其置于武宁军治下，否则，必生后患。"懿宗自觉有理，遂下旨改徐州武宁军为感化军，辖徐州、濠州、宿州，另将泗州改置于淮南军治下。又诏康承训等功臣入京面圣。

据《通鉴》载，徐州变军大将王弘力围攻鹿塘失力，败归泗州，彼时尚未亡身。

第三回
祝融干拂钼縻尴尬　雄魋眷顾赵括踌躇

庞勋之乱既平，康承训早命人具写表章，将捷讯飞奏朝廷；一面又着人书露布，张贴徐州各处。

懿宗择日升殿，召见平乱一班功臣，封康承训为河东节度使、同平章事，封杜韬为义成节度使。懿宗知此番平定徐泗之乱，沙陀朱邪父子居功至伟，便在云中设大同军，以朱邪赤心为大同军节度使、领左金吾上将军，赐名李国昌，飞虎子赐名李克用，为云中牙将，隶父麾下。其余功臣尽有升赏。从此李氏父子便徙镇代北。

李氏父子本非汉人，且久长塞外，雄风旷武，通晓番汉言语，今携平定徐州悍卒之功镇守塞北，边地之汉人并奚、契丹、回纥、鞑靼、吐谷浑等部皆惧服其威名，唯其命是从。

李克用在云中任职，每日只与诸军士操习弓马，演兵布阵。边地兵将秉性旷豪尚武，久闻李克用之名，已怀仰慕；今相为伴伍，亲见其武艺精纯、骑射娴熟，益加亲近。李克用性亦豪侠，喜交壮士，居云中经年，与云中将校多有结援，其中与李存璋、盖寓、康君立、薛铁山、王行审、程怀信等将佐，犹是亲厚。

偶日，李克用与弟李克恭等外出行猎，至午间路过一农舍，下马饮水小憩。此户姓韩，恰新诞一子，取名韩进通。李克用见此子甚是喜爱，便认为义子。韩家自是不敢违拗；况家境颇是贫寒，实不堪抚养此子。李克用遂将此子取名李嗣昭，带回养育。

倏忽三年已过，宰相刘瞻去职，路岩继任。有御史弹劾康承训，言其讨庞勋时贻误军机，且在安南时畏敌不前，懿宗遂将康承训贬谪。路岩乘

沙陀！沙陀！

机密向懿宗进言道："李国昌父子英雄，善战无前，俱作一处，久之恐难以统御，不若将其分开。"懿宗思忖片刻道："卿言甚是。"遂改授李国昌振武节度使，镇雁门。另以御史中丞支谟为大同防御使，为示抚慰，擢李克用为云中捉守使。云中诸将心中甚是不平。

李国昌领旨谢恩，不日离别云中，径赴雁门，李克用率云中诸将送行，临别时恨恨道："我父子为大家立有奇功，却不得作一处共聚，皆是有小人从中进佞言。"

李国昌道："休如此说！天子裁处，自有道理！我家本长于北迹荒漠，蒙天子简拔，授以显官，自当庶竭心力，以图报效。诗经有云：'靡不有初，鲜克有终。'我今去雁门，我儿独在云中，却要诸事谨慎，好自为之，切勿负了圣恩眷顾。"

李克用领诺。

李国昌又与诸将一一作别。

支谟来至云中，代李国昌之职。其久为京官，未谙边塞军事，云中诸将对其多虚与委蛇，支谟自是不快。

一日，支谟率诸将往各营巡哨，李克用骑马伴于其侧，支谟如背生芒刺，甚不自在。草草巡罢了事。归府途中，李克用有事自去往别处，由兵马使李尽忠相伴，支谟心下才略安稳。

李克用亦知支谟之心，却对其益发轻慢：凡事皆自行裁处，并不向防御使禀告。支谟左右亲信劝其罢免李克用军职，支谟恐引起军心动荡，未便施行。

又一日，防御使依例升厅典事，诸将齐集，支谟途中被琐事羁住，一时未至。诸将在厅下等候多时，有将士笑道："防御使大人未至，捉守使代为传令何如？"李克用笑道："有何不可？"说罢，缓步拾级而上，竟自坐在支谟位上。众将欢笑呼应。恰在此时，支谟事毕，走入厅中，诸将霎时静止无语。支谟一时也不知所措，但直视李克用不语。李克用却还镇定，俄而笑道："末将粗疏，不知礼仪，大人勿怪。"言毕，缓缓离座，走下台阶，径自而去。支谟目视李克用背影，咬齿嚼唇，愤恨不已。诸将哂笑而退。出厅后，李存璋悄问李克用："防御使之座何如？"李克用笑道："太小。太小。"

支谟怒气未已，其弟支讷会意，私下密言道："李克用倚势狂妄，浑不把兄放于眼内，久之必生祸端，不若寻机将其剪除。"

支谟道："李飞虎在边地日久，军中遍其党羽爪牙，且大同文武也多与之亲厚，除之实是不易。"

支讷道："李飞虎为人轻狡无状，性急少谋，不过是一介恃勇匹夫，但遣一刺客足以杀之，而后远遁凶手，兄只作状查察，诸将无凭，孰敢多言？何劳妄自忧烦？"支谟闻言颔首。

支谟遂重金收买一勇武刺客，嘱其寻机刺杀李克用。刺客领诺，每日觇查。

一日，李克用与盖寓、李存璋等往云州城外勾栏处饮酒，刺客尾随而至，隐身在暗处待机。但见李克用三人觥筹交错，饮得正欢。忽忽半日过去，天色已沉，盖寓道："天已晚，不若我等回营安歇。"

李克用笑道："酒未尽兴，如何便回？今当痛饮，夜晚可宿于此处。"

李存璋道："还是谨慎为先，回营才得周全。"

李克用笑道："凭我三人，尚惧得谁来？"因复又劝酒。

二人不便再说，只得应承。李克用贪那杯中之物，不觉中已大醉，回不得营，只得在曲室宿歇，盖寓、李存璋便在外间值宿。

刺客忌惮李克用诸人勇力，未敢轻动，待至三更，料想诸人已睡得酣沉，暗自潜入，乃径奔李克用所宿曲室。潜至窗边，正待跃入，蓦地，红光突起，照得内外通明。刺客大骇，忙闪身隐了，再细看，原来是后厨失火，烟焰升腾。李存璋、盖寓等早便冲出，高喊："捉守使速起！"曲室内竟无应答，李存璋、盖寓迫急，撞破室门而入，见李克用在室内犹自酣眠，浑不惊觉。二人上前摇醒李克用，促其速速离开。李克用笑道："造饭遗火偶燃，何足惊怪？"刺客于暗处尽见，大骇，自思李克用非常人，慌忙退去。

刺客回见支谟，返还所受之金钱，自言不敢再行此事。支谟诧异，追问缘由。刺客遂将所见原本相告。支谟听了，也觉惶恐。

支谟自知奈何不得李克用，又恐日久小隙酿成大患，益觉此处不可久驻，遂通款朝内倚恃，只推说身体多病，禁不得边关寒苦，寻个别处闲散官职，径自去了。

支谟去职，朝内计议继任之人。太子少傅李胶举荐威卫将军段文楚可

沙陀！沙陀！

堪此任。平章事赵隐谏道："段文楚虽功臣后裔，然志大才疏，刚愎少谋，言过其实，决难驾驭边地兵将，实难副此任。"

李胶道："段文楚秉其祖之忠烈，心无二属；其为人凌厉，行事果敢，众咸惧其威严，正可补支谟之短；其尝驻防邕州，自募土兵，抵御南蛮，更有御兵之谋——窃以为段文楚足当此任。"

懿宗遂纳李胶之言，以段文楚为云中防御使兼水陆转运使。那段文楚乃是节臣段秀实次孙。昔日唐德宗时，泾原兵变，朱泚僭位称帝，鸠占长安，段秀实以笏板击朱泚额角，为乱兵所害，天下为之动容。朝廷缅怀其节烈，慰其后人。

段文楚领旨，预备赴任。其弟段珂闻知劝道："大同镇僻处边方，胡汉杂处，民风剽悍；其戍卒枭獍，更胜徐泗；境内不崇礼义，唯力是视——实乃是非之地，非霍去病、班超之属难以震慑——前番支谟便是因此去职。兄久居禁中散官，今前往统驭诸类左衽，恐难得心应手，万一不逮，甚至招延祸端——窃以为兄不若力辞，天子念我等祖上之功，定可恩准。"

段文楚闻言道："食天子之禄，分天子之忧，乃是至理；我家累世勋臣，忠于唐室，天子有差，斧镬亦不可辞；况昔日我等之祖以一文官处强敌环身之时尚奋勇击贼，我等为其后人何其懦也？且不可使人小觑了我段家子孙！"

段珂道："如此也要仔细戍卒为乱。"

段文楚笑道："自安史造逆以来，藩镇兵将多有跋扈不顺朝廷之人，无一不败，今纵有欲为乱者，宁不思量自己之归路？大同镇立镇未久，兵将尚未疏离，决难为乱，自可放心！"遂不听段珂之言，径往云中上任。

段文楚在长安为官日久，与内外富贵官商多有交通。临行之日，送行者络绎不绝。众人极尽阿谀奉迎之辞，言此番前往边地为帅，自当再立奇勋，其功业更迈其祖云云。段文楚应承之间不觉飘飘然矣。只是段珂在一旁默默无语。待得段文楚车马远行了，众人将散，却见段珂不住垂泪。众人自是以为兄弟别离伤感，又自劝慰，段珂并无多言。

段文楚既至云中，终是忌惮李克用，便与亲信商议，欲削夺李克用兵权。判官柳汉璋谏道："防御使初至云中，宜多树恩。李捉守久镇代北，军中夙有人望，不可急夺权柄，可徐徐剪除其亲信，而后再寻机图之。"

段文楚道:"迁延时日,待其羽翼日丰,益不可图。"

遂罢李克用捉守使职,授以沙陀兵马副使虚职,将其遣往蔚州。李克用心中愤恨,怏怏而去。军中亦多有不平。于是段文楚用事云中,严刑峻法,兵将含怨。

越年,代北大旱,又漕运不济,饿殍遍地,段文楚不思赈济兵民,欲削减军需以补上缴捐赋租庸。柳汉璋切谏道:"岂戍将衣食以充朝廷供奉,不啻抽梁为薪,炊备而室毁矣!若激起军变,我等性命悬危。望防御使三思!"段文楚执拗,喝道:"我主云中军政,谁敢多言!"柳汉璋退出,仰天长叹道:"祸不远矣!乱代北者,段文楚也!"

早有人将此事报于朝廷,南北司皆以为段文楚志大才疏、多躁少谋,恐激起军变,遂以太仆卿卢简方为大同节度使,亟往云中代段文楚之职。

第四回
段威卫魂断斗鸡台　李太仆功成药儿岭

却说段文楚削减军需之令已颁，一时军中怨声载道。云中沙陀兵马使李尽忠早已不服段文楚，便与牙将李存璋、盖寓、康君立、薛铁山、王行审、程怀信、史敬思、李承嗣、史俨等密议道："段文楚媚上傲下，难与其一并进退，今四方纷乱，军心思变，此诚乃我等建勋立业之难得时机！李振武父子功高力勇，声播海内，善战无前，若我等奉他父子为首，则代北之地计日可定，取功名富贵易如反掌。"

众人附道："兵马使之言甚是！只是不知李振武父子之意。"

盖寓道："可先往说动李飞虎，其英雄气盛，不肯屈居人下，必会应承。其子若从，李振武亦不得不从。"于是众推盖寓往蔚州说服李克用。

盖寓辞了众人，打马星夜飞赴蔚州城，谒见李克用，私说道："方今天下大乱，天子付将臣以边事，今岁偶逢饥荒，防御使便削夺将士储给，我等边人，焉能坐守待死！将军父子，素以威惠及五部，我等愿奉将军父子为主，率我等铲除虐帅，以谢边人。"

李克用道："家尊别时之言犹在耳畔。我父子受天子隆恩，忝居今日之位。行事自当依循典章律令，不可妄为。"

盖寓起身道："向闻立盖世之功，不受庸主之赏。今皇威不振，丈夫若不能于此时立功业，非为人豪。"

李克用道："家尊现在振武，待我禀明俟命。"

盖寓急道："事机已泄，迟必生变！"

李克用道："只恐人心不附。"

盖寓释然道："以将军父子之威名，谁敢不从？"

李克用遂率蔚州沙陀精兵并吐浑、突厥等部，合计万人，倍道而行，直奔云中。盖寓早遣亲随飞报云中城内李尽忠。李尽忠得报，集结城内牙兵，突占内城，囚禁段文楚及判官柳汉璋、陈韬等人。

不日，李克用军抵云中，李尽忠与李存璋、史敬思等将早出城迎候，便在城外斗鸡台阅兵，变军将段文楚等人押至，李克用锦帽貂裘，居中而坐，身边兵将刀枪明目、衣甲流光，说不尽威风煞气。李克用便在台上历数段文楚罪状，段文楚跌足叹息道："恨为群小所陷！时也！运也！"柳汉璋默然不语；其余之人尽数胆裂萎靡。李克用遂命将段文楚一行人执去台西斩首。李尽忠于斗鸡台上将云中兵符印绶奉与李克用。李克用待要逊谢几句，李存璋拔剑道："今日便拥李克用将军为大同之主，有不从者以段文楚诸人为例！"众军山呼响应，李克用只得受了，权知大同兵马留后，李存璋、盖寓、史敬思、康君立等一干人尽授要职，上表朝廷，请授大同兵马防御使。一面整备军马，修缮防御，以备应朝廷征剿。

朝廷闻知云中之变，正自计议，又接振武节度使李国昌表章，申奏朝廷平定云中之乱，且言："若克用违命，臣请帅本道所辖兵马讨伐，终不因一子而负国家。"天子览表亦喜，招南北司计议，中书侍郎刘邺道："可允李国昌之请，诏其讨伐李克用，使其两斗疲敝，再出兵一并剿灭。"遂以李国昌为大同军防御使，往镇云中，另遣人以密信往送振武监军处；改授卢简方为振武军节度使，以代李国昌。

李国昌呈了表章，振武监军日促起兵讨伐大同，忽得报云中牙将盖寓求见，李国昌招入，盖寓道："闻明公表奏朝廷，欲伐大同？"

李国昌道："克用于我，私也；朝廷于我，公也。我岂敢因私废公？"

盖寓道："段文楚贪忍酷虐，军民咸怨。防御使顺天应时，为众请命，诛杀恶人，云中上下无不拥戴。是非曲直，贤愚共知，明公奈何舍察察而执汶汶？"

李国昌道："我本左衽，茹毛饮血，僻处偏荒，幸蒙天子简拔，授以方镇，推心置腹，富贵已极，今安能向利悖义？"

盖寓道："明公父子餐刀饮箭，百战而破庞勋，居功至伟，止得授偏镇，而朝廷忌惮明公父子能事，分徙两地，何言推心置腹？康帅国之重臣，因佞臣一言而获罪，遇功臣何薄如斯？大同之变，朝廷宁不疑忌明公？今

第四回　段威卫魂断斗鸡台　李太仆功成药儿岭

沙陀！沙陀！

唯假明公之力破大同，只恐云中陷城之日，便是明公罹祸之时，窃为明公所忧也。"

李国昌尚自思忖盖寓之言，其子李克宁巡哨擒来一个细作，乃是朝廷信使——前番送密信与振武监军——于其身上搜出监军回信，言相机斩杀李国昌，遣散其部众；又从监军住处搜出朝廷密信。李克宁便欲斩杀监军，李国昌喝止，言道："我儿云中拒命，我为父者，其咎难辞。今既不复为朝廷信用，我唯有解职归京，束身待罪。"

李克宁急道："万万不可！云中之事尚未明晰，朝廷之意却已了然，归京必死——奈何以有为之躯赴无名之死？安史之乱时，高仙芝、封常清为阉竖边令诚所陷，不申冤情，轻易就死，欲复报国而不能，诚为后世所惜。"

盖寓亦劝道："云中之事，尚有回寰。明公若入朝，其势则变——昔日楚平王无道，伍奢衔冤而子胥去国，后子胥借吴兵克郢都，将楚平王掘墓鞭尸，与楚国之仇怨不复得释——今明公不致欲令防御使效子胥之为否？"

李国昌闻言，亦觉有理，却仍将监军礼送出城，自行晓谕诸将，婴城固守，不受朝廷诏旨。云中沙陀军却已东击宁武，西攻岢岚。

卢简方于途中得朝廷诏书，将其改移振武，遂往赴任。至岚州闻振武之变，不觉失色。与岚州刺史汤群计议，欲乘李国昌无备，以岚州兵突袭振武。汤群乃是庞勋旧部降将，未敢造次，不肯发兵。卢简方只得暂住岚州，忧愤成疾，叹道："我受天子诏旨，往镇代北，不意沙陀造逆，拒我藩镇之外。如今进无力就任驱胡，退不能归朝复命，有何面目立于天地间！"面向代北，呕血而死。

朝廷知密信事泄，遂以太仆卿李琢为朔、蔚招讨都统，节制昭义节度使李钧、幽州节度使李可举并吐谷浑部赫连铎、沙陀酋长白义诚、安庆都督史敬存、萨葛酋长米海万，合兵征讨李国昌、李克用父子。那李琢乃是故平西王李晟之孙、故凉国公李愬之子，颇有其祖其父遗风。

李氏父子功高名盛，觊觎之人甚多。此次不待李琢兵至，李钧与赫连铎便统兵径趋蔚州。时值隆冬，朔风割面，平地雪深数寸，二军雪中迤逦而行，冻馁而死者不计其数，未死者却也皆脱筋散骨，李钧、赫连铎计议道："我军已为疲敝之师，若李克用在此邀击，则我等死无葬身之处也。"问此为何处，向导答道："此乃洪谷。"言未毕，四下号炮不绝，白皑皑中涌起无数黑骑，沙陀伏兵尽数杀出，为首者正是李克用。李钧、赫连铎二人只得令军士"并力死战！"沙陀军以逸待劳，官军本已力尽，如何能敌？顷刻间溃不成军。二帅无奈，李钧在前，赫连铎在后，带领亲随向外突围。迎面箭如骤雨射来。李钧冲在阵前，竟死于乱箭之下。赫连铎在后，赖兵将环护，另寻小路舍命逃出，却也遍体带伤，身边兵将所剩无几。

　　李克用大败官军，士气更盛，引兵直出雁门关。

　　不日，李琢大军已至，汇集各路官军。李琢便命赫连铎与白义诚、史敬存、米海万等往云州攻李国昌，自与河东节度使崔季康、幽州节度使李可举并副都统诸葛爽等往朔州攻李克用。

　　李克用在朔州与李琢对峙，并无大战。数日后却闻赫连铎等部围攻云州甚紧。李克用急招众将道："云州被围，家父势危，我当前往救援。"命大将高文集、傅文达守朔州，自引精兵急趋云州。

　　李琢早探得李克用兵发云州——原来云州势危之言乃是李琢有意遣人放出，意在调李克用出城。当下李琢召集李可举、崔季康、诸葛爽等道："李飞虎已中计，今出兵救云州，我已命史敬存、米海万于途中邀击。朔州城内所余兵马必不甚多，崔节度可督军猛攻，朔州一战可下；取了朔州，可径趋云中，断李飞虎归路。我引一军往雁门，若得了雁门，李飞虎必退往蔚州，去蔚州有一险地，名唤药儿岭，李节度可先往药儿岭埋伏，以逸待劳，李飞虎可擒。"李可举、崔季康拜服道："将军用兵，真神鬼莫测也！"俱依令行事。

　　却说李克用引兵往云州而去，途中连遇史敬存、米海万部伏兵，李克用隐隐察觉中计。欲回师朔州，却接朔州败兵来报，言崔季康已攻陷朔州，傅文达战死、高文集降敌，且崔季康引得胜军已往云中。李克用大惊道："速回军去救云中！"却又得报李琢与诸葛爽已袭了雁门，李克用惊道："雁门已失，云中不可回，只得前往蔚州了。"遂折向蔚州。行了一日，天色已晚，到了药儿岭，兵马疲乏，见山势狭峻、道路崎岖，李克用正自踌躇，忽听号炮连天，李可举与其大将韩玄绍分前后杀出，将李克用困在垓心。李克用左冲右突，终不得脱。正此时，李尽忠引一支数百骑杀到，护了李克用死命突围，后面李可举穷追不舍。李尽忠道："将军先行，我自断后！"

沙陀！沙陀！

李克用道："愿与兵马使生死与共！"李尽忠道："将军本是国家勋臣，是我等贪恋富贵，累得将军今日，唯有舍命保得将军周全为谢。"言讫翻身杀入重围抵挡追兵。李克用赖精兵悍将环护，杀开一条血路而出。李尽忠厮杀半日，力竭而死，其部尽数捐躯。李可举见李克用突围而出，忙命放乱箭射之。云中将军程怀信以身遮护李克用，竟被乱箭攒身射死。李克用引残部逃出药儿岭，径奔蔚州。

　　李克用适抵蔚州，李国昌也被赫连铎等击败，逃至蔚州。父子败兵合在一处，李存璋、盖寓、康君立等亦从云中败逃于此，言云中已为崔季康所克，李友金降敌。李氏父子自知蔚州也不可久留，遂计议去处。

第五回
后羿弯弓横攒孤雁　单于把酒纵论群雄

李琢、李可举、崔季康、赫连铎联兵等大败李国昌父子，李氏父子收败兵集于蔚州，商议行止。李克用道："我军新败，战心萎靡，难与遽争，不若暂归直北，以待时机。"李国昌道："也只得如此。"遂引军返归直北。

直北之地，历来多部杂居，此时契丹、鞑靼等部犬牙交错，盘踞于此。李氏父子归于故地，诸部多为故人，自是欢迎，诸酋长杀牛置酒，竞相延请，部属亦互交通，好不融洽。有人问李氏父子是否复朱邪之姓，李国昌道："我父子世受国恩，今不幸为奸人谗害，无法在中原立足，然心属唐室，仍用天子所赐姓名。"自此，李国昌父子便安居塞北，整日与诸豪酋饮酒骑射，倒也逍遥快活。

李国昌父子既走，李琢将捷报申奏长安。不日有诏旨下，以李琢为河阳节度使，加封李可举兼为侍中，以赫连铎为大同防御使、云州刺史，白义诚为蔚州刺史，米海万为朔州刺史。赫连铎道："代北一战，赖李河阳运筹帷幄，大败朱邪父子。今其逃往直北，力穷势孤，此正苍天亡他之时——宜乘胜北进，尽锄奸凶，以图久安。"

李琢道："各军疲惫，今只宜休整。"

赫连铎急道："朱邪父子尚在，不可不除。迁延日久，待其元气恢复，后患无穷！"

李琢未得天子明诏，且进兵恐惹动与胡人诸部之争战，遂不复进兵。

荏苒数年，赫连铎终是顾忌李氏父子，遂阴使人往契丹、鞑靼部游说诸酋长道："朱邪父子桀骜不羁——沐皇恩不图忠效，蒙圣赐反生仇雠；威逼僚属，袴斩藩司——此诚乃豺虎之徒，不可收留，收则伤人矣。况其

沙陀！沙陀！

造逆国家，结怨天下——莫若杀之，修好朝廷，以图久安。"

诸酋长闻言相聚密议，蒲古只道："赫连铎所言甚是，朱邪父子狼子野心，久后必图我等，不若今乘其初返，党羽未集，杀之以绝日后之患！"

老酋长释鲁道："沙陀部与我直北各部世代交好，我等亦曾多受其恩惠，岂可凭赫连铎一言而与之反目？"

释鲁长子滑哥道："唐室夙来畏惧我等各部并力为强，对我等各部一贯分化离间，欲令我内斗自耗，其坐收渔利。李国昌父子名满天下，勇力绝伦，今获罪唐室，返归直北，正可为我等各部之强援，若杀之，正如兄弟阋墙，不仅亲痛仇快，尚且贻笑天下。"众人一时争执不下。

李克用亦察觉，只作不知。一日，契丹、鞑靼诸豪酋大宴，专使人请李克用往赴。李存璋道："赫连铎阴使人谗言于诸酋，恐筵无好筵，不如休去！"

盖寓道："外人之言，未可轻信。若不去，恐诸酋反生疑。"

李克用笑道："吾于千枪万刃之中，匹马纵横，如入无人之境；岂惧此辈！"只携了数个亲随，轻装结束，纵马前往。

时值暮春，暖意融融，诸豪酋设宴洒金川，依山席草，备了生羊美酒，极尽盛大。蒲古只却背了诸酋长，在四周自布下刀兵。李克用来到，与诸酋长甚是亲融。胡人于礼仪座次也不甚究，只以契丹于越释鲁年长，便坐首席。各部酋长觥筹交错，大快朵颐。酒至半酣，计议道："筵中无可为乐，我等胡人不学那汉人点筹射覆，但只雕弓铁蹄，最是惬意！"遂设了箭垛，划了界线，众豪酋尽谙熟骑射，纷纷下场竞逐，多中红心。李克用但只饮酒谈笑，充作不见。

忽听一人高声喝叫："看我射来！"见场中驰下一少年，生得甚是健硕，其跃马弯弓，驰骋间倏忽一射，前后十二箭，尽中红心。众人又细看，那十二箭箭尾朝外，竟成一环，如满月般浑圆，众人大声喝彩。李克用也不禁颔首，因问道："这少年是谁？好般神射！"

释鲁笑道："是小侄阿保机。些许微技，将军谬赞。"

蒲古只道："久闻飞虎将军长于骑射，可令我等有幸一觇。"

李克用笑道："我艺愚微，不值一哂。今日却也少不得献丑！"说罢，挽起袍袖，离座上马。

众人见李克用下场，立时屏息凝神观看，场内外一片肃静。是时黄花遍地，野草茵茵，战马铁蹄踏处，特特作响。晴空万里，天蓝草碧之间，只见英雄弯弓驰骋。奔至一株杨树之下，李克用随手将马鞭掷出，那鞭便悬于杨树枝叶层间。李克用放马跃出百五十步，并不凝目，翻身射去，箭断悬鞭。诸人喝彩。有酋长道："可射更细者否？"命人悬了银针，隐于层叶之间，李克用拈弓搭箭，一声射去，正中银针。诸人喝彩益烈。有酋长道："飞虎将军神射，但不射箭垛，终是不美。"李克用遂行至离箭垛百五十步处，抬头见空中正飞一雁，遂扯满弓，搭上二箭，先一箭射去，射中雁腹，大雁翻转落下，李克用窥得真切，复一箭射去，那支箭射穿雁颈，带了雁，正中箭垛红心，那死雁犹在箭上颤动。场内外众人一时寂静无语，无片时，欢声雷动。连那所伏兵将亦忘形跃出伏坳，喝起彩来。李克用掷了弓，下马回席复饮。众豪酋纷纷赞道："将军神技，我等终身莫及。"

李克用饮了一大觥，抚髀叹道："我父子为奸佞谗害，欲为皇室尽忠而不得。若能有幸得天子赦宥，诏赴国难，定与君等南下中原，挽狂澜于既倒，为国家除凶去秽——大丈夫之快事无逾此也！人生如白驹过隙，光阴箭逝，转瞬即老。功业未建，岂能终郁于黄沙荒处？"

释鲁道："以将军之神勇，建功业如反掌，何必郁郁？近闻王仙芝、黄巢等贼起事，甚是猖獗，国家迟早必倚将军之力。"李克用道："我恨不即时便可南下，蹈迹河洛，饮马孟津。"契丹、鞑靼诸豪酋闻言，知其无意长留于此，遂不复生疑，相待亲厚如故。

笔者读此，有言语感叹李克用塞外暮春骑射云：

"塞外暮春草亦碧，
群豪会聚杯盘意。
椎牛酾酒未为足，
跃马弯弓飞虎事。
龙驹铁蹄践黄花，
英雄快意无逾此。
地上只见双龙飞，
天将忌恨白云里。
翻身射的再射的，

第五回　后羿弯弓横攒孤雁　单于把酒纵论群雄

沙陀！沙陀！

长空但见流星矢。
矢尽中的不虚发，
后羿由基皆叹止。
豪酋瞠目复张舌，
公之神技世罕匹。
射毕归座饮甘醇，
长膺太息而抚髀。
功业倏忽不待人，
空把醇酒引为醉。
人世光阴如驹驰，
曷能终老阴山碛？
会当铁骑逾长城，
荡涤中原枭并鸶。
座中与闻皆竦容，
初始不知天下志。
待看紫绶复神京，
斯时英雄未而立。"

席罢，阿保机私拜李克用道："将军神射，天下无双，只愿得暇教我。"

李克用道："小将军少年便有如此身手，已是难得；日后假以时日，前途不可限量。"

阿保机道："将军席上之言，我听得爽彻：大丈夫自当心有天下，不可隅于一处，否则日久自成夜郎矣。"

李克用奇道："小将军生长于北荒，竟能胸怀天下，益是难能可贵！"

李克用与阿保机攀谈，见其虽年少，见识气度却颇是不凡；阿保机久闻李克用大名，更是相见恨晚——二人大有惺惺相惜之意，遂成至交，阿保机拜李克用为兄。

李克用与阿保机结拜，李国昌部与释鲁部遂联合设宴大庆。李国昌、释鲁共莅，两部诸人尽数列席，席间无拘，各人尽诉胸中之志，好不畅快！

饮至酣处，阿保机道："我北地虽属荒迹，然自古便多有部族游牧于此，只惜无班马之人编简集册以记述。各部族长幼尚武，民风刚健，历来南向傲视，中原之主，亦多畏北如虎：周封建百国，犹筑骊台为警；秦统合六霸，犹连长城作屏；隆准公携灭西楚之威，犹困于白登；贞观帝仗摧山东之勇，犹盟于渭水；至若中原疲敝之时，我北人南下，更如滚汤泼雪，无往不利。今唐室内外交困，此正是我等建功之时，如昔日五胡入中原之故事。"

释鲁道："我胡人弯弓走马，心性旷直，世代慕中原之繁盛，仰汉土之富饶，但有缘故辄不忘兵逾燕岭，马度阴山，然乏于修为，短于圣化，临天下武功有余而文治不足——此也在昔日五胡入中原诸帝王之中多见。"

李国昌道："愿闻其详。"

释鲁道："元海知兵而无远略；季龙善战而秉凶心；姚秦亡于佞执；慕容衰于轻狡；坚头宏阔，伏景略而纵豺狼；佛狸果毅，破元嘉而惑奸小；高贺六浑捭阖六军、鞭笞铜雀，然逐弱君而至国裂；宇文黑獭封建八柱、马踏未央，然复旧制而至蛮生——此终是美中不足。"

李国昌又道："然则孝文周武，世称贤君，亦有瑕疵否？"

释鲁饮了一口酒道："拓跋宏聪敏勤爱，但其驾驭臣下，多以阴谋，实不堪为后世帝王效法；至于宇文邕，神武沉毅，内除权患，外灭强邻，然一生穷兵黩武，耗费国力，积得民怨，使北周外强中干，后杨坚篡周，一统华夏，只历二世而失天下，与秦扫六国而遽亡何异？"

李国昌执杯敬酒道："兄纵论古之胡人帝王，见地着实精深。然我胡南向，不独垂涎中土之富饶，亦益仰慕汉人之圣化——胡汉本无岭，礼义共趋之——我胡人更多节士，足令汉人敛容：段匹䃅心托晋廷，执孤节而临斧钺；独孤信忠系魏主，逆万骑而赴荆棘——其节义殊不逊于汉人。"

释鲁笑道："弟身在塞外，心属朝廷，此志自明。今权且蛰居韬晦一时，他日一有时机，定可再建伟业，更立殊勋。"

说罢，李国昌、释鲁相视大笑。李克用、阿保机等亦举酒相和。

酒宴尽欢而散。

此后，李国昌亦自觉年事渐高，遂将本部诸事，多委于李克用勾当打理。

史载，有李克用与鞑靼诸部席间比箭之事，与契丹阿保机结兄弟乃是其后盘踞河东之时。

第五回 后羿弯弓横攒孤雁 单于把酒纵论群雄

第六回
剑南镇重修邛崃关　长安城尽带黄金甲

　　咸通十四年正月，唐懿宗下诏迎奉佛骨，言官多有谏阻，懿宗一概不纳。群臣谏阻不绝，懿宗不悦，对诸臣道："朕自崇佛，于国事无碍，卿等奈何如此多言？"

　　宰相高璩道："天子无私事——陛下一言一行，关乎国事，皆需思虑周全。岂不闻'上有所好，下必甚焉'？陛下崇佛，则举国若何？况昔日胡太后建寺百丈，不敌尔朱而溺于黄水；梁武帝舍身三番，见惑侯景而囚于台城——佞佛招此祸端，此诚为后人之警！本朝宪宗尝不顾众议而迎佛骨，次年即驾崩，窃以为陛下前车之鉴。"

　　唐懿宗闻言大怒，喝道："朕得见佛骨，虽死何憾！你等不需多言！"

　　春末近夏，佛骨自法门寺入京师，懿宗自是顶礼膜拜。入夏，懿宗染疾。七月，唐懿宗驾崩，未及遗诏立太子。北司神策军左军中尉韩文约与右军中尉刘行深计议道："今皇上驾崩，遗有八子，长子魏王李佾年长，为人沉毅有谋，人皆惧怕——不若立第五子普王李俨为帝。"

　　刘行深道："此事应否知会南司？"

　　韩文约道："我朝自代宗以降，天子废立，俱由我北司执掌，何须理会南司那干腐儒？"

　　刘行深道："普王宠信之马坊使田令孜，为人奸狡诡诈——普王若为帝，只恐其日后得志，不利我等。"

　　韩文约笑道："天子废立，权在你我，奈何惧一马奴？"

　　二人遂矫诏拥立懿宗第五子李俨即位，更名李儇，是为唐僖宗。僖宗下诏，次年改元乾符，其生母王贵妃已薨，追尊为皇太后，韩文约、刘行深皆封国公。

僖宗即位时年只十二，唯宠信宦官马坊使田令孜，擢升为枢密使、神策军中尉，政事一并委之，田令孜居中用事，时日未久，韩、刘二人权柄尽失，田令孜一人把持北司，自将天子操于股掌之间。

僖宗即位之初，南诏复寇西川，攻城掠民，蜀中士民大恐。朝廷乃以天平节度使高骈为剑南西川节度观察使加成都尹，往拒南诏。

高骈奉诏，起程赴西川，途中听闻成都惧兵祸，诸门紧闭，内外无通。此时驿车行至剑门，高骈立遣快骑往成都，晓谕大开城门，任凭军民随意出入。亲随王殷谏道："蛮寇便近成都，万一乘隙攻略，我军尚远，救之不及。"

高骈道："昔日我在交趾破南诏二十万众，蛮寇闻我之名，避之唯恐不及，何敢进犯？今已立春，阳升气暖，百万人蕴积城中，生死共处，污秽郁蒸，若不交通，必酿成大疫，不可迟缓！"

成都闻高骈之令，打开各门，任凭百姓出入。时南诏正自围攻雅州，听闻高骈将至，兵将心胆皆裂，解围惶惶而逃。高骈进成都，军民夹道拜迎。又精选五千铁骑，星夜追蹑，至大渡河追及，大败南诏军，斩首万余，擒杀酋长数十人。南诏王旋即修书与高骈，言辞恭谨，立誓永不犯边；又质子入长安，与唐廷再行修好。高骈遂又修复邛崃关诸城栅，筑城于戎州马湖镇，置兵戍守，防南诏再犯。一时高骈威名传于天下。

昔日南诏初犯西川之时，西川节度使卢耽曾招募勇士数千，号为"突将"，守卫成都颇得其力。高骈继任，令突将皆交出任职官牒；又停发突将粮饷。四月初，突将哗变，攻入节度使府廷，天平兵将与哗变突将激战，难分胜负。次日，高骈向突将谢罪，归还诸将职名、衣粮。此后，令天平随从赴任将士轮番入值府中，严防突将。

六月廿日夜，风雨大作，高骈密令天平亲随兵将数千，夜袭造乱突将营宅，捕杀造乱之人并其亲眷，老幼孕病皆不免，婴儿尽被夺于母怀，扑杀庭柱。一时间流血成渠，号哭震天，死数千人。用车载尸投于江中。有一妇人，雨中厉声骂道："高骈，你无故褫夺有功将士功名财帛，激起众怒，侥幸捡得一命，不知反省自躬，反阴谋杀戮无辜万人。天地鬼神，岂容你如此！我死之后，必状告于上天，必使他日你举家屠灭，备极惨毒，更甚

沙陀！沙陀！

于我等今日！"言毕，引颈受戮。

边患轻除，田令孜早将捷讯告于僖宗，僖宗自以为天下尚安，恣意游嬉无度。倏忽数载，僖宗年齿渐及青壮，于骑射、投壶、法算、音律、蒲博等技艺无不精通，尤善击球。偶日僖宗击球正在兴处，田令孜奏称西川节度使之职出缺，僖宗道："阿父欲荐何人？"

田令孜道："老奴未敢偏私——左神策军将军陈敬瑄、杨师立、牛勖、罗元杲皆堪为任。"

僖宗笑道："便教他四人击球——胜者即授西川节度使！"

四人遂跃马下场争逐，陈敬瑄得胜——他正是田令孜之兄——彼时田令孜知天下已乱，有意着其兄经营川蜀，以备危难。

僖宗另授杨师立东川节度使、牛勖山南西道节度使，既罢，笑对身旁优伶石野猪道："朕若应试击球进士，必得状元。"石野猪道："若遇尧舜为礼部侍郎，恐陛下亦不免驳放。"僖宗一笑而罢。

石野猪乘机言道："听闻近年山东盗贼猖獗，王仙芝、黄巢作乱，已席卷无数州县，天下震惊。"

僖宗急召南北司诸重臣询问，才知石野猪所言不虚。僖宗问道："王仙芝、黄巢何时开始作乱？"

中书令王铎答道："乾符元年，先是王仙芝在濮州聚众首逆，而后黄巢在冤句应和，加之庞勋败死后，其溃兵余众散游于兖、郓、青、齐之间，此番又皆聚于王黄旗下，助其声势，遂成大患。"

僖宗黯然道："自朕即位次年祸乱便生，朕今始得知，卿等瞒得朕好苦！"诸臣惶恐谢罪。

僖宗又问："王仙芝、黄巢何许人？"

王铎答道："王仙芝是濮州人，出身寒微，弓马娴熟；黄巢是冤句人，家资颇丰，也曾读书应举，屡试不第。"

兵部尚书卢携道："黄巢自幼才思颇敏，五岁时，其祖父与其父作诗咏菊，得前两句'一叶秋落两节季，万紫千红难得齐'，尚思后两句，黄巢联道：'堪与百花为总首，自然天赐赭黄衣。'其祖父二人深以为异。其成年后还题过一首菊花诗：'飒飒西风满院栽，蕊寒香冷蝶难来。他年我若为青帝，报与桃花一处开。'"

僖宗沉吟不语。

田令孜道："王黄造逆以来，攻掠数十州，用兵诡谲，飘忽不定。今已遣曾元裕为招讨使，追剿贼兵。"

僖宗道："更以杨复光为监军，与曾元裕一同掌军。"

不数日，竟传来捷讯：言招讨使曾元裕在申州大破王仙芝，斩首三万余人，王仙芝窜逃洪州，曾元裕率诸军蹑后紧追，于黄梅追及，斩杀王仙芝，其部众尽数死散。僖宗闻奏大悦，下诏嘉勉，并饬令乘胜追剿黄巢。

不日朝廷得报，言王仙芝余党尚让等俱归于黄巢麾下，拥立黄巢，号称"冲天大将军"，改元"王霸"，攻克沂州、濮州，众至十余万，兵锋直指淮南。宰相李蔚言道："淮南乃国家钱粮要枢，断不可沦于黄巢之手。"

卢携奏道："黄巢行军章法难料，非良将不能剿灭——高骈用兵如神，声誉海内，命其剿贼，必不负圣望。"僖宗遂下诏，以高骈为淮南节度使并充江淮盐铁转运使、诸道兵马都统，抵御黄巢。

高骈接诏，准备移镇淮南。门生故吏送行时极尽奉承，俱言"高公乃国之柱石，天子股肱。但天下有事，高公一至，则无往而不利"云云。高骈闻之，亦自矜喜。

黄巢闻高骈将至，整军迎战，与高骈交兵于越州，义军战败，黄巢等奋力冲出重围，其麾下秦彦、毕师铎、李罕之、许勍等将率部投降，高骈将此数部皆收于麾下。

黄巢自浙东入闽，时山岭间无路，黄巢义军并不畏惧，劈山凿石，开辟山路七百余里，循路南下，及出闽地，势气又盛，旋即攻陷广州。

黄巢入广州，部下骁将朱存攻城阵亡，其弟朱温领其兄所部。

黄巢逗留广州数月，又逢岭南大疫，军士近半数染疾而死，黄巢乃于桂州编筏，复北上攻潭州。湖南观察使李系乃李晟曾孙，未接一阵，弃城而逃。黄巢军再攻襄阳，却为山南东道节度使刘巨容所败，黄巢与尚让等人渡江东走，山南东道诸将请命亟追，刘巨容道："朝廷寡义——于我等将士，有事则恩恤有加，事毕则弃如敝屣，更有甚者引得猜忌而获罪——不若留存黄巢之军以为富贵之资。"众将乃止。

黄巢引兵屯于信州，又逢高骈部下骁将张璘，黄巢军力疲惫，只在城内固守不出，张璘令兵将日夜围攻，黄巢万分窘急。彼时昭义、感化、义

沙陀！沙陀！

武各镇精兵皆集于淮南，并高骈之军，数十万众。高骈恐他人与己分功，便密告中书令卢携，言黄巢已入瓮笼，断无脱逃之望，请遣散诸道援军。卢携不疑，以朝廷之名撤回各镇兵马。

黄巢闻知各路兵退，便挥军夜袭高骈营寨，杀散围城唐兵，张璘也死于乱军之中，黄巢义军声势复振。高骈本已年齿增长、锐气消磨，又经此挫败，不免心生惧意，遂听信道士吕用之之言，不复出战，但勒兵自守。黄巢大军竟得从容渡过长江，之后折而西北，乘胜一战攻陷洛阳。时洛阳留守刘允章归顺，黄巢笑道："先生于懿宗朝曾上直谏书，言食禄八人、国有九破、民有八苦，痛陈时弊，可惜天子未纳——今先生当为我再进良策。"

刘允章道："败降之人，无颜献言，但存我骸骨足矣。"

洛阳失守，长安震惊。田令孜举荐左军马将军张承范、右军马将军王师会、左军马使赵珂统神策军与潼关守将齐克让共同御敌。三军临行，僖宗送至灞桥，张承范含泪道："神策三军，不过数千，潼关齐克让兵不及万，以此与黄巢对决，无异肉投馁虎，臣等自当一死以报国家，只是潼关一失，长安无险可恃，陛下宜早作计议。"僖宗无言，只是垂泪。

张承范等到得潼关，尚未及修饬城防，黄巢大军已至，从城上望去，白旗遍野，不见边际。守城兵将尽皆胆裂。黄巢命攻城，义军铺天盖地，顷刻间过了壕堑，乘势一拥而上，攻克潼关。

早有人飞报长安，田令孜闻知潼关一战而陷，自知长安不保，遂向僖宗泣道："去岁黄巢势孤，困于信州，彼时剿除，无异利刃摧枯、滚汤蹈雪，然高骈纵寇邀资，卢携轻敌钓誉，坐失良机，遂致贼人坐大，不复为制。今潼关已陷，长安门户洞开，陛下唯驾幸西蜀，再遍檄天下，整兵勤王，复振社稷。"僖宗思忖道："便依阿父之言，只是卢携举荐高骈，剿寇不力，自当免去相职。"是日下诏，罢斥卢携。卢携叹道："我一心为国，今为奸佞所陷，谓贼势猖獗，皆由我致，我百口莫辩，何颜以对天下！"竟饮药而亡。僖宗亦不顾。田令孜择选五百精壮禁军，保了僖宗，只带数个王子嫔妃，连夜自金光门仓皇而出。僖宗回望金光门，欲言又止，催马西逃而去。昔天宝年间，安史肇乱，玄宗帝便自金光们逃离长安而幸西蜀，此后，兵祸连绵，代宗、德宗等帝亦多弃离长安以避锋芒，唐室威风不再，笔者感怀，有言语叹云：

"长安煊赫作流觞,
　几度迁播銮舆亡。
　今夜金光门复启,
　宫人晨醒觅君王。"

僖宗一行,饥餐渴饮,惶惶奔逃。因事出仓促,诸多亲王不及乘马,皆徒步奔跑。匆匆行了半日,跑入一山谷中。僖宗七弟寿王李杰疲劳脱力,便伏卧在一山石上歇息。田令孜在后督队,见状上前喝道:"此处离长安尚近,若贼军掩至,如之奈何?速速起身前行!"

寿王疲倦地说道:"奔跑一夜,足痛难忍,望军容使见怜,与我一匹马做脚力。"

田令孜断喝道:"此深山荒野,何处寻马?只管行走,再勿多言!"竟以手中鞭扑打寿王。寿王忍气吞声,不再言语,起身忍痛行进。

僖宗清晨遁去,傍晚时分,黄巢义军前锋已入长安。次日,唐金吾大将军张直方率文武于灞上迎接黄巢。黄巢乘金装肩舆,身后甲骑如流,千里不绝。入城但见百姓箪食壶浆,喜迎于道侧,尽佩黄帛菊花,一时举城尽黄。黄巢见状道:"昔日我在长安应举,屡试不第,心中郁懑,曾作《不第后赋菊》诗:'待到秋来九月八,我花开后百花杀。冲天香阵透长安,满城尽带黄金甲。'今竟应之!"不觉感慨。

是年腊月十三,黄巢即位于含元殿,国号大齐,年号金统。以尚让为太尉并领中书令,赵璋为侍中,崔和、杨希古并同平章事,孟楷、盖洪为尚书左、右仆射,并领军容使,皮日休为翰林学士。

黄巢称帝,遂向天下各州府发下诏旨,敦促归附新朝;彼时僖宗于避难途中,亦降敕天下诸道,命出兵灭贼勤王。

黄巢闻知僖宗一行已逃至凤翔,遂命尚让、王播率精兵五万,星夜自后追赶。尚让轻敌,只顾飞奔,不料在龙尾坡被凤翔节度使郑畋部将宋文通邀击,义军折兵近半,尚让等撤回长安。僖宗闻捷报,喜形于色,便以郑畋为京城四面诸军行营都统,授宋文通神策军指挥使。

第六回　剑南镇重修邛崃关　长安城尽带黄金甲

第七回
杨复光临危拔都将　李克用承旨演鸦兵

黄巢坐驾长安，僖宗奔徙西蜀，各发诏敕于天下，一时各藩镇州府俱接双檄，一个命归顺，一个教勤王。

黄巢一使者持诏至忠武军治所许州，节度使周岌自忖兵势不足以抵御黄巢之军，欲降却又忌惮监军杨复光，犹豫不决，颇是踌躇。使者见状道："今李儇窜于西蜀，唐室已如游魂孤鬼，不复为振。望将军审时度势，早附新朝——且许州地近长安，我大齐军日间可达！"

周岌请使者暂归馆驿，便设夜宴，遣人往请监军杨复光。早有人将其接黄巢诏旨事告知，劝其莫往，杨复光不顾而往。二人饮至酣处，杨复光蓦地放声大哭，周岌诧异。杨复光泣道："大丈夫立于天地之间，当重'恩义'二字。将军起自匹夫，今为诸侯，当思富贵自何而来，奈何舍大唐天子而屈身投贼！"

周岌亦泣道："岌自忖不可独拒强敌，今日请监军，正为此事！"二人遂沥酒为誓。杨复光遣义子杨守亮率劲卒往馆驿杀黄巢之使。使者左右得讯，劝其快逃，使者从容道："我为黄王使臣，不能竟王之命，何颜回长安？"并不逃遁，遂被杨守亮斩杀。

杨复光斩杀齐使，又得报，闻知黄巢大将朱温在邓州与河中节度使王重荣苦战。河中节度使本是李都，业已归顺黄巢，其麾下马部都虞候王重荣不忿，逐走李都，自为河中留后，引军抵抗黄巢。唐僖宗嘉壮其忠义，立授河中节度使之职。黄巢遂命朱温出同州讨伐王重荣。

杨复光便与周岌商议出兵相助王重荣，周岌道："只是蔡州刺史秦宗权跋扈难制，不从我命。"

杨复光道："此事易耳——我自往蔡州走一遭，命其出兵。"

周岌道："不可——秦宗权为人奸狡狠辣，且全无信义。今天下已乱，无以为制，只恐其丧心病狂，加害监军。"

杨复光笑道："我尝监临天下兵马，尚惧一小小刺史？"遂引了五千忠武精兵直奔蔡州。

秦宗权闻得杨复光骤至，一时不知所措，只得出城迎接。杨复光径问道："国家有难，刺史欲何为？"

秦宗权一时不暇思忖，只得答道："自当匡社稷、扶天子。"

杨复光道："黄贼窃据神都，天子蒙尘，此正忠臣效命、义士竭力之时——刺史拥据坚城、执掌锐甲，当此国家多事之秋，不往疆场杀贼，更待何时？今有贼将朱温在邓州与我军鏖战，我奉旨前往救援，无奈兵微，刺史却要出兵助我！"

秦宗权一时无言推脱，只得说道："谨遵监军之命。"遂点起三千精兵，命部将王淑率领，随杨复光听用。杨复光策马将行，回顾秦宗权道："望刺史心口如一，秉持忠义，他日唐室复兴，论功朝堂，留名史册。"秦宗权口中诺诺连声，脸上红白不定。

离了蔡州，杨复光命兵将倍道而行，疾往邓州，却见王淑率部行进迟缓，便令王淑为前部。王淑道："临行时刺史有令，教我引军只为后合。"

杨复光道："你既随我听用，当从我调度。"

王淑道："不敢违刺史之令，否则只恐回蔡州被治罪。"

杨复光冷笑道："你违我军令，我立即治你之罪。"说毕拔剑立斩王淑。众军骇然。

杨复光朗声道："王淑违抗军令，逡巡不前，怠慢军心，今已伏诛，诸军为戒。今番行军，各兵将务必努力向前，擒杀贼寇者必有重赏，畏缩不前者亦定严惩！"众军山呼"遵命！"于是杨复光将八千军士分作八部，名为八都，以牙将鹿宴弘、晋晖、王建、韩建、张造、李师泰、庞从等八人各领一都，指挥八都飞往邓州。

待奔至邓州，朱温与王重荣正自酣战，难分胜负，杨复光断喝一声，挥军鼓噪杀入战团，斜攻朱温所部。朱温之军鏖战半日，本已疲惫，无力抵御，阵脚骤被冲开，败退下来，朱温喝止不住。杨复光与王重荣合兵一

沙陀！沙陀！

处，加力冲杀，朱温折兵过半，退往同州，杨王不待他休整，亦追至同州，将城池铁桶般围住。

朱温困守同州，兵疲粮稀，忙命死士潜出城去，往长安求救。大齐尚书左仆射领军容使孟楷与朱温不和，竟将朱温告急文书押下，反遣使斥责其作战不利。

朱温在同州盼救兵不至，自觉无望，部下胡真、谢瞳入内劝朱温降唐。谢瞳道："黄巢草莽贱人，乘唐衰乱，伺隙入关，不足以成大事。今唐天子在蜀，诸镇勤王之兵云集景从，可见唐室人心未失。况将军在外搏命，奸贼在内掣肘，何以功成？昔章邯不平赵高之陷害，去秦归楚，得王关中，窃以为将军所鉴。"

朱温沉吟道："败军之将，今更投降，只恐不为所器。"

胡真道："黄巢兵力尚强，唐廷难以遽破。今将军降唐，唐廷必赐厚爵高禄以诱黄巢别部——只恐将军想不做田承嗣也难。"

朱温遂斩了监军严实，开城归降。杨复光道："此贼奸狡无赖，心肠歹毒，留之只恐将来为祸我朝。"欲斩朱温。王重荣劝道："留之足以招徕伪齐各部归降。"遂奏报僖宗，不日，中书令王铎为自来河中宣僖宗旨，授朱温左金吾卫将军，充河中行营副使，赐名朱全忠。朱全忠便认王重荣做舅，竭力逢迎。

当下王铎、杨复光、王重荣等共议行止，王铎道："朱全忠虽降，然黄贼兵势仍强；各镇援兵虽至，然多曾败于贼军，不敢与战——复京灭贼之期，实不可计。"

代北都督李友金道："沙陀兵马骁勇善战、天下无敌；朱邪父子雄才武略，昔日破庞勋之乱战无不胜，天下共知——唯受当时朝中奸佞所陷，不得已寄居阴山漠北——今若以上意赦罪招还，必益效死力，则黄贼不足平也。"

杨复光道："我与李克用之家乃多年患难之交，夙知其人慷慨豁达，忠不顾身，若晓以大义，其必定捐弃旧怨，引兵前来灭贼。"

王铎遂命人飞往蜀中奏报僖宗，不日，僖宗回复准奏。王铎便遣代北监军陈景思为中使往阴山宣谕，径留在李克用军中为监军。

陈景思奉了圣旨，星夜北上，马不停蹄，待至阴山，宣天子谕，不再

38

究李氏父子之过，复李国昌之职。另授李克用雁门招讨使，着亟引兵往复长安。李国昌父子拜受圣谕，李克用与陈景思把手叙话，毫无间疏。陈景思便留于李克用军中充监军。

至次日，李克用与陈景思同至教场，下令点沙陀雄兵数万，布于教场中。端的盔甲鲜明，衣袍灿烂；金鼓震天，戈矛耀日；四方八面，各分队伍；旌旗扬彩，人马腾空。李克用道："此乃我部牙军，以衣旗帜衣甲区分，计有决胜军、铁林军、横冲军、突骑军、亲骑军、突阵军、五院军、飞骑军、雄威军、厅直军、万胜黄头军、匡霸军、飞腾军、马前直军等等军号。"陈景思惊叹道："观此等沙陀健儿，俱是以一当十，勇如虎豹。"李克用笑道："监军再一观我义儿军。"言毕，一声令下，教场中复驰入一支军，较之别军，更是人人勇健，个个英雄，威武雄壮，与众不同。李克用笑道："我择选军中善战健儿，收为义儿，将其编为义儿军，实是精锐中之精锐。"时李存璋为义儿军使，李存信、李存灏、李存贞、李存贤、李存进、李存孝、李嗣本、李嗣源、李嗣昭、李嗣恩、李嗣肱等尽在军中。笔者有一篇言语，单道李克用之义儿军，云：

"义儿军，起边地，
尽集雄杰并壮士。
战马嘶鸣声虎虎，
校场烟尘遮鼙鼓。
驰骋往返弓壶斜，
劲风卷来飞蝴蝶。
剑矛光辉映日月，
一朝三饮枭犹血。
新醅烈酒充甲衣，
但解兜鍪作樽卮。
箭簇入股谈笑若，
铁枪搠面批手执。
鄂公临敌三夺槊，
永兴逆战四十七。

沙陀！沙陀！

人生何惧多宕跌，
唯惧无为双鬓白。
铿锵建功男儿事，
煌煌丹字垂书帛。"

陈景思叹道："此真乃天兵也！有此雄师，何患黄巢不灭？"当下与李克用商议，择日出兵。李国昌业已生病，不便南下，留在阴山调养，将南下之事尽付与李克用。

李克用意欲相约诸豪酋一并南下，诸豪酋久居漠北，无意关内，婉言辞谢。阿保机却欲同入中原，对释鲁言道："此时中原大乱，与晋惠帝时略同，曷不乘此时机南下建功业？"

释鲁劝道："此时中原与晋惠帝时又自不同——彼时司马三分一统，立国却短，又经八王之乱，晋朝内耗已尽；今唐虽失京畿，然其立国日久，人心尚不弃，且中原诸藩镇兵强马壮，岂能坐视我胡人占据中原而不顾？况我契丹诸部尚各自为政，宜先一统，再作别图。"阿保机拜服。

李克用遂与各部豪酋把酒话别，诸酋俱怀依依不舍之情。至与释鲁部作别，更自不同，同阿保机把臂为盟，相约日后再见。

待南下诸事调度停当，李克用向李国昌拜别辞行，李国昌道："我家今蒙天子赦宥，我儿当感念圣恩之隆，戮力讨贼。为父身染沉疴，不复冲杀疆场。"

李克用惶恐拜道："父亲本已授显官，是孩儿鲁莽轻躁，累得父亲复沦于漠北荒迹，实百死不足以赎孩儿之罪。"

李国昌道："运数如此，你却不必如此自责。我家起自胡夷，世代统兵，世人自是多以为我家有异志，更兼我儿少年功成，且为人颇是刚劲率直，不免遭人嫉恨。只是今后却要戒之慎之，行事小心，不要授人以柄。"

李克用道："此节孩儿自当谨记。"

李国昌又道："自安史造乱以来，天下汹汹，皇纲不振，贞观、开元之盛世早成明日黄花，今国势日叠衰微，贤愚共见。我沙陀部世受皇恩，夙秉忠义，乘此危时，自当为国尽心竭力，助天子扫除内忧外患，复兴皇统，重申大义于天下。我儿却要切记之。"

李克用再拜领命。

李国昌慨然道："孰言胡人唯力利是视，并无忠义礼信？今我家当以兴复大唐、扶助社稷为己任，史家秉笔，自有公论。"

李克用道："父亲以为今天下之势如何？"

李国昌道："黄贼转战天下，攻城无数，然得而复失，不植根基；今虽克京畿，却不并战栗之士，不追流亡之帝，无所远图，其治必不长久。藩镇起自我朝明皇，初设本为靖边守土，安史之乱后，渐始为祸，经历百年，愈演愈烈，各镇所辖兵民，只奉藩帅，不知君王，日后为朝廷大患者，想来还是藩镇。"

僖宗向天下藩镇发了勤王诏旨。时平卢军士哗变，逐走节度使安师儒，拥大将王敬武为留后。唐廷无力阻止，只得授王敬武平卢节度使。黄巢使者并至，亦授其职。王敬武一时不知进退。各镇节度留后接僖宗诏书，纷纷率军赶赴关中，唯独平卢未动。僖宗遣都统判官张濬亲往平卢督劝。

张濬见王敬武道："将军乃是天子藩臣，因何侮慢诏使；不能事上，何以使下！"

王敬武不答。

张濬又言道："人生当先晓逆顺，次知利害。黄巢不过贩盐之虏，将军舍天子而向贼称臣，何其愚也！今天下勤王之师皆云集京畿，而淄青独不至；一旦贼被平，天子返正，将军有何面目见天下之人？不亟往分功名、取富贵，后悔无及矣！"

王敬武逊谢一番。另找部下计议。诸人各抒己见，王敬武益发踌躇。侍立小校刘郛进言道："李氏享国日久，民心不失，今虽避难巴蜀，然天下仍奉其为正朔，八方贡献不绝，他日必克复两京，如肃宗平定安史之故事；黄巢纠兖郓饥民、纳庞勋余党，乘乱而起，且寻朝廷之迟、因藩镇之隙，竟得纵横南北，然不植根本，不蓄仓廪，城池得而复失，钱粮唯依掳掠，今虽窃踞神京，其敕令东不出同华，西不逾兴平，政事紊乱、钱粮窘困，又加各镇勤王之兵渐次集结，恐终不能久长。"

王敬武闻言惊喜道："你有此见地，实是难得！"遂擢其为偏将。即发兵跟随张濬西出。

时感化军节度使支详乃是支谟次弟。此次命牙将时溥率军五千入援长

沙陀！沙陀！

安，行至河阴，军士哗变，奉时溥为首，返攻徐州。

支详闻变大惊，左右道："事态急迫，当因势利导，勿作崔彦曾！"

支详叹道："我兄弟运蹇，皆与虎狼之属。"只得将节度使印绶让与时溥，自与家眷出城归乡。支详一行行至七里亭，为徐州部将陈璠袭杀。诸军将便拥时溥为感化军留后。时溥复遣军入援长安。

高骈亦得诏旨，与诸僚属计议。吕用之道："节帅奉诏旨往长安勤王——设若事成，诸镇尽沾勋劳，节帅功不过一进、赏不过百金，以节帅今日之位，有何裨益？设若事败，折兵损将，尽毁节帅数十年之威名，况广陵与长安路途遥杳，万一淮南有变，不及骤回平息。当今天子播迁巴蜀、黄贼窃据长安，正所谓唐失其鹿、天下共逐之时，我观朝廷之衰，不逾现世；藩镇之强，无过淮南——节帅统带精甲数十万、拥膏腴之地、控要冲之州，莫若静观时变，待天道有期——进可睥睨中原、再问九鼎，退可虎步淮南，也不失作孙策。"高骈自觉有理，遂不发兵勤王。

再言李克用整兵自雁门南下，并发牒文于河东节度使郑从谠，着其沿途供给沙陀兵将酒食。

那郑从谠乃是名相郑余庆之孙、郑瀚之子，云州兵变前为兵部尚书、门下侍郎。河东康传圭为变军所杀，朝廷便以宰相临制河东，其麾下副使王调、节度判官刘崇龟、观察判官赵崇、推官刘崇鲁、掌书记李渥、支使崔泽等皆当时名士，时人称太原府为"小朝廷"。郑从谠见了李克用牒文，召集众人商议。王调等道："沙陀人狼子野心，更兼兵马剽悍，若开城迎送，只恐生变，河东不复为我所有。"郑从谠乃传令沿途州郡闭城陈兵，严加防范。李克用闻讯大怒，引了兵将，来至晋阳城下，招呼郑从谠答话。见郑从谠登上城楼，李克用道："我奉天子诏谕，往讨叛贼，为国除凶，与你进退一体，你为何视我如敌，令沿路州郡坚壁相拒？"郑从谠扶垛言道："黄巢造逆，圣驾蒙尘，驻跸西川，遥盼克复神京不啻久旱而盼甘霖。将军既得天子诏谕，理合星夜倍道，亟往关中，奈何逡巡不前，置圣忧于不顾？酒食今已备下，希将军用毕，从速起程，以副天下之望。"李克用见状益怒。身边诸太保恨道："斯人着实无理！父帅不必与其多言，待我等带兵夺了城池，杀个鸡犬不留！"陈景思止道："不可——我等若恃强掳掠，与贼人何异？"李克用沉吟片刻，戟指城楼道："你但虑我夺你城池，我岂不知？

42

此诚以小人之心度君子之腹——乘犒军之利，行灭虞之谋——我不屑为此苟且之举。今便收兵暂回雁门，移书于你，约期攻城！"说毕，整顿军马返回雁门。

早有人将此信报于行营都统王铎，王铎以墨敕谕郑从谠，严词切责。郑从谠无奈，只得致书李克用谢罪。李克用得信，并无动静。义武节度使王处存闻讯，自往雁门来见李克用。

李克用与王处存熟稔多年，自是殷勤款待。王处存并无赘语，径直言道："将军既受天子诏旨，因何仍逗留雁北，不南下讨贼？"

李克用道："河东郑从谠遇我如敌，他是朝廷宿臣，天子势必偏袒于他。昔日我父子浴血苦战而灭庞勋，天子不恤劳苦，贬窜我父子与边北；段文楚犯众怒而获杀身，朝廷却以我父子为叛逆加兵征剿，迫得我父子流落荒漠。今既授我以讨贼之任，却不能推心置腹于我，其以我心为何？"

王处存闻言起身道："长安沦陷，天子西狩，王道陵迟——此诚忠义之士报君王、死国事之时也。将军世代国之柱石，值此社稷危亡之际，当捐小嫌而全大义。我今日亦明誓：若他日天子再负将军，将军自可取我首级，尽有我易定之土！"言毕，拔出佩剑，刺臂出血为誓。

李克用亦早已起身，铿锵言道："以兄之慷慨节义，我纵赴死，亦无所恨！兄再勿多言。我即日起兵便是！"二人把臂为盟，含泪而别。

李克用遂二次南下。行至太原府，郑从谠率众赍了牛羊酒食，出城迎候。另赠沙陀军钱千缗，米千石。李克用笑道："钱粮不必携于军中，你权且与我看管——待来日我破贼功成，必移镇河东，置治太原。"

郑从谠坦然道："但有陛下诏旨，我自当束身归朝。"

李克用遂催兵前往长安，以李存孝为前锋，进屯沙苑，与黄巢之弟黄揆军对峙。时诸道军马已集于长安四面，中书令王铎充任四面诸道行营都统，以李克用为东面北面行营都统，杨复光为东面都统监军使，陈景思为北面都统监军使。

却说李克用甫才扎营，忽人报道："长安有一将，乘马来寨中，要见招讨使。"李克用命人引入帐中询问，乃黄巢部下将军米重威。李克用问其来意。

米重威道："我主所敬者，唯将军。今特使我来结盟——想将军父子

沙陀！沙陀！

披枪蹈戟，于李氏有再造之功，然李氏寡恩，欲教将军父子长留边鄙，终老蛮荒。将军承将士拥戴，掌制均衡，李氏不念前勋，翻加征剿，虽汉高之负淮阴、晋文之诛钟邓，无过于此。今受我主兵锋，复思将军勇力，古人云：'建高人之功而事庸主，何以图安？'只恐今日我主息兵，明日将军伏俎，窃为将军所忧——我主精于诗书，长于军旅，起事以来，攻无不摧，战无不胜。却蕲州之舞蹈，拯黄梅之蹉跌，之后神兵电扫，旬年颠覆李氏，三王以来实为鲜见，若将军与我主相联，定天下如反掌耳。"

李克用听毕叱道："黄巢逆天无道，荡覆王室，我尽忠唐室，属命李家，恨不夷黄巢九族，以谢天下，安肯与逆贼结盟！你可回复黄巢，教他洗颈待戮！"米重威连连叹息，离营而去。

越日，李克用与义军交兵，李存孝一马当先，挡者无不披靡，一战大破黄揆军五万。

又进至蓝田坡，李存孝再度出战，无人能敌，遂破尚让军十五万。各镇兵马见沙陀军得胜，方才次第向长安进兵。

李克用率沙陀军李存孝等为先，忠武镇将军庞从、河中将军白志迁等为继，在渭南遇黄巢自率大军。义军奋命死战，却终不敌沙陀军悍勇，三战三负，死伤无数，退往长安。李存孝一军马不停蹄追赶而来。义军奔入光泰门，沙陀军接踵而至，李存孝扫靖道路，拥李克用一马当先跃入光泰门，其余部将杨守宗等并庞从、白志迁等军潮水般涌入。黄巢见大势已去，知长安不可守，遂携众离城而去。

彼时杨复光亦在李克用军中，随之而入长安，见李克用正在光泰门前指挥沙陀军冲杀。杨复光向李克用贺道："将军旌麾南下，战无不胜，神兵电扫，旬日间破强贼，复神京，再造社稷，其功更胜郭子仪、李光弼。况将军年止廿八，尚未而立，为诸帅中最少，然居功第一，实古来少有也！"

各镇兵马渐次入长安，众人自知李克用居功至伟，无人可匹，却也未免嫉恨，因李克用一目微眇，故私唤之"独眼龙"。

杨复光早使人誊书捷报，奏于蜀中僖宗；一面又调度人马，追剿黄巢败兵。不日，僖宗旨下，褒奖诸路复京兵马。授李克用同平章事领河东节度使；授河中节度使王重荣同中书门下平章事，其弟王重盈为陕州节度使；授朱全忠宣武节度使；授杨复光开府仪同三司，封弘农郡公。其余诸镇各有封槁。

收复长安之时，唐室各大镇皆出兵马，独淮南镇未出一兵一卒。僖宗衔恨，遂下诏免去高骈淮南节度使并江淮盐铁转运使之职，征其入朝，授以侍中虚职。高骈接诏，向左右问计。吕用之道："节帅为唐室造下奇功无数，今仅以未出兵复长安，便要解节帅兵权，足见天子寡恩。"张守一道："节帅若离军伍，无异龙离江海，不复为英雄也。"正在此时，又接到庐州刺史杨行密之书信，言："节帅功盖南北，名满天下，嫉恨者甚多。今若脱离甲兵，束身入朝，必为所算，切不可慕虚名而受实祸。"高骈遂不受朝廷之命，且回书抗拒。僖宗恼怒，命郑畋草书切责高骈。自此，高骈不再听从朝廷调遣。

李克用在长安会晤诸友，盘桓多日，正欲往河东就任，忽接噩耗：杨复光于河中病故。李克用忙携了亲随，备了祭礼，自往河中府凭吊。抵达河中府，王重荣迎接，径奔灵堂。李克用奉祭礼于灵前，放声大哭道："杨公与我家世交，幼蒙教诲，今又荐我入关平贼，于我有再造之恩。公秉王佐之才，竭忠王室、忠肝义胆，为剿灭乱贼、恢复社稷，不畏刀斧、奔波操劳，天人共鉴。今功业甫成，未及安逸，竟撒手人寰，令人思之怎不断肠？"泪如涌泉，哀恸不已。王重荣并鹿宴弘等八都将齐来解劝。

不日，天子旨下，追赠杨复光观军容使。

杨复光既死，八都将不愿居于王重荣之下，遂奔许州。鹿宴弘主持州事，日久渐与韩建、王建、晋晖、李师泰、张造五将生出嫌隙，五将负气离去，归附田令孜，田令孜厚待此五人，命其统领随驾都军，号称随驾五都。

李克用祭毕杨复光，方率人马前往河东。郑从谠早接诏旨，便与李克用一一交割，神色坦然。李克用却也佩服。交割完毕，遂在晋阳城下作别。郑从谠道："将军神威，古今罕有，年未而立成此大功，实是国家栋柱。今王室衰微，国是凋敝，还望将军以扶拯王室为己任，建桓文之伟业、灭操莽之奸雄——如此则天下幸甚！更望将军勿念旧恶，善待河东百姓。"李克用与之拱手话别。

自崔季康之时，河东多与李克用交兵。既入晋阳，李克用命张榜晓谕军民，言不咎既往，嘱其安心。又调度河东诸般事宜，盖寓、李存璋、康君立等俱授要职。

沙陀！沙陀！

未及数月，李克用得讯，知父亲病笃，忙带了亲随，星夜赶回代北。李国昌在榻上嘱咐李克用道："我家祖居北迹，中原向来目我等为蛮夷，以为我等全无忠义礼信。自宪宗以来，我家积功至显，且久掌劲兵，多有人以为我家有异志，我甚畏此流言：昔淮阴勋比伊、吕，然见疑身亡；仆固功较仪、㻛，却受谤名裂——诚为后人之警。我儿今复裂土封藩，当敛之慎之，以保我家之长兴。"李克用于榻前顿首受命。

李国昌复命以车将其推于室外，南望中原，叹道："不能复入中原矣！"言讫抱憾而薨。

朝廷闻讯，厚加抚慰，加授李克用司空。

第八回
朱全忠兵围上源驿　李克用马跃升仙桥

长安虽得收复，但僖宗思忖义军余部未靖，不敢遽归。

黄巢退出长安，尚有精兵十余万，转而奔向蔡州。蔡州刺史秦宗权引本部投降黄巢。黄巢遂命孟楷往攻陈州。早在黄巢欲离长安之时，陈州刺史赵犨便对部下诸将说道："黄巢今番兵败，其若离开长安，必然东走，陈州乃是要冲；且黄巢自造乱以来，与忠武军累年鏖战，仇怨甚深，我等不可不做防备。"于是练兵屯粮，修墙筑堡。孟楷赶到陈州，恃勇轻进，一战被杀。

黄巢闻知孟楷阵亡，便联合秦宗权，将陈州团团围住攻打。赵犨率陈州兵将并力守城，自夏至冬，半年已过，黄巢兵势虽众，却攻城不下。陈州被围，忠武节度使周岌、武宁节度使时溥、宣武节度使朱全忠皆发兵救援，黄巢毫不畏惧，分兵拒敌，将三路援兵杀得大败。三镇踌躇，左右兵将进言道："黄巢兵锋尚锐，能克黄巢之人，唯有河东独眼龙。"周岌、时溥、朱全忠遂联名致书李克用，求其救援陈州。

李克用接书，聚众商议，诸将各有所陈。李克用道："区区陈州，拒黄巢十余万众经年——今既致书于我求救，我若不救，他日城陷，世人必以赵犨为张巡，以我为贺兰进明！"遂点集诸将，李克用之妻刘氏亦随军而行，以李存孝为前锋，起蕃、汉兵马五万，出天井关，径奔陈州。

黄巢围攻陈州已近一年，久战不下，不免焦躁，忽闻李克用引鸦兵来援陈州，不觉吃惊，自忖难以抵敌，便欲调度太康尚让、西华黄思邺两军撤离，合兵而退。哪知沙陀兵动若电扫，黄巢军令尚未传及，两处军营已被打破。黄巢召集众将道："鸦兵又至，其势不可逆击，此间邻近宣武军，

47

沙陀！沙陀！

我等不如北上夺取大梁以作根基。"遂引军直扑故阳里。

朱全忠得知黄巢义军将攻汴州，大惊失色。一面苦求李克用再往援汴州，一面星夜赶回汴州御敌。不日，黄巢军已至，尚让率部与宣武将军朱珍、庞师古鏖战于繁台，正在危急间，沙陀兵又至，将尚让人马击退。黄巢引本部军北走，李克用穷追不舍，在中牟北王汉渡将义军追及，义军适半渡，沙陀军纵马冲杀，尚未渡河之军回身舍命奋战，终是难敌，多战死于汴河南岸。义军尚有诸多大将未及渡河：尚让无路可逃，降于武宁军时溥；李谠、霍存、葛从周、张归霸、张归厚等尽数降于宣武军朱全忠。

李克用却只带领李存孝、薛志勤等数将，率数千轻骑，渡河北上追赶黄巢。自封丘而东，过胙城、匡城，直至兖州，追至冤句，李克用回顾左右，身边仅数百骑相随，余者战马脚力皆不能及。李存孝还欲再追，薛志勤道："我等日行数百里，奔走旬日，远离大军，人马俱已困乏；且此地乃黄巢起兵肇始之地，多其党羽亲随，彼等亦明察地理；况将军今大功已成，不若返回，万一不虞，悔之晚矣。"李克用闻言颔首，遂会合大军而返。

沙陀军回军途经汴州，朱全忠早引了汴梁文武，远出城郭来接。遥见李克用一行，忙先下马等候。李克用略一迟疑，亦下马相见。朱全忠施礼道："自长安得拜君颜，嗣后天各一方，不及趋侍。今又赖君之神威，解汴州倒悬之急，纵是结草衔环不足以报君恩义之万一。幸蒙不弃，到荒州暂歇片时，以叙翘首之思，实为万幸！"

李克用不禁矜矜自喜，便欲入城，其妻刘氏将李克用引至静处谏道："汴州城高池深，朱温居心叵测，城内尽是其亲信爪牙，将军勿轻赴险地。"

李克用道："我于他有恩，他能如何？"

盖寓道："朱温轻狡小人，素无信义，岂可以君子度之？"

李克用道："我视黄巢尚如鼠雀，又何惧其旧部叛将？"遂将大军屯于城外，自己与监军陈景思，带了薛志勤、史敬思等并亲随数百人，与朱全忠上马并辔，自封丘门入城。

便在封禅寺设宴，分宾主依次而坐。一时水陆毕陈，盛置酒乐，馔具精丰。朱全忠殷勤劝酒，极颂李克用之威武，李克用得意，不觉酒酣。朱全忠再起身敬酒道："非将军之力，恐汴梁今已为齑粉了。"

李克用乘酒兴揶揄道："故主莅临，抑或不至伤你性命。"

48

朱全忠忸怩不能对。汴梁诸将闻言亦变色。

宣武将军杨彦洪忙上前敬酒道："黄巢兵势虽盛，但遇李司空，则迅即失色萎靡，未掠兵锋而即遁去，实是惧司空虎威矣！此一役斩黄巢部众不可计数矣！"

李克用又道："此一役，黄巢身边所余部众不多，却皆视死如归，未有降者，想来却也令人钦敬——伯夷不食周粟，田横耻作汉臣——那等骑墙之辈，终是不值一哂。"陈景思自觉李克用言语侵人，以目视之，李克用浑然不觉。

汴梁诸将闻言皆愧恨交加，朱全忠讪笑一番，又与李克用诸人敬酒，益加曲意奉承。汴梁诸将见主公如此，亦殷勤劝酒。李克用见朱全忠等谦卑依旧，益加无防，不觉大醉。沙陀监军陈景思并薛志勤、史敬思等亦皆昏昏。直至深夜，酒宴方尽欢而散。

宴罢，李克用一行宿于上源驿，朱全忠亲自安置妥帖，方离开馆驿。

朱全忠归了府堂，悒悒不乐。宣武将军杨彦洪私语道："适才宴上，独眼龙无理太甚，莫若今夜乘其不备斩杀之。"

朱全忠道："彼于汴梁有恩，岂可因小怨杀之。"

杨彦洪道："明公差矣。独眼龙自来枭逆桀骜，狼子野心——昔日盘踞雁门，辱支谟于前，杀文楚于后——天下共知；今番平灭黄贼，其居功第一，益加睥睨诸藩镇；更兼鸦兵彪悍勇猛——日后必为我汴梁心腹大患。今夜其入我彀中，此诚潜在难逢之机也。若稍迟延，悔之晚矣。"

朱全忠沉吟道："彼解我汴梁之危，我若杀之，恐天下非议。"

杨彦洪道："昔重耳弃楚惠而击子玉，终成霸业，孰个非议？子欢怀秦恩而释孟明，遂失纲统，谁人悯惜？自古成大事者，不拘于小礼。今天下大乱，唐室衰颓，此正英雄逐鹿之时。明公若剪除沙陀，则黄河之阳，自当尽奉明公号令。明公虎视天下，谁敢多言？"

朱全忠思忖道："彼部众集于城外，若杀独眼龙，其党羽攻城作乱当如何？"

杨彦洪道："但使杀得独眼龙，鸦兵群龙无首，难成大患。"

朱全忠喜道："将军诚为我谋——今夜将军为前驱，我为后继。事成之日，将军可尽领河东之地。"

沙陀！沙陀！

杨彦洪拜谢，又进言道："适才入城，我见独眼龙所乘乃是白马，今夜混战，明公督后，但见骑白马者，格杀勿论。"

朱全忠记下，命杨彦洪速集精兵围攻上源驿，为保无虞，又在出城各处要道也伏下截杀兵马。

是夜，月黑风高，杨彦洪命人先以车栅将上源驿团团围紧，待至三更，一声令下，汴军鼓噪向驿内冲杀。霎时间，火光烛天，杀声动地。李克用亲随闻声而起，情知有变，忙操刀持枪，拒住驿门。薛志勤大呼道："朱三负恩无义——邀李司空入城，翻要加害！诸君但努力杀贼！我等虽只三百人，却也不惧他千军万马！"其弯弓在手，箭无虚发，须臾间射杀汴州兵将数十人。其他亲兵亦以一当百。汴军一时也难以攻入。

李克用饮酒甚多，犹在室中酣睡，近侍郭景铢极是机警，先灭了室内灯烛，再将李克用拖至床下，以冷水喷其脸面，李克用懵懂而醒。郭景铢急道："朱三负义，要加害司空！"李克用闻言大怒，踉跄起身而出。

杨彦洪见一时攻不进上源驿，便命向里投掷火把，要烧死李克用一行。左右踌躇道："驿边尚有我诸多汴州兵士，若火势一起，不免同焚。"

杨彦洪喝道："但叫杀得独眼龙，此辈生死，何足道哉！"左右不敢违命，遂向驿内纵火。一时上源驿各处火起，加之风劲，火烧得愈急。

薛志勤对李克用道："情势太是危急，若五鼓我等还不能出，必无生望。"李克用几番欲冲出，俱被汴军乱箭射回。火势愈大，李克用叹道："不料今日竟死于此处！"

正绝望间，忽听一声霹雳响处，骤雨倾盆，满院之火，尽皆淋漓而灭。程敬思等喜道："此时不走，更待何时！"与薛志勤等人护了李克用，攀着断壁残垣逃出上源驿。时风雨交加，天地间只墨黑一团。诸人借着烨烨电光，用长枪拨开车栅，纵马夺路而走。监军陈景思及李克用亲兵三百人，稍后而行，被汴军赶上，尽数杀死。

杨彦洪见李克用逃走，慌急间不及细看，牵了一匹白马跃上，引兵士自后追赶。时朱全忠自带兵来上源驿查看，彼时混战正酣，黑暗中但见一骑白马在前驰骋，朱全忠忆起杨彦洪之语，弯弓搭箭，向那骑白马之人一箭射去，正中后心，杨彦洪翻身坠马而死。

李克用一行惶惶疾走，奔至升仙桥，又有汴军拒桥。李克用道："今日之势，有进无退，我等当拼死前行！"是时后面追兵已至，史敬思道："主公速走，我自断后！"言毕率十余人翻身挡住追兵。于是薛志勤当先，邈佶烈等亲兵护卫，拥了李克用跃马而上升仙桥，舍命杀开一条血路，直往尉氏门而去。史敬思等人却被汴军重兵四面困住，未能突围而出，俱被乱刀斫为肉泥。

李克用数人逃至尉氏门，杀散守军，却无法开启城门，只得弃了战马，缒城而出。出门奔跑未及数里，又遇汴州牙将王彦章截住去路。王彦章手持一对铁枪，纵马杀来。李克用诸人战马已失，人皆力尽。邈佶烈欲上前舍死相搏。正危急间，李存孝带一哨人马赶来，只一合，便杀退王彦章，驱散汴军，救了李克用数人。笔者有一篇言语，单道上源驿之宴：

"沙陀百战健儿军，
征战回行汴梁门。
主人力邀城中叙，
水陆俱备极殷勤。
樽中美酒座上客，
座上之客皆醺醺。
是夜留宿上源驿，
宾客恃恩主负恩。
汴军结束遵令起，
觥筹顷刻作剑戟。
车连木栅祝融升，
上源驿客难出驿。
天降骤雨如注倾，
司空方得逾垣逸。
升仙桥上胡驹飞，
尉氏城头鸦兵坠。
奈何小隙成大怨，
四十春秋梁晋战。
豪强既遇当何为？

沙陀！沙陀！

造衅争锋天下乱。
藩镇祸事由来长，
李唐神器久黯淡。
风云际会杀伐过，
一抔黄土蓬蒿伴。
史笔亦难分曲直，
后人读史空嗟叹。"

李存孝护了李克用等归营，与刘氏并诸将相见，不禁唏嘘。李克用便欲整军攻汴梁，刘氏道："夫君东出讨贼，解国家之倒悬，救诸侯之急难。今汴州不义，谋害父君，自当将此事诉诸天子。若举兵相攻，则天下谁能辨明事之是非曲直？且亦授汴州以柄。"

李克用尚未言语，旁有铁林军使周德威进言道："窃以为当攻汴州！"

李克用道："试言来去。"

周德威道："主公千里驰解汴州之危，朱三恩将仇报，我直彼曲，师出有名。今朝廷衰微，自顾不暇，天子为贼人所迫，避难西蜀，安能裁判强藩之是非？况我以为汴州一战可下，其理有三：我军同仇敌忾，士气可用，此乃其一；朱三初至汴州，根基未稳，人心尚未依附，此乃其二；昨夜混战至今，汴州城不及为备御攻，此乃其三——况朱三骑墙反复之辈，全无忠义可言，此亦可为国去一大患！"

李克用沉吟道："君言甚是！只是我家世受皇恩，自当以匡济唐室为己任。今天下纷乱，皇纲不振，诸藩镇各行其是，视殿陛如无物；我临此事，却当上奏，以树天子之威仪——设若不谐，我也自有计较。"就在汴河边遥祭陈景思、史敬思诸人，之后回军河东。一面上奏朝廷，陈说冤情；一面致书朱全忠，严词切责。

第九回
罗城受俘美人临刃　散岭避祸天子赠袍

朱全忠得知李克用逃出生天，不禁大骇："使独眼龙走脱，我自此不得安寝矣。"忙命汴州兵民齐上城垛，防备沙陀军攻城。不移时，得探报沙陀军离去，不禁长吁一口气。随即接李克用责问书信。朱全忠忙教敬翔代为修书，只推说自己亦醉，不知昨夜之事；袭上源驿乃是杨彦洪所为，且已死于乱军之中；望与李克用释却此番嫌怨云云。书修成，命亲信持了，往投李克用。

李克用接书阅毕，并不多言，只将汴州信使挥去，引沙陀军退回河东。是日途经洛阳，河南尹兼领东都留守李罕之早备了牛酒，出城迎候，恭请李克用入城。李克用私问部下道："李罕之亦是黄巢旧将，早降于高骈，如何在此处？"

盖寓答道："李罕之初投高骈，高骈举荐他做光州刺史，后秦宗权袭夺光州，李罕之便往依河阳节度使诸葛爽，初在怀州、后屯宋州，今年方至东都。"

刘氏与诸将皆言道："李罕之轻狡反复，不啻朱三，此番切不可入城！"

李克用笑道："不然——李罕之知我经历上源驿之变，必做防备，仍请我入城，足见其无诈。况且此番出兵，我本欲假道诸葛爽之地，他却不允——日后若与诸葛爽一战，我需结李罕之为援。"并不纳刘氏并沙陀诸将劝阻，坦然入城。李罕之备极恭谨，自言久怀倾慕之意，李克用欣然。宴会之间，李克用见李罕之身后有一少年侍立，生得敦谨稳重，便向李罕之询问。得知此少年乃是陈州人，名唤符存，父符楚曾为陈州牙将，其年幼时家道衰微；曾与陈州一衙内争一歌伎，怒而将衙内打死，坐律当斩，

沙陀！沙陀！

歌伎仗义前往陈州太守处求情，太守敬悯，赦其死罪；值乾符末年，河南盗贼横起，便投李罕之麾下效力。李克用对符存甚是喜爱，便向李罕之讨要。李罕之道："我命已属司空，何吝一将？"李克用大喜，将符存收为义子，改名李存审，编入义儿军中。又在洛阳盘桓数日方离去。

　　却说李克用差骁将李承嗣将上源驿变故之奏章，星夜送往成都。僖宗览毕，与诸臣商议。田令孜道："河东、宣武，俱是强镇；独眼、朱三，皆非凡人——且都有讨黄贼大功，必是恃强相恶。经黄贼之乱，民生凋敝，不可再生战端——窃以为朝廷不必辨其是非，但只虚与委蛇，媾和二枭，保得天下安宁。"

　　杨复恭道："愚以为不可——朝廷若不持公允则无威，不辨是非则无信；威信不立，何以令藩镇？周世幽王轻启骊山烽火而失社稷，我朝宪宗穷究静坊铁锤而定鸥枭——天下曲直，人孰不知？况李克用带甲数十万，携平贼之大功，若不待朝命，径自兴兵，谁可制之？今李克用舍易求难，上表朝廷，意在求殿陛之敕诏以树庙堂之纲纪，陛下切不可枉自辜负了李司空一片苦心！"

　　田令孜急道："若河东、宣武交兵，天下必然大乱。战火又生，则陛下何时得以复归京师？"此语触动僖宗心事，遂不纳杨复恭之言，但命张承业为中使，往河东抚慰李克用，与双方和解，并不究宣武之过。

　　未逾数日，感化军节度使时溥驰至成都献捷——原来黄巢避李克用兵锋，退至封丘；时溥又遣大将李师悦与尚让追蹑至瑕丘。黄巢引数十余部逃入狼虎谷襄王村，势穷力竭，为其外甥林言所杀；林言持黄巢并其子弟首级往时溥大营邀功，路遇一队沙陀军，将林言亦杀了，与黄巢诸人首级俱献于时溥——时溥今便将黄巢诸人首级及所获黄巢义军俘虏，一并解来成都。

　　僖宗龙颜大悦，遂于成都罗城正南大玄楼受俘。初登楼时，但见建得巍峨壮丽，僖宗遂问道："此楼因何名为'大玄'？"左右有人知晓，便回答道："此楼乃是高节帅在成都时所建，初建成时，节帅命卜筮，得大畜。节帅遂说：'畜者，养也。济以刚健笃实，辉光日新，甚是吉利——当去下存上，名为大玄楼。'故此得名。"僖宗听此楼乃是高骈所建所名，心中已是怏怏不快。

登楼先验了黄巢首级，时溥又献上黄巢姬妾数十人，僖宗责问诸女道："你等也多是国家勋贵之后，世受国恩，为何失节，甘心从贼？"

为首之妾答道："黄巢之军，纵横海内，望者披靡，朝廷拥百万精兵良将，尚失守宗祧，播迁巴蜀。今皇上反以不能拒贼而责一弱女子，此将置庙堂之上诸公卿将帅于何地？"

僖宗大怒，命尽数牵出斩首。至于刑场，诸女多已萎靡号啕，监斩官心生怜悯，遂命将成坛陈酿美酒分与诸女子，使其于酣醉中受戮，不复惊惧苦楚。诸女争相夺坛痛饮，皆烂醉如泥。独有那顶撞僖宗之女，不沾滴酒，亦不哭泣，坦然受刑，临刑前叹道："恁多变军首领，朝秦暮楚，反复无常，全无节义可言，然既归顺朝廷，绯服紫带，安享富贵；我等女子，只因被贼擒获而不能死节，便项受刀锯，天理何在？"四下闻者无不慨叹。

再言中使张承业抵达河东，传谕圣意，李克用冷笑道："如今帝业凋零，我本欲借此事树天子威名而天子不受。今汴梁我自取之，何假他人敕令？"

张承业私语李克用道："天子尽知司空之不平，然天下历经黄巢之扫荡，百废待兴，何堪再临兵祸？司空既有挽危厦之膂力，亦当有纳百川之胸襟；况今天下汹汹，司空独扶唐室，实乃五伯之功，他日必成王霸之业——还望司空长存大体、暂弃小怨，摒一时之龃龉，博百代之崔嵬。"

李克用听后起身敛容道："中使金石之言，我自当听从。"二人又攀谈多时，李克用见其见识气度，颇是不凡，深为敬爱，自思上源驿之变后，陈景思已死，河东镇尚无监军，便请张承业留在晋阳，继陈景思之职。张承业久闻李克用大名，今见其英雄卓尔，亦是倾心，自然允诺。李克用自向朝廷奏知。

僖宗接李克用表章，遂以张承业为河东监军；加封李克用陇西郡王；并划麟州属河东镇，以李克用兼云蔚防御使；又因李克用命其弟李克修占据泽、潞二州，便以李克修为昭义节度使——以示抚慰。

田令孜素与王铎不睦，便私劾王铎曾经遇敌畏缩不战，僖宗以王铎勤勉帝事，并未贬责，只是命其领义昌节度使。王铎领旨谢恩，收拾家资细软。起程之日，侍妾成群，车仗数里，更兼服饰鲜艳华贵，好不气派！郑畋送行，私语王铎道："今天下非承平之时，不宜如此张扬，当微服潜行往沧州。"王铎笑道："我为宰相，今领藩镇，谁敢谋我？"遂盛势而行。途经魏博，

第九回　罗城受俘美人临刃　散岭避祸天子赠袍

沙陀！沙陀！

魏博节度使乐彦祯之子乐从训在漳南高鸡泊伏兵将王铎一行尽数劫杀，掠其资财侍妾。乐彦祯上奏朝廷，只说是被江湖盗贼所杀。

僖宗闻知王铎之死，不禁恸哭道："宰相赴藩镇就任，竟于途中被杀，天下混乱如斯，朕实愧对列祖列宗。"诸臣解劝，遂以右仆射王徽兼领京兆尹，主持长安修复。王徽招抚流散黎民、修缮破败宫室，至次年，长安粗见原貌。于是关东藩镇纷纷上表请车驾还京师。僖宗亦不愿久驻西川，便于春季返回长安。

适返长安，又接警报——秦宗权在蔡州称帝，仍以大齐为国号，四出攻掠，兵锋甚是凌厉，连陷数十州——东都留守李罕之亦不敌，退保渑池；鹿宴弘败死于许州；只有陈州，仍赖赵犨兄弟据守，未曾沦陷。中原诸地，秦兵到处，赤地极目。

僖宗以时溥献黄巢首级，其功勋殊拔于他人，封其为巨鹿郡王，并诏其为蔡州招讨使。朱温自以为功在时溥之前，未免不平——恰又接赵犨兄弟书信，言陈州又遭秦宗权围困——便亦上表自请讨伐秦宗权。僖宗自然准奏。

田令孜自觉藩镇节帅难制，便以帝诏将河中王重荣迁往泰宁、泰宁齐克让迁往义武、义武王处存迁往河中。王重荣自以为复长安功高，不肯奉诏，上书列数田令孜之罪。田令孜大怒，欲使宣武朱全忠攻河中，朱全忠方与秦宗权鏖战，无力分兵——朱全忠初借王重荣牵引降唐时羽翼未丰，认王重荣做舅，极尽恭谨；后渐势壮，不再遵从王重荣调度，王重荣怒其反复，与之结怨——田令孜只得阴结邠宁节度使朱玫、凤翔节度使李昌符，只对二人言说："王重荣自恃功高势众，欺凌天子，连结党伍，败坏朝纲。二节帅国之柱石，当忧天子之忧，出兵殄灭奸徒，复安社稷。"二人遂起兵攻河中。

王重荣不敌，急向河东李克用求救。李克用本与王重荣相亲善，自然提兵援助河中，在沙苑大败朱玫、李昌符之军。朱玫、李昌符商议道："鸦兵勇悍，我等与之相争，有败无胜；况我二人皆一方藩镇节帅，安能受一阉竖驱使！"遂引兵各还本镇。

二镇兵退，李克用与王重荣计议道："此事皆因田令孜而起。不诛此贼，天下难安。当引兵入京，以清君侧。"遂兵逼长安。田令孜自知若被李克用、王重荣擒住，断无生望，忙拥了僖宗，自开远门逃出，往凤翔避难。

　　李克用、王重荣入长安，得知僖宗已往凤翔去了，忙联名上表，请圣驾还京，并请诛田令孜以谢天下。护驾神策军亦有怨言道："使我等遭此次颠沛，皆田令孜之罪衍——其人之恶，更甚杨国忠。"田令孜知凤翔难安，便请僖宗再迁兴元。僖宗不从，田令孜索性带了亲兵数百，劫了僖宗，连夜逃往宝鸡。宰相朝臣皆不知变故，只有翰林学士承旨杜让能值宿禁中，得知皇帝已被田令孜拥走，杜让能来不及乘马，徒步奔跑追赶僖宗车驾。连奔十余里，在城外遇到一匹乱军所遗之马，并无鞍鞯缰绳，杜让能解下腰带，充作缰绳，勒了马匹，直追至宝鸡。

　　李克用、王重荣欲点兵追赶圣驾，朱玫、李昌符遣使言道："前番误受田令孜之惑，与二节帅为敌，罪莫大焉。今闻二节帅欲清君侧，我等请为前驱，以释前怨。"邠宁、凤翔兵遂直扑宝鸡。

　　田令孜急令神策军指挥使杨晟引军抵挡，不消多时，行宫内已闻战鼓之声。田令孜道："今日之势，更紧于昔奉天之战！请大家速行，否则祸在眼前！"不容僖宗多言，拥了僖宗便往兴元奔逃。宝鸡平民亦惧兵祸，纷纷出城躲避。一时间军民杂糅，锋镝纵横，僖宗车驾竟难以行进。随驾五都之王建、晋晖奉命为斩斫使，王建选健壮军士五百，手持长剑，当先开路，斩杀无数军民，车驾碾血而行。行至大散岭，人报李昌符已纵军放火焚烧阁道，前方烟火冲天。僖宗恐惧而不能前行。王建背负僖宗，冒烟吐火，越过阁道。天色已晚，不及寻屋舍，僖宗便枕了王建之膝胡乱歇息了，醒后感念王建忠义，解御袍相赠，言道："此衣有朕之泪痕。"车驾直入散关。

　　朱玫追僖宗不获，返回兴元遵涂驿时，遇肃宗玄孙襄王李煴，邠宁大将石君涉私劝朱玫道："我等兵逼銮驾，已获不赦之罪。今遇王孙，正是天顾节帅——今天下大乱，天子已失人心、难驭九鼎，莫若奉之以为新君，则节帅之勋，不啻王导延晋祚于建康、郭公奉新皇于灵武。"朱玫深以为然，遂挟李煴还凤翔。

第九回　罗城受俘美人临刃　散岭避祸天子赠袍

第十回
李襄王汉宫充傀儡　高节帅隋苑作牺牲

朱玫携裹了襄王李煴归京师，李克用、王重荣已各返镇。朱玫便议立李煴为帝。平章事萧遘道："主上践祚十余年，并无大恶。罪皆由田令孜，贤愚共知。足下尽心王室，正合引兵还镇，拜表迎銮。废立重事，伊、霍所难。"朱玫拔剑喝道："我立李氏一王，敢异议者斩！"遂拥李煴即位。朱玫自加侍中兼左右神策军使、领诸道盐铁转运使，以淮南节度使高骈兼领中书令、江淮盐铁转运使，以吕用之为岭南东道节度使。遣夏侯潭、杨涉等往各处宣谕。天下十之六七藩镇往长安李煴处进贡；高骈尤其踊跃，贡物车载连绵，不可计数。僖宗在兴元所得供给甚薄，问津者益少。

李昌符本与朱玫一道起兵，共谋拥立新君。新君嗣位，朱玫独揽大权，李昌符甚是不平，不受新君封赏，复向兴元僖宗上表示忠，僖宗诏封其为检校司徒。

僖宗复向河中王重荣求救，王重荣表请诛杀田令孜。田令孜自知为天下所不容，遂举荐枢密使杨复恭为左右神策军观容使，自领西川监军使，往依其兄陈敬瑄。此时韩建已领华州刺史，王建等四人亦授各州刺史，自此随驾五都不复存。王重荣闻知田令孜已去，遂向兴元僖宗处进献绢帛十万匹，且上表自请讨伐朱玫。

李克用亦接到李煴诏书及朱玫信函，盖寓、周德威等进言道："銮舆播迁，天下尽归咎于我河东。今番若不诛杀朱玫、废黜李煴，节帅无以自清。"李克用遂焚毁李煴诏书，囚禁使者，传檄讨逆，并派李承嗣引精兵往兴元扈跸僖宗。

兴元杨复恭闻知李克用、王重荣皆拥僖宗，喜道："大事定矣！"遂以帝诏悬赏朱玫首级，称："得朱玫首级者，授静难节度使。"朱玫大将王行瑜，知朱玫终必溃败，拥兵擒杀朱玫，长安大乱。长安之臣裴澈、郑昌图等拥了李煴逃往河中往依王重荣，王重荣待其入界，随即斩杀李煴，将其首级献于兴元僖宗。

僖宗本欲将长安曲从李煴之臣尽数诛杀，宰相杜让能力争，遂多赦免，只斩了首辅数人。

次年三月，僖宗车驾返回长安，李承嗣引沙陀军扈从，田令孜不敢相随，避于成都。僖宗至凤翔，李昌符自思昔日曾与朱玫为伍，恐僖宗衔恨，便以长安宫室修缮未竣为由，固请僖宗暂驻凤翔。僖宗应允，李昌符自是周到布置，极尽殷勤恭谨之礼。一连数月，并无倦慢。

一日，神策军天威都头杨守立出行，恰遇李昌符逆对面而来，杨守立自恃乃是枢密使杨复恭义子，并不相让，二人麾下军士互相漫骂。李昌符怒道："我位列中枢、身帅藩镇，尔不过是天子驾下一走卒，安敢与我争道？浑不知礼法！"

杨守立骂道："你道我不守礼法，你与朱玫结伙作乱时却守人臣之礼？你本与朱玫之罪相当，天子留你一条活命，已是天高地厚之恩。你不思韬晦，还敢在此跋扈？"

李昌符闻言，张目切齿，毛发倒竖，拔出佩剑道："我今便复作乱，又能如何？"双方军士便在街心厮杀起来。僖宗闻知，忙遣人和解。李昌符一不做二不休，索性派兵围攻僖宗行宫，幸有李承嗣沙陀精兵保护，凤翔军难以攻入。

一夜激战，凤翔军虽多，毕竟不敌沙陀军勇悍，李昌符不敌，只得带兵退往陇州。僖宗命护驾都将、武定节度使宋文通讨伐李昌符。陇州刺史薛知筹斩杀李昌符及其全家，奉其首级投降。宋文通以功继任凤翔节度使，被赐名李茂贞。

僖宗待朱玫、李昌符之乱平定后，回想李煴被拥为帝时，淮南高骈甚是拥护，心中怀恨，欲借兵征讨，却闻秦宗权已派大将孙儒兵侵淮南，遂暗想：且看贼子相斗，再作计较。

再言高骈在淮南，年事渐长，迷惑于"神仙"之术，宠信方士吕用之，深居道院，不理军政，疏远部下诸将。吕用之遂得以专作威福，无视诸将。

第十回　李襄王汉宫充傀儡　高节帅隋苑作牺牲

沙陀！沙陀！

高骈清闲之余，于道院内作诗一首：

"绿树荫浓夏日长，
楼台倒影入池塘。
水晶帘动微风起，
满架蔷薇一院香。"

待得知秦宗权欲进淮南，高骈方才惊慌，忙调黄巢旧将、左厢都知兵马使毕师铎引兵屯于高邮。毕师铎不平于吕用之专横，遂联合高邮镇将郑汉章反攻广陵。广陵城内之军民亦痛恨吕用之，与城外呼应，广陵城破。吕用之仓皇逃往庐州往投杨行密。高骈不得已，授毕师铎淮南节度副使、行军司马，毕师铎便将高骈一家软禁于道院。

毕师铎自忖所部兵马不多，恐难守广陵，便请宣州观察使秦彦入援。秦彦亦是黄巢旧将，当年与毕师铎、李罕之等一同降于高骈，今得毕师铎书信，率兵马疾入广陵，自知淮南节度使，只以毕师铎为行军司马。

吕用之到得庐州，向杨行密出示高骈书信，嘱其发兵救主。杨行密乃联络淮南各州之兵，赶往广陵，将城池团团围定。秦彦、毕师铎等尽不能敌，只得困守。围城日久，城中斗米价值数万，居民饿死无数。高骈一家在道院内亦无供奉，只能毁檀木以为薪，煮带革以为食。高骈泣道："我高家三代为国，多有勋劳，庙堂闾巷尽知。想我昔日少壮：马首到时，强寇委顿；鞭梢指处，巨盗摧靡。今已年长，本欲远避纷争，自求清净——却沦落至此步田地！世事难料，竟至于斯！"

广陵之势日益窘迫，秦彦无计可施，左右佞人献计道："广陵城内有一神尼，名唤王奉仙，能知凶吉福祸，可招来一问。"秦彦立时命军卒招来。王奉仙掐指道："广陵分野极灾，当死一大人，自此复安。"秦彦沉吟道："此大人必是高令公。"乃命大将刘匡时往道院杀高骈以绝后患。刘匡时遂带领数百兵勇，闯入高骈道院，将高骈一家缚绑，斥责高骈道："令公上负天恩，下亏众遇，致淮南遭此涂炭，不杀令公无以谢天下。"高骈道："我确于庙堂有负，然于将士无亏——诸君奈何叛我？"刘匡时冷笑道："令公袭杀西川突将家小，不亦有亏？"高骈听了，不复言语。刘匡时便将高骈及其家小无论长幼尽数斩杀，敝席裹尸，就在道院内掘坑草草掩埋。

城外杨行密侦知高骈死讯，帅全军俱穿缟素，面向城中放声恸哭，一连三日，而后晓谕全军道："高令公爱军恤民，竟为秦、毕所杀。我等今努力攻城，擒杀诸贼，与令公雪恨！"众军山呼"雪恨"。一战而破广陵，秦彦、毕师铎落荒而走。

杨行密入城，收葬高骈，却又在吕用之广陵府宅内搜出其魇镇高骈之像，杨行密怒其阴险，命将吕用之腰斩，尽灭其党羽。

秦彦、毕师铎、郑汉章等投奔秦宗权部将孙儒，怂恿其攻淮南。孙儒自有计较，斩了秦、毕、郑三人，收聚三人部众，声势大振，兵侵广陵。杨行密向朱全忠求救。

朱温以兵救淮南为由，向时溥借道，时溥不允，宣武军径攻徐州，与感化军厮杀，一时不分胜败。

杨行密未得援军，遂坚壁清野，独与孙儒苦战多时，孙儒军掠人为粮，军中爆出瘟疫，为杨行密所败，孙儒亦被擒杀。杨行密遂得授淮南节度使。

杨行密拥据淮南，与诸文武议论中原人事，其亲将徐温道："中原堪称英雄者，独眼龙李克用！"杨行密颔首道："我亦久闻独眼龙之名，恨不曾谋面。"遂选一江南画师，乔装潜入晋阳，伺机窥得李克用面容，画像带回。

那画师到得晋阳，未及数日，便被擒获。李克用闻知是杨行密所遣，便问道："我亦久闻淮南杨行密之名，不知其如何发迹？"

张承业道："杨行密字化源，庐州合肥人，出身低微，自幼孤穷少言，成年后据云可力扛数百斤、日行数百里，且多有胆识。从军后被派往朔方戍守一年，期满归庐州；其上司军吏复遣其戍边，临行问他道：'你还需何物？我当赠你。'杨行密答道：'只需你头！'言讫拔刀斩杀军吏。遂聚集百余人，自称'八营都知兵马使'，逐走庐州刺史郎幼复。朝廷鞭长莫及，只得授其为庐州刺史。"

李克用闻听道："其勇决却也可类当年霸王。"遂命将画师带来，问明前后根由，李克用笑道："既是杨行密派你来画我像，你技艺自然不凡。今便在此与我画像，但只要画得真切。"画师不敢画实李克用那只眇目，是时正值盛夏，李克用手执八角团扇驱热，画师便在画中以扇角遮住李克用那只眇目。一时画毕，李克用看了，愠怒道："此乃尔有意诌媚于我，

沙陀！沙陀！

未见我真面。速与我重新画来，再行遮掩，阶下便是尔断头之地！"画师略一思索，便画了李克用弯弓引箭之状，凝视远方，恰将那只眇目闭了。李克用见画笑道："此乃真我！可与杨行密一观。"重赏画师，命人护送画师携画回淮南去了。笔者有言语感叹云：

"英雄纸上尽形容，
　角扇何劳代鹊弓？
　惶恐江南吴带笔，
　豁达直北独睛龙。"

适送走淮南画师，忽闻河中变故，乃是河中牙将常行儒作乱，戕杀王重荣。李克用叹道："王公仗义，不料竟为贼逆所谋，我当讨贼，为王公报仇！"待欲兴兵河中，又得知其兄护国节度使王重盈出兵河中，擒斩常行儒，李克用遂作罢。不日，朝廷授王重盈河中节度使，其子王珙镇陕虢。李克用闻讯不悦道："王公遇害，河中之地理当由其子王珂继受，王重盈奈何相夺？"康君立、李存璋等道："王珂尚幼，未曾谙兵事，骤领河中，何以弹压诸将？先由其伯代领，亦无不可。"李克用遂教王重盈以王珂为行军司马，授以军机裁处之事，王重盈不敢违拗。方息河中之事，又闻赫连铎联络幽州李匡威，欲图河东。李克用闻听，不禁勾起旧恨，遂遣兵北击云中、幽州之军。

昔日李克用云中举事之时，幽州节度使李可举曾与赫连铎等一并出兵，迫得李克用出遁直北。李全忠本是幽州节度使李可举麾下大将——光启元年李全忠奉命攻打义武王处存，兵败惧诛，遂回攻幽州，焚杀李可举，自称幽州留后。次年，李全忠暴死，其长子李匡威为幽州众兵将所推，自任幽州留后。李匡威绰号"金头王"，骁勇专断，仍联合赫连铎，专与河东为敌。

次年二月，僖宗在长安驾崩，时年廿七岁。

僖宗并无子嗣，杨复恭意欲拥立懿宗第七子、僖宗之弟、寿王李杰为帝。观军容使严遵美道："寿王沉毅有余，豁达不足，且为人轻躁寡恩，值此多事之秋，倘立为君，只恐于国不利。吉王李保，年长谨厚，却堪为国君。"

杨复恭道："刘季狭隘偏私，诛戮异姓而弥久大汉；坚头雍容守义，抚怀外族而夭折氏秦——今藩镇为乱，欺凌王室，若天子宽仁迂腐，不啻羊入虎狼群中。寿王天资文藻、才艺兼该、志存高远，有人君之风，诸公勿再多言！"

严遵美不再多言，叹息退出。

杨复恭遂立寿王李杰为帝，更名李晔，是为唐昭宗。

沙陀！沙陀！

第十一回
荏苒人置酒三垂岗　铿锵子萌心百年歌

昭宗即位，改元文德，自思除旧布新，尽革父兄之积弊，以期纲纪复振。正自踌躇满志之间，蓦地接到捷报，乃是宣武节度使朱全忠业已活捉秦宗权，不日解来长安——昭宗不禁大喜，下诏加封朱全忠东平郡王。

原来朱全忠与秦宗权鏖战数年，秦宗权屡败，退入蔡州城中。蔡州守将申丛假意逢迎，蓦然将秦宗权擒住。申丛知秦宗权骁勇，恐难以制服，便使人将秦宗权双足折断，装入槛车之中。尚未及将秦宗权献出，申丛部将郭璠又斩杀申丛，自将秦宗权献与朱全忠。朱全忠大喜，先以郭璠为蔡州留后，待朝廷补授；一面又将秦宗权押解进京。

昭宗却未升楼受俘，秦宗权径被押往独柳处斩，京兆尹孙揆监刑。秦宗权于槛车内大叫："我岂是反贼？只是欲表忠心而无途径！"围观众人无不失笑。孙揆亦冷笑道："尔既言忠，今天子教尔死，奈何不从？"秦宗权无言以对，孙揆命将秦宗权一行尽数斩杀。

秦宗权既灭，其部多溃散，只有孙儒一军流入淮南与杨行密厮杀。陈州城不陷，多赖宣武之力，赵犨兄弟遂归附朱全忠。

诸葛爽已死，其子诸葛仲方为留后，诸葛爽旧将李罕之与张全义密议道："今主上幼冲，为群小所制，必不利于你我，当自谋！"于是拥兵作乱，河阳大将刘经保了幼主本欲投长安，无奈路遥多险，且身边已无兵将，只得往汴梁投朱全忠去了。李罕之遂自领河阳节度使，张全义自领河南尹，镇洛阳。

张全义亦是黄巢旧将，今与李罕之联袂驱走诸葛仲方，二人遂把臂为盟，结为生死弟兄。张全义在洛阳，招抚流民，劝耕农桑，宽刑减税，与民休养生息，东都遂复繁华富庶。

　　李罕之见洛阳钱粮颇丰，便屡屡向张全义索要以充军需，张全义无不应承。李罕之部下私劝道："节帅宜对洛阳宽缓一二，免得张令公有他谋。"

　　李罕之笑道："我夙知张全义田舍翁之属，只图苟安，毫无胆识，安敢有他谋？"

　　张全义初时尽力奉给，时日长了，亦不胜其负，渐生怨恨。其弟张全武私劝道："兄殚精竭虑、不辞劳苦，治得洛阳钱粮丰足，百姓乐业，岂能任由李罕之掳掠？李罕之本性贪暴，索要无度，兄克己为奉，恰如当年之六国自割膏腴以奉强秦。不若乘其不备，引兵灭之，洛阳方得久安矣。"

　　张全义道："我二人结为异姓兄弟，今若谋取，岂不贻笑天下？"

　　张全武道："兄纵想为左伯桃，只恐李罕之不愿做羊角哀。且成大事者不拘小节，兄舍一人而使洛阳百姓安乐，得无大义乎？"

　　张全义叹道："我与李罕之为盟誓兄弟，我二人本欲为管仲叔牙，不想却做了陈余张耳。"遂勾连王重盈偷袭河阳，李罕之毫无防备，竟被打破城池，遂逃往泽州，向河东李克用求助。李克用遣康君立并史俨、安金俊等助李罕之攻河阳。张全义不敌河东劲卒，不敢出战。河东军团团围定河阳，日夜攻打。张全义只得向朱全忠求救。

　　汴梁援兵未至，沙陀军却攻城日紧。数月之后，城中食尽，百姓饿死无数，张全义等人每日食木屑以求活命。正在危时，朱全忠遣大将丁会并葛从周、牛存节引兵来救河阳，双方厮杀多时，不分胜败。后河东军亦食尽，不得已撤军。朱全忠遂以丁会为河阳留后，张全义仍为河南尹，张全义由是感激，遂归附朱全忠。

　　李罕之退还泽州，李克用仍以其遥领河阳节度使。李罕之却也乖觉，将长子李颀遣在晋阳，与李克用为质。李克用便将其收养于府中，每日与幼子李存勖为伴。

　　李罕之初镇泽州，偶日引数百骑出城游猎。渐行于河中、绛州之间，遥见一山，极是陡峭，高耸入云，便问左右。从者答道："此山名唤摩云山，高拔险峻无比，因连年兵祸，骠勇流民便自结于山上，不从官府号令，官匪概莫能近。"李罕之率军行于山下，观看片刻，便命这数百兵将弃了战马，只带弓箭短刀，攀藤踩石，登山而上，未及半日，已至山上，待守山之人

第十一回　荏苒人置酒三垂岗　铿锵子萌心百年歌

沙陀！沙陀！

惊觉，已是不及，李罕之挥兵将山上流民杀散，一战而定摩云山。远近之人闻知惊叹，遂呼李罕之为"李摩云"。

李罕之居泽州日久，亦多有剽掠，百姓深以为患。李克用闻知，与文武计议。薛志勤道："李摩云豺虎之徒，轻狡反复，宜早剪除，以绝后患。"

张承业道："泽州四战之地，非悍将不可守，李摩云虽桀骜，然其勇力可用，镇于泽州，足当强敌；况其质子于晋阳，足见其事河东之心诚——不若安抚笼络，以定一方。昭义是我河东连接中原之要冲，今孟方立尚窃据太行东面三州，与我多有交兵，诚为心腹之患，愚意不若挥兵东指，先行剪除孟氏，奄有昭义，以为逐鹿中原之本。"

李克用深以为然，遂往征邢州。时李克用之子李存勖，年方五岁，李克用道："为我儿，当自幼知晓军旅事，今可随我出征。"

周德威献计道："我若攻邢州，孟方立必北结云中、南联宣武以为援助，赫连铎、朱三皆我死敌，必倾力而来。近闻阿保机已统领契丹各部，节帅尝与契丹阿保机结拜，可请其出兵牵制赫连铎；朱三方争战感化军，且闻又与朱瑄、朱瑾兄弟反目，节帅更遣人厚结天平、泰宁，使其出兵——如此则赫连铎、朱三皆无力分兵矣。"

康君立言道："且朱三若救邢州，当假道魏博，今罗弘信斩杀乐氏父子，新掌魏博，立足未稳，谅不敢承朱三之请，节帅更遣人往魏博，恩威并施，罗弘信必益惧——如此则宣武军无从取道魏博而至矣。"

李克用遂遣人分往契丹、天平、泰宁、魏博各处捭阖。正自点集兵马之际，李罕之闻知部下掳掠之事已入李克用之耳，忙只身飞驰而入晋阳，跪于李克用膝前恸哭道："自昔日东都相见，我便欲从节帅之驱驰，恨彼时诸葛爽尚在，弃之不义。今有幸为节帅马前一卒，平生之愿足矣，安能有异心？只愿节帅勿信奸人流言！"

李克用搀扶道："我倚恃将军如股肱，安能相疑？"

李罕之道："今既伐邢州，我请为前部，以报节帅，以明我心！"李克用遂以李罕之、李存孝为前部，起兵往征邢州。

孟方立闻知河东军骤至，不禁失色，一面调拨兵马抵挡，一面遣人向赫连铎、朱全忠求救。不日得讯：赫连铎被契丹人绊住，朱全忠被时溥及朱氏兄弟绊住，俱分不出兵马来救。孟方立叹道："此必独眼龙设计，使我邢州无屏。数年与河东交战,我之良将已失李殷锐、奚忠信、吕臻、马爽多人,今唯有马溉、袁奉韬二人可用,只得孤注一掷,遣去厮杀。"于是派马、袁二将统兵抵挡。

比及马溉、袁奉韬集结兵马出行,闻知磁州已失,袁奉韬道:"河东军行军甚快,既下磁州,必往洺州,其间险要处乃是琉璃坡,我二人便在琉璃坡邀击河东军。"二人星夜行军,赶到琉璃坡,正遇李存孝。袁奉韬言道:"此是独眼龙麾下第一骁将,我二人并力战他!"二人舍命厮杀,未及二合,便被李存孝打下马来活捉。邢州部众欲逃,李罕之率军截住归路,只得尽数投降。

河东军不日攻克洺州,遂将邢州团团围定。李克用传令四面攻打,且向城中射入箭书,悬赏云:"但有献孟方立首级者,以三州节度使授之。"

孟方立眼见城外河东军寨栅无边,自忖城破已是难免,又恐为部下所谋,遂仰药自尽。邢州城内诸将见节度使自尽,便拥其弟孟迁为留后。孟迁继任,复遣勇士舍命出城,往汴梁向朱全忠求救。朱全忠与朱氏兄弟及时溥战事正酣,不欲分兵。谋士敬翔道:"昭义重地,今屡求于我,我分兵援助,其必感我恩义,日后可为攻河东助一臂。"朱全忠遂遣大将王虔裕引骑兵三百往救邢州。王虔裕闻令道:"以区区三百人往攻河东精锐数万,无异肉投馁虎。请增益兵马。"朱全忠道:"东战正烈,无多力西顾。"王虔裕不复多言,引兵直驱邢州。

行经魏博,罗弘信不与假道,王虔裕与三百骑兵寻偏僻小路穿行,罗弘信得讯,出兵阻挡。王虔裕与三百轻骑道:"我等往救邢州,有进无退。今魏博不与我通行之路,我自寻路,彼又阻拦——我等唯有冲杀过去!不辱宣武之令!"遂与诸人拼死杀出,赶到邢州,又乘夜闯过河东营寨,入得城中。

孟迁见救兵甚少,心中忧烦不减。王虔裕却命扎了无数草人,着以号衣,广布城头以迷惑河东人马。李克用见了惊诧道:"汴梁之军竟如此多!邢州难下!"

义子李嗣昭道:"儿昨夜听其援军人行马嘶,声势不宏,想来其兵卒不甚众多。"于是更努力攻城。孟迁抵敌不住,遂开城投降,河东军蜂拥入城。

混乱之中,宣武军对王虔裕道:"城池已破,孟迁降敌,将军宜率我

沙陀！沙陀！

等何往？"王虔裕凛然道："我等奉命来救邢州，自当与城共存亡。孟迁无节，举城献贼，我等安能效之？只与独眼龙之军厮杀全节便是了！"遂引宣武军杀入重围，尽数战死，无一投降。李克用闻知，却也赞叹。

李克用便以大将安金俊为邢、洺、磁三州团练使，将孟迁一族迁往晋阳。阅看孟氏族人时，李克用见一少年，止十余岁，言谈举止颇是不俗，遂问孟迁，孟迁道："此乃我兄孟道之子，名唤孟知祥。"李克用喜爱，命将孟知祥抚养于节度使府内。

李克用回师晋阳，取道巡视潞州。昭义节度使李克修恭谨奉迎。李克用问道："此间可有佳处堪游？"李克修道："城西有三垂岗，极是秀丽巍峨，且今值暮春，草木丰茂，可往一觇。"李克用颔首应允。

次日，李克修引路，李克用率诸将佐，轻裘缓带，乘马往三垂岗观游。时近清明，山花烂漫，鸟语喧鸣，更兼流水淙淙、峭石嶙峋，说不尽的心旷神怡。李克用游兴颇盛，便命在此置酒设乐。

李克修道："冈上有一古庙，乃玄宗时所建。坐于庙前，可俯瞰全冈——却是置酒好所在，我早已布置妥帖。"

一行人遂来到古庙前，李克用居中坐定，麾下文武，依次而坐。酒宴铺陈，极尽丰美。待欲饮酒，李克修道："当以伶人乐歌助兴。"

李克用笑道："甚好！"

于是众伶官在下鼓奏乐曲。李克用问所奏何曲，伶官答道："西晋陆平原之《百年歌》。"

但听伶官唱道：

"一十时。颜如蕣华晔有晖。体如飘风行如飞。孌彼孺子相追随。终朝出游薄暮归。六情逸豫心无违。清酒将炙奈乐何。清酒将炙奈乐何。

二十时。肤体彩泽人理成。美目淑貌灼有荣。被服冠带丽且清。光车骏马游都城。高谈雅步何盈盈。清酒将炙奈乐何。清酒将炙奈乐何。

三十时。行成名立有令闻。力可扛鼎志干云。食如漏卮气如熏。辞家观国综典文。高冠素带焕翩纷。清酒将炙奈乐何。清酒将炙奈乐何。

四十时。体力克壮志方刚。跨州越郡还帝乡。出入承明拥大珰。清酒将炙奈乐何。清酒将炙奈乐何。

五十时。荷旍仗节镇邦家。鼓钟嘈囋赵女歌。罗衣绰縩金翠华。言笑雅舞相经过。清酒将炙奈乐何。清酒将炙奈乐何。

　　六十时。年亦耆艾业亦隆。骖驾四牡入紫宫。轩冕婀那翠云中。子孙昌盛家道丰。清酒将炙奈乐何。清酒将炙奈乐何。

　　七十时。精爽颇损膂力愆。清水明镜不欲观。临乐对酒转无欢。揽形修发独长叹。

　　八十时。明已损目聪去耳。前言往行不复纪。辞官致禄归桑梓。安车驷马入旧里。乐事告终忧事始。

　　九十时。日告耽瘁月告衰。形体虽是志意非。言多谬误心多悲。子孙朝拜或问谁。指景玩日虑安危。感念平生泪交挥。

　　百岁时。盈数已登肌肉单。四支百节还相患。目若浊镜口垂涎。呼吸喘蹇反侧难。茵褥滋味不复安。"

　　歌声悠扬，入人心脾，众人听了，尽皆动容。

　　李克用持樽叹道："为人者，寿至百年甚罕，但教无恨事，则此生足矣。我生时天下已肇乱象，自幼戎马倥偬，只望为国除残去秽，建细柳、汾阳之功业，然天下事不如意者十之八九，今四海播乱愈演愈烈，恐我有生之年不复见太平矣。"

　　众人齐道："节帅神武，古今罕见，必能为国家荡涤污浊，还世上以清平。"

　　李克用捻须沉吟片刻，目视身边幼子李存勖，言道："我纵有壮心，奈何行将老矣。幸有奇儿，二十年后，他必能代我于此争战杀伐。"

　　李存勖昂然答道："儿定不负父之厚望！"众文武尽数称奇。

　　清人刘翰曾作《李克用置酒三垂岗赋》，其赋云：

"漳水风寒，潞城云紫；浩气横飞，雄狮直指。

　与诸君痛饮，血战余生；命乐部长歌，心惊不已。

　洒神京之清泪，藩镇无君；席部落之余威，沙陀有子。

　俯视六州三部，须眉更属何人；悬知万岁千秋，魂魄犹应恋此。

　方李克用之克邢州也，大敌既破，我军言旋；霓旌渐远，露布纷传。

　虽贼满中原，饮至之仪已废；而师归故里，凯歌之乐方宣。

沙陀！沙陀！

更无围驿连车，醉教水沃；除是临江横槊，着我鞭先。

有三垂岗者，一城孤倚，四战无常；远连夹寨，近接渠乡。
于是敞琼席，启瑶觞。举烽命醴，振衣远望。
快马健儿，是何意态！平沙落日，无限悲凉。
听百年之歌曲，玩五岁之雏郎。
空怜报国无期，慕麒麟于汉代；未免誉儿有癖，傲豚犬于梁王。

座上酒龙，膝前人骥；磊块勘浇，箕裘可寄。
目空十国群雄，心念廿年后事。
玉如意指挥倜傥，一座皆惊；金叵罗倾倒淋漓，千杯未醉。
无端长啸，刘元海同此丰神；未敢明言，周文王已先位置。

胜地长留，厥言非偶。
问后日之墨缞，果当年之黄口。
壮猷乍展，誓扫欃枪；陈迹重寻，依然陵阜。
怅麻衣之如雪，木主来无；皎玉树以临风，山灵识否？
峰峦无恙，还当陟彼高冈；杯棬空存，岂忍宜言饮酒。

雏凤音清，鼎龙髯去。
先君之愿克偿，佳儿之功益着。
临风惆怅，何处魂招；大雾迷漫，定知神助。
生子当如是，孙仲谋尚有降书；杀人莫敢前，朱全忠闻而失箸。
三百年残山剩水，留作少年角逐之场；五千人卷甲偃旗，重经老子婆娑之处。

世有好古幽人，耽吟健者；时载酒而题诗，试登高而望野。
云霾沛郡，莫寻汉祖高台；日照许都，空拾魏王片瓦。
回忆一门豪杰，韵事如新；剧怜五季干戈，忧怀欲写。
茫茫百感，问英雄今安在哉！了了小时，岂帝王自有真也。"

第十二回 张相国气狭肇兵事　李太保力勇赴戎机

李克用在潞州盘桓数日，行将归晋阳。李克修私下求告李克用，意欲将邢、洺、磁三州亦讨归治下。李克用斥道："你与孟方立对峙经年，耗得钱粮兵士无数，不能取三州。今我自取之，你翻来索要，直不知羞耻！"李克修惭愧满面而退。

李克用遂离潞州，返回晋阳。李克修羞愤成疾，月余后竟一病身亡。李克用遂以其弟李克恭继李克修之职。

李克用适归晋阳，接长安诏旨，言昭宗擢张濬为宰相。李克用闻旨，冷笑谓诏使道："昔日我收复长安之时，张濬为行营都统判官。此公好虚谈而无实用，实乃倾覆之士。今主上借其虚名而用之，他日乱天下者，必此人也。"

诏使回京，其左右随从有人将李克用之语私告于张濬，张濬闻言切齿道："独眼龙藐我太甚！我必除之！"遂前往昭化里杨复恭府相谋。

杨复恭闻言变色道："李司空国之柱石，社稷安危系之——我举荐公入主中枢，公怎能因私怨而误国事！"张濬无言，讪讪而退。自此心中怨恨杨复恭。

张濬心知昭宗于杨复恭跋扈早有不平，乃私下奏于昭宗道："阉竖专权，武夫抗命，实乃国家祸乱之根源。陛下英名睿智，古来帝王少见，今反受掣于刁奴顽镇，难申鸿鹄之志，未展经纬之学，宁不令人痛惜？陛下当念祖宗创业之艰辛，芟此二祸，再恢元和之功，亦雪甘露之耻——陛下若有此意，臣自当为陛下前驱。"

昭宗徐道："卿以为何人为祸首？"

沙陀！沙陀！

张濬拜道："朝内杨复恭，朝外李克用——若锄此二贼，则天下定矣！"

昭宗道："杨复恭久在北司，其势甚大，其义儿遍在要害，恐一时难以剪除。"

张濬道："陛下可寻他义儿，授以显官重利，渐次分化瓦解，而后徐图之。"昭宗颔首。

越日，杨复恭上朝，昭宗问道："国老为何多收壮士为义子？"

杨复恭漫口答道："我收义子，是为社稷！"

昭宗道："既为社稷，因何令其姓杨而不姓李？"杨复恭一时语塞。

昭宗又道："国老可否让出一二壮士与朕做义子？"

杨复恭只得答道："谨遵命。"遂将天威军使杨守立唤入，命拜昭宗为父。

昭宗道："朕识得此壮士——昔日在凤翔，便是此壮士向李昌符发得首难——朱李祸乱之平，此人功不可没。"当堂赐名李顺节，使掌管六军，遥领镇海节度使。李顺节感激涕零。

既分杨复恭之权柄，张濬又遣人串通与河东不睦之藩镇。恰在此时，李克用遣安知俊北上攻云州，赫连铎再求救于幽州，李匡威与赫连铎联兵拒敌，安知俊阵亡。张濬便暗使人促朱全忠、李匡威、赫连铎等联名上表，以李克用侵云州为名，请下诏讨伐李克用。昭宗接到表章，命三省、御史台四品以上之官集会共议。杜让能道："沙陀军之勇悍，天下独步；李克用之忠诚，诸藩莫及——今欲发兵征伐忠勇，窃为陛下不取。"

张濬道："光启二年，使先帝再幸山南，实乃沙陀之祸。臣常虑其与河朔相表里，使朝廷不能制之。今河南河北藩镇共请征讨，此千载一时之机也，古语云'天与不取，反受其咎'，今若失此易蹈之机，只恐悔不及矣！"

杨复恭道："先朝播迁，虽藩镇跋扈，亦由居中之臣措置未得其宜。今宗庙甫安，不宜更造兵端。况李克用有兴复大功，前者其汴州遇袭，朝廷下诏和解；今乘其所辖之地危乱而攻之，则天下谓陛下为何人？"

孔纬道："国老之言，一时之体；张公之语，万世之利。今有藩镇请命，则用兵、馈运、犒赏之费，数年间未至匮乏，愿陛下断志而行！"昭宗遂从张濬、孔纬之言，下诏罢免李克用、李罕之官爵、属籍，以张濬为河东行营招讨制置宣慰使，以孙揆为副使，以朱全忠为河东行营南面招讨使，以李匡威为河东行营北面招讨使，以赫连铎为副使，以韩建为都虞候兼供军粮料使。

杨复恭不再多言,归府后将此讯手书,命亲信亟送河东,书末对李克用言道:"郡王但御敌,我自襄助。"

张濬传谕各镇,约期起兵。正自计议何日起兵,忽闻潞州兵变,正自混乱。张濬大喜道:"此天助我也!"

原来李克用既得三州,命李克恭在潞州简拔五百精兵送往晋阳。李克恭便从后院将中择了五百骁勇善战军士,由牙将李元审与冯霸带队,前去晋阳。行至铜鞮,冯霸私与军士计议道:"我等在潞州,每日锦衣玉食;今至晋阳,当随李克用争战,死生难料。况我等妻小尽在潞州,若有不虞,其等何托?"军士多数应和,也有不从之人,往李元审处出首。李元审忙引军弹压,双方一场混战,李元审受伤,冯霸引了变乱军士,南投沁水去了。李元审亦引了所余军士,返回潞州衙署,见李克恭陈说变故,二人正自商谈,忽闻衙外大乱——竟是潞州旧将安居受率其党羽作乱,李克恭不及防备,被一举攻破衙署,李克恭、李元审皆死于混战中。乱军便推安居受为昭义留后,未及数日,冯霸纠合数千军马回到潞州,斩杀安居受及其党羽,自为昭义留后。

张濬忙集结了五十二都及邠、宁、鄜、夏杂虏合计五万余众出京师,一面又以招讨副使孙揆为昭义节度使,待官军收复潞州后赴任。昭宗在安喜楼为之饯行。张濬见左右无人,低声向昭宗道:"陛下且再隐忍一时,待臣先除外患,归来便为陛下除内忧。"恰杨复恭自窗外过,听得此语。

辞了昭宗,出得安喜楼,杨复恭又率朝中诸臣在长乐坂为张濬饯行。杨复恭捧一大觥酒以敬张濬,张濬道:"军务在身,不敢饮酒。"

杨复恭冷笑道:"张丞相假节钺专征,果然好威风。"

张濬亦冷笑答道:"待平贼而归,方见得好威风。"遂起程往河东而行,在晋州会合宣武、镇国、静难、保大、凤翔、定难诸镇兵马,命李匡威攻蔚州,赫连铎攻遮虏军,朱全忠攻泽潞。

朱全忠接得军令,与敬翔计议道:"我正与朱瑄朱瑾兄弟并时溥作战,恐难以分兵。"

敬翔道:"李克用世之枭雄,乃是我宣武腹心首患,今乘天子诏旨,集天下之力平之,郡王岂能失此良机?昔夫差伐齐大胜,北上黄池与晋争

沙陀！沙陀！

霸，而越国袭其后，终至国灭身死——诚为后世之鉴也。"

朱全忠乃命大将葛从周往取潞州，命大将李谠、李重胤、邓季筠往泽州攻李罕之，又教张全义、朱友裕等吞并泽潞之间，为二处声援。

李克用得讯，并不惊惶，命康君立、李存孝引兵往泽潞拒朱全忠，命李存信、李嗣源引兵往蔚州拒李匡威、赫连铎。

葛从周引数千骑兵自壶关飞驰来到潞州，一举破城，冯霸自知不容于河东，便也归降。葛从周具书捷报，送于朱全忠。捷报甫送出，康君立、李存孝之兵已到，葛从周不敢与李存孝厮杀，只在城中固守。

朱全忠得葛从周捷报，立时遣人驰告张濬，言已取潞州，请孙揆赴任。张濬便对孙揆言道："今汴人已入潞州，公速领兵往潞州赴任，迁延时久，恐潞州便沦于汴人之手。"

孙揆遂引兵一万往潞州而行，随行中使韩归范道："汴人取潞州，河东贼人必往争夺。今兵贵神速，节帅宜轻装倍道潜行，勿行铺张。"

孙揆笑道："今朝廷数路进兵，河东四面楚歌，独眼龙授首之日可屈指而计！我奉诏执掌昭义，自当宣示朝廷威仪法度，震慑沿途贼人胆魄，岂可作此惧敌之状？"

韩归范道："前番王铎铺陈而行，在魏博遭遇盗袭。况河东久在沙陀治下，其险更胜魏博多矣——节帅不可不防！"

孙揆不悦道："我麾下尚有一万雄兵，贼人安能近我？"

韩归范道："节帅麾下皆是新募之市井子弟，未经行阵，岂可敌得沙陀百战精兵？"

孙揆怒道："中使奈何涨敌之威，灭己之锐？且随我行，勿再多言！"韩归范不再言语。孙揆遂命建牙杖节，褒衣大盖，拥众而行。不日行至长子西谷——时值八月，酷热未消，兵士走得甚是辛苦——一入谷中，立时凉爽，众人无不欢悦。孙揆坐在车上，顾盼左右，见草木葱郁、山壑嶙峋，心中畅喜，不觉口中吟道："秋宪府中高唱入，春卿署里和歌来。共言东阁招贤地，自有西征谢傅才。"

话音甫落，蓦地炮声大作，身后归路早被木石塞满，山上一时矢石齐下，孙揆所部奔逃溃散，不能抵敌，早有一将带兵挡在前面谷口，黑甲黑马，手执毕燕挝，腰悬铁槊——正是李存孝。原来河东已探得孙揆往潞州赴任，

李存孝教康君立围定潞州，自引三百铁骑在长子西谷设伏，尽歼孙揆所部。孙揆、韩归范并其亲兵数百人及车盖节杖俱被俘获，余者无一生还。

李存孝冷笑道："尔等宵小，不自量力，犯我河东，今日教你见得我沙陀兵手段！"

孙揆恨恨说道："不意我拥众过万竟不敌鸦兵三百。"又回顾韩归范道："悔不听中使之言，有今日之败，亦累得中使。"韩归范默默无语。

李存孝命军士拥了孙揆、韩归范并车盖节杖，来到潞州城下，招呼葛从周上城。李存孝大声喝道："朝廷以孙京兆为潞帅、命韩中使赐旌节，葛将军之事已毕，可速归大梁，教孙节帅入城赴任！"葛从周见了，自知潞州难守，遂带兵出城而走。

河东军收复潞州。李存孝命将孙揆一行押往晋阳，自对康君立道："我为前驱，将军后继，再往泽州去救李摩云！"

再说汴军围困泽州，李罕之思忖此番朝廷数路进兵，大有元和年间裴度平定淮西之势，河东胜负难料，遂只守城观变，并不与汴军交战。李谠亦知李罕之之意，遂来到城下，简拔数十洪声军卒对城上呼道："李将军倚恃河东，轻绝天下，今朝廷数路进兵讨伐河东，业已围困晋阳、攻陷潞州，旬月之间，沙陀人即无穴可藏，李将军尚不思谋求后路否？"

话音未落，李谠猛回头，见汴军阵后已多了无数沙陀铁骑，为首一将，正是李存孝，李存孝冷笑道："我便是沙陀寻穴之人，快教肥硕者出来，做我穴中粮储。"

汴军大将邓季筠怒道："貌如病夫，尚如此猖狂——待我捉他！"说罢催马舞动铁槊直取李存孝，二马交错之处，李存孝只将毕燕挝一挥，便将邓季筠打下马来。

李谠对众军士道："此人骁勇难敌，我等并力上前擒他！"众军士齐拥过来，李存孝部下上前迎战，正在厮杀难分胜负之时，李罕之挥军自泽州城内杀出，夹击汴军。汴军不敌，溃退下去，李存孝、李罕之穷追不舍，在马牢山追及又大杀一阵，斩首数万人，李谠、李重胤等皆死于乱军之中。泽州之围亦解。

却说孙揆一行被押解至晋阳，李克用道："君乃是玄宗时名臣孙逖五世之孙，名门之后；官居京兆尹，向日监斩秦宗权，人皆称颂；若能归顺，

沙陀！沙陀！

当授以河东副使。"

孙揆骂道："我乃天子之臣、朝廷之官，兵败而死，正是职分，安能屈身折节侍奉你这胡虏？"

李克用大怒，命将孙揆牵出斩杀，孙揆至死骂不绝口。

李克用复问韩归范："君欲如何？"

韩归范从容道："主帅已死，我随死亦是职分。"

李存孝道："此人多有心机——儿听降卒言道，此人曾向孙揆献计倍道潜行驱入潞州，若孙揆从他计策，胜败尚自难料——不若杀之以绝后患。"

李克用听罢道："昔日我灭段文楚时，将判官柳汉璋等一并诛杀——彼时我根基未牢，多杀借以树威——至今思之，常引为憾事。今我镇河东日久，外敌已不足以撼我，奈何多杀智士？"便释韩归范绑绳道："我家世代忠于朝廷，心无旁骛，然既已兵戎加我，我却也不能甘做俎上鱼肉任人宰割。今我不杀你，我当写一表章，烦你带回长安，呈与丹墀，好教天子知悉原委。"因命掌书记李袭吉代书。

李袭吉领命，不假思索，援笔立就。其表云：

"臣父子三代，受恩四朝，破庞勋、剪黄巢、黜襄王、存易定，致陛下今日冠冲天之冠，佩白玉之玺，未必非臣之力也！

若以攻云州为臣罪，则拓跋思恭之取鄜延，朱全忠之侵徐、郓，何独不讨？赏彼诛此，臣岂无辞！且朝廷当阽危之时，则誉臣为韩、彭、伊、吕；及既安之后，则骂臣为戎、羯、胡、夷。今天下握兵立功之人，独不惧陛下他日之骂乎？

况臣果有大罪，六师征之，自有典刑，何必幸臣之弱，而后取之耶？今张濬既已出师，则臣固难束手，已集蕃汉兵五十万，欲直抵蒲潼，与浚格斗，若其不胜，甘从削夺，不然，轻骑叫阍，顿首丹陛，诉奸回于宸座，纳制敕于庙廷，然后自投司败，恭候铁质。"

李克用览表大喜，将表章付与韩归范。韩归范接过道："定为节帅转呈。"

适送走韩归范，又闻赫连铎引来吐蕃、黠嘎斯各部为助，李克用惊道：

"北面敌众，恐李存信、李嗣源二人难以抵挡。我当自往救之。"遂带领李存孝、周德威、李嗣昭、李存审等北上。李存孝在乐安镇大破赫连铎部，斩首吐谷浑、吐蕃、黠嘎斯诸部数万人。李克用大军在蔚州复大败李匡威，斩首三万余人，活捉李匡威之子李仁宗。李匡威、赫连铎仓皇遁去。北面之围亦去。

李克用笑道："今南北劲兵俱除，只有晋州张丞相率数万膏粱子弟，已是砧上之物，生死权在于我。"乃命薛志勤、李承嗣率三千轻骑驻于洪洞，李存孝率精兵五千驻于赵城，钳制晋州。

镇国节度使韩建率兵随同张濬驻于晋州，献计于张濬道："鸦兵新至，立足未稳，今夜前往袭营，可获全胜。"张濬大喜。于是当夜韩建领麾下劲卒并静难、凤翔之兵前往偷袭李存孝军营，却被李存孝迎头击败，韩建兵马折损殆尽，静难、凤翔军不战而走。李存孝乘势追至晋州，张濬自领禁军迎战，又大败，被李存孝部斩杀数千人。静难、凤翔、保大、定难诸路兵马知朝廷之兵断难取胜，皆自行退走。晋州城中只有张濬、韩建困守。

李存孝围住晋州，准备攻打，邢州降将袁奉韬道："若攻破城池，捉住张濬及天子禁兵，杀之则自绝于朝廷、释之则有损于河东颜面——不若网开一面，纵释彼等出城，以便为日后修好于朝廷留下余地。"李存孝领首称是。遂放开晋州北门，张濬、韩建等领败军仓皇逃出，自含山往河阳窜去。李存孝遣军士在后面虚张声势，佯作追赶。张濬、韩建益发惊惧，无舟渡河，便拆毁河边民居，取木做筏，急急渡过河去，其余兵卒，多无筏渡河，溺水而死者无数。自此，天下益发畏惧河东鸦兵。

张濬逃回长安，唐昭宗已接韩归范所转李克用之书信，遂外放孔纬为荆南节度使、张濬为鄂岳观察使，催促其速离京师。二人尚在踌躇，昭宗又接到李克用表章，云："张濬以陛下万代之业，邀自己一时之功，知臣与朱温深仇，私相连结，臣今身无官爵，名是罪人，不敢归陛下藩方，且欲于河中寄寓，进退行止，伏俟指挥！"昭宗不得已，再贬孔纬为均州刺史，张濬为连州刺史，复又贬张濬为秀州司户。另下诏，恢复李克用诸般官爵，加封晋王；李罕之亦得复职。张濬、孔纬恐遭戕害，不敢赴任，皆投华州韩建去了。

第十二回　张相国气狭擎兵事　李太保力勇赴戎机

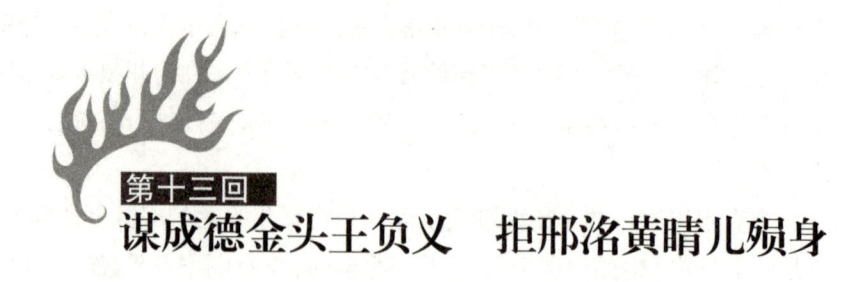

第十三回
谋成德金头王负义　拒邢洺黄晴儿殒身

　　李克用大败张濬，且收复潞州，意欲授李存孝昭义节度使。李存信私谓李克用道："李存孝本性桀骜不驯，今立大功，更是狂悖之极，若再授以节帅显官，恐难以制之。康君立佐命元勋，云中起事之时便与盖寓、李存璋等追随父王左右，数十年劳苦功高，且为人多谋善战，今若弃之不用，只恐冷了诸宿旧之心。"李克用思之有理，便以康君立为昭义节度使，改授李存孝汾州刺史。

　　李存孝闻讯，愤怒交加：自以为此次三路拒敌，自己俱是居功至伟，昭义节度使非己莫属，万不料只得一州刺史。于是连日酗酒，恣意刑杀。李克用闻知，也不加责问。

　　却说安金俊死后，李克用怜其忠勇，另辟邢、洺、磁三州为镇，以安金俊之弟安知建为节度使，治所在邢州。安知建首鼠两端，在邢州日久，却暗通朱全忠。早有人将此讯报于李克用，李克用将信将疑，召安知建来晋阳。安知建心中有鬼，自是不敢往赴，便逃往青州。朱全忠上表朝廷，请授安知建为神武统军，安知建赴长安就任，途经郓州，天平节度使朱瑄在黄河岸边设伏斩杀安知俊，将其首级函送晋阳。

　　李克用自思李存孝功高，前番未授显爵，心中亦不免有愧，此回便以李存孝代安知建为邢、洺、磁三州节度使。

　　李存孝赴任后，以邢州地近镇州，且成德节度使王镕年少，不谙兵事，便请李克用加兵伐成德。康君立、李存信等不愿李存孝再成大功，便进言道："我河东连年征伐赫连铎，其势已成孤魂游鬼，今当一鼓作气，平定云中，再图他镇。"李克用领首。遂带领周德威、李存璋、李君庆、李存信等将，起兵十余万，径取云中，将云州团团围紧。

赫连铎自知不敌，便弃了城池，逃奔吐谷浑旧处。李克用召集众将商议，周德威道："锄奸务尽！今赫连氏兵败将亡，势穷力尽，已成惊弓之鸟，大王当乘剩勇追袭，赫连铎一战可擒。"

李克用恨道："昔日我云中败绩，逃往漠北，赫连铎尚献计于李琢，教其穷追不舍，李琢不纳；后又重金贿赂契丹酋长，教取我父子首级，我在洒金川射雁，震慑诸酋，又自言无意久居漠北，诸酋方释然。今其既败，我当自引兵追袭，深入吐谷浑腹地，不斩他头颅，誓不回兵！"遂留李君庆守云中，李克用率周德威、李存璋、薛志勤诸将，择了向导，轻骑简行，倍道飞驰，追入吐谷浑。

再说赫连铎并白义诚败归吐谷浑，越洮河而入安乐州。赫连铎切齿道："只恨当日李琢不听我言，纵独眼龙父子逃入直北而不加追剿，令其死灰复燃。今竟追得我等在中原无立锥之地！"

白义诚道："此乃我吐谷浑旧地，谅独眼龙追赶不至。"话未尽，忽报沙陀军掩杀而来。赫连铎、白义诚大惊，其时正值深夜，未及召集兵将，已报沙陀军攻破城池。赫连铎愤然道："我与独眼龙不共戴天，今到这步田地，我自当死战便了！"遂上马执刃杀入乱军之中，往来冲突，不能得脱，吐血而死。白义诚亦被擒住。赫连铎残部尽被斩杀，无一漏脱。

李克用由诸将陪伴，纵马行于洮河岸边，早有军士持了赫连铎首级、缚了白义诚来献，李克用却也感慨，不觉想起七绝圣手王昌龄《从军行》一诗，口吟道："大漠风尘日色昏，红旗半卷出辕门。前军夜战洮河北，已报生擒吐谷浑。"

幽州节度使李匡威闻赫连铎败亡，叹道："赫连铎节帅既败，我却难独挡独眼龙。"

其弟李匡筹道："镇州地近昭义，兵精粮足，然成德节度使王镕年齿尚少，必惧怕河东。可与之结盟，共御沙陀。"

李匡威遂遣人往镇州，约王镕一同起兵讨伐河东。联军径取尧山。李克用闻讯，遣李存信出兵助邢州李存孝御敌。李存信逗留不进，李存孝孤军作战，不能克敌。李克用忙另派李嗣勋前往助战，方杀退幽州、成德联军。

李存信归晋阳，反说李存孝逡巡不前，不全力拒敌，抑或与贼有密盟

沙陀！沙陀！

勾联。亦有人将此语转告于李存孝，李存孝且怒且惧，心中益发不安。

李存孝部下牙将刘全私对李存孝说道："节帅出世以来，攻无不克，战无不胜，立不世之功，今反遭猜忌，实为节帅窃忧——不若以邢洺磁三州归顺朝廷，以保万安。"

李存孝嗔怒道："我自幼随父王争战，父王视我如亲子，我安能背父王？你若再谗言离间我父子，定取你首级献与父王！"

刘全道："节帅事大王如父，大王未必视节帅如子。以节帅之功勋威名，早当裂土执藩，开府建节。大王屡负节帅，今不得已，仅以叛将所余之区区三州小镇付与节帅，天下无不为节帅叹惜，节帅独无所怨？韩昌黎云'物不平则鸣'，我朝立国，皆由太宗百战而得，故玄武门一变，天下无不雀跃。况节帅于河东之功业，不啻越之文种、汉之淮阴，若不自谋，诚恐危矣。"

李存孝自觉有理，遂遣人往镇州密会王镕，计议结盟之事，更遣人往汴州与朱全忠通款。

李克用闻知，将信将疑，为试探真伪，乃发兵井陉伐镇州。王镕忙求救于李匡威。李匡威引兵往镇州，李存孝亦出兵来援镇州。李克用见镇州援军势大，自元氏退兵。

王镕早备了金帛二十万送与李匡威作酬，逢迎道："能敌李克用者，天下唯节帅一人也！"

李匡威闻言亦飘飘然，遂将财帛装载而归。行至博野，忽流星马到，报说其弟李匡筹竟据守幽州，自称留后。李匡威大惊，欲急行军回夺幽州。李匡筹又遣人持了幽州节度使兵符，来招李匡威麾下之行营兵马。令官喊道："诸兵将在幽州家眷俱都安好，只望你等速归！"兵将闻言，皆无战心，应声而去，李匡威喝止不住。

李匡威只带了数百亲随，暂居深州。判官李抱贞道："藩镇已失，无所依附，只得上奏天子，请归京师。"李匡威苦笑道："兄失弟得，皆是我李氏之宗，却也无所悔，只是怕我弟守不住这份基业。"便命李抱贞前往长安上奏。

唐昭宗闻讯，聚众计议。杨复恭自知已不为天子所信，并不言语。神策军观军容使西门君遂道："金头王自言为其弟所迫，真伪难料。不宜轻易应允。"

宰相崔昭纬道："李匡威豺狼反复之徒，全不知忠义礼信，若纵其入长安，社稷必危！"唐昭宗亦觉踌躇。

杨复恭早命人将此事传放出去，长安百姓闻知大恐，街市大喊："金头王来攻京师！"举城惊慌失措，士绅百姓连夜收拾财物细软，荷担而立，急欲逃跑。

只是王镕闻知李匡威失了藩镇属地，自思乃是缘于救助镇州，心中怜悯，便将李匡威一行迎入镇州，将其所属众军兵暂时驻扎梅子园宝佛寺，又广筑宅邸，供其居住，极尽恭谨，敬奉李匡威如父亲一般。

王镕年方十七，且身体孱弱，镇州之事多不过问。李匡威在镇州日久，渐知成德底细。

此时李抱贞已从长安返回一日，随李匡威登城西大悲浮屠，纵览镇州山川，李匡威不觉悲从中来，涕泪交下。李抱贞问其故，李匡威道："观成德山川，较之幽燕，更有一番雄美。我承父业，纵横幽燕多年，今遇骤变，飘零异域，寄人篱下，何其悲哉？"

李抱贞便向李匡威献计："李摩云受张全义之迫而失河阳，尚得另据泽州，不失藩镇之尊。节帅才名更胜李摩云远矣，奈何寄人篱下？成德兵马强壮，钱粮丰足，民风直悍，非治乱之人不能据守。王镕孺子，怎能居此险地？此业不久必属他人。今日自付与节帅，不可错失。岂不闻逐兔先得之语乎？"

李匡威道："计将安出？"

李抱贞道："只托言三日后是老节帅忌日，在府中设奠。王镕年少，忠纯质朴，闻知必来祭拜，就在府中设下伏兵将他擒下。"

李匡威颔首。

三日后，李匡威并其亲兵皆着素服，内衬软甲，在府中设奠堂。王镕果然素服前来祭拜，刚入堂中，便被擒住。幽州兵欲杀王镕，王镕抱住李匡威大腿哭道："成德得以存至今日，全赖节帅之力，节帅理当坐拥成德四州——我也早有此心愿。不若今日与节帅同往牙城，聚会成德众文武，将节度使印绶让与节帅，届时节帅但安居此位，无人再敢多言。"李匡威便命人将王镕携上马，自己亦上马，二人并辔而行，后面由李匡威幽州兵拥护。

沙陀！沙陀！

行走间，蓦然一阵雷声，暴雨如注。幽州兵便押了王镕雨中前行。行至镇州牙城东门，李匡威心急，便挽了王镕坐骑缰绳，二马一并驰入。恰在此时，一声响雷震得墙头之瓦纷纷落下，幽州兵略一迟疑，城头镇州军士忙放落铁闸，将李匡威亲随大多隔在牙城之外。

李匡威亦吃一惊，向后观看，便在此时，自旁边一短墙外跃入一壮汉，身形如飞，眨眼间已跃至王镕马前，挥拳将王镕身边幽州甲士连人带马打翻一片，一把将王镕自马上扯下，挟在腋下，飞身上墙而走。李匡威大惊，急向前去欲再夺回，早有镇州军校符习等人一拥上前，各挥刀剑，将李匡威等人斫为肉泥。被隔在牙城外之幽州兵马欲夺门而入，墙上矢石齐下，尽数毙命，无一逃窜。

飞身救王镕的壮汉乃是镇州一屠夫，名唤墨君和。王镕惊魂未定，众亲随忙来护卫，不一时，早有人将幽州府邸中余人尽数擒来，为首者正是李抱贞。镇州兵恨道："今日奸计，便是此贼所献！"

王镕道："君亦是智士，若肯尽力镇州，我定事君如师。"

李抱贞叹道："节帅纵欲活我之命，我却有何颜事节帅？"

符习等人冲上前去，将李抱贞砍为数段。余者亦尽被杀死。

王镕另赠墨君和千金，免其死罪十番，另奏朝廷授其光禄大夫衔。

李匡威死讯传至晋阳，李克用亦叹道："金头王亦是当世英雄，叱咤多年，不意竟落得如此下场！"

监军张承业道："李匡威势穷而投王镕，有恩不报翻欲夺人之地，得无败乎？"

掌书记李袭吉道："自长庆元年王廷凑取代田弘正，王氏经营成德已历六帅，七十余年，根基颇牢，加之燕赵士卒宿秉忠勇，绝非朝夕间可谋。"

李存信道："赫连铎、李匡威俱死，我河东北面已无忧。今当务之急，乃是往邢州剿灭叛贼安敬思。"——安敬思为李存孝本名。

康君立道："邢州毗邻成德，李存孝必倚王镕为犄角。今当先以奇兵围镇州，迫得王镕不敢出兵相助，断了邢州之援，届时李存孝一战可擒也。"

李克用遂以李嗣昭为前锋，自率李存璋、周德威等为后，直趋镇州。李嗣昭率五千劲兵，一战而下缚马关，连夜强渡滹水河，次日已抵镇州。李克用大军接踵而至，将镇州围紧。

扎营已毕，李克用抚李嗣昭后背赞道："你虽年幼，却统兵有法、行军如神，勉之！勉之！前途不可限量！"众将亦交口称赞。李嗣昭连声逊谢。

至晚间，设宴为李嗣昭贺功，席间众人益发恭维李嗣昭，皆言道："将军少年有为，古今罕匹。昔日南朝梁将陈庆之神兵电扫中原，人称'名士大将莫自牢，千军万马避白袍'，其用兵亦不过如此。"李嗣昭毕竟少年心性，不免飘然，饮得大醉。

次日，李克用召李嗣昭道："为将者，切忌骄怠。你初行兵，偶得小胜，切不可目空一切，宜自诫勉！"李嗣昭惶恐拜谢，自此小心谨慎，且不再饮酒。

王镕万料不到沙陀军从天而降，顿时惊得不知所措，大将李宏规道："沙陀兵骤来，意在阻我出兵相助邢州。昔日独眼龙讨孟方立时，我成德多与钱粮之助——彼亦知外人难驭我镇。今节帅但与沙陀财帛求和，彼定然撤军。"

王镕忙亲往李克用营中求和，献上金帛五十万，另遣团练使段亮、马珂统兵三万助沙陀攻邢州，李克用撤兵而去。

李克用将兵马驻于栾城，命李存信驻扎琉璃坡，合围邢州。为防李存孝突围，李存信献计，在邢州外绕城挖下深沟壕堑。李存孝知其用意，忙引兵四出驱扰。李克用便命三军四处扬言，只说待壕堑掘成李克用便归晋阳。李存孝信以为真，便不再出城，只待李克用走后，便可踹营突围。

月余后壕堑修成，李克用自在城下斥骂李存孝，并不离开。李存孝心知中计，无可奈何。

李克用围邢州半年，城中粮尽，李存孝部下多有叛降。李存孝无奈，泥首出降，李克用喝问道："我待你恩厚无比，你因何翻来与我为敌？"

李存孝道："儿臣受父王简拔，去微贱而拥富贵，恩逾岱宗。儿臣追随父王至今，心无旁骛，亦略有微劳。然康君立、李存信居心叵测，屡在父王面前构陷儿臣，儿臣信而见疑、忠而被谤，衔冤负曲，无处申诉，还望父王明察。"

李克用怒道："你既言受人构陷，然则我至邢州，你负隅顽抗半年之久，也是受人构陷？你既言自己忠信，然则你通款外藩，也可称作忠信？"说到气极之处，喝令将李存孝推出斩首，众将见李克用盛怒，也不敢多言。

第十三回　谋成德金头王负义　拒邢洺黄睛儿殒身

沙陀！沙陀！

　　李存孝乃是李克用麾下第一悍将，平生争战无数，天下罕遇敌手。今叛乱被杀，李克用心中甚是痛惜，一连数日不食。后人有言语感叹云：

　　"飞狐黄勇骓不徊，
　　天下英桀气尽颓。
　　难料邢关九鼎恨，
　　功臣无望入云台。"

　　李克用思及李存孝死前之言，不免将李存孝之叛迁怒于康君立、李存信二人，待二人日渐疏远刻薄，二人自是感知，却也无计可施。

第十四回
国老定策怀恨抱恨　　天子门生构兵失兵

李克用擒斩李存孝,以马师素为邢州刺史、邢善益为洺州刺史、袁奉韬为磁州刺史,以马师素权领邢洺节度使。

杨复恭听闻李存孝被斩,却也嗟叹道:"李存孝横勇无敌,未及而立之岁便得授节帅,本是李克用一臂,今竟叛亡,定也是受了朱三、王镕等外藩蛊惑所致。"正此时,兴元节度使杨守亮遣人来送信,言称王建已攻克成都,擒杀田令孜、陈敬瑄兄弟。杨复恭点头道:"这却是子弑父了——这贼王八果然如此了得!"

原来自朱玫、李昌符之乱,田令孜自思结怨甚多,不敢与僖宗返回长安,便将神策军中尉之职让与杨复恭,自己授自己西川监军,投其兄陈敬瑄去了。左右问杨复恭如何安置随驾五都——彼时韩建已为华州刺史,杨复恭道:"随驾五都本受我兄长简拔,得以显贵。后竟改投田令孜门下,实是跳梁反复之辈,亦不必还长安,只留在西川便了。"便将另四人俱留在西川——以王建为利州刺史、晋晖为集州刺史、张造为万州刺史、李师泰为忠州刺史,又以义子杨守亮为山南西道节度使。

杨复恭离别时密谓杨守亮道:"田令孜驽马之才,且素无胆识——经朱李之乱,其志已穷,不敢复入中原,只望在西川苟延残喘,不足为虑;随驾五都诸将,多是一勇之夫,并无才略;只有这贼王八王建,虽出身微贱,幼时无赖,我却观此人胸藏大志,有汉高之风。今留你在兴元,旨在阻住贼王八复入中原之路,你当谨慎提防——只愿你做司马懿,勿做章邯!"杨守亮领命。

王建在利州,招降溪洞部,兵势渐盛,又与东川节度使顾彦朗结盟。

沙陀！沙陀！

陈敬瑄得知，与田令孜计议道："王建在北，顾彦朗在东，若共图我成都，如之奈何？"

田令孜笑道："王建乃我义子，只是与杨守亮不睦，才多置兵马，多占州府。我若作书信往送，不日便可招致麾下。"

王建得田令孜书信，忙率两千精骑飞赴成都。行至鹿头关，西川参谋李义对陈敬瑄道："王建乃是虎狼之徒，夙有野心，今若招入成都，必不肯甘居人下——节帅当细思之。"陈敬瑄乃大悟，忙命人前往阻止王建之军。王建闻令大怒道："十军阿父召我前来，今已近家门，奈何又加回拒？"遂一路抢关夺寨，不日已至成都城下。

陈敬瑄见王建兵临城下，惊得色变。田令孜道："我当登城劝得八儿退兵。"遂登上大玄楼，召唤王建相见。

王建闻知，遂自髡须发，率领诸将在清远桥上伏地膝行拜谒田令孜。

田令孜在楼上说道："我儿当念父子之情，解围而去。"

王建号啕哭道："孩儿自与阿父别过，夙夜思念，只望于阿父身畔尽孝。幸蒙见召，星夜而来。今至关前，复被拒于城外。既不为阿父所信，孩儿亦无颜再归利州，情愿死在清远桥上，以全父子之义！"

王建身后大将张虔裕、綦毋谏等人朗声说道："王刺史夙秉丹心，听闻见召，与诸将士马不停蹄，餐风露宿，形魂影魄而来。然节帅与监军不恤刺史之苦，信谖构召之于前，挟偏私拒之于后，将士无不心寒。今日若不放我等入城，我等自当强入！"不待田令孜多言，便挥军攻城。成都墙高城坚，王建兵马一时难以攻入。

东川节度使顾彦朗亦遣其弟顾彦晖引兵相助王建。一时蜀中杀得纷乱。

是时昭宗李晔即位，衔起昔日入蜀途中卧石鞭扑之恨，欲除田令孜，先行去其依恃，便以成都战乱为由，征陈敬瑄入朝为龙武统军，以中书令韦昭度充西川节度使，镇抚两川。

田令孜见诏，叹道："大家定是犹记昔日入蜀途中之事，征你入朝，夺你权柄，意在去除我所依恃，以便图我。今京畿有挟恨之君、城外有负恩之子，我等当作何区处？"

陈敬瑄道："兵来将挡，水来土掩，多惧无益。今成都尚有数万精兵猛将，西川州府尚多在你我手中，足以外拒圣旨、内讨凶贼！"遂拒不奉诏。

第十四回 国老定策怀恨抱恨 天子门生构兵失兵

昭宗便下诏削夺田令孜、陈敬瑄之职，又命韦昭度、杨守亮、顾彦朗等联兵，另辟出邛、蜀、黎、雅四州设永平军，以王建为节度使，与韦昭度等三节度使共攻陈敬瑄。杨守亮只在兴元，攻掠临近州府，并不深入西川。韦昭度与王建、顾彦朗联军围攻成都。

韦昭度、王建、顾彦朗三人合军十余万，围成都三年而不能攻克，城中饿殍遍地，备极凄惨。韦昭度心中不忍，上书朝廷，奏请息兵。王建怒道："将士以血洗面，枕戈卧戟，苦战三年，今大功垂成，安可弃之！"遂也上书朝廷，言："陈、田二贼罪不可赦，愿毕命以图为国锄奸！"又命大将唐友通等擒了韦昭度亲信骆保，诬他盗窃军粮，脔割烹食。韦昭度大惧。

王建又私对韦昭度说道："今关东藩镇如独眼龙、朱三、李金头等，目无天子，相互吞噬，实为朝廷心腹之患，相国抱经世之才，当回京畿助大家除藩，再建元和君臣之功；陈、田之叛，不过是疥癣之患，只教将此事付与我，灭贼计日可待。"韦昭度便将印节授给王建，自引亲兵离川，王建在韦昭度马前跪献樽馐，拜泣而别。韦昭度适才出得剑门，王建便增兵把守，防备其复返。

王建逐走韦昭度，攻城益发紧急。田令孜又登城喊王建道："老夫自思待儿不薄，今奈何逼我至此？"

王建哭拜道："父子之恩为私，天子之旨为公，孩儿自不敢忘阿父大恩，却更不敢以私废公。"

田令孜无奈，与陈敬瑄出郭投降。王建以礼相待，不过月余，尽被王建寻个借口杀了。从此王建据有西蜀。不日，朝廷旨下，裁撤永平军，授王建西川节度使。

昭宗知田令孜之死，且喜且叹，又欲乘势剪除杨复恭。恰在此时，传来凶讯，言昭宗之舅王济赴任黔南节度使，途经山南西道，一行人尽被盗贼杀死。山南西道在杨复恭义子杨守亮治下，昭宗自然心知此事是杨复恭指使，不免新仇旧怨齐聚心头，便下诏外放杨复恭为凤翔监军。杨复恭自是不肯前往，便以年迈为由，乞请致仕。昭宗顺势准奏。

昭宗使官径往杨复恭昭化里府中传旨，杨复恭怒道："大家负心，浑不念昔日拥立之恩！"拔剑斩杀昭宗使官。

昭宗闻讯，不复虚与委蛇，命天威都将李顺节、神策军使李守节领禁

沙陀！沙陀！

军围攻杨复恭府邸，昭宗自己在安喜楼督战。杨复恭义子玉山营军使杨守信并杨复恭亲将张绾领玉山营军迎战。双方激战多时，不分胜负。禁军不能取胜，便欲乘乱抢掠府库，宰相刘崇望高声喊道："天子亲自督战，正是男儿博取功名富贵之时，你等皆天子亲近宿卫壮士，为何不奋力杀贼、报效君恩，反欲争此小利、博那恶名？"众禁军闻言，群情激愤，奋勇向前。杨复恭之军抵敌不住，杨复恭便带了亲族并杨守信等夺路而逃，张绾断后。逃至通化门，追兵掩至，张绾死命挡住追兵，被乱枪搠死。杨复恭一行乘隙从通化门出城，逃奔兴元投杨守亮去了。

逐走杨复恭，李顺节居中用事，益发飞扬跋扈，出入尽有亲兵甲士相随。昭宗心中不安，密召左军中尉刘景宣、右军中尉西门君遂计议道："朕赖卿等之力驱走杨复恭，然如今李顺节弄权，目无君主，恣意擅杀，专横更过杨复恭，唯有望卿等再诛奸党，复振朝纲。"二人拜泣领命。

恰逢重阳节，二人便在枢密院设宴，延请李顺节。李顺节不疑有他，欣然前往。叙礼毕，入席饮酒。二人把盏敬李顺节道："将军威名，播满天下——昔日凤翔怒斥李昌符，今番京畿勇驱杨复恭，壮盛之年，树此伟绩，古来少有——我等年齿已长，不复有所为，今后尽仰仗将军。"李顺节闻言大喜，举觥欲饮，身后神策军部将嗣光审蓦地拔剑向前，斩下李顺节头颅。

刘景宣、西门君遂知李顺节亲信皆在天威、奉日、登封三都，便命搜捕这三都李顺节党羽。天威军使贾德晟以杀戮过多，出言阻谏，被当作李顺节之党斩杀，其麾下千余精壮骑兵，皆出逃凤翔，依附李茂贞。

李茂贞遂串联静难王行瑜、镇国韩建等上书昭宗，言："杨守亮容匿叛臣杨复恭，请出兵讨之。"

昭宗得表，示于中枢。宰相杜让能道："李茂贞之意，不在讨贼，而在兴元之地也。其若得兴元，则朝廷不复有也。"昭宗遂未准奏。

李茂贞并不待朝廷之旨，自与王行瑜出兵攻兴元。凤翔、邠宁再度联兵，其势更胜昔日李昌符、朱玫之时。杨守亮抵敌不住，只得拥了杨复恭并杨守信、杨守贞、杨守忠一行弃了兴元，逃奔阆州。

李茂贞、王行瑜入城，抄检府库，搜得杨复恭与杨守亮书信一封，其中言道："承天门乃隋家旧，我儿但积粟训兵，勿贡献。吾于棘榛中立寿王，才得尊位，废定策国老，有如此负心天子门生！"李茂贞遣人将攻克兴元之表章并此书信送呈昭宗。

昭宗看了杨复恭书信，自知信中之言已天下尽知，不觉愤懑。再看李茂贞表章，其表中言道："陛下贵为万乘，不能庇元舅之一身；尊极九州，不能戮复恭之一竖。今朝廷但观强弱，不计是非。约衰残而行法，随盛壮以加恩。体物锱铢，看人衡纩。军情易变，戎马难羁，唯虑甸服生灵，因兹受祸，未审乘舆播越，自此何之！"

昭宗阅罢，咬齿嚼唇，气不能已，提笔在表章上写道："可恨！可恨！"即招宰相杜让能入内，命其主持讨凤翔之事。

杜让能伏谏道："陛下初临大宝，已逐杨复恭、斩李顺节，今国步尚未平夷，李茂贞近在国门，臣愚以为未宜与之构怨，万一不克，悔之无及。"

昭宗道："王室日卑，号令不出都门，此乃志士愤痛之秋。药佛瞑眩，厥疾弗瘳。朕不能甘心为屠懦之主，惛惛度日，坐视陵夷。卿但为朕调兵食，朕自委诸王用兵，成败不以责卿！卿位居元辅，当与朕同休戚，不可避事，负朕之厚望！"

杜让能叩首泣道："臣岂敢避事！况陛下所欲行之事，乃是昔日宪宗之志；然放眼当下，时有所未可，势有所不能。但恐他日臣徒受晁错之诛，不能弭七国之祸。敢不奉诏，以死继之！"于是一连月余，杜让能只在禁中运筹调度征伐凤翔之事。

宰相崔昭纬早将此密事遣人报与李茂贞，李茂贞在京中党徒便纠合了千余市井闲汉作乱，恰遇观军容使西门君遂出行，乱众便围住西门君遂一行喝道："岐帅于国有功无罪，因何讨伐，且使百姓再临涂炭！"

西门君遂分辩道："此乃宰相之责，我并不知晓！"

于是众人又去拦截宰相崔昭纬、郑延昌轿舆，崔昭纬道："此事天子专委杜相国，我等并未与此事。"众人不依，砖石瓦砾如雨般下，二人滚下轿舆狼狈而逃。

昭宗闻知，诏命禁军擒斩乱首，更命覃王李嗣周为京西招讨使，率军径取凤翔。李茂贞胸有成竹，调兵抵挡。李嗣周所率皆是新募之军，未谙战阵，怎比凤翔百战精兵？故朝廷之军一触即溃。

李茂贞乘胜兵进三桥，昭宗只得遣中使抚慰李茂贞，与之媾和，李茂贞道："此番兵祸，皆因天子身边奸佞所构，臣请清君侧以副众望。"

第十四回　国老定策怀恨抱恨　天子门生构兵失兵

沙陀！沙陀！

昭宗无奈，只言衅兵之事皆是西门君遂及内枢密使李周、段诩所为，杀此三人，将头颅送于李茂贞。李茂贞冷笑道："元凶未毙，不敢退兵。"

昭宗闻言，对杜让能泣道："悔不纳卿之谏，果有今日之祸。"

杜让能坦然道："臣自受命之始，已知有今日，请陛下舍臣以息兵祸。"

昭宗放声大哭道："是朕害卿！"于是赐杜让能并其弟杜弘徽自尽。笔者有言语感叹云：

"身居黯季心昭明，
　赴死从容类错卿。
　既见阎君说恨事，
　生年细柳不相逢。"

李茂贞见杜让能已死，方始退兵。昭宗遂以御史中丞崔胤为同平章事。

李茂贞乘胜又攻陷阆州，杨守贞战死。杨复恭弃城而逃，与杨守亮、杨守信商议道："今我等之地尽失，只有往河东依李克用。"一行人遂奔往河东，在乾元中了华州兵之伏，俱被擒获。韩建惜李巨川之才，留在华州，杨复恭等俱被解往长安。

昭宗并不再见杨复恭，命将其一行斩于独柳，宰相崔昭纬监斩。至于刑场，杨复恭叹道："昔日秦贼被孙揆斩于此，不意我今日亦死于此。"

临行前崔昭纬道："君尚有何言？"

杨复恭道："纵有言语，也不合说与尔等，我自去地府诉与我兄长！"

第十五回
唐昭宗箭矢承天楼　李亚子诗书石门寺

李茂贞攻克阆州，李克用忙派李存信、李嗣源提兵往救，接应杨复恭来河东，行至途中，得知杨复恭在兴元中伏遭擒，只得无功而回。待闻杨复恭被斩于独柳，李克用放声大哭道："杨国老兄弟，于我家夙有大恩，今竟为奸人所害。思之令人神伤。"遂计议攻打凤翔，为杨复恭报仇。正在此时，却得报幽州大将刘仁恭率兵来投。

刘仁恭本是金头王李匡威部将，受命率兵戍守蔚州。戍期已满，却无士兵前来接替。卢龙戍卒不满，私下计议道："卢龙本是金头王之地，李匡筹鹊巢鸠占，又不恤我等戍守疾苦。我等莫不如拥刘窟头为帅，杀回幽州，夺了李匡筹之位，定不失富贵。"遂奉刘仁恭为首，径杀向幽州。行至居庸关，中了幽州府兵埋伏，折兵损将。刘仁恭无奈，只得率残部来投河东。

李克用将刘仁恭接入，笑道："自易州与刘窟头一别，已近十年。今竟来投我。"

刘仁恭惶恐拜道："我当年便是大王手下败将。只因所属兵将戍期已过，人心思归，故为幽州府兵所谋。今势已孤穷，故不避羞赧，来投奔大王。望乞收录，誓当图报。"李克用大喜，使居晋阳，相待甚厚。

刘仁恭与盖寓有一面之缘，便私下求盖寓促请李克用早日发兵攻幽州。盖寓便对李克用言道："幽州与我夙仇；李匡筹新立，根基未稳，威信不崇；刘仁恭尽知幽州虚实，今又来归我——借此良机，若捭阖筹划周全，幽州一战可定也。"

李克用亦觉有理，遂召集众文武商议，潞州康君立、泽州李罕之等亦归晋阳听命。张承业道："幽州地广兵多，钱粮丰足，士卒剽悍，乃安禄

沙陀！沙陀！

山肇乱之地。非重兵不可征伐。"

周德威道："幽州险隘甚多，须遣勇将，分兵拔取。"

李克用闻言，触动心事，叹道："李存孝若在，足堪为前锋。"

康君立道："安敬思悖逆，自取其亡，大王何必念他？"

李克用大怒道："李存孝胸无城府，为你构陷，身首异处，思之令人神伤。你不自责，仍在此恶语中伤于他，竟连子都之属亦不如！"拔剑欲斩康君立，众将苦劝方止，命革去其官职，囚于马步司，以薛志勤代为昭义节度使。李存信在旁见了，惊得心胆俱裂。康君立在狱中，愧惧交加，未及数月，竟而身死。

正在此时，李克用得讯，因河东收留刘仁恭，李匡筹欲兴兵问罪。李克用怒道："我正欲征伐他，他反来进犯我！"便以刘仁恭为先导，亲率大兵出武州。

李匡筹自不示弱，提数万大军出新州，见沙陀军已在城南段庄下寨。参军韩延徽道："沙陀军远来，粮草不继，难以持久，莫若坚守；待其退时，自后追杀，独眼龙可擒。"

李匡筹道："我卢龙健儿横行天下，怎能畏缩于鸦兵之前？"遂不纳韩延徽之计，引兵出战，双方鏖战一整日，毕竟沙陀军凶猛，李匡筹折兵大半，退往居庸关。李克用克妫州，追至关下。

李存审道："李匡筹若退守幽州，闭门不战，坚壁清野，恐一时难下——其并非不谙其理，想是惧怕幽州城中金头王旧党乘势作乱，故不敢归幽州而屯兵居庸，意在复与我决战，以图毕其功于一役。来日父王可使人率骑兵与其战于关前，儿自率兵袭其后，李匡筹首尾难顾，必败无疑！"

李克用领首道："我自攻李匡筹之前，你攻其后。"

次日李克用自率精骑与李匡筹战于关前，双方酣战多时，卢龙军渐生疲惫。蓦地一声炮响，李存审引兵自后面杀出，卢龙兵腹背受敌，登时溃败。李匡筹见大势已去，携了家眷钱财，逃往沧州，半路被义昌节度使卢彦威所杀。

于是李克用兵进幽州城，幽州百姓箪食壶浆、麋盖歌鼓相迎。李存审复进言道："幽州治下尚有多处未予宾服——金头王治幽州多年，人多感其恩威——父王可使人四处宣言，只说此番出兵是为金头王复仇而来，幽州所属各处定望风而降。"李克用大喜，便命李存审巡办此事，不过月余，幽州治下州府尽数归顺。

李克用欲以刘仁恭为幽州节度使，李嗣源劝道："刘窟头外忠内奸，久后恐背叛河东。"

李克用道："我有大恩于他，他安能背我？纵是背我，我亦能复取幽州！"遂表奏刘仁恭为幽州节度使，另留下河东亲将张万进、张审、郑琮、白文珂、刘训、张虔钊、安怀盛、臬捩鸡、阿登啜、刘瑛十人执掌幽州要枢。

忽接讣告，言护国节度使王重盈病逝。李克用道："王重盈既死，当由我婿镇河中。"遂上表俱言昔日王重荣讨黄巢、灭襄王之功业，请以王珂为河中节度使。昭宗本意欲以崔胤兼领河中，昭义节度使薛志勤恰在长安，便进奏道："若不以王珂镇河中，当代之以太常卿刘崇望，不可以河中授崔胤！"昭宗自思有负于河东，便拟依李克用之请，将河中授以王珂。

王珂闻讯欣喜，只坐待朝廷之诏。却不料变生不测——王重盈之二子保义节度使王珙、晋州刺史王瑶联兵来讨河中，对外只宣称王珂并非王家骨血，不应继承节帅之位。王瑶与王珙计议道："我等年少，在朝中人微言轻，需结强镇宿藩方可。"王珙遂重贿邠宁王行瑜、凤翔李茂贞、华州韩建三人，三人联名上表请以王珙镇河中。

昭宗复诏，言授王珂河中节度使诏旨已下，不可再行更改。王行瑜前番本欲求朝廷授自己尚书令，韦昭度、李溪密奏道："当年太宗为秦王时兼领此职，自太宗之后此职不再授予人臣。唯安史之乱后，郭子仪以复安社稷大功得授此职，尚终身避让。王行瑜不过是朱玫一叛将，安配此职？"昭宗遂封王行瑜为太师，号尚父，赐铁券。王行瑜甚是不满。今见昭宗复驳其奏章，不觉勾起前恨，便串联李茂贞、韩建兵犯长安。

邠宁、凤翔、华州皆邻近长安，三人率数千精兵，骤然突入京师。长安街市大恐，百姓避乱不及。昭宗不得已，临安福门见三镇之军，说道："卿等不奏请俟报，辄称兵入京，意欲何为？若不能事朕，朕自当避贤路！"

三帅奏道："南、北司互有朋党，堕紊朝政。韦昭度、李溪作相，不合众心，请诛杀此二贼！"昭宗不置可否。

王行瑜不待昭宗诏旨，径命军卒擒了韦昭度、李溪、刘崇望，缚于都亭驿斩首。死前韦昭度叹道："前番未能死于王建之处，今却为王行瑜所害。

沙陀！沙陀！

生于乱世，何其哀哉！"

李溪道："死于王事，得其所也！"

刘崇望喝道："王行瑜凶逆狂悖，无端擅杀大臣，今我等受死，王行瑜死期也不远矣！"

王行瑜又斩杀宦官康尚弼数人。又迫昭宗下旨，以河中授予王珙，将王珂贬往同州。三人本计议乘势废黜昭宗，另立吉王李保为帝，忽闻李克用已兴兵晋阳，不日来京。三人自思不敌沙陀军，慌忙撤回本镇。

李克用先至绛州，王瑶本要坚守，沙陀兵蚁聚城下，一鼓作气攀上城头，杀散守军，攻克绛州。王瑶胆怯欲降，早被沙陀军乱刀砍死。

李克用过了绛州，兵至汀中，王珂早率众伏道相迎，既见李克用，王珂跪拜泣道："得见泰山，虽死无恨。"李克用下马安抚道："今与你平定河中，你好自守之。"有命随军而行。

沙陀军至华州。韩建不敢出兵交战，登城对李克用言道："韩建向来忠心事主，今为何前来相攻？"

李克用喝道："你既为人臣，逼逐天子，凌虐朝廷，何言忠心事主？"

韩建急道："我与李节帅素无芥蒂，奈何相逼？"

李克用怒道："杨国老与你有何芥蒂？其兄弟简拔你于行伍之间，授你功名富贵，你不念其恩，反加擒害。"正待命军马攻城，忽接探报，言李茂贞、王行瑜起兵又犯长安，意图劫持天子，李克用忙撤了华州之围，引兵趋于渭桥。

原来李茂贞、王行瑜皆欲挟持天子前往自己治下之镇，彼此互不相容。三帅离京之时，王行瑜留其弟王行时、李茂贞留其义子李继鹏率二军留戍京师，号称左右军，名为彼此呼应，实则相互牵制。李继鹏结交枢密使骆全瓘，王行时结交中尉刘景宣，都欲寻机劫夺天子。

今见李克用大军日近长安，李继鹏与骆全瓘遂连夜入宫促请昭宗驾幸凤翔。王行时闻讯切齿道："阎珪可恶！"——阎珪即李继鹏本名——遂引左军径来袭击右军，右军慌忙抵抗，二军便在宫外格斗起来。昭宗忙登上承天楼，还欲阻止二军之斗，早有数支流箭拂衣而过，落到身旁，昭宗吓得面无人色。捧日都头李筠忙扶了昭宗下楼欲走，李继鹏右军早已焚烧宫门。正在危急时，幸有孙德昭盐州六都兵前来护驾，杀散左右乱军，抢出昭宗。

此时长安城已然大乱，诸军相互厮杀，处处烟火。昭宗知城中不可久留，遂由捧日都头李筠、扈跸都头李居时率两都兵保护，出启夏门，奔南山而走。长安百姓士民惧乱，纷纷随昭宗车驾而逃，乱兵在后追袭，死者无数，哭声远播。昭宗在车上回望此景，泪不能禁，泣道："社稷沦落如此，我不得入祖庙矣。"

昭宗一行逃至南山，暂驻于石门寺。此时王行瑜之兵已赶到京兆云阳，驻扎于梨园寨。

李克用兵进渭桥，又见一支军马赶到，流星探报报说是保大节度使李思孝。李克用笑道："是拓跋思恭之弟。我与其兄却也有旧。"李思孝早来相见，俱言闻京师祸乱，星夜领兵前来勤王。

正在此时，李茂贞遣使者前来送求和书信并李继鹏首级。李克用笑道："宋文通见我兵至，不敢相斗，便舍了义子阎珪，暂与我求和。"

盖寓道："三贼兵势尚自不弱，宜渐次图之。今可虚与应付宋文通，令其自保，却先行攻打王行瑜。"李克用遂命人着李茂贞起兵共讨王行瑜，以李存贞、李存信、李存审为前锋，会同李思孝之党项军，直取王行瑜驻军之梨园寨。又命大将史俨率数千精兵往石门寺扈跸昭宗一行。

不日诏旨下，以李克用为邠宁四面招讨使，与保大节度使李思孝、定难节度使李思谏并彰义节度使张镈各挡一面。张承业对李克用道："既获恩遇，依制宜面圣谢恩。"李克用终衔昭宗杀杨复恭之事，遂命子李存勖代己赴石门寺谢恩。李存勖时年十一。

李存勖至石门寺觐见昭宗。昭宗见其状貌俊逸伶俐，十分喜爱，不觉道："此子有奇表！"因问道："子所读何书？"

李存勖答道："曾读《春秋》。"

昭宗喜道："子为朕试言之。"

李存勖道："乞示下。"

昭宗道："《春秋》微言大义，子以为何为义？"

李存勖道："义者，天地之正道。为人者，修身、齐家、治国、平天下，守义则兴，背义则衰。君守义，天下如一家；臣守义，海内犹一体。是故五伯守义而霸诸侯，幽王背义而失社稷。"

沙陀！沙陀！

昭宗道："试言五伯之守义。"

李存勖道："齐桓公守信而归鲁地、循礼而赠燕土；晋文公从君父之命而外守，未奔父丧礼而不往即位；楚庄王息陈内乱而不灭其国——皆守义之为也。"

昭宗便道："子以为周室缘何衰微？"

李存勖道："周有天下，以德配天。然自康王之降，周天子多不修德，且以诡术治下。至厉王时，缄塞民口，引得国人暴动——愚以为西周虽亡于幽王，其衰则始于康王之后。"

昭宗复问道："鲁为周公之封，位列公爵，冠于诸侯，缘何不能称伯？"

李存勖道："西周末年，礼乐崩坏，诸侯不遵礼义，唯力是视。鲁君赖周公之余荫，固修德行，不张武备，以何称伯？然鲁民之风，冠于诸侯——项羽亡后，独鲁地守节，足见其义。"

昭宗大喜道："子年尚幼，竟有此见地，亦是难得！"因命赐宴。宴间自有教坊乐曲相和。

宴罢，李存勖辞行，昭宗赐以鸂鶒酒卮并翡翠盘，抚李存勖之背道："子将来必为国之栋梁，勿忘忠孝于我家。"李存勖慌忙拜承。

昭宗又道："此子可亚其父。"——自此，世人皆呼李存勖小字为"亚子"——乃命太常卿韩偓代为相送。出至室外，韩偓笑道："亚子识得我否？"

李存勖拜道："'雏凤清于老凤声'，天下谁人不知致尧先生。早晚望得先生教诲。"

韩偓道："子小小年纪，才思敏捷，学富车载，实是难得。"

李存勖忙道："先生之才，冠于天下。小子些许末技，实是贻笑方家。"

韩偓便道："惜哉子生于王家，日后荣华尊贵，天下罕匹——否则世上自又多一太白、长吉。"

李存勖惶恐逊谢，只说道："若能聆先生之教，自是小子生平第一荣华。'岸头柳色春将尽，船背雨声天欲明'，百次读来，仍回味无穷。"

韩偓笑道："'岸头'句借用宋之问《咏笛》，'船背'句则取于柳河东《独觉》，不值一哂。"

李存勖道："宋之问'逐吹梅花落，含春柳色惊'略有做作；柳河东'觉来窗牖空，寥落雨声晓'又显平铺——终不及先生之句别致。"

韩偓道："子所喜何人之诗词？"

李存勖道："尤喜韦应物、温飞卿之作。"

韩偓道："温八叉之词冠于天下，其弟温庭皓之才情不逊其兄，惜哉当年庞勋之乱时死义——子日后若执杀伐，当惜文士。"

李存勖拜道："先生之言，自当铭记。"

二人忘年，却也惺惺相惜。

时长安已靖，李克用上表请銮舆回京，于是昭宗一行离开石山寺，返回长安，沿途尽有沙陀军备御。史俨护驾归京毕，旋即引兵随李克用往攻王行瑜。

李克用帅沙陀军并李罕之军紧攻梨园寨，王行瑜支持不住，弃寨而走，其子王知进、大将李元福等尽被史俨俘获。李克用再克龙泉寨，王行瑜更无他险可依，只得退守邠州。

李克用并不与他喘息之暇，进而围定邠州。

王行瑜登城，见沙陀军人强马壮，旌旗蔽日，乃大哭道："行瑜本无罪——迫胁乘舆之事皆是李茂贞及李继鹏所为——请移兵问凤翔，行瑜情愿束身归朝。"

李克用笑道："王尚父何必如此悲伤？我奉诏讨三贼，王尚父位列其一。束身归朝也必非止王尚父一人！"乃命攻城。

王行瑜知城不可守，欲逃往庆州，半路为部下所杀，将首级献于李克用。李克用遂克邠州。

克了邠州，李罕之向李克用求任邠宁节度使，李克用笑道："王行瑜恃强欺君，故此你我并力讨而诛之，若破贼之日，我等翻踞其州府，朝野之论必喧然谓我等行径与王行瑜并无二致。你我情如同体，固无所爱，待灭贼还镇，自当更为公论功赏。"

李罕之不悦而退，恰遇盖寓，言道："我自昔年河阳失守，前来投依大庇。从节帅以来，披坚执锐，露宿餐风，自觉略有微劳。岁月倏忽，今年已衰老，节帅奈何不授以一小镇？"

盖寓好言安抚，随即言于李克用。李克用沉吟道："我于李摩云岂吝惜一镇？但彼乃是一鹰，饥则为用，饱则背飞！"

沙陀！沙陀！

　　李存勖在侧言道："李罕之不能得一藩镇，久恐生变。"

　　李克用变色道："摩云索之，我即与之，正是助涨其骄气。我之属地有限，彼之贪心无穷，以有限之地充无穷之心，安有尽时？李摩云骑墙之辈，纵是生变，也不出我意料，只和他厮杀便了！"

　　既平王行瑜，李克用屯兵云阳，表请下诏讨伐李茂贞。不日，昭宗遣中使颁诏，进封李克用晋王，且不必入朝谢恩。又下诏云："不臣之状，行瑜为甚。自朕出幸以来，茂贞、韩建自知其罪，不忘国恩，职贡相继，且当休兵息民。"

　　李克用不悦道："既封我一字王，又免我入觐，亦恐我乱京师欤？朝廷分明是疑忌我有异心，故存宋文通以互为约束。宋文通不除，只恐关中无宁日。"

　　诸将亦有不平，盖寓道："人臣尽忠，在于勤王，不在入觐，愿熟图之。"

　　李克用不复多言，受了朝廷褒奖之钱三十万缗，回兵晋阳去了。朝廷也颁诏授王珂河中节度使，王珙退保陕虢。

　　李克用方回晋阳，又接兖郓朱氏兄弟告急文书，言难敌朱全忠之兵。张承业道："可教其自相残杀，我再图利。"

　　李克用道："朱瑄朱瑾兄弟仗义之人，且与河东互有勋助，我不可不救！况且闻朱三已克彭城，奄有武宁军之地——时溥自焚——若其再拥兖郓，则中原十有七八属汴梁也。"遂命李承嗣、史俨率一万五千骑兵取道魏博，驰援兖郓，与二人道："你二人皆是我之股肱，多立大功，且都有扈跸天子之绩，只望此次再立殊勋！"二人领命。

第十六回
庞师古骄志清口溪　李克用轻敌木瓜涧

王行瑜之乱既平，唐昭宗思量崔昭纬勾结邠、岐，朋比为奸，杜让能、韦昭度、李溪、刘崇望等人之死皆是由他，遂贬之为梧州司马。行至荆南，昭宗中使追至，宣昭宗旨，赐崔昭纬死。崔昭纬遣人向朱全忠求救，中使不待，命部下斩了崔昭纬之首。

既去崔昭纬，朱全忠便复举荐张濬为相，昭宗亦欲重行起用张濬，早有人将此信报与李克用。李克用旋即命人前往长安传语："张濬朝为相，臣则夕至阙庭。"京师闻讯，惶惶震惧，昭宗只得作罢。

朱全忠闻讯，不免愤懑，欲征河东，敬翔道："东方未靖，何以图西？"

朱全忠道："独眼龙前番尚遣精兵取道魏博，往援兖郓。若其持之输兵，恐朱瑄朱瑾兄弟一时难灭。"

敬翔道："可使人往魏博，说动罗弘信，阻绝河东与兖郓之联。"

朱全忠道："此事还烦先生。"

敬翔遂前往魏州，对罗弘信言道："前番闻河东军取道魏博往救兖郓——昔春秋时晋国取道虞国而灭虢国，归途之中，复灭虞国——独眼龙志吞河朔，河东之师西还之日，贵道诚可忧也。"

恰在此时，又有探报言有河东将李存信率骑兵取道魏博往救兖郓。罗弘信便自引三万精兵在要道夜袭伏击。

李存信正自夤夜行军，忽地炮响连声，伏兵四起，李存信忙挥军厮杀。沙陀军虽勇，毕竟毫无防备；况魏博军众，且谙熟地势——将沙陀军杀得大溃。李存信急道："因安敬思之死，父王待我日渐疏薄——前番康君立一言忤意，便囚禁狱中——今番我折了兵马，父王岂可轻纵？"且引败兵

沙陀！沙陀！

退回洺州。

罗弘信便遣使持书信往告朱全忠，朱全忠出郭远迎魏博使者。入了府厅，面对罗弘信之书信，朱全忠面北而拜，方才展读。使者在汴梁之时，朱全忠款待极尽殷勤。使者道："节帅之礼甚过了。"

朱全忠道："六兄之使，我安可怠慢？我视六兄如父，非其他藩镇可比。"

使者归告罗弘信，罗弘信笑道："朱三事我如此恭敬，我自当与汴梁结好。"自此朱全忠解了后顾之忧，并力东向。

于是朱全忠率葛从周、庞师古诸部围攻郓州。郓州城高池深，难以攻入。庞师古命收集大小舟舢，以长藤野葛结为巨缆，将舟舢缚住，做成浮桥，又命掘开濠水，将浮桥浮起，汴军自浮桥冲入城中。

朱瑄见汴军入城，奋力迎战，死在乱军之中。

时史俨、李承嗣率沙陀骑兵在兖州，朱瑾与二人计议道："郓州已失，兖州势孤，且城中兵多粮少，难以持继。徐州钱粮尚丰，莫若我与二将军引兵往攻徐州，且与兖州成犄角之势。"遂留大将康怀贞守兖州，朱瑾自与史俨、李承嗣南下徐州。

朱瑾离开兖州，葛从周率汴军已至。康怀贞并未交战，献城投降。

葛从周夺了兖州，并不停歇，南下往徐州追袭朱瑾一行。

朱瑾在海州闻讯，大惊道："兖州已失，我根基去矣！"

史俨、李承嗣道："我等当作他图。"

朱瑾垂泪拜谢道："二将军为救兖郓而至此，闻归河东之路已失——我与朱三自是不共戴天，失却家园妻子自不必说，却累得二将军不得还乡，实是朱瑾之罪。"

史俨、李承嗣回拜道："我二人受晋王之命而出来援兖郓，自当与节帅共进退、同生死，情愿将这一腔热血洒在此处——莫说归路已失，就是魏博之路尚通，我二人亦不能弃节帅而他顾——大丈夫战死于疆场，马革裹尸以还，人生之大幸也！"

朱瑾道："得遇二位将军，实是人生幸事。为今之计，我等唯有渡淮往江左投杨行密去了。"

史俨、李承嗣遂率沙陀诸军面朝西北，遥向晋阳八拜，大哭而去。

海州百姓慕朱瑾兄弟与史俨、李承嗣节义，情愿离家相随。于是三人引兵并海州诸多百姓，渡淮南下，杨行密已得讯息，早亲往高邮相迎，并在沿淮一线布下精兵防备汴军渡河追击。

杨行密既见三人，欢喜异常，表奏朱瑾遥领武宁节度使，授史俨、李承嗣淮南行军副使，在广陵为三人建广厦宏府，充以珍玩美姬，极尽恩遇。淮南军多习水战，步骑顾非其所长，自得了沙陀骑兵并兖郓精兵数万人，杨行密军威大振。

再说朱全忠兼并兖郓，已拥山东五镇十五州，闻知朱瑾与史俨、李承嗣南逃，便与众将计议，欲乘势南下平定淮南。于是派庞师古率徐、宿、宋、滑之兵屯清口，直逼扬州；派葛从周率兖、郓、曹、濮之兵屯安丰，直逼寿州；朱全忠自屯宿州为接应。

杨行密知朱全忠举大兵来攻淮南，亦不敢小视，聚文武共议。徐温道："若斩朱瑾之首献于朱全忠，彼必撤军。"

杨行密不悦道："我与武宁，视同手足，断不为此！"

大将田頵、安仁义等皆言："兵来将挡，水来土掩，迎战便是！"

杨行密道："寿州临近广陵，可先往寿州迎战葛从周。"

李承嗣道："庞师古所率乃是徐宿生力之军，势气正盛；葛从周所率却是兖郓疲敝之师，本已近强弩之末，且夙怀武宁兄弟旧恩，所以依附朱三，只是迫于势耳，非出本心，必不肯尽力——愚以为当先取清口，战败庞师古，则安丰之敌自退也。"

杨行密领首称是，又对朱瑾、史俨、李承嗣道："弟等久与朱三周旋，熟知彼之战阵，此番还烦弟等统驭我淮南诸兵将临敌。"

朱瑾拜道："淮南兵事，皆由我朱瑾而起，自当供驱驰。"

于是杨行密与朱瑾、史俨、李承嗣等引兵三万出楚州，校兵之日，朱瑾牵马持槊对杨行密言道："此槊复用，当为公杀敌！"

既至楚州，与庞师古对峙。李承嗣教先遣淮南将侯瓒引兵士阻住淮河上流，庞师古并无觉察。朱瑾与李承嗣又率五千骑兵尽用汴军衣甲旗帜乘夜渡淮，绕至庞师古背后。于是朱瑾、李承嗣在后，史俨在前，夹击汴军，庞师古仓皇中率军死命迎战。蓦地一声巨响，上流淮水滚滚而下，淹死汴军无数。杨行密见汴军失力，亦挥大军渡淮冲荡。庞师古溃逃间，慌不择路，

沙陀！沙陀！

正遇朱瑾，躲避不及，被朱瑾一槊劈下马来，枭了首级。余众非死即降。

朱瑾道："扬州已靖。当乘胜往寿州再击葛从周！"于是大军亟趋寿州。

葛从周闻知庞师古兵败身死，朱瑾正朝寿州而来——自思部下多是朱瑄朱瑾旧部，必不肯与朱瑾死战——当下率军渡淮而走。朱瑾、史俨、李承嗣等尾随相追，时值隆冬，天降大雪，北军连日无食，冻馁而死者遍地。葛从周仅带不足千人回到宿州。

朱全忠见二路皆溃，便也只得收兵回汴梁了。

杨行密获胜，犒赏三军，设宴大会诸将庆功，对李承嗣言道："大战之前，我本欲先趋寿州，副使言说当先取清口，庞师古败，则葛从周自走——果不出副使所料。"遂赠钱万缗于李承嗣。

李承嗣逊谢道："既容栖身，已是大恩，何敢望他。"

杨行密大笑道："此战可匹赤壁御曹瞒、淝水退坚头，保得我江南平安；副使之功，可匹周谢——此些许财帛，实不足相抵！"遂表李承嗣遥领镇海节度使。

李克用失了两员骁将，自是迁怒于罗弘信。遂与承德王镕、义武王郜、卢龙刘仁恭三人书信，着其共讨魏博。

刘仁恭接到李克用书信，不愿再受李克用驱使，便命人回书于李克用，只言契丹入寇，正自全力抵御，无兵可派。

李克用得信骂道："背主之奴，浑不念当日根由！"遣使再往幽州切责刘仁恭。

刘仁恭听得自然大怒，囚禁河东使者，又欲斩杀李克用留在幽州诸将。河东诸将闻讯集议，刘琠道："刘窟头背主，我等危矣，当效杞子去郑！"于是众人连夜遁逃。

李克用见得归来诸将，自知刘仁恭已与河东撕破面皮，怒道："今且搁置魏博，先去踏平幽州！"

张承业劝谏道："我军连年争战，士卒疲敝，更兼幽州地广兵精，用兵当慎之。"

李克用道："前番取幽州，攻无不克，战无不胜，旬月间便饮马滹水、引弓燕山——我视金头王兄弟尚如草芥，刘窟头何足言？"因河中内乱，李克用遣李嗣昭、李嗣源、周德威引兵往助王珂，自带领人马等往攻幽州。

兵入蔚州地界，早有流星探报来报说幽州兵已来迎战。李克用道："可是刘窟头带兵前来？"

探报道："非是刘仁恭，是刘仁恭之婿单可及前来。"

李存信道："单可及幽州骁将，人称'单无敌'。"

李克用闻言笑道："单可及不过一黄口孺子——昔日从刘仁恭居晋阳，每见我时，战栗色变，口不能言——何足惧哉？"

李存信道："纵是如此，亦不可轻敌。"

是日在安塞军下寨。李克用心中烦懑，当晚召集众将饮酒解忧。正在觥筹交错之时，忽闻寨外杀声，探报飞告说单可及骑兵已至寨门。李克用已然酒酣，只喝道："与我斩这小儿头来！"

幽州军杀入寨中，河东军不及防备，难以结阵御敌。河东诸将忙拥了李克用上马出营而退。幽州军在后追赶。是夜大雾，对面难辨人形。李克用一行逃至木瓜涧，忽闻一声炮响，幽州大将杨师侃引伏兵杀出，与单可及前后夹攻。

此时李克用方酒醒，就在马镫内跌足道："前番上源驿，此次木瓜涧，尽是我饮酒误事！"

沙陀兵本就不谙蔚州地理，加之大雾弥漫，只在雾中乱撞。

忽一阵电闪，雷声隆隆，顷刻间风雨大作，将大雾驱散。李克用同诸将又乘着烨烨电光，夺路而逃。单可及、杨师侃知沙陀兵将悍勇，也不敢穷追。

待天明，李克用收集败兵，见人马折损近半，十分气恨，召诸将责道："你等身为大将，久经战阵，夜间寨中兵士疏于防御，竟尔无视？"

诸将尽低头不敢多言。

李克用又目视李存信道："若李存孝仍在，断不至有今日之败！"

李存信汗流遍体，口不能言。

李克用怒道："你等宜自躬反省，再勿有失！"

李存信自此益发郁郁，多称病不出。

张承业进言道："木瓜涧新败，兵无战心，不若暂回晋阳，以待天时。"

李克用无奈，乃命李袭吉作书于刘仁恭道："今公仗钺控兵，理民立法，擢士则欲其报德，选将则望彼酬恩；己尚不然，人何足信！仆料猜防出于

沙陀！沙陀！

骨肉，嫌忌生于屏帷，持干将而不敢授人，捧盟盘而何词着誓！"之后撤回晋阳。

刘仁恭退了河东兵，乘胜又遣其子刘守文攻沧州，逐走义昌节度使卢彦威。卢彦威欲往魏州，罗弘信不纳，只得改投汴梁。刘仁恭尽取了卢彦威沧、景、德三州，以刘守文权署义昌留后。

汴梁也得木瓜涧之讯，李振道："可乘独眼龙新败，合魏州、幽州之兵并击河东。"朱全忠于是遣使修好刘仁恭，与魏博、卢龙相约攻晋，二镇自是应承。

于是朱全忠以葛从周为大将，取道魏博，攻伐邢洺。不日攻克邢州、洺州，斩邢善益、逐马师素，直取磁州，将磁州铁桶般围定。磁州守兵不多，诸将佐劝刺史袁奉韬投降。袁奉韬叹道："我初事孟方立，后转投河东，今若再背河东而降宣武——人生岂可如此无节？"遂自尽而死。朱全忠便以葛从周署理此三州。

罗弘信本欲出兵相助朱全忠，无奈身染重病，不久身亡，魏博诸将便拥其子罗绍威为留后，昭宗知不可改，只得下诏以罗绍威为魏博节度使。

是岁末，昭义节度使薛志勤病故。李克用闻讯恸哭道："薛铁山从我起于代北，数十载生死以随，今竟离我而去，教人好不哀伤！"

正悲恸间，又得探报，言李罕之乘薛志勤病故之机，竟兵袭潞州。李克用大惊。

李存勖在旁道："尚未知此讯真假，当更详查。"

恰在此时，李罕之遣使送信前来，信中言道："薛铁山死，州民无主，虑不逞者为变，故罕之专命镇抚，只待晋王裁旨。"

李克用阅信大怒道："李摩云可恨！可恨！"一面命李嗣昭往攻李罕之，一面命亲兵去杀李罕之留在晋阳之子李颐。

李颐自幼留在晋阳为质，与李存勖夙相亲善。李存勖见李克用迁怒于李颐而欲斩杀，忙托言离去，骑快马回府见李颐道："你父叛我父，我父欲斩你——你速离去！"

李颐道："我实不知家父之叛，当自往见晋王分辩。"

李存勖道："我父盛怒之下，安能听信你言语——以昔日存孝于我父亲逾骨肉、功比栋梁，犹不得宽宥——君自忖与我父亲之亲近功勋可比存

104

孝乎？"

李顼道："君奈何因我而背令尊之命？"

李存勖道："昔鲍叔牙宽济管仲而霸齐，申包胥切责伍员而复楚——我今释君，是全小义而无伤大节；君日后若于河东有危，我自当全大义而保全我父之基业。"

李顼泣道："得与君亲善，人生之大幸——我安能负君？"

李存勖道："我这良马脚力甚好，你骑了便走。"又取了一包珠宝与李顼做盘缠川资。李顼含泪辞去。

再说李罕之拒住潞州，斩了李克用部将马溉、傅瑶，遣子李颢前往汴梁请降于朱全忠。又闻李嗣昭兵指潞州，忙命军士登城守备。哪知李嗣昭声东击西，扬言取潞州，却倍道潜行，袭取泽州，尽将李罕之家眷俘获，解送晋阳。李克用便命李存璋镇守泽州，更遣李君庆出兵助李嗣昭攻潞州。李罕之拼死抵御。

朱全忠知潞州兵事甚紧，便遣大将张存敬、丁会往救潞州。李罕之日夜忧惧，身生痼疾，便上书朱全忠，欲还镇河阳。朱全忠得信道："李摩云怀恋故镇。"遂以李罕之为河阳节度使，以丁会代李罕之为昭义节度使。

李罕之接河阳节度使之诏命，慨然道："得还故镇，我愿足矣。"遂带病强行起程赴任，行至怀州，竟不能行，只得停驻，病体日渐沉疴，李罕之自知不起，叹道："我出身微贱，尝为流僧乞丐，乘天下乱时，奋而起身，今执掌藩镇，位极人臣，虽死何憾？！"不日病重而死。

潞州之战正炽，朱全忠又遣大将氏叔琮自马岭关攻榆次。李克用便命周德威引军相迎。

氏叔琮前锋将名叫陈章，绰号陈夜叉，言于氏叔琮道："闻河东勇将周阳五前来，我前往擒他，求一州之封赏。"

氏叔琮道："你若能擒了周阳五，封赏何止一州？"

陈章遂引精骑前行。

周德威也闻陈章之言，笑道："此子狂言！"亦催兵前进，与汴梁军对峙于洞涡。

次日两军对掾，陈章引兵冲杀。河东兵节节后退。陈章回顾诸将笑道："沙陀兵不过如此。"益加奋勇。周德威看得真切，待陈章战马已近，蓦

沙陀！沙陀！

地挥铁挝横击，将他打下马去。众河东军一拥而上擒住陈章，杀散汴军。

周德威不待须臾，径引兵攻氏叔琮大营。氏叔琮知陈章已败，兵无斗志，便弃营而退，周德威直追至石会关，斩首汴军数千。

此时朱全忠因河中战事，已召张存敬往河中，更命大将贺德伦守潞州。李嗣昭便以重兵将潞州紧紧围住，更派突骑在城外往来巡视，搜捕寻粮之人。朱全忠遣人送信与贺德伦，言道："韩进通清野扼路，志在与我决战！此子虽年少，却勇悍多谋，公等慎之，切勿轻敌，落彼彀中。"

围城数月，城中粮尽，丁会、贺德伦只得乘夜弃城而逃，直奔壶关。

汴军马不停蹄，将近壶关，已是人人疲惫，忽山坡后鼓声响处，一队军马横出，当先小将正是李存审。丁会惊道："河东后生，端的了得！"李存审挥兵邀击，斩获汴军无数，丁会、贺德伦带数百残兵逃出，半路遇葛从周援兵，本欲杀回，但士卒势气已堕，只得返回汴梁。

李克用既收复泽潞，自思昭义取自孟氏，今仍以孟氏之人镇守，或可安抚人心，遂仍以孟迁为昭义节度使。

第十七回
捭阖翰墨吞吐宇宙　结束甲戈恢复山河

李克用收复泽潞，朱全忠未免郁懑。大将张存敬道："河东地广民稠，儿郎善战，更兼毗邻藩镇多依附之，急切难下——当先剪除其羽翼爪牙，待其势孤，自可图之。"

朱全忠道："将军当为我行此事。我当另遣人绊住独眼龙。"

张存敬遂点起人马，倍道而行，出临城，夜渡滹沱河，骤然掩杀至镇州，焚烧关城。王镕不意汴梁军从天而降，一时不知所措。朱全忠得报大喜道："张存敬用兵有孙吴之风。"自往元氏慰劳。

王镕遣判官周式求和。周式拜见朱全忠道："镇州近邻太原，困于侵暴，四邻各自保，莫相救恤，我节帅与之连和，乃使百姓免战乱之故也。今明公果能为人除害，则天下谁不听命，岂唯镇州！明公欲为桓、文，当崇礼义以成霸业；若但穷威武，则镇州虽小，城坚食足，明公纵有数万铁甲，未易攻破！况王氏秉旄五代，时推忠孝，人欲为之死，庸可冀乎！"

朱全忠自思以镇州军民之悍，强攻未免于本部多有折损，大笑道："使于四方，不辱使命，君足当之！"遂与镇州言和，王镕遣子王昭祚往汴梁为质。朱全忠更欲笼络王镕，便将自己之女嫁与王昭祚。

张存敬离开成德，复往攻义武。义武节度使王郜命其叔父后院都知兵马使王处直引兵数万抵敌。王处直道："汴梁之军远来，且又历镇州之战，谅已劳顿，只望速战，可依城设栅，固守不战，待其师老兵疲，再行击之，可获全胜。"

孔目官梁汶道："昔日幽、镇兵三十万攻我，彼时我军不满五千，一战而败敌。今张存敬兵不过三万，我军却十倍于昔，奈何示怯，欲依城自固乎？"

107

沙陀！沙陀！

王郜亦觉梁汶之言有理，遂命王处直与汴梁军交锋。双方战于沙河，义武军大败。王处直对军士哭道："我本欲坚守，节帅强命我战。今日蹉跌，你等自重，我却往定州领罪。"

众军士哗然道："节帅年幼无知，不谙行阵，惑奸佞之言、绝忠直之路——如此恐义武军危亡无日矣——我等愿奉兵马使为帅！"遂拥王处直回攻定州。

王郜见军士哗变，知王处直久掌义武军事，兵将多是其亲信，自忖难以应战，竟连夜离城，逃往晋阳。王处直嫡子王郁跟随其一同逃亡。于是定州兵将便拥王处直为留后。

不日张存敬大军至定州。王处直在城上遥见朱全忠，乃言道："本道事朝廷甚忠，于公亦未尝相犯，何为见攻？"

朱全忠道："只为义武亲附河东。"

王处直道："我兄与晋王同时立勋，封疆密迩，又通婚姻，修好往来，乃是常理；今愿改图。"

朱全忠遂许，还为王处直上表求节钺。王处直便将与汴军交战之事归罪于梁汶，斩其首级献与朱全忠。

既平镇定，朱全忠便与张存敬议取河中。恰在此时得讯，言陕虢依附——原来王珙在陕州，刑罚严酷，轻于杀戮，惹得众人惧恨，人人自危，于是都将李璠纠合众人，杀死王珙，自称留后。未几多时，都将朱简又杀死李璠，继称留后。朱简窃据陕虢，却也内惮悍将、外惧强藩，只恐又蹈王珙、李璠之覆辙，于是自改名朱友谦，拜朱全忠为父，举陕虢依附。朱全忠自是高兴。

张存敬道："河东精兵，多由李嗣昭、周阳五统带，被葛从周绊在昭义，晋阳所余无多。今我当以奇兵袭取晋绛二州，截断河东与河中之连，而后河中府一战可下也。"

朱全忠道："王珂驽马之才，唯恃河东而得立身。河东、河中，相连若长蛇，以通京畿，我今斩断长蛇之腰，诸君为我以一条绳索绑缚——且看独眼龙还能有何叱咤？"

张存敬遂拣拨三万精兵，自氾水渡河，径出含山。行至山口，张存敬对副将侯言、何绹道："当年朝廷集三路人马征讨河东而大败，故宰相张濆便取道此路遁逃。"于是直取晋州、绛州。二地守军毫无防备，仓促不及迎战，城池已破，绛州守将陶建钊、晋州守将张汉瑜皆被俘获。

张存敬便教侯言守晋州、何绚守绛州，扼住河东援兵之路，自引军来攻河中。

王珂自是抵挡不住，唯有遣人向晋阳告急，另献上王珂妻之信——便写在一幅幼时在晋阳时所用绢帕之上，只写道："儿旦暮为俘虏，父亲何忍不救！"

李克用阅罢对河中来人道："你且回告我女：今贼兵塞晋、绛，众寡不敌，若进则与你两亡，不若与王郎举族归朝。"

王珂盼河东救兵不至，欲取道河西县逃奔京师长安。偏偏河面浮桥为避乱军民所毁，亦无法行舟。牙将刘训道："今人情扰扰，若夜出涉河，必争舟纷乱，一夫作难，事不可知。"

王珂无奈，只得出城归降。朱全忠相迎，王珂欲下拜，朱全忠慌忙上前止住，握了王珂之手哭道："舅父之恩何可相忘！若郎君如此，我何以见舅父于九泉！"二人相拥而泣。

次日，朱全忠率诸人素服至虞乡祭拜王重荣之墓。朱全忠在王重荣墓前放声痛哭道："舅父于我，实有再生之恩，今奈何早登仙界，使我无得膝前尽孝！"极尽哀楚，众人亦尽落泪。

祭毕，归河中府，朱全忠便以张存敬为河中留后，将王珂举族迁往大梁。

王珂不敢违拗，含泪离去。行至华州暂歇，朱全忠已遣人追至，将王珂一族尽数诛杀。

不日天子诏下，以朱全忠兼领河中节度使。

李克用见朱全忠挟了镇州、定州，复又占了河中，已对晋阳成合围之势。一面大发军民加修晋阳城堑；一面教掌书记李袭吉代作书信，命河东牙将张特持了，送与朱全忠修好。

朱全忠展书信阅看，其信言道：

"一别清德，十有余年，失意杯盘，争锋剑戟。山长水阔，难追二国之欢；雁逝鱼沉，久绝八行之赐。比者仆与公实联宗姓，原忝恩行，投分深情，将期栖托，论交马上，荐美朝端，倾向仁贤，未省疏阙。岂谓运

沙陀！沙陀！

由奇特，谤起奸邪。毒手尊拳，交相于幕夜；金戈铁马，蹂践于明时。狂药致其失欢，陈事止于堪笑。今则皆登贵位，尽及中年，蘧公亦要知非，君子何劳用壮。今公贵先列辟，名过古人。合纵连衡，本务家邦之计；拓地守境，要存子孙之基。文王贵奔走之交，仲尼谭损益之友，仆顾惭虚薄，旧忝眷私，一言许心，万死不悔，壮怀忠力，犹胜他人，盟于三光，愿赴汤火。公又何必终年立敌，恳意相窥，徇一时之襟灵，取四郊之倦弊，今日得其小众，明日下其危墙，弊师无遗镞之忧，邻壤抱剥床之痛。又虑悠悠之党，妄渎听闻，见仆韬勇枕威，戢兵守境，不量本末，误致窥觎。

且仆自壮岁已前，业经陷敌，以杀戮为东作，号兼并为永谋。及其首陟师坛，躬被公兖，天子命我为群后，明公许我以下交，所以敛迹爱人，蓄兵务德，收燕蓟则还其故将，入蒲坂而不负前言。况五载休兵，三边校士，铁骑犀甲，云屯谷量。马邑儿童，皆为锐将；鹫峰宫阙，咸作京坻。问年犹少于仁明，语地幸依于险阻，有何觊睹，便误英聪。

况仆临戎握兵，粗有操断，屈伸进退，久贮心期。胜则抚三晋之民，败则征五部之众，长驱席卷，反首提戈。但虑鼷突中原，为公后患，四海群谤，尽归仁明，终不能见仆一夫，得仆一马。锐师傥失，则难整齐，请防后艰，愿存前好。矧复阴山部落，是仆懿亲；回纥师徒，累从外舍。文靖求始毕之众，元海征五部之师，宽言虚词，犹或得志。今仆散积财而募勇辈，辇宝货以诱义戎，征其密亲，啗以美利，控弦跨马，宁有数乎！但缘荷位天朝，恻心疲瘵，峨峨亭障，未忍起戎。亦望公深识鄙怀，洞回英鉴，论交释憾，虑祸革心，不听浮谭，以伤霸业。夫《易》唯忌满，道贵持盈，傥恃勇以丧师，如擎盘而失水，为蛇刻鹄，幸赐徊翔。

仆少负褊心，天与直气，间谋诡论，誓不为之。唯将药石之谭，愿托金兰之分。傥愚衷未豁，彼抱犹迷，假令罄三朝之威，穷九流之辩，遣回肝膈，如俟河清。今者执简吐诚，愿垂保鉴。

仆自眷私睽隔，翰墨往来，或有鄙词，稍侵英听，亦承嘉论，每赐骂言。叙欢既罢于寻戈，焚谤幸蠲其载笔，穷因尚口，乐贵和心，愿祛沉阂之嫌，以复埙篪之好。今者卜于噘分，不欲因人，专遣使乎，直诣铃阁。古者兵交两地，使在其间，致命受辞，幸存前志。昔贤贵于投分，义士难于屈雠，若非仰恋恩私，安可轻露肝膈，凄凄丹愫，炳炳血情，临纸向风，千万难述。"

朱全忠阅信叹道："独眼龙残喘余息，犹气吞宇宙。"因将书信交与众文武阅览，赞叹道："李克用斗绝一隅，安得此文士！如我今日之威，若得袭吉之笔才，不啻如虎添翼！"敬翔、李振诸文士皆惭愧无颜。

笔者有言语赞叹李袭吉之文云：

"唐季汹汹天下裂，
　梁晋杀伐经年月。
　王据晋阳盛威名，
　汴梁元凶多滋虐。
　先生弼王籍文藻，
　舜乐尧云天子悦。
　王嘱先生草书札，
　翰墨捭阖兵锋却。
　既受王命不暇思，
　援笔立就无疏阙。
　文若流觞曲且奇，
　语句铺陈清泉落。
　讨武檄隋失华泽，
　孔璋鹏举亦逊谢。
　赖以先生并义儿，
　河东文事齐武略。
　元凶览书口称啧，
　自云麾下无逾越。
　天下幕府多高士，
　与君比肩难为索。
　文章辞气宇宙吞，
　洹水青山直罗雀。
　一读再读复更读，
　辗转卷帛难为彻。
　百年千年复读之，

沙陀！沙陀！

犹觉甘洌渍唇角。
丹愫血情凭临风，
唯叹妆梅晶莹雪。"

朱全忠遂与诸将计议与河东是战是和。其侄朱友宁道："今我北结镇、定，南拥河中，对河东已成合围之势，不此时乘胜进兵，饮马汾水，更待何时？"

朱全忠道："当如何进兵？"

朱友宁道："当多路并进，令独眼龙首尾不能并顾，晋阳一战可下！"

朱全忠大喜，遂依朱友宁之意，命大将氏叔琮出兵太行，葛从周率兖郓之师并成德军出土门，张归厚出兵马岭，侯言率慈、隰、晋、绛兵出阴地关，魏博大将张文恭出兵磁州新口，义武节度使王处直出兵飞狐，共计六路大军，合攻晋阳。

氏叔琮自天井关而出，翻越昂车岭，围攻沁州，沁州副将盖璋擒了刺史蔡训，献城投降。氏叔琮遂会合侯言之军，夹攻泽州。

氏叔琮与侯言商议道："泽州守将李存璋，独眼龙之亲信宿将，不可小觑。今我二军人众，我与侯将军，分兵南北，昼夜轮番攻城，使李存璋之军片刻不得将息，其必不能长久相持。"侯言颔首，遂依计而行。

汴军昼夜攻城，李存璋疲于应对，副将李嗣恩道："贼兵势大，城池难守，可速归晋阳——将军乃晋王宿将，晋王必视将军重于泽州。"李存璋遂弃了泽州，退回晋阳。

氏叔琮再攻潞州，孟迁不战而降。

时张归厚克辽州、葛从周拔承天，合军十余万，齐向周德威军而进。

时李嗣昭已提兵往慈州、隰州、蒲县拒敌，此时周德威、李嗣源营中人马不多，出营觇看，见汴军连营无际，自知难拒，周德威道："当乘其结阵未毕，速速退回晋阳，以保得晋王之精锐——若待潞州有军横出，断我归路，则我二人欲为史俨、李承嗣而不可得。"于是李嗣源率步兵先退，周德威以骑兵断后，循间道小路而还晋阳。

汴军乘胜而进，日近晋阳。李克用命李存灏、李存进等率晋阳亲兵抵挡，亦皆不利。朱友宁督诸路兵马集结晋阳，贼兵云屯雨集，围定城池，日夜

112

攻打。

李克用见汴军攻城甚紧,便与诸将商议行止。

李克用道:"今朱三贼兵势大,晋阳朝夕不保,则我等当何往?"

李嗣源、李嗣昭等道:"有儿等在,定固守此城!父王勿为此忧,动摇人心!"

李存灏道:"今河北、关东诸镇皆奉朱三号令,我河东三面环敌,困守孤城——时不利我。汴军连营无数,广聚钱粮,重围晋阳——志在毕功于此一役也。事已急迫,刻不容缓,当亟退回云中故地,伺机再作别图——若再犹豫,只恐我等尽为俘虏矣。"

李嗣昭道:"父王经营河东多年,人心尽归,岂可轻言弃之!"

李嗣源道:"晋阳城高池深,尚有带甲将士十万,粮储可支二年——足以与贼周旋。"

李克用目视刘氏相询。

刘氏道:"李存灏,北川牧羊小儿,安有远见?大王常笑王行瑜轻离其城,死于人手,今日反欲蹈其覆辙!且大王昔日寄居漠北,几不自免,赖朝廷多事,乃得复归。今一足出城,则祸变不测,安得望平安退至塞外?"

李存灏愤愤有不平色。

李存进道:"今我军虽蹙,犹未若昔日隆准困于荥阳、成皋间之时,自可相持。况下月即是河东雨季,彼时汴军必不堪淋漓之苦,城围可解。"

李克用之弟李克宁道:"我沙陀祖居塞外,世受汉人鄙夷。浴血百战而有今日,尚欲何往?此城便是我身死之地!"

李克用闻言笑道:"云中剑戟犹在,金川弓矢尚存——岁月虽然蹉跎,而我杀贼之力未减。况朱三负义奸徒,我若避他,徒贻天下之耻笑。当与诸君戮力同心,据守晋阳,挫败他朱三锐气!"

于是李克用日日巡城,城郭有损,随即修补。又使李嗣昭、李嗣源、李存审、李存进等率奇兵四出侵扰汴军之寨,汴军防不胜防,欲战不得,欲止亦不得,不胜其苦。

直至五月,大雨积旬,淋漓不止。城外平地水深数尺,军器尽湿,人不得睡,昼夜不安。大雨连降多日,马无草料,死者无数,军士怨声不绝。朱友宁与诸将计议道:"今连日阴雨,士无战心,各有思归之意,不如且回。"

沙陀！沙陀！

氏叔琮道："各道先归，我自断后。"

于是汴军纷纷撤退。孟迁自知汴军退后，李克用必回夺潞州，便苦求随汴军南徙。朱全忠便以大将丁会为昭义节度使，驻守潞州。

氏叔琮在后，退至石会关，见此处凶险，正欲命兵士哨探，忽四壁喊声大震：前面李嗣昭，后面周德威，将汴军夹住，汴军亦有备，奋力杀出，却也折兵无数。

氏叔琮带领败兵徐退，蓦地想到一事，说道："汾州乃晋阳通河中要冲，勿使鸦兵乘胜袭取！"待欲前往，却得探报，言李存审业已袭了汾州，斩刺史李瑭。氏叔琮顿足叹息，无可奈何。

旬月间，隰州、磁州等处，复被河东收复。

再说孟迁降于朱全忠，其侄孟知祥尚在晋阳，慌忙自缚来李克用面前请罪。李克用亲解其缚言道："你叔在外降敌，你无从得知——不必多心。"

孟知祥千恩万谢。

第十八回
南司恨绸缪北司恨　劫驾贼锋芒夺驾贼

李克用击走汴军，河东复安，亟上表朝廷，陈说过往。

昭宗历三镇之乱，由史俨扈跸自石门还京，思忖禁兵不足以御贼，便在神策二军之外，增设数军，补充万余人，由诸王执掌。李茂贞得知，恐不利己，便欲再度兴兵犯京畿。昭宗便命子延王李戒丕领禁军屯于三桥。李茂贞径直上书道："延王无故称兵讨臣，臣今勒兵入朝请罪。"兵进娄馆。

昭宗大恐，李戒丕道："不若自鄜州济河，幸太原，依李克用。"行至富平，韩建接驾，苦留昭宗一行驻在华州。昭宗也不愿受长途跋涉之苦，遂应允。

驻跸华州，韩建自领中书令，便请以宰相崔胤充武安节度使，将其逐出朝廷。崔胤只得向朱全忠诉苦，朱全忠上书朝廷，言崔胤忠臣，不宜出外。韩建不得已，复召回崔胤。

李巨川向韩建献计道："诸王典兵，不利明公。"

韩建遂奏诬称诸王欲谋杀自己并劫驾往河中，昭宗无奈，只得下诏遣散诸王所统兵士，护卫禁军由韩建统掌，诸王统被禁锢于各自府宅之中。自此，天子亲军尽失。

韩建又奏称："诸王之逆行，尽是捧日都头李筠所谋。"

昭宗叹道："李筠有南山护驾之功，可否赦免？"

韩建道："功难抵罪，陛下所言，与法度不合！"竟将李筠斩于大云桥。

李巨川又进言韩建道："诸王失兵，心怀怨望，终是后患！"

韩建遂与枢密使刘季述合谋，矫诏将李戒丕等十一王擒了，押往石堤谷尽数斩杀。

沙陀！沙陀！

韩建亦恐引得诸镇共怒，恰李茂贞撤出长安，遂修复长安宫室，护送昭宗还京，昭宗亦加封韩建太傅。

昭宗失了诸多皇子，心中悲愤至极，往往借酒消烦，较以往更加喜怒无常。崔胤密奏道："弑杀延王诸皇子，皆是刘季述等所谋——阉竖之祸，传承滋蔓，百多年矣，绝非止杀一杨复恭便可平息——当寻机斩草除根！"

昭宗道："只恐谋划不周，复成文宗朝甘露之变。"

于是君臣密议来去。

昭宗身边多有刘季述耳目，此事竟也被探知。刘季述急召中尉王仲先、枢密使王彦范、薛齐偓等相谋道："大家轻佻多诈，待我等刻薄，难以事奉——前番竟不顾拥立之恩而斩杨国老；且一味听任南司，我等若只坐视，终不免罹祸。不若奉太子为帝，尊大家为太上皇，引凤翔、华州之兵为援，控制诸藩，看彼时谁能害我等！"于是连夜布置。

越日，昭宗沉醉未起。刘季述指挥禁军，先将中书省围定，持剑而入，崔胤惊得色变。刘季述厉声道："天子暴戾，虽昌邑、东昏之恶不过如此，岂可理天下？废昏立明，自古有之，今为社稷大计，当效伊霍之为！中书令当与我等共进退！"取出请太子监国之联名状，教崔胤署名。崔胤不敢违拗，战栗接笔书写。

随即召集百官于殿庭，迫令尽数署名。

而后刘季述、王仲先率甲士千余人，从宣化门闯入，斩杀宫人无数。昭宗正在乞巧楼内酣睡，闻声惊起，待欲躲避，刘季述、王仲先已入寝殿，将其挟住。

何皇后闻变而至，对刘季述道："轻重尽在军容使，只求勿惊大家。"

刘季述持了百官联名之状道："陛下疏怠国事，中外群情，愿太子监国，请陛下咻颐东宫。"

昭宗惊愕道："昨尚与卿等欢饮，今日何至于此！"

刘季述冷笑道："此非臣等所为，皆南司众情，不可遏违。愿陛下速去东宫。"

何皇后道："大家快依军容使之言！"忙教左右将玺绶交与刘季述。

刘季述命将帝后一行押往少阳院，亲取大锁封门，且在锁上灌铜汁铁水以锢。又教左军副使李师虔率兵围住少阳院，监视帝后一举一动。

时值十一月，天气酷寒，嫔妃公主衣寝单薄，冻得瑟瑟颤颤，哀哭之声不绝。

刘季述便立太子李裕为天子，更名李缜。以昭宗为太上皇，何后为太上皇后。寻昭宗日常宠信之人，尽数榜杀。

故宰相张濬此时正在长水，闻宫中之变，忙来洛阳见张全义，悲不自胜，泣道："天子严急，丹墀忧恐，请明公鼎力匡扶，勤君王、诛凶逆，必获万人仰钦、百代颂咏。"

张全义苦笑道："一李摩云，我尚不能敌，安能预朝廷之事。"只把好言抚慰张濬。张濬知其无胆识，只得又往平卢劝说王师范出兵。

无棣县人李愚此时客居华州，亦劝韩建兴兵勤王，言道："明公地处要冲，位兼将相。逢宫闱变故，当号令率先以图反正，驰檄四方，谕以逆顺，军声一振，元凶破胆，旬浃之间，四奸竖之首可传于天下。若迟疑未决，一朝山东侯伯倡义连衡，幸行而西，明公便欲只求自安也不能了！"韩建犹豫不决，李愚愤而离去。

刘季述知此时诸藩中，以朱全忠之势为大，遂命义子刘希度与供奉官李奉本、副介支彦勋往汴梁联络。朱全忠问诸文武。

李振道："行正道则大勋可立——竖貂、伊戾之乱，乃成霸者之事由。今阉竖幽辱天子，正是节帅行桓文之举，匡正王室之时机，若不能讨，则无以号令诸侯。"

朱全忠便执下刘希度一行，密令李振、蒋玄晖等前往长安，与崔胤谋划戡平祸乱。

崔胤与中书舍人令狐涣、给事中韩偓、尚书判官石戬等密议，石戬道："左神策指挥使孙德昭忠义可信。"

崔胤密召孙德昭，韩偓对其言道："今上皇幽闭，自三公至布衣，莫不切齿！作乱者只季述、仲先数人，将军若能诛此数奸竖，迎上皇复位，作社稷再造之元勋，近则富贵穷于一生，远则忠义流于千古。还望将军不可狐疑不决。"

孙德昭泣拜道："为国除恶，万死不辞！"于是连夜伏兵安福门。

次日，王仲先上朝，迎面遇到孙德昭。王仲先察觉有异，急回身欲走，伏兵四出，孙德昭早上前将王仲先一刀斩了。

沙陀！沙陀！

之后孙德昭提了王仲先首级，率兵飞驰到少阳院，驱散李师虔之兵，将王仲先首级掷到院中道："逆贼已诛，请陛下出劳将士！"又教军士劈开铸铁大锁，拥奉昭宗、何后而出，众军士齐呼"万岁！"便护了昭宗直奔长乐门楼。

崔胤率领百官早已迎候。另有清远军都将周承诲、董彦弼等擒了刘季述、王彦范而来。昭宗恨恨说道："逆贼复有铁水铸锁否？"

刘季述道："事败唯死，何必多言！"

众军士早将二人拖下，乱棍打死。薛齐偓知昭宗复辟，已投井自尽。孙德昭教人打捞上尸体，也取了首级。

即刻下诏灭了四人宗族，又大搜四人党羽。昭宗道："太子幼弱，受迫为帝，罪在凶竖，不可伤太子。"便又将太子请回东宫，复其旧名。

朱全忠闻知昭宗复辟，不禁赞叹李振料事之明，便将刘季述之使一并斩首。不日昭宗降诏，加朱全忠东平王。

崔胤欲乘此时机尽夺宦官兵权，便奏请南司执掌禁军。昭宗见崔胤声威日隆，不欲再授他权柄，仍以宦官韩全诲、张彦弘为左右军中尉，二人皆是前凤翔监军使，韩全诲更是拥立僖宗之宦官韩文约之养子。

崔胤未得典军，便又上奏："文宗太和九年甘露之变，故宰相王涯等为仇士良攀引罗织加罪致死，今请复诸人之名，重建坟墓，以雪其冤。"昭宗准奏。于是王涯、王璠、贾餗、罗立言、舒元舆等十七人尽得平反。

崔胤秘与李振言道："陛下柔仁，不记夺宫之祸，仍以宦官典兵。"

李振道："我朝阉竖用权，年深日久、根节错综，更胜汉末——天子废立、百官死生，尽在其手——其祸岂是诛一二显者可息？于是锄一李辅国，出一鱼朝恩；锄一王守澄，出一仇士良——凶逆叠生，后更逾前。窃以为疾风能摧顽木，猛药可疗沉疴——相国若有意，当请东平王提兵入京，彻除北司，永绝贼患。"

崔胤颔首。

韩全诲等人得知崔胤之谋，一面涕泣哀告于昭宗，一面秘与李茂贞计议。不及月间，昭宗同时接到朱全忠、李茂贞二人表章，俱言长安屡被兵祸，朱全忠请迁都洛阳，李茂贞请迁都凤翔。一时昭宗又接到淮南、西川两处表章，乃是杨行密请迁都金陵，王建请迁都成都。朱全忠知与崔胤之谋已泄，径从大梁发兵奔长安而来。

韩全诲等亦知事急，便陈兵上殿，对昭宗道："朱全忠以大兵逼京师，欲劫陛下往洛阳，迫陛下传禅；臣等请奉陛下幸凤翔，收兵拒敌。"

昭宗尚未言语，周承诲、董彦弼等已在御苑纵火。昭宗自知要再行颠沛，不觉垂泪，便在案头御札上写道："我为宗社，势须西行。惆怅！惆怅！"

韩全诲便挟了昭宗、何后、妃嫔、诸王百余人上马，出宫西行，回首再看，禁中已是大火熊熊。

朱全忠行军至零口西，闻韩全诲挟帝西行，便欲追往凤翔。张濬进言道："韩建党附李茂贞，今当先行讨伐。"朱全忠遂折兵华州。

韩建自知不敌朱全忠，只得投降，被朱全忠徙为忠武节度使。有人向朱全忠说道："韩建杀延王等皇子之事，皆李巨川所谋。"朱全忠便擒来命将李巨川斩首。

复有人劝道："李巨川亦当世名流，才华横溢，大王曷不效魏武之宥孔璋而赦之，为世上留一江郎五色之笔。"

朱全忠道："芟夷皇子、荼毒帝室，其罪不可恕！我起兵勤王，天下多有议论，谓我有所别图，今正杀之以表我心志。况世道前行，英杰自生，天下何曾缺少人才？"遂将李巨川处死。

朱全忠兵至凤翔，李茂贞登城说道："天子避灾至此，明公勿听谗人之言。"

朱全忠道："韩全诲劫迁天子，我今奉诏前来问罪，迎扈还宫。岐王若不预谋，却又何必赘言陈谕？"便将凤翔紧紧围定。

韩全诲对李茂贞道："曷不出城一战？"

李茂贞道："今朱三兵锋正盛，独眼龙尚且避他三分。"

韩全诲退出叹道："歧王年齿渐增，锐气渐泯，浑不似当年之宋文通了！"

自春至秋，汴军围困凤翔近半年。恰遇秋雨连绵，汴军苦不堪言，更兼乏粮，朱全忠便意欲退兵。部下刘知俊等谏道："明公讨奸除恶，副海内之望。天下英雄，尽拭目以观此举。今宋文通困蹙，锐气已堕，此正是擒贼救驾之良机，奈何舍弃？"

高季昌复谏道："前岁兵围晋阳，亦是苦于春雨，中道而罢，遂被沙

沙陀！沙陀！

陀军追杀，反胜为败；今若退兵，恐复招晋阳城下之耻。"

朱全忠闻言有理，乃绝退意。

高季昌更献计，使人诈降入城，诱李茂贞出战。

于是朱全忠虚做退兵之状，另遣骑士马景入城对李茂贞言道："大梁有急，朱三正整军回救，只留下老弱者守营，今夜奇袭，可获全胜。"

李茂贞尚自犹豫，韩全诲并凤翔众将纷纷请战。

于是当夜凤翔军悉城而出，杀往汴军大营。直杀入中军，不见一人，情知中计，急急退时，伏兵四出，凤翔军折损无数，溃败回城，自此李茂贞再不敢出城。

汴军仍每日在城下讨战，鼓角之声不绝，震动远近，汴军但戟指城上骂道："劫天子贼！宋贼本行伍末卒，赖天子简拔而富贵，却勾结阉竖，戕害朝臣，累累兵犯宫阙——虽罄南山之竹，未能穷书其罪衍！"

凤翔军士卒亦在城头回骂道："夺天子贼！朱三本流贼余孽，蒙天子宽宥而叛本，却全无信义——上源驿谋其恩人之属、华州府斩其舅父之儿，名爵取自奸党、徒弟夺于同袍——虽决东海之波，难以尽洗其恶毒！"对骂累日不歇。

禁军指挥使李继昭与韩全诲不合，遂出城投朱全忠，复姓名符道昭。

直至腊月，凤翔孤城被围日久，城中粮食早已告罄，每日冻馁而死者不可计数。一日，韩全诲行于左银台门，被数十凤翔军卒喝骂道："阖境涂炭，阖城馁死，正为尔辈数奸人！"

李茂贞见城已不可守，遂与昭宗密议，欲诛杀韩全诲等人与朱全忠讲和，昭宗自是应承。于是李茂贞命亲兵擒了韩全诲及其盟党五十余人斩杀，将数十颗首级置于囊袋之中。以韩偓为使，使人挟了这数十首级往汴营求和。

朱全忠亦知韩偓名望，礼遇甚周。

于是择吉日，昭宗车驾出凤翔，前往汴营。朱全忠早率部下素服伏于道旁相迎，既见昭宗，顿首流涕不止。昭宗亦泣道："宗庙社稷，赖卿再安；朕与宗族，赖卿再生。"

于是朱全忠引汴军扈送昭宗返回长安。既归大内，朱全忠与崔胤奏请尽去宦官兵权，将典军宦官一概赐死，自此宦官之势一蹶不振。昭宗本最是亲近宦官第五可范,斩杀韩全诲后,即以第五可范为中尉,此番却成首犯,当庭即被执下押往内侍省领死。昭宗泣道:"是朕害卿。"

待欲再言,第五可范以目止之道:"陛下勿再言。死乃老奴之分。"从容而去。

朱全忠又请昭宗降诏,命各藩镇诛杀宦官监军,各镇节帅亦纷纷斩杀宦官。只有河东李克用保了张承业、幽州刘仁恭保了张居翰、淮南杨行密保了程匡柔、西川王建保了鱼全裡及致仕严遵美。

昭宗还京,恢复崔胤司徒之职,更兼侍中;赐朱全忠号回天再造竭忠守正功臣,充天下诸道兵马副元帅,进爵梁王。

却言昭宗使者至晋阳宣旨,李克用安置使者,自将诏旨示与张承业。张承业从容道:"愿献首级以全大王功名。"

李克用执张承业之手道:"你我识于板荡,意气相投,同临荣辱,共行进退,君不负克用,克用安能负君?但教我一口气在,绝不容寸毫之刃加于君身!"

张承业放声大哭拜道:"大王深恩,结草衔环难以报偿;却乞大王不独救我,更救唐朝!"

李克用道:"天子以国姓赐我家,自当奉国之宗庙。"

张承业又道:"却惜第五可范,躬谨忠勉,一心事主,今被国贼戕害,思之令人神伤。"

李克用道:"我自与国贼不共戴天,君当与我戮力同心,共讨国贼,报仇雪恨!"

遂暂将张承业匿于斛律寺,以重兵守护。

李克用择拣一与张承业相貌近似之死囚斩了,敷衍朝廷使者。席间,谈及崔胤,使者亦不满崔胤之专横。李克用笑道:"崔胤可比昔日宋申锡之流——志大才疏,沽名轻躁,授以重柄,必误国事。"

使者道:"乞大王言其详。"

李克用道:"崔胤为人臣,外倚贼势,内胁其君,既执朝政,又握兵权。权重则怨多,势侔则衅生,破家亡国,只恐不远矣!"

昭宗历此巨变,深感韩偓忠谨可信,欲用为宰相。崔胤得知,恐分其权秉,忙求朱全忠进谏于天子。

沙陀！沙陀！

朱全忠本慕韩偓之才名，曾赞叹道："我若得韩致尧之翰墨，何愁无人答和独眼龙'马邑儿童''阴山部落'之句。"欲招揽至自己麾下，韩偓鄙薄其为人，婉言谢绝，惹得朱全忠着实不快，自此便欲寻衅加害。

此番得崔胤之请，朱全忠径直入宫，极言韩偓不可为相。昭宗不敢拂朱全忠之意，只遂作罢。朱全忠得寸进尺，又言右仆射赵崇轻佻不堪任，却是韩偓所荐，合当问责。昭宗只得贬韩偓为濮州司马。

昭宗待左右无人，密与韩偓话别，言道："卿此一去，朕失臂膀矣！自此朕身边不复有可信之人。"不觉泣下。

韩偓道："朱全忠实乃世之奸雄。臣得安死于贬所便是大幸——只不忍见他凌虐朝纲。"

韩偓待欲上路，接到河东李克用密书，请其前往晋阳，"得每日聆先生之教"。韩偓回信作谢，对河东信使道："荷蒙晋王见爱，不胜感激。然晋阳英俊鳞集，秉笔有李袭吉足矣，臣不复前往。唯乞晋王愍臣之心，谅臣之举。"

信使道："晋王世子思先生久矣，渴望与先生再谋一面，把酒话诗。"

韩偓笑道："亚子雄才，后生中罕有匹敌。其诗词之作足堪留后世。且传我语于亚子：'而今王道陵迟，奸雄鹰扬，望亚子心存殿陛之期，肩负乡野之望，为国除残去秽，勿只留心于笔墨游戏之间。勉之！勉之！老夫有生之年只望得见亚子功成！'"

使者复道："既如此，不敢强先生之志——乞先生一诗作带回，以慰世子翘首之盼。"

韩偓叹道："亚子虽年幼，却深知我心！有此忘年之交，幸甚！"遂手书一七律，诗云：

"手风慵展八行书，
眼暗休看九局图。
窗里日光飞野马，
案前筠管长蒲卢。
谋身拙为安蛇足，
报国危曾拼虎须。

举世可能无默识,

未知谁拟试齐竽。"

使者捧了韩偓之诗,返回晋阳。韩偓自往濮州去了。

河东使者归晋阳,具言情状。李克用父子俱敬佩其节操。

未几,李袭吉偶得小疾,李存勖往探视,便坐在李袭吉榻边谈及此事。

李袭吉叹道:"致尧先生才冠天下,惜为权奸排挤,不得立足朝阁,却寄身白马三郎。"

李存勖道:"先生以为致尧何如人也?"

李袭吉道:"致尧先生沉郁厚重,宠辱不惊,有元微之、李文饶之风,罕见之才德也!"

二人嗟叹一番。

沙陀！沙陀！

第十九回
葛从周全忠更全孝　　罗绍威断绦复断州

朱全忠逐走韩偓，正自得意，忽接汴梁留守裴迪文书，言平卢节度使王师范已袭了兖州，谋夺汴梁未果。朱全忠诧异道："王师范寻章摘句之小儿，竟敢有此为！"

原来朱全忠围困凤翔之时，韩全诲以天子名义发诏书于诸藩镇，征其兵马入援乘舆。王师范接诏后尚自踌躇，张濬又遣子张格送信劝其出兵，言辞至恳。王师范道："天下尽知张相国与朱全忠交厚，今缘何请师征讨？"

张格道："家严与朱全忠之交，乃是私恩；朱全忠兴兵胁天子，却为大恶——家严断不敢因私恩而罔顾大恶。"

王师范动容道："我辈既为帝室藩屏，岂得坐视天子困辱如此？"

其弟王师克道："关东之兵，多随朱全忠西征，关东诸州空虚，此诚为千载难逢之机。可选健将劲卒，装作贩夫走卒，暗藏兵器铠甲于车内，诈入州城，约期同时举事，一夕功成，则朱贼之势瓦解，关东诸州尽属兄矣。"

其弟王师诲又道："还可往淮南请杨行密出兵相助。"

王师范遂依计，遣兵将分往徐、兖、郓、齐、沂、河南、孟、滑、河中、陕、虢、华等州，一面又遣人往淮南求援。杨行密遣大将王茂章北上会合平卢之兵。

王师范另遣使者往大梁见留守裴迪，意在觇看虚实。裴迪见使者目光游弋、神色不定，心中生疑，立将其执下盘问。使者不得已和盘托出。裴迪惊得汗流遍体，当即遣人飞马告知各州提防，又以节度使兵符征朱友宁军并葛从周军亟救山东。

属官谏道："以节度使兵符征兵，兹事体大，当先行禀明节帅。"

裴迪道:"若禀告节帅,再等候指令,往复多时,山东俱陷矣!但依我言而行,有罪我自当之!"

先有飞骑往各州传令,各州闻风而动,将混入城中之平卢军尽数擒了,城上密加守备。

只说平卢行军司马刘鄩引兵袭兖州,先行遣人装作油贩入城,细看城中布防。又在通往兖州各要道设下哨卡。裴迪所差送信之人便被哨卡擒住,报知刘鄩。刘鄩惊道:"节帅之谋已泄,不日必有汴军来救,当先取兖州。"

部将道:"裴迪留守汴梁,调兵须往长安禀告朱三方可,尚有时日。"

刘鄩道:"此事甚紧,请令往复耽搁时日——裴迪必先行调兵,而后禀告朱全忠。"

当夜,刘鄩自率五百健硕兵丁,自水窦潜入城中,与先入城之兵合应,一夕而占兖州。至次日,城中秩序井然,百姓安居依旧。

此时葛从周老母并妻儿家眷尽在兖州城中。刘鄩登堂拜谒葛从周之母,又命军士守卫葛从周府宅,诸人不许擅入,其家供奉如故。

朱友宁得讯,引兵飞行东进——闻兖州已失,就在蹬内跌足恨道:"终是迟了一步!"又闻王师范与淮南大将王茂章兵在登州,便道:"擒贼擒王——若斩了王师范,诸乱悉平。"遂马不停蹄,倍道而行,径奔登州。及至石楼,日已黄昏,却也望见平卢军与淮南军之寨栅,旗号正是王师范与王茂章。

朱友宁喜道:"巨寇便在眼前——诸将与我并力杀去!"

有部将劝道:"我军长途奔命,俱已疲敝,莫若休整一夜,明日再战。"

朱友宁道:"我军虽行军劳顿,势气却盛,正可乘敌不备,一鼓作气而克之。若迁延至明日,只恐气泄。况我恨不能立时手刃王师范,诸君但随我努力向前,功成只在今夜!"遂鼓噪攻入王师范之营。

王师范闻汴军骤至,忙整军迎战,一面遣人教王茂章出兵并力拒敌。王茂章却迟迟按兵不动。王师范恨道:"南贼误我!"却也无奈,只得拼死抵挡——王师范所率尽是登州、莱州精兵,虽事起仓促,却临危不乱——汴军一时也难以将彼击溃。

王师范之军苦战而至天明,汴军奔行多日,又厮杀一夜,已近强弩之末。正在这时,王茂章引淮南生力之军杀入,与平卢军夹攻汴军,汴军终于支

第十九回 葛从周全忠更全孝 罗绍威断绦复断州

沙陀！沙陀！

撑不住，被冲溃行伍。朱友宁见势不妙，回身欲走，却马失前蹄，朱友宁被颠仆于地，平卢精兵一拥而上，将其乱刀砍死，枭了首级，其所部尽数被歼。

再说朱全忠在长安得知王师范偷袭关东诸州，便欲回兵相救，离开长安前以朱友伦为左军宿卫都指挥使、以张廷范为宫苑使、以王殷为皇城使、蒋玄晖为充街使，其亲信党羽布列禁卫。

朱全忠复上奏昭宗道："晋王与臣，本无大隙，恳乞陛下厚加恩遇，并转达臣之意。"

昭宗自是照准。朱全忠叹道："只可惜无一可当李袭吉之笔——若作长书奉与独眼龙，更是完美。"

朱全忠安置妥帖，方回师东指。临行前，昭宗饯行于延喜楼，君臣洒泪而别。百官送至长乐驿，崔胤更是送至灞桥。

朝廷使者至晋阳，厚赐钱帛巨万，并转达朱全忠之语。李克用冷笑道："朱三欲攻平卢，恐我袭击其后。"

朱全忠行军途中，得知朱友宁阵亡，不禁嗟叹，时葛从周已兵围兖州，朱全忠便教大军昼夜兼行往青州。

葛从周未至兖州时，刘鄩请王师范向兖州增兵，王师范战事正紧，不复援助兖州。待葛从周兵至，刘鄩自忖兵少，只得困守。葛从周攻城甚紧，刘鄩守城调度有法，每日仍来参拜葛母。葛母便自请上城楼，向葛从周言道："刘将军待我与你一般无二，你妻儿也尽安好——人各为其主，你不要逼人太甚！"

葛从周遂在城下向母亲拜泣道："使母亲陷于敌手，是儿之罪。然夺回兖州，亦是儿职之所在。"复起身对刘鄩施礼道："将军敬我高堂、存我妻小，于我恩莫大焉！然为人者，孝亲乃是私义、忠节方为公行。今葛从周不敢以私恩而废公命——老小生死，全在将军！"仍命众军士攻城。

刘鄩副将王彦温言道："彼不受挟制，可斩其母。"

刘鄩斥道："不能敌其兵而杀其亲，非大义也！我断不为！"王彦温惭愧而退。

葛从周围城日久，外援渐绝，城中日益艰涩。

一日，刘鄩忽得报，言副将王彦温出城投敌，从者甚多。刘鄩不动声色，命亲信骑快马追出城去对王彦温言道:"刘将军命你出城,却请王将军少带兵卒,未得军令者不得带出!"

刘鄩又在城上喝道:"未得军令而擅自随王将军出城者立斩!"

葛从周闻言,心中疑王彦温乃是诈降,遂将其斩于城下。

再说王师范自斩了朱友宁,自忖兵强,闻朱全忠兵近青州,便又来逆战,被朱全忠之军杀得大败,退往青州。汴军紧追不舍,忽然一声炮响,淮南军横出,截住汴军,保护王师范后退。朱全忠登高而望,见淮南军阵容严整,退而不乱,主将态度闲适,便问道:"淮南军主将为谁?"

左右答道:"是杨行密大将王茂章。"

朱全忠叹道:"我若得此将,天下不足平也!"

平卢军与淮南军退往青州,王师范衔石楼之怨,恐王茂章入青州阴图自己,便对王茂章言道:"我与将军若俱往青州,恐被一并围困——莫若我往青州,将军去密州,互为掎角来回倚恃。"王茂章应允。

朱全忠见其分兵,大笑道:"彼若合兵一处,我定难以攻破;今分作两处,不足虑也!"——因葛从周已围住兖州刘鄩,朱全忠便命大将杨师厚绊住王茂章,自引大兵去攻王师范。

朱全忠追及青州,一战而杀青州兵数万人,王师范之弟王师克阵亡。莱州兵欲救青州,也被汴军邀击聚歼。

王师范自知难敌朱全忠,只得请降,朱全忠善言抚慰。

王茂章闻王师范投降,跌足叹道:"为助彼而来,彼却降敌。我当曷往?"部将李虔裕道:"昔南朝梁将陈庆之白袍渡江,扶魏族元颢北上争王;后元颢事败,陈庆之南归。今王师范已降朱贼,我等在北方战则无名、徒留无益,不若南归。"于是李虔裕自愿为合后,王茂章整军退回淮南。杨师厚自后紧追,李虔裕率数百铁骑血战而死。

只有刘鄩尚据守兖州,朱全忠便教王师范招谕刘鄩归降,自回汴梁。裴迪迎入道:"我闻知突变,欲请大王之令,恐往复迟滞,贼势一起,关东不保,故自专王命,调度兵马。"

朱全忠赞叹道:"临机决断,足堪以当大事。此番平定关东之乱,裴公首功,他人皆不足以越。"

再说刘鄩得了王师范之言,方献城。葛从周与之把手唏嘘,愿结为

沙陀！沙陀！

知己；又命人备下车马，送刘鄩往汴梁。刘鄩辞道："败军之将，未受宽释之命，不敢乘马衣裘！"只素服骑驴而奔汴梁。

既到汴梁，朱全忠盛礼接待，张排筵宴，请刘鄩上座，刘鄩坚辞。朱全忠满斟大觥酒为敬，刘鄩起身逊谢道："量小，恕不能进。"

朱全忠执刘鄩之手大笑道："取兖州，卿之量何等宏大，怎能说小？"

葛从周又极言刘鄩守城之智、敬母之德，朱全忠遂以刘鄩为保大留后——一时位在诸人之上。

朱全忠知王师范之变是从张濬之言，不禁心生仇恨，更恐怕张濬鼓动其他藩镇与自己为敌，遂嘱张全义除掉张濬。张全义得信叹道："梁王欲谋大逆，却使我为此恶行！"无奈何，只得命部将杨麟率兵去将张濬斩杀，其家眷亦不免。张濬之子张格被永宁县吏叶彦引三十义士护送逃脱，渡汉水自荆南入蜀避祸。

甫定关东，朱全忠忽接凶讯，言自己留在长安之宿卫都指挥使朱友伦击球之时坠马而死，朱全忠悲伤之余，疑是崔胤指使人有意谋害，自此不复信任崔胤。

崔胤借朱全忠之力尽灭宦官后，见朱全忠较宦官更是跋扈嚣张，便秘与京兆尹郑元规招募壮士，修治兵甲。朱全忠早侦知此事，便上表言崔胤专权乱国，离间君臣，自遣留守长安之宿卫指挥使朱友谅率军去擒崔、郑诸人。

崔胤得讯，忙召集所募之军，意图抵抗。新军蓦地回身，与朱友谅之军一同杀入，将崔胤、郑元规、陈班等尽数枭首。原来朱全忠早知崔胤之谋，故遣汴军应募，临机回戈——崔胤身边尽是朱全忠亲兵，尚然不知。崔胤既死，朱全忠以裴枢继为宰相。

斩了崔胤，朱全忠便请昭宗迁都洛阳。一时间，汴军驱徙士民，号哭满路。百姓骂道："贼臣崔胤召朱温来倾覆社稷，使我等颠沛流离！"

待昭宗离宫，朱全忠部将张廷范尽毁长安宫室、百官府邸与民居，长安又作一片废墟。

车驾行至华州，百姓夹道跪迎，山呼"万岁"。昭宗苦笑道："莫再呼万岁——朕将不复为你等之主了。"回头又对左右道："鄙语云道：'纥干山头冻杀雀，何不飞去生处乐。'朕今漂泊，不知究竟会落到何处！"言罢，

128

泣下沾襟，左右不能仰视。

朱全忠早来河中迎驾。昭宗见朱全忠赞道："卿实堪配'全忠'之名。"

朱全忠拜泣道："臣自当披肝沥胆以报陛下。"

当晚，昭宗大宴群臣，君臣欢洽，酒宴极尽酣畅。

宴罢，昭宗单独留下朱全忠再饮，朱全忠不好推辞，只得从命。

君臣入了小阁，复摆下酒宴，昭宗执朱全忠之手道："卿乃国之柱石，得遇卿，实朕之大幸！"

朱全忠拜道："臣万死难报陛下知遇之恩。"

何皇后出来，自捧玉瓢以敬朱全忠，且言道："自此我夫妇俱依靠梁王也。"

朱全忠惶恐拜谢。昭宗犹自历数朱全忠之功，却在此时，晋国夫人与昭宗耳语数句。朱全忠虽饮得酣沉，却不失机警，只恐有变，忙说道："臣大醉也。更饮，恐在陛下面前失了仪态，乞陛下之谅。"并不待昭宗准奏，便急急出了小阁。

出门之后，朱全忠自觉冷汗浸透衣衫，酒意全消。

朱全忠终怕在河中，昭宗阴谋害己，便以督修洛阳宫室为名，先回洛阳。昭宗寻个间隙，将密信写于绢诏之上，差亲信送与李克用、杨行密、王建等人，信中言道："待朕至洛阳，必遭幽闭，诏敕皆出贼人手，朕意不复得通矣！"密信发出，张承业、张居翰等各镇监军尽获复职。

夏四月，朱全忠上奏言洛阳宫室已修毕，催促车驾东行。昭宗只说皇后新产，尚需休养。朱全忠部将寇彦卿便将医官使阎佑之、司天监王墀、内都知韦周、晋国夫人可证等尽数斩杀，昭宗只得起驾上路。行至谷水，朱全忠命将昭宗身边侍奉之内侍二百余人尽数绞杀，另选了二百余个身材相貌近似之人代之。过了多日，昭宗渐渐察觉，才知身边已尽换作朱全忠之耳目。

不日，昭宗一行至洛阳，入新宫。遂大宴群臣为贺。昭宗饮了数杯对群臣言道："梁王实是再造社稷之勋臣。"

群臣亦争相盛赞朱全忠。

昭宗略带醉意，招朱全忠近前，手指靴子道："朕靴之缚带已松，全忠为朕系上。"

第十九回　葛从周全忠更全孝　罗绍威断绦复断州

沙陀！沙陀！

朱全忠略一踌躇，只得俯身为昭宗紧缚带。

群臣惊愕片时，复称赞连声。

昭宗眼中湿润，低头道："全忠至忠！"

何皇后在屏风后端视，回身对昭宗昭仪李渐荣泣道："满朝文武竟无一人乘此时机杀贼以报陛下。"

随后，朱全忠便以蒋玄晖为宣徽南院使兼枢密使，王殷为宣徽北院使兼皇城使，张廷范为金吾将军、充街使，以韦震为河南尹兼六军诸卫副使，武宁留后朱友恭为左龙武统军，保大节度使氏叔琮为右龙武统军，值典宿卫——此数人，尽是朱全忠心腹。朱全忠自回汴梁。

朱全忠为笼络罗绍威，奏请封其为邺王，又与之结为儿女亲家。

罗绍威才受了邺王爵，又接到隐士罗隐所投信札，叙言家世，自称罗绍威之叔父。罗绍威亲信杨利言道："罗隐一介布衣，竟视大王为侄，实在无礼！"

罗绍威笑道："罗昭谏名满天下，素来鄙薄权贵，今其至邺城，以我为侄，我之幸耳。"遂盛迎罗隐入城，便以叔父之礼相待，时常与之诗词唱和。

一日，罗绍威请罗隐饮酒，恰遇一阵疾风骤雨，一时雨过天晴，云淡日出，罗隐窥得帘外风疏，便口中吟道："楼前淡淡云头日，帘外萧萧雨脚风。"

罗绍威起身卷起帘珑，清风游入阁内，吹得清爽，不觉笑道："叔父之诗句却可改为'帘前淡泊云头日，座上萧搔雨脚风'。"

罗隐赞道："你之句更显老到——今之诸藩镇能诗词者，大儿当属魏博我侄，小儿当属河东亚子。"

罗隐在邺城日久，终是思念故乡，遂辞别罗绍威。罗绍威自与吴越王钱镠作书，称罗隐是自己之叔父，请钱镠善待。后罗隐至钱塘，钱镠厚遇。

罗隐尚未离时，魏博牙将李公佺便与数亲信计议道："魏博四战之地，非能者不能守。今邺王唯晓戏狎文士，不知体恤兵勇，何堪为任？"阴谋作乱。哪知同谋之人中有人出首。罗绍威闻报大惊，急急命大将杨利言、臧延范调度人马前去戡平。李公佺自知事泄，仓促迎战，被杀得大败，索性焚了府库，率残兵投沧州去了。

魏博牙兵始于田承嗣之时——田承嗣初镇魏博,选募六州骁勇之士五千人为牙军,赏赐最是丰厚,援为心腹亲兵。其后,此支牙兵亲族党伍蔓延承继,且日益骄横,稍不如意,便将节帅族杀,另立新帅——自史宪诚始,何进滔、韩允中、乐彦祯、赵文㺄、罗弘信等俱是牙兵所立。罗绍威久已忌惮牙兵之凶横,意欲剪除,只是苦于兵少,不敢贸然行事。今又逢李公佺作乱,罗绍威遂打定主意,要引朱全忠汴军为援,歼灭牙兵。

罗绍威之子罗廷规闻知谏道:"朱全忠乃枭獍之徒,若招引其兵来平牙兵,乃是前门驱虎、后门揖狼,只恐日后这魏博六州四十三县不属父王矣。"

罗绍威道:"我岂不知你岳丈之为人?只是如今牙兵之祸,已迫在眉睫;朱全忠之胁,尚有待时日。我先借朱全忠之兵解燃眉之急,再徐徐驱得汴军离开魏博。"遂不纳罗廷规之言,遣臧延范往汴梁请朱全忠出兵。

朱全忠闻讯道:"亲家之事,即是我之事,我自当全力以赴。"

朱全忠有一女嫁与罗绍威之子罗廷规,恰在此时病亡,朱全忠便以会葬为名,遣数千汴梁精兵,装作挑夫,暗藏兵刃,由大将马嗣勋带入魏州城中。罗绍威又挑选精细之人,偷入牙兵府库,剪断弓弦、甲绦。

当天夜间,马嗣勋率汴军会合罗绍威之家将,骤袭牙兵营所。牙兵慌忙奔入府库,待欲披甲搣弓,却见弓弦、甲绦俱断。牙兵大哭道:"罗绍威为我等所立,今翻勾结外敌、戕害亲卫,此是自毁长城!"汴军攻入,牙兵无法抵御,俱被歼灭,无一逃生;其妻儿眷属,亦尽被杀死——合计八千余家。

次日,朱全忠引大军入城,遂改魏博为天雄军,各要害处俱由汴军把持;租赋供奉,亦移交汴梁。罗绍威不意朱全忠行事如此不留余地,方始悔悟,叹道:"合六州四十三县铁,不能铸此错也!"

天雄大将史仁遇驻守高唐,聚众道:"我魏博男儿世代雄武不屈,岂容朱三在此跋扈凌虐!"遂拥众抗拒,自称留后,遣使往沧州联络。朱全忠遣大将李周彝、符道昭前往平定,一战攻克高唐,擒斩史仁遇。

朱全忠恨道:"前番容纳李公佺、今日勾结史仁遇——幽沧着实可恨!"遂以李思安为大将,起兵二十万,往攻沧州。

刘守文自知难敌,只得婴城固守。刘仁恭于幽州全境征兵,传令云:

沙陀！沙陀！

"男子十五以上、七十以下，悉自备兵粮诣行营，军发之后，有一人在闾里，刑无赦！"集兵十余万，往救沧州。朱全忠另派大将胡规引兵阻挡幽州军。

刘仁恭进退维谷，不知所以。监军张居翰道："今能敌朱温者，唯有河东李克用。"

刘仁恭叹道："独眼龙直欲生啖我肉，安能救我？"

张居翰道："潞州要冲之地，因孟迁之叛而属朱温，李克用志在复夺、朱温务求固守——今可遣兵马往河东助李克用攻打潞州，朱温必回兵往救，沧州之围自缓；况今朱温纵横中原，黄河以北能与之较量者，唯有卢龙与河东，若卢龙有失，则河东亦独木难支——李克用岂能偏挟小怨而罔顾大局？"

刘仁恭道："便依监军之言。还烦监军亲往。"张居翰遂与大将李溥、夏侯景，书记马郁等率燕军三万往助李克用攻潞州。

张居翰先至晋阳求李克用发兵，李克用问计于李存勖，李存勖道："今天下之势，朱温十有七八，魏博、镇、定等强藩亦皆依附。黄河以北，独我河东与幽州与朱温为敌。今幽州见困于朱温，我若坐视，于我亦是不利。夫为天下者不顾小怨，且幽州虽背我而我救其急难，以德怀之，乃一举而名实附也。此乃我河东复振之时机，切不可失！"

李克用从李存勖之言，遂以李嗣昭为大将，李嗣弼为副将，率军会合燕军往攻潞州。

朱全忠得讯，只得自沧州分兵数万，由李周彝统带，往潞州救援。

第二十回
四镇怀凶奸枭移祚　三矢遗恨英武归天

朱全忠正与李克用、刘仁恭酣战，却得洛阳宫中耳目回报，言昭宗仍与诸藩镇书信往来。朱全忠忌惮昭宗与藩镇勾连，索性命节度判官李振至洛阳，与蒋玄晖及左龙武统军朱友恭、右龙武统军氏叔琮等寻机弑君。

天佑元年夏八月壬寅，蒋玄晖探知昭宗正在椒殿，便率龙武牙官史太及数百精兵夜扣宫门，只说有要事。宫人裴贞一打开宫门，待问何事，早被史太一刀砍翻。宫人李渐荣闻声而出，蒋玄晖喝问："天子何在？"李渐荣喊道："你等杀我，勿伤天子！"史太早窥见昭宗，持刀上前，李渐荣忙以身遮蔽昭宗。史太一刀将李渐荣斩杀，复一刀杀了昭宗。又欲杀何皇后，何皇后哀求免死，蒋玄晖见其可怜，便未杀。

蒋玄晖便矫诏称李渐荣、裴贞一弑君谋逆；又假传皇后命，立辉王李祚为帝，更名李柷。

朱全忠惊闻昭宗遇弑，哭倒于地，大喊道："奴辈负我，令我受恶名于万代！"连夜赶往洛阳，伏于梓宫恸哭连日。便将昭宗之死归责于氏叔琮、朱友恭，将二人赐死。氏叔琮临死骂道："杀害我等以塞天下之口，却不能欺鬼神！老贼行事如此无信，安能望有善终？"

朱全忠犹恐遗有后患，又将昭宗诸子诓至九曲池，悉数灌醉后绞杀。朝中更以独孤损、张文蔚、裴枢、崔远、柳璨为宰相。

柳璨唯知曲意逢迎朱全忠，裴枢、独孤损、崔远等人鄙薄其为人，言语轻慢。柳璨衔恨，便向朱全忠言说裴枢诸人"聚徒棋议，怨望腹非"。朱全忠愠怒，便将敕裴枢、独孤损、崔远、陆扆、王溥、赵崇、王赞等三十余朝廷重臣尽行贬黜。

沙陀！沙陀！

朱全忠命亲军将众犯官尽数擒了，一并押解至白马驿黄河边。朱全忠就在黄河边宣诏，赐死诸犯官。裴枢叹道："我等不幸——与奸雄小人并世，安能久长？"

李振早指挥军士上前，将诸人逐个砍杀，投尸黄河。眼望众尸身没入滔滔黄水，李振笑道："此辈常自诩为清流，今日投入黄河，使之变为浊流！"

朱全忠弑了昭宗、剪了权臣，自觉消弭隐患、朝纲已肃，又自往沧州督战。

昭宗遇弑，潞州得知，昭义节度使丁会放声大哭。命三军俱穿缟素，丁会当众道："朱温弑君，陵迟朝纲。我为唐臣，势与其不两立。"遂开城迎李嗣昭之军而入。李周彝见城不能守，引亲兵逃去。

李克用得知丁会献潞州而归河东，喜出望外——便以李嗣昭为昭义留后，又迎丁会入晋阳。张居翰等人并数万燕军亦留在河东—— 张承业在李克用面前极言张居翰之能——李克用着张居翰代昭义监军，辅佐李嗣昭守潞州。

丁会见李克用拜泣道："末将并非力不能守潞州——只因朱温陵虐唐室，我虽受其举拔之恩，却实不堪助纣为虐，故来归命。"

李克用忙扶起，执其手道："将军高义，薄于云天。我自当与将军戮力同心，共讨国贼！"厚待丁会，荣宠无比。

李克用适收复了潞州，又得喜讯，言契丹首领阿保机来云州，欲与李克用会盟。李克用大喜道："闻我弟已一统契丹诸部，今南来会我，我当与之联合，共抗朱三！"遂引亲兵北上云州。盖寓病重，未能与李克用同行。

行至云州城外斗鸡台处，李克用回顾李存璋等人道："昔日我等在此起事，诛戮段文楚，尔来已三十余年矣！昔日旧人，多有亡病，思之令人感慨。"正说间，空中飞过一雁。

李克用便弯弓搭箭，一箭射去，蓦地山丘对面亦射出一箭，二箭同时中雁，众人诧异。李克用见那山后羽箭去势，心中早已了然，朗声笑道："一别数十年，我弟射艺精进！"

山丘之后有人应道："兄长神射，天下无双！数十年不见，想煞小弟了！"

李克用催马朝前，山后亦飞出一骑马来，马上之人正是阿保机。瞬间二马并辔，二人掷弓于地，在马上挽手大笑，声震云霄。大笑良久，二人复凝神端详对方，见彼此须发已带霜痕，回想昔日结拜时之壮盛倜傥，不觉百感交集。

　　彼此随从亦上前相会，李克用与阿保机联辔而入云州。李克用盛排筵宴。席间，二人各叙离别之事，说不尽沧桑豪迈。

　　李克用道："今唐室衰危，中原幅裂；更有朱温弑君谋逆，篡唐之志已彰；昔日洒金川宴时愚兄扶唐之志已明，誓与此等贼人不两立。今贤弟领袖契丹，当助愚兄为唐室锄奸去盗，日后史册中你我二人并列功臣传记。"

　　阿保机起身道："弟一生不慕旁人，只倾心兄长——自是唯兄长之命是从！"

　　二人把酒为盟，约今冬共讨朱全忠。

　　宴罢，阿保机一行自去休憩。李存璋暗对李克用道："耶律亿龙行虎步，必不肯居于人下，日后恐为河东之患——不若乘今日之势，将其一行擒杀，为主公去一强敌。"

　　李克用道："今朱三势大，压迫河东；彼既与我结盟，是为强援，共图朱三，我奈何自剪臂膊？"

　　李存璋道："夷狄轻狡反复，视信义如残衣敝履，不可轻信。"

　　李克用思忖片刻道："朱三之鄙行，我断不为。我纵横天下数十年，唯有二恨；今若彼背信弃义，我不过再多一恨罢了——日后自与之了断！"

　　李存璋不再多言。

　　李克用又留阿保机团聚数日，分别时，李克用赠其金缯数万；阿保机回赠良马三千匹，杂畜万计。兄弟二人洒泪而别。

　　朱全忠在沧州闻丁会之变，诧异道："自我在黄巢军中时，丁会便是我部下，数十年追随至今，授以节镇，恩遇过于诸将，今竟叛我而归河东！"

　　李思安道："潞州乃是我攻河东之前哨，不可再陷于沙陀之手，当前往复夺。"

　　朱全忠依言，遂传令拔营而走。汴军粮草辎重堆积如山，无法搬运，朱全忠命尽行焚毁。

　　沧州被围日久，城中早已食尽，军民丸土而食，或互相掠啖。刘守文

沙陀！沙陀！

见朱全忠撤军焚粮，便遣使送信与朱全忠云道："梁王赦我幽沧之罪，解围而去，惠莫大焉。然城中数万人众，已不食数月。梁王辎重，与其焚为烟尘，化为泥土，不若存留以救沧州饥馁百姓。"朱全忠遂命将尚未焚烧之粮草留与沧州。

朱全忠以康怀贞为大将，提兵来复夺潞州。康怀贞召集众将道："潞州城中沙陀胡虏不多，今我等当一鼓作气夺回此城！"诸将闻言，奋力前行。

李嗣昭亦对城中诸军将言道："潞州要冲，乃是我河东进取中原之凭仗——我有潞州，犹如昔日西蜀之据汉中——今贼人欲行复夺，我等自当舍命把守此城！"众军将齐道："愿效死命！"

于是双方每日在城下厮杀，酷烈异常，一时难分胜负。

朱全忠自沧州回汴梁，途经魏州，罗绍威自是殷勤奉迎。朱全忠对罗绍威叹道："河北诸镇，多从号令，独河东、幽州不遵王化。本欲乘势荡平，不料变生肘腋，潞州复叛——天下之事，实难逆见也！"

罗绍威思忖半晌道："今四方拥兵抗拒大王之人，无不以翼戴唐室为名。唐自高祖开国迄今已近三百年，气数已尽，大王不如早日取代李唐以绝人望。"

柳璨、蒋玄晖闻言，遂商议使朱全忠先受九锡，再行受禅。朱全忠不悦道："纵使我不受九锡，便不能做天子否！"

宣徽副使王殷、赵殷衡更对朱全忠言道："蒋玄晖、柳璨等欲延唐祚，故迁延逗留其事以须待变数。"

朱全忠闻言大怒，命斩杀蒋玄晖，追加其名为"凶逆百姓"；又将柳璨及其同党张廷范车裂，柳璨临行仰天大呼道："负国贼柳璨，死其宜矣！"

于是朝臣与诸藩镇纷纷劝进。择吉日，百官拥了昭宣帝李柷前往汴梁禅位。朱全忠更名朱晃，即皇帝位，改国号为梁，改元开平，以汴梁为都，改名开封府；贬昭宣帝为济阴王。举城欢庆，自旦至宵。

朱晃归宫中，意犹未尽，遂复与诸亲族旧友豪饮博戏，亲友谄媚道："陛下执掌天下，富贵第一，却仍不忘根本。"独有朱晃长兄朱全昱大哭，对朱晃喝道："朱三，你本砀山一草民，天子以你为四镇节度使，富贵已极，奈何一旦灭唐家三百年社稷，自称帝王！你这般行径，当取灭族之祸，尚在此博戏为乐！"

朱晃怒极，愤愤而去。

朱梁代唐，诸藩镇中河东、凤翔、淮南、西川仍奉唐朝正朔，余者俱向朱晃称臣。

时淮南节度使吴王杨行密病故，其子杨渥即位。李克用闻知叹道："化源若在，可与我南北呼应，共讨国贼！"遂遣使携书信往契丹约阿保机进兵中原，助河东讨逆。

阿保机读了李克用书信，思忖再三，自觉河东终难成事，便待回绝晋阳，复与大梁交好。其弟剌葛劝道："兄既已与河东有约，却为何背之？"

阿保机道："今中原之地，梁有十之七八；我契丹各部虽混一，尚多有叛乱——我奈何在外复树一强敌？"

剌葛道："兄与河东之情谊，天下尽知，引以为赞，今若背信，何以面世人？"

阿保机不悦道："我岂能为小义而妨国家大事？况大丈夫行事，却亦不可胶柱鼓瑟。"遂将剌葛斥退。

剌葛出帐，叹道："今我契丹背信于盟友，只恐他日复受盟友之背信！"

阿保机遂不复出兵，另遣袍笏梅老为使，与朱晃通好。

朱晃见契丹来通好，抚掌大笑道："独眼龙此番众叛亲离也！"遂厚待袍笏梅老，与契丹结盟。

朱晃又以康怀贞久攻潞州无功，遂将康怀贞贬黜，另以李思安为大将，起大军二十万，御驾亲征前往潞州。

再说李克用闻阿保机背约，气恨交加，兼之连年戎马倥偬，竟尔染病。又闻朱晃引大军来夺潞州，李克用无法亲往救援，遂以蕃、汉都指挥使周德威为行营都指挥使，帅马军都指挥使李嗣本、马步都虞候李存璋、先锋指挥使史建瑭、铁林都指挥使安元信、横冲指挥使李嗣源、骑将安金全，尽起河东之军往救。晋阳守备之事，尽付与李克宁。

李思安早料到晋阳会倾力来救潞州，便在潞州城外，又筑一层重城，谓之夹寨，内防突围，外拒救助。周德威之军到时，无法突入，只得每日于各处攻打夹寨，寨中梁军死命据守。

梁军势众，外拒晋阳援军，潞州之攻势不减。城外粮田牧场，尽被梁军芟夷。城中粮草渐罄，军民疲敝，一日不堪一日。朱晃临城大笑道："当

第二十回　四镇怀凶奸桌移祚　三矢遗恨英武归天

137

沙陀！沙陀！

日韩进通以此法围困潞州，败我大将贺德伦，今日反以此道还施于彼。"

李嗣昭见城外夹寨已成，情知援军被阻，不能与城中交通，回顾张居翰、李嗣弼及观察支使任圜等人道："城外筑城，朱温老贼直欲生生困死我等——此更甚我当日困潞州之法。"

任圜道："朱梁倾力而来，于潞州志在必夺。"

李嗣昭道："我自幼长于军旅，读书无多，却也知当年安史之乱时，张巡困守睢阳，杀妾飨军，城破成仁，至死不屈。"

张居翰道："节帅高义，我自与节帅共生死。"

李嗣弼道："节帅欲作张巡，我也忝颜作南八便了。"

任圜道："潞州城坚池深，军民悍勇，非睢阳可比，但教上下齐心，节缩供给，抚慰伤亡，断不至陷落！"

李嗣昭遂每日在城上用心巡守，指挥抵御，且着任圜与张居翰一同赞画方略，调度城中供需。

朱晃知城中日蹙，恰值元日，遂遣使捧诏入城劝降。梁使见李嗣昭道："今新朝已立，唐祚已倾。以河东之一隅抗拒我天朝，实不啻蝼蚁欲摇泰山、箪瓢欲尽沧海；天子深惜将军之智勇，若能归顺，定不失紫袍金带，领袖朝班——富贵败亡，只在一念之间，诚望将军审时度势、弃暗投明，勿与河东玉石俱焚。"

李嗣昭闻言冷笑道："晋王待我如骨肉，我自然事之心如铁石。纵金银盈室，斧钺临身，安能动我心念半分？"并不拆阅诏书，只将其扯得粉碎，又吩咐将梁使斩首。

张居翰道："两国之争，奈何斩来使？"

李嗣昭道："斩其使，一以示威，二以明我之志！"遂将使者斩杀，悬其首级于城头。

朱晃见李嗣昭毁书斩使，便引兵来到城下，见城上兵勇林立，中间一人，身材不甚魁伟，却是一团精神，正是李嗣昭。朱晃在城下喝道："夹寨环城，潞州与外隔绝交通，我纵不攻你，待你食尽，城自破矣！"

李嗣昭便教在城头之上设宴，吹奏擂鸣，自向城下朱晃回道："城中尚有粮草，今且在城楼设宴，以庆元日，老贼若上城来，也可分你些许荷包饭、五福饼。若城中粮尽，城外尚有数十万汴梁膏腴之徒，足支我将士之食！只是无人愿吃你这臊肉老贼！"

朱晃怒极，切齿道："但能捉住韩进通，我以王爵授之！"因命弓弩手向城上射箭，城上亦与城下对射，一时箭如飞蝗。李嗣昭却与诸将落座，吃喝欢笑，并不在意。蓦地城下一箭，自垛口飞入，正中李嗣昭腿胫。李嗣昭见众人未觉，遂暗自拔出羽箭，与众人谈笑自若，浑若无事。一时击退梁军，待兵将散去，李嗣昭低头，见已血流满地。身边亲兵且惊且叹道："将军神人！"

梁军围城日久，城中粮米逐渐稀薄，军民饮食日减，直至每日只食一餐，且是薄粥野蔬。李嗣昭衣食供奉，与百姓士卒并无二致，上下自是钦敬，于是益发协力守城。

李克用在晋阳，其病日重一日，李克宁遂将李存璋、李嗣源等部调回晋阳，只有周德威仍督军于夹寨之外，与梁军周旋。

李克用自知来日无多，遂将其子李存勖、其弟李克宁并监军张承业、大将李存璋、吴珙，掌书记卢质等召至榻前道："我自幼年从军旅，弯弓跃马，斩将夺城，纵横天下，睥睨豪英。君等俱是我手足心腹，幸得君等之力，方有河东之基业，今我行将数终，以河东付亚子，还望君等更助我儿。"

众人皆含泪顿首领命。

李克用遂将印绶付与李存勖道："今以大事付与你，你却要好自承担！"李存勖大哭，就在床前拜受印绶。

李克用又道："李嗣昭忠义，在潞州受困于重兵而不屈，你接掌河东之后，宜速前往解救，切不可使之陷于敌，否则我死不瞑目。"

李存勖道："谨遵父王之命，定去救得二兄平安周全。"

李克用命李存勖坐在床边道："为父一生恃强好胜，今命将绝，却尚有恨事未雪，只能嘱亚子代我为之。"

李存勖复跪于床前道："请父王示下。"

李克用取出三矢箭，以第一箭付与李存勖道："汴梁朱三，乃我之世仇，与河东不共戴天，我今生不能见其败亡——此为恨事一！"

又以第二箭付与李存勖道："幽州刘仁恭，本是我全力所立，后却叛我，我今生不能将其平灭——此为恨事二！"

又以第三箭付与李存勖道："契丹阿保机，本是我结义兄弟，后却背

沙陀！沙陀！

盟而结好朱三，我今生不能责其负义——此为恨事三！——三恨兹事体大，你当勉力为我雪之！"

　　李存勖跪接三矢，叩头动容道："儿敢不肝脑涂地，继之以死，以雪父王之恨！"

　　李克用目视李克宁道："今以亚子累你！"言讫而亡。

　　笔者有言语单道李克用临终付三矢云：

　　　　"英雄自幼辄尚武，
　　　　年少扬名镇边土。
　　　　廿八复京功第一，
　　　　缘功封王延开府。
　　　　逆气汹汹犯帝基，
　　　　晋阳倾力相扶持。
　　　　番汉壮士作牙爪，
　　　　诸侯咸惧鸦儿师。
　　　　惜哉英雄志难竟，
　　　　天妒其勇鸣哀磬。
　　　　君之神矢天下稀，
　　　　今以三矢付遗命。
　　　　一矢遗命征仇雠，
　　　　窃据神器哀箜篌。
　　　　开平恨复龙德恨，
　　　　天不与共四十秋。
　　　　一矢遗命征负义，
　　　　幽燕有貅黑黑继。
　　　　太庙献捷露布失，
　　　　何得嗤笑掌书记。
　　　　一矢遗命征北戎，
　　　　歃血无如金帛重。
　　　　单于沙河结阵归，

第二十回 四镇怀凶奸枭移祚 三矢遗恨英武归天

归时血漫沙河红。
三矢造就铜光业,
诸侯舞蹈天下悦。
太庙牺牲何其多,
八方贡献至祠阙。
诸侯纷至拜新王,
贞观武功亦彷徨。
生子如斯何复憾,
豚豕之父徒忧伤。
人生拂意十八九,
一体君王并黔首。
天下悲喜今非昔,
天上星月行如旧。
元海长啸文王吟,
三垂岗上百年音。
冲阵斩将无先后,
父子功勋本一身。
光阴恍如白驹过,
弱冠须臾而不惑。
丈夫存世何甘庸?
敢将身躯赴鼎镬。
前七庙,后三朝,
紫绯折节事金貂。
我今凭灯观史击节叹,
直如掌中执麈旄!"

又有一篇言语单道李克用生平云:

"君不见,飞虎子,仗剑戟,
雄才勇略世罕比。

沙陀！沙陀！

十五从军征武宁，
廿二佩符掌边城，
廿八紫绶复神京。
帐下义儿座上客，
骁骑践踏烟尘色，
天下惶惶惧鸦黑。
中原逆气污青天，
河东不附举异幡，
血漫玉璧与壶关。
射雕不恋单于土，
携儿慷慨百年曲，
惜哉未及耆艾古。
天下何能尽荷旌，
遗恨三矢享太牢，
董狐惬意书帛毫。"

第二十一回
数言挑拨老臣从逆　　千里驰骋新王救危

李克用既死,李存勖哭绝于地。张承业上前劝道:"此时并非殿下恸哭之时,宜早正王位。大孝在不坠基业——殿下承先王之重托,多哭何为?"

李存勖持印绶,奉与李克宁道:"侄儿年少识浅,实不堪承此大任,愿叔父署理河东,以副众人之望。"

李克宁正色道:"你乃先王嫡子,且有先王遗命,谁敢有异!"

李存璋拔剑道:"但有人敢违先王之命,我自斩之!"

于是张承业、李存璋便左右拥了李存勖出堂来见河东众文武,李克宁率先下拜,众人尽数拜倒谒贺新主。

李存勖遂继晋王之位,安葬李克用毕,又将那三矢供于太庙。归来路上,即授李存璋河东马步都虞候兼军城使,命其肃靖晋阳——李克用在日,多有军士及胡人依宠恃强,侵扰街市。

李存璋既为军城使,即亲自巡街。但遇到滋事之人,立时拿下,就地斩杀——晋阳城一时肃然安靖。有人劝道:"兵将舍命杀敌,功勋良多。今偶取民间之物,乃是小过,或罪不至死。"

李存璋道:"居功则易生骄,生骄则易为祸。斩今朝数人之生骄,是为免日后众人之为祸也。君不见前番王建入成都,以'张打胸'警示诸悍将之事乎?"

有人又问道:"先王在日,为何不加裁掣?"

李存璋道:"先王自幼争战,军旅之中威名赫赫,诸兵将于先王且敬且惧,纵生骄气,断不敢为祸;今新王继位,恩信未立,实难保得有跋扈之人不生轻慢之心,故以严刑峻法加以震慑。"

沙陀！沙陀！

众人皆服。

再言朱晃闻李克用病故，以手加额道："独眼龙已死，我得安枕席也！"得知李存勖继位，笑道："便是当日与李杰对诗之黄口孺子否？唯知游戏文墨，不谙军旅之事，安能守住基业——河东早晚入我彀中矣。"遂留下符道昭为大将，围攻潞州，自回汴梁去了。

李存勖继位，李克宁、张承业、李存璋居中用事，李克宁权威尤重，李存勖又对李克宁极尽恩宠——李克宁之请，无不允准。继位不久，授李克宁兼领振武节度使。

李克宁意得志满，归府第正自欣然，忽报李存灏求见。李克宁命延入后堂，笑道："你来可是为我作贺！我所掌之事日多，你素与我亲近，自当分我劳烦。"

李存灏道："自是为将军之威而贺，却更为将军之祸而忧。"

李克宁变色道："我却将有何祸？"

李存灏道："古人云：'威震其主，何能久乎？'周公尚恐流言，武侯终惧非议，将军辅弼先王于前，拥立新主于后，河东上下，孰人可及？今亚子年甫弱冠，然刚愎乖戾，独断乾纲，不欲权在臣下，群下畏之，其宁不忌惮将军？文信扶始皇而反罹身败，霍光立宣帝而终致家屠——岂不闻'功高不赏、势众加诛'？今将军立不赏之功、秉加诛之势，即欲独善其身，终不可得。唯将军细思之。"

李克宁道："我与亚子，亲为叔侄、恩同父子，其能奈我何？"

李存灏道："将军与亚子之亲，人莫能及，然今亚子惑于妇人、弊于群小，'众口铄金、积毁销骨'，日久宁不生隙？"

李克宁道："我忠心事主，无愧天地，亚子安忍图我？"

李存灏道："长恭奉齐竭忠而含冤饮鸩，无忌佐唐无隐而抱恨悬梁，将军有推己心之量，安知亚子有置君腹之诚？"

李克宁道："我行此举，恐天下非议。"

李存灏道："昔萧衍不矜同族之系而逐昏侯，李渊不隔姑舅之亲而废炀帝，百姓稽首、国祚久安。自古天道无亲，唯能是与，今亚子新践王位，恩信未立，人心观望，将军践运不抚，临机不发，非英雄之为。"

李克宁心中始动。

李克宁之妻孟氏在旁言道："兄终弟及，诸藩多有，已为常制。况自入河东以来，将军辅弼兄长，征伐供需，劳苦功高，无人能及，晋阳军民罔不拥戴，执掌河东乃是顺理成章之事。"

　　李克宁禁不住二人轮番鼓动劝说，遂对李存灏言道："你可相机而动。"

　　李存灏道："待我联络志同之人，但斩杀张承业、李存璋，擒了亚子母子送与大梁，奉将军为河东之主。"自去暗中串通诸人。

　　李克宁心中不安，举止失泰。李存勖近侍史敬镕察觉，于是乘无人时私对李克宁说道："将军勋劳，不逊先王，晋阳上下无不望将军承袭先王之业。"

　　李克宁不疑，遂对史敬镕言道："你只留心，将王府内每日来去动静说与我知，日后我必有厚报。"

　　史敬镕闻言，心知李克宁欲谋逆事，口中答道："自当效命。"

　　史敬镕辞了李克宁，急急将此事报与李存勖并其母刘氏。刘氏忙将张承业、李存璋密召入内，手把李存勖臂膀向二人哭道："先王临终把此儿之臂授与公等，公等如欲有他志，只愿念先王之恩，留我母子两条活命，并不敢有他求。"

　　张、李二人惶恐不知所措，慌忙跪拜道："我等以死奉先王之命，太夫人何出此言！"

　　李存勖哭道："叔父欲将我母子擒送大梁——为免至亲相残，我情愿让位，以求河东之平安。"

　　李存璋道："李克宁欲将大王母子送往虎口，便是河东叛逆，自当为大王剪除此害。"

　　刘氏道："吴琪亦是托孤之臣，李存审长年追随先王——二人可相与谋事。"

　　李存勖道："长值军使朱守殷，是我幼年苍头役，忠心不贰。"

　　便又将吴琪、李存审、朱守殷等唤入，密议计策。李存审道："先王病故，主公命人往周德威将军处报丧，因潞州战事正酣，周将军未及归。今且假言周将军已归，请李振武来王府议事，便在席间擒拿。"

　　隔日，史敬镕密告李克宁，言周德威已回晋阳，正在王府，请李克宁往王府议事。李克宁不疑有他，便欲起身。李存灏道："此事蹊跷，不可

沙陀！沙陀！

轻往。"

李克宁道："阳五归来，我岂能不往？你当与我同行。"

李克宁带了李存灏等亲信前往晋王府，入席坐定，不见周德威，正待欲问，李存勖只喝一声："拿下！"李存璋亲军骤出，将李克宁一行擒住。李克宁之亲兵，尽被朱守殷之军俘获。

李存勖居中而坐垂泪道："先父去日，我以晋阳让叔父，叔父不取，今何行此事？我欲救叔父而不得。"

李克宁道："谗人交构，身不由己。"

李存璋以刀柄批李存灏之首骂道："背主家奴，今复何言！"

李存灏目眦尽裂，怒视李克宁恨道："庸怯之辈，不足与谋，反受其累。"

李存勖不复多言，命将谋乱之人牵出斩首，又将诸人家眷并亲党，尽行诛戮。李克宁妻孟氏被赐令自尽。李克宁之子李环，年纪尚幼，李存勖并未加诛。

笔者有言语感叹李克宁云：

"股肱受命空明誓，
刀斧临身枉泣嘘。
最是无情王室脉，
争如史笔哀桃符？"

有人私对李存勖进言，说孟氏之弟中门使孟知祥亦参与李克宁之乱。李存勖闻言笑道："保胤忠谨勤勉，断不会从乱党。"

孟知祥亦听闻传言，心中不安，遂请辞中门使之职。李存勖抚慰道："我深知姊夫之心志，勿得自生嫌隙。"

孟知祥道："私门裙带，公衙口舌——我姊身陷此乱，我若仍居要位，众人必以为大王顾姻眷而徇亲情；况中门使一职，捭阖内外，交通朝野，非聪敏智辩之人不足以执掌，我自知自己之才略实不堪此任——还乞大王成全。"

李存勖道："姊夫若辞此职，以为谁可胜任？"

孟知祥脱口道："雁门郭崇韬，房谋杜断，心思缜密，可以继我。"

李存勖遂以郭崇韬为中门使，另委孟知祥以散官闲职。

铲除了李克宁一党，忽报周德威自潞州提兵而回。众人闻报，多有失色。朱守殷道："今我晋阳精锐，多在周阳五手中，彼此时提兵归来，其心难料。"

李嗣源道："镇远随先王征伐多年，心如铁石，不至生变。"

李存勖便命摆下李克用灵位。周德威已将兵马扎在城外，自己只身挂孝徒步入城，径到李克用灵前，拜倒于地，泣不成声。

李存勖哭道："将军乃是河东柱石，诚望感先王之遇，多多教我。"

周德威拜伏哭道："敢不效犬马之劳，继之以死！自今以后，自当唯王命是从。"二人把臂而泣。

李存勖遂对众人道："先王临终，命我救潞州李嗣昭兄长。今我当自引兵前往解潞州之围。"

众人道："先王新丧，境内多事，此时或不宜用兵。"

李存勖道："梁人趁我大丧，谓我年少新立，必无能为，宜乘其懈怠，以奇兵击之必胜。"

众人道："纵往救潞州，遣一上将前往即可。奈何我王以千乘之躯轻易赴险？"

李存勖道："盛世图治，礼乐为首；乱世图存，杀伐当先。今朱梁篡逆，天下汹汹，我承先王基业，受三矢之遗命，夙夜兢兢，唯恐有负重托——自当共与将士搏命于疆场，餐风饮露、披锋被刃，安能逸身于深宫？"

因命张承业、李存璋留守晋阳，又择拣精兵，带了周德威、丁会、李存审、李嗣源、李嗣本诸人，赶赴潞州。

出兵前李存勖来向母亲刘、曹二太夫人辞行，刘氏道："此乃我儿出世第一场阵仗，务必仔细。"

李存勖拜道："自当竭力，不至辱没父王。"

大军遂出发，专择偏僻小路，倍道而行，仅五日便抵。哨探报说："前面已至三垂岗。"李存勖即命兵将偃旗息鼓，伏于冈上。

李存勖等人跃马冈上，行至玄宗时古庙前，李存勖侧目看那古庙，不禁喟然感叹道："此乃二十年前先王置酒之处！昔日先王曾言：'我纵有壮心，奈何行将老矣！二十年后，我儿必战于此。'今日果应此言！"众人无不动容。

沙陀！沙陀！

李存勖便以周德威攻西北、李嗣源攻东北、李存审攻东南、自引其余诸将攻西南。是夜大雾弥漫，三更时分，李存勖一声令下，鼓噪杀入夹寨，四处纵火。梁军猝不及防，仓促应战，自相践踏，死者无数。且黑夜中又不知晋军有多少人马。

李存勖一马当先，在阵中往来冲杀，当者尽数披靡。后面晋军兵将惊诧道："我主初经战阵，不意竟如此骁勇。"益加奋力杀敌。

梁军招讨使符道昭闻知晋军踹营，慌忙披甲上马，引亲兵出来拒敌。

李存勖正自冲荡，蓦地见对面无数梁兵劲卒拥出一员大将，左右军士有人告知："这便是梁军主帅符道昭。"李存勖闻言，绰一杆倒马槊，飞马径向符道昭冲去。李存审、李嗣源阻拦不及，忙也左右紧随扈从。

符道昭亦久经战阵，并不失措，沉着迎敌。哪知未及数合，竟挡不住李存勖攻势凌厉，拨马欲走，李存勖看得真切，早一槊将其打于马下，晋军一拥而上将其擒住。符道昭亲兵欲上前营救，早被李存审、李嗣源等杀散。

梁军主帅被擒，势气更蹙，纷纷不战而逃，晋军只管砍杀，血流盈河。此一仗梁军被斩数万，被捉上将三百余人，委弃资粮、器械更是堆积如山。

笔者有言语单道李存勖三垂岗一战：

"潞州城北三十里，
　三阜奇出并突峙。
　明皇庙宇人无寻，
　却记沙陀两王事。
　昔日先王破贼还，
　勒兵冈上张杯盘。
　觥筹交错浆进出，
　又呼伶人弄管弦。
　人世百年歌十曲，
　光阴何曾顾人颜？
　先王闻之触心事，
　无可奈何岁迁延。
　自言我有奇儿承，

何忧抱憾口垂涎。
王儿虽幼形容动，
父子惺惺心翕然。
倏忽廿载光阴去，
新王之军复行驻。
王行于此亦嗟吁，
言此先王置酒处。
嗟罢六军趋厮杀，
鼙鼓如雷天犹雾。
俄顷声息大雾开，
敌靡尸身叠而复。
天下经此始知王，
王经此役始逐鹿。
逐鹿天下复廿载，
北岳蟠螭承露布。
江山异人又日新，
山上草木形如故。
行客至此多踌躇，
惜哉朝日瞬成暮。
流光催得华发生，
唯将心事与山诉。
古来诉说人几何？
足迹泯然山间路。"

不一时天已明亮，大雾开散。李存勖教众兵将扫荡朱梁残余之部，周德威率先奔到潞州城下，教打开城门。

自昨夜梁营大乱，潞州城中已经听闻，只是不明就里，李嗣昭未敢轻动，待天明见周德威来到城下，不免心中生疑。

周德威也早窥见李嗣昭，便大声叫道："益光开城！"

李嗣昭问道："镇远如何破得夹寨？"

沙陀！沙陀！

周德威答道："大王自晋阳引奇兵来救潞州，昨晚鏖战一夜，今夹寨已破、梁兵已败——嗣光勿得生疑。"

李嗣昭怒道："父王久病，安能带兵长途奔袭？你必是见我河东势蹙，降了朱梁，来赚我城池！"说话间，拈弓搭箭便指向周德威。

周德威忙道："嗣光勿射！老王已薨，今是新王引兵前来。你且稍俟，待新王来城下，你自分辨！"

正言语间，又一队人马来到城下，当先一人，穿缟素，骑白马，李嗣昭看得真切——正是李存勖。李存勖向城上高声叫道："弟自来解潞州之围，二兄勿生疑！"

李嗣昭更无犹豫，忙教开了城门，迎接李存勖一行进城，兄弟抱头痛哭。

李存勖泣道："父王已在一月前薨逝。"

李嗣昭面向晋阳，拜伏于地，放声大哭，痛彻肝肠。其余潞州文武军士，无不痛哭。

李嗣昭且哭且言道："我自幼蒙父王恩养，父王视我如己出。然父王升暇之时，我竟不得侍奉床前，其罪大焉，百死莫赎！"

李存勖道："自潞州被困，河东上下，心中无不焦煎。父王倾起境内之兵，七路来救，奈何彼时贼人兵锋正锐，竟不得胜。父王临终之时，命我务必解得二兄困厄。受命以来，夙夜惴惴，不敢懈怠。今方剪除内乱，即引兵南下，幸借父王在天之灵佑护，破得夹寨、败得贼兵，与二兄复得相见矣。自今当与二兄同心戮力，共灭贼人，以副父王之嘱托。"

李嗣昭闻言，对李存勖下拜道："父王在日，我命已属父王；今父王已去，我命则属大王——此躯自当为大王驱驰。"

李存勖忙搀扶道："二兄河东柱石，只望日后多多教我。"

李存勖又望张居翰道："父王虽失幽州，却得张监军，胜幽州十倍也。"

张居翰忙道："残命之人，得蒙垂顾，恩荣非常。"又言道："大王千里奔袭，以少胜多，克强敌而救孤城，直可与汉光武帝昆阳破莽军相媲也。"

李存勖笑道："安敢并论？"又向任圜说道："捭阖有措，调度得法——潞州不失，君之功劳不可没也。"

任圜连连逊谢。

一面李嗣昭又与周德威谢罪道："适才言语相失，镇远恕罪则个。"

周德威哈哈一笑道："益光身陷重围经年，凡事谨慎，亦是常理。况你我多次联袂御敌，共进生死，岂能因一言而衔恨失和？"

众人欢洽非常。

李存勖仍留李嗣昭守潞州，李嗣昭招抚流民、劝课农桑，潞州逐渐恢复往日气象。

梁军残余不足百人奔回大梁，向朱晃陈说败绩。朱晃闻报，呆滞无语。半晌方徐徐自言道："生子当如李亚子。我之诸子与之相比，直如犬豕。"言毕，竟不觉潸然泪下。朱晃诸子在旁闻言，尽羞愧无地自容。

朱晃闷闷不乐而去，恰遇朱友宁遗孀，朱晃不觉触动心事，叹道："友宁若在，或可与亚子一较上下。"

朱友宁妻拜泣道："友宁仇雠尚在洛阳安享富贵。"

朱晃一时语塞。

朱友宁妻再言道："陛下化家为国，宗族皆蒙荣宠。妾夫独不幸，因王师范叛逆，死于战场；至今不得雪恨，妾诚痛之！"

朱晃沉吟片刻道："朕不会忘却。"于是以朱友珪为使，前往洛阳族杀王师范。

朱友珪来到洛阳，先命人在王师范宅旁掘下巨坑，而后方前往王宅中宣旨。王师范领旨，并不惊惶恐惧，却命摆下酒席，将宗族中人招齐，对朱友珪道："死，人所不免，况我身负重罪！只不欲使坑中积尸无长幼之序。"

朱友珪点头。于是王师范全族畅饮，饮罢，自幼至长，依次前往坑旁就戮。前后共杀二百余人。

沙陀！沙陀！

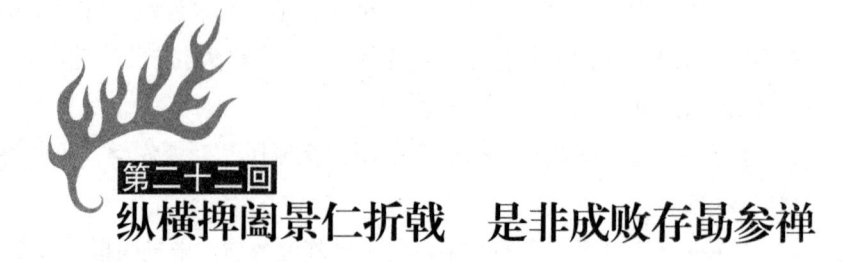

第二十二回
纵横捭阖景仁折戟　　是非成败存勖参禅

却言杨行密亡故，其子杨渥继为吴主，忌惮大将王茂章，王茂章惧祸，投奔吴越王钱镠，钱镠任其为两府行军司马。

朱晃闻报叹息道："王茂章天下奇才，竟归于钱婆留。"乃命人潜往杭州招引。王茂章居吴越，亦终觉郁郁。恰在此时，钱镠欲遣使往汴梁上表，陈说平定淮南大计。王茂章便请命为使，钱镠允准。王茂章至大梁见朱晃，朱晃恩遇异常，授以宁国军节度使、同平章事，且对王茂章言道："待我剿灭河东沙陀，当尽以王师付与卿南征。"于是王茂章便留在汴京，为避朱晃祖上讳，改名王景仁。但汴梁诸将，因其三易其主，对其不免鄙夷。朱晃亦恐钱镠生隙，便下诏赦免寄于钱镠之处前朝宦官二十五人。

方安置了王景仁，又闻魏博罗绍威病重，遣使来朝，自求解职。朱晃览表，抚案动容，对魏博使者道："你速归，将我之言转于你家节帅：'卿当为国为朕善自保重。如有不讳，朕不负卿，自当保卿子孙世代富贵。'今且以其子罗周翰为节度副使，权领军府之事。"不久，罗绍威病故，朱晃便以罗周翰为魏博留后。

却又闻赵王王镕之母何氏亡故，朱晃对镇、定二州意在笼络，自是遣使前往镇州吊祭。梁使至镇州，祭奠已毕，王镕请其往别室休息，行走间梁使蓦地窥见河东使者亦在，隐忍不语。

使者归汴梁后即将此事密告朱晃，又言道："镇、定之地，一向彪悍桀骜，本已难制，今王镕又暗通河东，久后必为祸患。"

朱晃怒道："王镕贼子，首鼠两端——与我通婚，却又结交沙陀——我必发兵取之。"

敬翔道："幽燕刘氏，贪心不足，常思南下，陛下可以拒燕为名，发兵入镇、定。"

朱晃颔首。

恰好燕兵新屯于涞水，朱晃便对外扬言燕兵欲侵定州，命供奉官杜廷隐、丁延徽率三千劲卒屯于深、冀，只说恐燕兵南寇，助赵守御。王镕不疑有他。

深州守将石公立，却知梁兵来者不善，遂紧闭城门，不放梁兵进入。王镕得讯大怒，遣使传令石公立移兵城外。石公立接令，手指城门泣道："朱三身为降臣而灭唐社稷——三尺顽童亦知其为人。而我主自恃与之姻亲，尚以忠厚长者相待，此正所谓开门揖盗！痛哉！痛哉！城中之人今已尽为俘虏矣！"只得出城。

杜廷隐入城，命部下军士把守各处要害，号令严明。有一亲随军士误卯，杜廷隐将其责打四十。此军士怀恨在心，寻隙潜出深州，逃往真定，面见王镕，将梁兵之谋划和盘托出。王镕大惊失色，方悔错怪石公立，却又不敢先行与朱晃反目——便遣使向朱晃上表，只言："燕兵已还，与定州讲和如故，王师入驻深、冀，其居民以为兵祸已近，多奔走惊骇，故乞圣上召兵还。"

朱晃览表笑道："我亲家已知我谋，我便无须掩饰。"遂命人密告杜廷隐、丁延徽二人："镇州有备，你二人相机而动，勿为金头王之失。"二人得旨，立时下令关闭城门，杀尽城中残留赵兵，固守城池。

王镕懊悔异常，只得遣使往晋阳、幽州求助。

李存勖接了王镕之信，召集河东文武计议。众人多言道："王镕臣事朱温已久，且是儿女亲家，其交情非寻常可比，此信必有诈——敢是与朱温同谋，诓我河东出兵。"

李存勖道："今天下已乱，诸藩镇为求存免亡无不趋利避害。镇州王氏，在李唐之时便时叛时附，其安能忠心永做朱梁之臣？朱三之恩无过李唐，朱三之女无过寿安公主。今朱三垂涎其地而加兵强攻，王氏攸关生死，尚能再顾姻亲？我若迟疑逡巡，正中朱三之计。镇州兵马壮悍，若为我之辅弼，定能破得朱梁。"于是以李存审守晋阳，以周德威为前部，出井陉，屯于赵州，自与李存璋、李嗣源、史建瑭、王建及等引大军继后。

沙陀！沙陀！

朱晃闻河东兵动，便招王景仁言道："镇、定之事，今以付卿，卿勿要推辞。"

王景仁拜道："陛下待我恩深似海，自当为陛下分忧。"

于是朱晃以王景仁为大将、韩勍为副将、李思安为前锋，起兵十万伐赵。行前朱晃对诸将言道："镇州反复无常，久后终为子孙之患。今悉以精兵付与你等，你等务必尽心——镇州纵是城坚如铁，也必为我取之！"

诸将拜道："当效死命以报陛下！"

王景仁又会合罗周翰魏博军，自河阳渡河，进军邢、洺。

李存勖亦自赞皇东下，与周德威合兵。次日，李存勖与周德威带数百轻骑出寨巡哨，却见二百余梁兵正自牧草伐薪。李存勖一声令下，教将这些梁兵尽数捉了，询问梁营虚实。俘兵不敢隐瞒，便说王景仁已至柏乡，又复述行军前朱晃对诸将之语。李存勖便教将这二百余梁兵解往镇州，将朱晃之语说与王镕听闻。

李存勖复命拔寨进军，只距柏乡五里，在野河之北下寨。王镕听了梁兵之语，益坚抗拒朱梁之心，引兵来与晋兵会合。定州毗邻镇州，王处直知唇亡齿寒之理，也领五千定州精兵来襄力拒梁。

再说王景仁在野河之南结寨，探知河东轻骑在梁营附近弯弓走马，嬉戏无备。副将韩勍怒道："沙陀胡虏，藐我太甚！我当出兵，教彼等见识我军威风！"遂点起三万步骑出营。

晋军正自嬉戏，忽闻战鼓隆隆，对面冲出无数梁兵，但见梁兵威武雄壮，衣甲上鎏金缀锦，煞是鲜明，光彩夺目，马分三色，各成一队，更是整齐。李存勖与诸将亦在梁营前觇视，见此情景对诸将道："梁兵盔明甲亮，马跃人欢，分明是在炫耀兵威。若不挫挫他锐气，难树我军威！"

周德威遂对众兵将说道："对面梁兵乃是汴州天武军，莫看彼等衣甲光鲜，体态健硕，其从军之前多是屠夫酒保、商贩佣从之徒，十人不能敌你等一人。为兵将者，从来都是冲阵以谋功勋，杀敌以夺富贵——此辈可居奇货，你等机不可失！"

晋军闻言，势气顿扬，踊跃冲向梁军。梁军虽众，却力不能敌，折损千人，仓皇退回营去。晋军前锋驻扎野河之畔，与梁兵隔河相望。

李存勖便欲下令乘胜进兵，周德威道："贼兵虽输却一阵，兵锋尚强，我军宜按兵息战以待其势气渐衰。"

李存勖道："我率孤军远离本土而来，本为救人之急难，今已临敌，奈何逡巡不前？"

周德威道："镇、定之兵，长于垣城固守，不擅野战冲突；我河东骑兵独步天下，却需有平原旷野供其驰骋，今与梁贼隔河辕门对望，则我骑兵亦无用武之地。"

李存勖道："今三镇联兵对敌，利在速战，观望日久，恐生变故。"

周德威道："我三镇联军不足五万，梁军多我一倍尚有余——贼众我寡，岂可不知虚实而仓促接战？"

李存勖道："适经此阵仗，可见梁军众而不精；我军虽少，足可以一胜多。"

周德威道："王茂章天下名将，岂可等闲视之？"

李存勖不悦，起身道："天下名将却又如何？符道昭亦是天下名将，潞州夹寨一战而被擒——周将军也忒持重。"转身往后帐。

周德威亦起身大声道："大王骤胜而轻敌，不量力而务速战。今与敌凭水相隔，近乎咫尺，梁军若造浮桥渡河，我军危矣！"

李存勖并不回头，径回后帐。周德威叹息出门。

张承业思忖片刻，跟入李存勖后帐，见李存勖正斜卧榻上沉思。张承业道："周德威久在军旅，深谙用兵之道，还望大王勿轻慢其言。"

李存勖霍然起身道："我静下心来正自思量——亦觉阳五之言有理！"遂与张承业径来周德威之处。

李存勖执了周德威之手谢罪道："适才言行无状，多有触犯，老将军幸勿挂怀。"

周德威亦逊谢。君臣大笑。

李存勖复向周德威问计。周德威道："不若退军高邑，诱贼离营作战，疲劳其师；别以轻骑掠其馈饷——王镕早已在柏乡周遭坚壁清野，梁军无处收割麦粮以自给——如此迁延日久，破贼必矣。"

李存勖便教依计行事。

晋军退守高邑不久，得哨探之信，言王景仁密教军士在野河上搭建浮桥，意图偷袭晋军。李存勖闻报以手加额道："果不出阳五所料也！"遂

沙陀！沙陀！

厚赠金玉以褒奖。

再说王景仁密令在野河之上搭浮桥，本欲偷袭晋军，待闻晋军退守高邑，自知此计难成，叹道："沙陀蛮夷，不独恃勇，竟能看穿我心思，确不可小视！"晋军轻骑往来梁营搦战，王景仁令不要理会。

又数日，闻梁军粮道为晋军切断，王景仁大惊道："我十万余人马，日耗粮草甚多，若断了粮道，何以维持？"因命军士四出寻粮——王镕却早教人将附近麦梁刈尽。王景仁无奈，命削减军士之粮；军士自去拆毁民房，取茅草喂马。

王景仁恐日久生变，便传令自野河移军三十里，近梁军粮道下寨——晋军轻骑见梁大军已至，自然撤走。

周德威闻梁军移营，便对李存勖道："贼人迫于乏粮而移营，我当乘隙而进，据住野河浮桥。"李存勖依言。

周德威又引三千骑兵来梁营搦战。梁营中韩勍、李思安等便要出战，王景仁道："我军虽众，却不及沙陀人勇悍——今已守住粮道，当坚守不出——彼等三镇联兵，各为其主，久必生隙，那时可寻机一战而定之。"韩勍、李思安等心中不服，权且退去。

周德威见梁兵不出，便教军士在梁营前耀武扬威、百般辱骂。韩勍、李思安等气不过，自行集结兵马，冲出营区厮杀。王景仁闻报，恐有闪失，只得引军随后接应。

周德威早教史建瑭、李嗣源埋伏在两厢，见梁军已出得营寨，遂一声号令，三路人马一齐掩杀。哪知王景仁早有提防，以魏滑之兵在左、宋汴之兵在右，分别敌住。终是梁兵势大，晋兵战得多时，向野河退去。梁兵随后追赶。无多时，已赶至野河浮桥。

李存璋率镇、定之兵把守野河浮桥，让过周德威等人，与梁兵接战。王景仁见状下令："追敌至此，当夺回浮桥。众兵将须奋力向前，不可退却！"梁营兵将个个逞威，舍命拼杀。李存璋所督镇、定之兵堪堪不支。

李存勖在野河北岸窥得真切，对王建及道："贼若过河，则势不可挡。"王建及便引精锐长枪手杀上浮桥为李存璋助战。

双方便在浮桥上往复拉锯厮杀，彼时日渐中天，兵将早已不复呐喊，只闻刀枪碰撞铿锵镗挞，间或有死伤兵士惨呼之声。如此般鏖战一个时辰，竟不分胜负，梁军却也终是未能夺回浮桥。

李存勖看得不免心焦，便欲自带兵上前助战。周德威挽住李存勖缰绳劝道："观贼兵之势，以逸待劳足以制胜。想彼等离营三十余里，士卒虽预带干粮，却无暇食用。若再战一个时辰，贼兵饥渴难耐，更兼久战疲劳，必有退志。待是时，我军再以精骑掩杀，必获大捷。"李存勖点头。

双方又混战一个时辰，日渐西斜。梁兵腹中无食，不免心慌手软；晋军却斗志不减。梁兵前部稍稍向后退却数步，周德威见了，忙大呼道："梁兵已败，速速追敌！"李存勖引生力军一鼓作气冲杀过去，梁兵势气全失，溃败下去，王景仁呼喝不住，一时人如潮涌，马似山崩，自相践踏，死者无计。

李存勖引各路人马追至梁军大营，却见营中列出白赤两色骑兵——原来王景仁谨慎，留下白马都、赤马都两支精骑守寨，以备非常。今见王景仁败回，二都便要整装出战。王景仁止道："沙陀势气正盛，不可与争锋！"二都将恃勇道："将军且看我等破敌！"竟不顾王景仁劝阻，倾数而出。

李存勖望见梁军白马都、赤马都健儿精神，马更雄骏，不觉赞叹道："好白马！好赤驹！"

李存璋、李嗣源闻言，对李存勖道："大王不需生叹——今晚月升之时，我等可保此二色马匹尽在大王马厩之中！"

李存勖大笑道："此时二色马匹已尽在二位兄长股掌之中矣！"于是李存璋引军战白马都、李嗣源引军战赤马都，未及半个时辰，已将二都士卒杀散，尽将二色骠马驱回。

王景仁折了二都，守不住寨栅，只得弃营而去。晋军与镇、定之军穷追不舍。周德威喝喊道："梁兵亦是我等兄弟，但不顽抗，自不赶杀！"梁兵闻言，多弃了刀枪弓矢，还有人将细软财帛也弃了。哪知成德军深怀梁人霸占深州、冀州之恨，竟不顾掠夺，只管砍杀梁兵。一时自野河至柏乡，梁军尸横遍野、血流成渠，所弃资财粮饷武备更是不可计数。王景仁、韩勍、李思安仅带数十人遁回汴梁。此一役，斩获梁军首级二万余、俘获战马三千匹、缴获铠甲兵仗七万件、生擒梁将陈思权等二百八十五员。

追敌途中，李存勖对周德威道："全赖老将军之谋，才有今日之胜！"

周德威道："全赖大王英明，兵将踊跃！"

李存勖又道："梁军虽败，却处处布置周全，足见王茂章多谋知兵。"

沙陀！沙陀！

周德威道："诚如尊命，此役我河东虽胜，却着实侥幸——只因王茂章初到汴梁，执掌帅印，梁军上下多心有不服，各自为战，难遵号令，我军寻隙取胜——设若王茂章执黑云军与我会战于江淮，则胜负诚未可知。"

李存勖颔首。

晋军马不停蹄，一直追赶到赵州，欲乘势收复深冀二州。王镕亦率本部随行。王处直扫荡其余残敌。

杜廷隐、丁延徽闻知王景仁兵败，自知难敌晋军，便尽驱深冀二州丁壮，连夜毁城而逃。

是日，王镕便在赵州观音院设宴款待李存勖一行。众人来到观音院前下马，众僧鸣钟出迎。李存勖道："向闻真际禅师在此弘法四十年，今得拜谒其衣钵舍利，其幸何甚。"

寺院住持遂引李存勖往觇，王镕相陪。住持言道："真际禅师法号从谂，俗家姓郝，曹州人，得法于南泉普愿禅师，为禅宗六祖惠能大师四世传人，八十岁行脚至赵州，受信众敦请驻锡观音院，弘法传禅四十年，证悟渊深、年高德劭，僧俗共仰，被称为赵州古佛。乾宁四年圆寂，寿百二十岁。"

王镕道："我曾拜谒禅师，问：'师尊几个齿在？'禅师答道：'只有一个。'我又问：'怎吃得物？'禅师答道：'虽然一个，下下咬著。'"

参拜真际禅师衣钵舍利已毕，李存勖因问住持道："我师最喜禅师何语？"

住持答道："一是问'二龙争珠，谁是得者？'答'老僧只管看'；一是'万法归一，一归何所？'答'老僧在青州做领布衫重七斤'。"

李存勖沉吟不语。

又见室内壁上悬诗两首，王镕道："是我拙作，悼禅师圆寂。"

李存勖诵读，一诗云：

"师离浭水动王侯，
心印光潜麈尾收。
碧落雾霾松岭月，
沧溟浪覆济人舟。
一灯乍灭波旬喜，

双眼重昏道侣愁。
纵是了然云外客，
每瞻瓶几泪还流。"

又一诗云：

"佛日西倾祖印隳，
珠沈丹沼月沈辉。
影敷丈室炉烟惨，
风起禅堂松韵微。
只履乍来留化迹，
五天何处又逢归。
解空弟子绝悲喜，
犹自潸然对雪帏。"

李存勖赞道："赵王之作，立意且正，遣词又工，用笔老到，实是难得佳作。"

王镕逊谢道："晋王文思，天下共知。我之劣笔，实难入方家之目。"

一时进得法堂开筵，席间王镕极尽颂赞感激之词。李存勖因王镕向日乃与李克用同列，对之亦是谦恭，呼之为"叔父"。王镕喜极，令幼子王从诲拜见李存勖，求结亲家。李存勖欣然允诺，割襟为盟。

再说王景仁一行数十人败逃回汴梁，拜于朱晃面前，待欲开言，朱晃以手止之，说道："爱卿勿言，朕尽知本末。"——原来朱晃也早知阵前王景仁号令不行之事——善言抚慰。

李振道："我军败于赵地，须提防李亚子乘势南攻魏博。"

朱晃点头道："罗周翰小子，定不是李亚子对手——魏博固守之事，还须劳卿。"遂以李振为魏博节度副使，统兵前往防御晋军。

沙陀！沙陀！

第二十三回
窥冕旒狂妄刘逆子　赴鼎镬沉静李义节

却言李存勖在柏乡大败王景仁，众将都道："柏乡一战，我以少胜多。今梁人胆丧，我军当乘势南下，复收邢洺、平定魏博，则黄河以北，尽属我河东也。"

李存勖大喜，遂命书写讨邢魏檄文。帐下幕僚义案数易文稿，李存勖读了，终究不甚合乎心思。遂自写一篇檄文，云：

"王室遇屯，七庙被陵夷之酷；昊天不吊，万民罹涂炭之灾。必有英主奋庸，忠臣仗顺，斩长鲸而清四海，靖祅祲以泰三灵。予位忝维城，任当分阃，念兹颠覆，讵可宴安！故仗桓文辅合之规，问羿浞凶狂之罪。逆温砀山庸隶，巢孽余凶。当僖宗奔播之初，我太祖扫平之际，束身泥首，请命牙门，包藏奸诈之心，唯示妇人之态。我太祖抚怜穷鸟，曲为开怀，特发表章，请帅梁汴，才出崔蒲之泽，便居茅社之尊，殊不感恩，遽行猜忌，我国家祚隆周汉，迹盛伊唐，二十圣之镃基，三百年之文物，外则五侯九伯，内则百辟千官，或代袭簪缨，或门传忠孝，皆遭陷害，永抱沈冤。且镇、定两藩，国家巨镇，冀安民而保族，咸屈节以称藩。逆温唯伏阴谋，专行不义，欲全吞噬，先据属州。赵州特发使车，来求援助。予情唯荡寇，义切亲仁，躬率赋舆，赴兹盟约。贼将王景仁，将兵十万，屯据柏乡，遂驱三镇之师。授以七擒之略。鹳鹅才列，枭獍大奔，易如走阪之丸，势若燎原之火。僵尸仆地，流血成川，组甲雕戈，皆投草莽。谋夫猛将，尽做俘囚。群凶既快于天诛，大憝须垂于鬼箓。今则选搜兵甲，简练车徒，乘胜长驱，剪除元恶。凡尔魏博、邢洺之众，感恩怀义之人，乃祖乃孙，为盛唐赤子，岂徇虎狼之党，遂忘覆载之恩？盖以封豕长蛇，凭陵荐食，无方逃难，遂被胁从。空尝胆以衔冤，竟无门而雪愤。既闻告捷，想所慰怀。今义旅徂征，止于招抚。昔耿纯焚庐而向顺，萧何举族以从军，皆审料兴亡，能图富贵，殊勋茂业，翼子贻孙，转祸见机，决在今日。若能诣辕门而效顺，开城堡以迎降，长官则改补官资，百姓则优加赏赐，所经诖误，更不推穷。三镇诸军，已申严令，不得焚烧庐舍，剽掠马牛，但仰所在生灵，各安耕织。予恭行天罚，罪止元凶，已外归明，一切不问。凡尔士众，咸谅予怀，檄到如律令。"

众人阅毕，交口称赞。李存勖叹道："袭吉先生若在，由其属文，斥凶责奸，必极尽酣畅，最快人心——惜不可得！"遂命将檄文抄写传发。

檄文既就，李存勖便令周德威、史建瑭统领一军攻魏州，张承业、李存璋统领一军攻邢州，自与李嗣源统领大军继后。

朱晃得讯，惊诧道："沙陀人得寸进尺，既已败我之军，复要夺我之地。罗周翰小子孱弱，定不是李亚子对手！我自不能坐视！"遂命大将杨师厚往救邢州，自己亲提一军去救魏博。

周德威、史建瑭一军往攻魏州，罗周翰不敢与沙陀军交战，便下令魏博各处坚壁清野，勿得轻出。李存勖引大军亦跟入魏博之境，屯于黎阳渡口。

驻扎已毕，李存勖道："我幼年之时，曾经随同先王在此渡河，时隔多年，情形已渐忘记。今正逢春季，桃花水满，我待要往黄河岸边觇看水势。"于是只有百十将军亲卒陪同，乘马前往。

李存勖一行驻马于黄河岸边，但见黄河水势汹涌，奔流东向不息。隔河而眺，可隐约望见汴梁。李存勖不免心生豪气，说道："李太白诗云：'君不见黄河之水天上来，奔流到海不复回。君不见高堂明镜悲白发，朝如青丝暮成雪。'人生如白驹过隙，不可任凭光阴荏苒。我自承先王基业以来，夙夜惴惴，唯恐生年倏忽而负先王三矢之托。今敌穴便在彼岸，恨不能插翅飞过黄河杀贼以报先王！"

诸将道："大王初掌河东，便已摧强敌于上党，败名将于柏乡——旌旗指处，奸贼胆裂；鼓角鸣时，盗寇心惶——有此功业，必不负先王之重托。我等亦自当效死命相随！"

沙陀！沙陀！

却言朱晃统带梁兵援魏博，前锋万余人马恰在此时已至黄河南岸，正自渡河。早有晋军哨探飞报于李存勖。诸将闻言道："贼兵甚众，请大王暂避之。"

李存勖笑道："诸君久历战阵，足可以一当百，我怕他作甚！"遂命掌起晋王大纛，又教士卒在河边向对岸大喊："晋王李亚子在此，可速来交战！"

亦有梁军前哨尖兵探知李存勖便在对岸，急急回报。先乘船渡河者也遥遥望见晋王旗号，慌忙掉转船头而回，口中只是大喊："晋王来了！"刚刚登船者听了，纷纷弃舟登岸而走；尚未登船者听了，更是逃在当先。梁军前锋主将张从楚喝止不住，亦被裹挟了回奔。

后面梁军大队人马未明就里，见前锋逃回，亦随同后撤。一时梁军众兵将，丢刀弃枪，掷盔撇甲，人人惊惶，个个恐惧，如山倾潮落一般溃退下去。朱晃在后面见了，忙教阻挡。阵前斩斫使斩杀了数十败逃军士，却遏制不住。李振见了说道："军士已无斗志，势败难以挽回，断不可再强与沙陀军交战，不若权且退兵，更待时机。"

朱晃叹道："我军闻李亚子之名便惶遽如此，安能再与之争锋？！"只得退军。

河东兵将见李存勖立马黄河北岸，便吓走了对岸数万梁兵，尽数惊喜，啧啧称奇。众将言道："大王神威，已令贼人胆裂。今便乘势取邢魏之地，则逆梁在我彀中矣。"

正言间，忽有王镕使者送来书信。李存勖展开，原来是燕王刘守光写给王镕与王处直之信，其中言道："闻镇定二镇与晋王联袂而破梁兵，进欲举军南下，幽燕之地亦有骑甲三十万，我欲自帅为诸公启行。然四镇联兵，必有盟主，二王宜先自熟思！"

李存勖阅罢刘守光书信冷笑道："赵地危急之时，刘守光不发一兵救助而作壁上观，无非是待我与梁军厮杀至两败俱伤之时而取渔人之利；今见我大胜朱梁，镇定二镇与我结盟，欲以兵威拆散我三镇之盟——何其愚也！"众将称是。

中门使郭崇韬说道："刘守光囚父杀兄，实是枭獍豺虎之徒，其野心昭彰，必不甘于终老卢龙；且我云、代诸州与幽、燕接境，刘守光若侵扰我城戍，动摇人情，我军若远征则难应缓急，亦是腹心之患。不若先取守光，平定幽、燕，而后可以全心南下。"

李存勖颔首道："诚如君言。"

于是李存勖返回镇州，王镕出城远迎，同行至城下，但见城垣高峻、护池宽深，实是易守难攻，李存勖不觉道："久闻镇州险要，今日得见，传言果然不虚——他日成德若与河东为敌，此城我也定难攻下。"

王镕变色，忙拜谢道："终王镕之世，绝不敢与大王为敌。"

李存勖笑道："我不过戏言耳。"

王处直亦至镇州，三镇便在镇州歃血结盟，自此镇定二藩，与朱梁决绝，复改奉唐天佑年号。

歃盟已毕，李存勖还晋阳，留周德威带兵驻扎赵州，防备朱梁；王镕亦遣养子王德明带领三十七都常随从李存勖。

李存勖见王德明谈吐不凡，便问根由。王镕道："他本是燕王部下牙将，名唤张文礼，跟从刘守文守沧州，后为人所迫，奔投于我。我遂收为养子。"李存勖颔首。

李存勖既归晋阳，先往府中见刘氏、曹氏二位太夫人。见了生母曹氏，曹氏怜爱其疆场奔波劳苦，便在后堂预备了佳肴美馔。李存勖忙请母亲上座，自己在旁相陪。时天色已晚，曹氏命点上画烛，只留下贴身侍女进酒供馔。母子二人自在饮食。

曹氏笑道："我近日得一歌伎，色艺俱佳，敢使其歌舞助兴。"

李存勖忙起身道："但凭母亲吩咐。"

一时放下帘栊，笙簧缭绕，烛光氤氲中飘出一绝色姝丽，有言语效颦《鹧鸪天》为证：

"笙瑟和合送脂香，
一袭窈窕黦文章。
骊山苑内周王恨，
垓下营中楚剑殇。
花黯淡，月彷徨，
倾城更断离人肠。

沙陀！沙陀！

红颜辜负春秋笔，
毁誉凭他青案旁。"

这女子舞姿曼妙，惊鸿婉转，李存勖自幼浸染舞乐，乃是行家，不觉间连连赞叹。

李存勖便问此女是何人，曹氏道："她本是魏州人氏，姓刘，自幼流于乱民之中，将军袁建丰拾得转献与我，彼时其尚幼小。我见她乖巧伶俐，便留在身边，取名刘彩珠。后送入教坊习学歌舞，有艺名唤作刘玉娘。这女子聪慧柔顺，善解人意，今特教出演习乐舞，以娱儿之视听。"

李存勖拜谢道："承母亲通鳏惠爱如此，儿不胜感激。"

曹氏笑问："儿再听她歌。"但听刘玉娘持檀板柔声唱道：

"曾宴桃源深洞，一曲舞鸾歌凤。
长忆别伊时，和泪出门相送。
如梦，如梦，残月落花烟重。"

正是李存勖所作《忆仙姿》，歌声悠扬，涓涓细流般沁润心胸。

歌罢，李存勖赞叹道："闻此妙声，当真如入梦境，以后此调不妨便改称《如梦令》。"

刘玉娘复吹奏一笙，其音同样摄人魂魄，李存勖离席起舞助兴。那笙音与舞步丝丝入扣，端的珠联璧合。

曹氏笑道："昔日斛律金歌《敕勒歌》，贺六浑伴舞，君臣惺惺相惜；今你二人舞乐，自是别有一番意味。"

一曲既罢，李存勖意犹未尽，不由得痴了。

曹氏自知李存勖心事，便笑道："儿忧期已满，今便将此女送与儿如何？"

李存勖出席拜谢不已。

宴毕，李存勖便与刘玉娘同回。时李存勖已有正室卫国夫人韩氏、次室燕国夫人伊氏，既纳刘玉娘，便封为魏国夫人。自此李存勖与刘玉娘恩爱不绝。笔者复有言语感叹道：

"曹妃堂前初相逢，
　君王起舞女持笙。
声入王耳王心悦，
　复觇美人心复倾。
鲜妍婉转世罕见，
　无言唯将王顾盼。
王承慈惠相与归，
　民女从此升陛殿。
晋阳相偎至洛阳，
　岁月延绵恩益长。
象辇翚服今安在，
　乾坤换作泪数行。
斯女德薄王自知，
　奈何心属难违离。
世言误人情丝自当断，
　断者岂是真情丝？"

李存勖新得佳人，正自惬意，忽闻燕王刘守光欲称尚父，怒道："贼子忒狂妄！"

张承业等人道："不若佯装尊崇，令其忘乎所以，促其恶贯满盈。"

于是李存勖联合成德、义武、昭义、振武、天德五镇，共尊刘守光为尚父。

刘守光读了六镇联名尊表，自以为六镇畏惧幽燕兵威，大喜过望。又向朱晃上表，讨封河北都统。

朱晃览表笑对群臣道："刘窟头精明韬晦，竟有此狂愚之儿！我今方权且安抚，令其不致生变；待我破了河东、淮南之后，自然讨灭之。"遂命王瞳、史彦群往幽州册封刘守光为河北道采访使。

刘守光诸事如愿，欣喜若狂，命筹备受册封大礼，因浏览梁使所挟礼制典册问道："为何无郊天、改元之礼？"

王瞳答道："尚父虽尊，却是人臣。郊天、改元乃是人君之礼。"

刘守光闻言怒道："昔日石季龙耻受刘耀所封赵王之爵，言道：'帝

沙陀！沙陀！

王之起，复何常邪！赵王、赵帝，孤自取之。'方今天下鼎沸，英雄角逐，其乱更胜五胡乱华之时：朱温创号于夷门，杨渥假名于淮海，贼王八自尊于巴蜀，宋文通矫制于岐阳，皆因茅土之封，自假帝王之制，然兵虚力寡，疆场多虞。我幽沧辖地二千里、带甲三十万，东有鱼盐之饶，北有塞马之利，便作河朔天子，谁能禁我？！何须虚受尚父、都统之册封？！"因命筑坛即帝位。

河北文武见刘守光欲称帝，纷纷阻谏。有人言道："昔日司马氏虽一统三分，然享国日浅，民心未植，且穷奢极欲，倒悬世风，黎庶久怀抱怨，故五胡甫入，社稷骤然崩毁。石季龙称帝时，刘元海诸子内斗，耗得国力罄空，故赵国得以混统中原。今李唐王室享国近三百年，民心依附久固——朱梁虽篡得唐室，然其政令不出旧日四镇。且今黄河以北，大王与河东、朱梁势同鼎足，难分伯仲——若在此时称帝，实是招天下怨望，不啻昔日曹孟德置身炉火上之喻——故大王虽地广兵强，称帝实是未得其时也。"

刘守光不悦而入后堂，亲信李小喜随入。刘守光问道："我欲称帝，为何群下如此反对？"

李小喜道："文武多是老王旧部，尚时时不忘复老王之位。今大王若称尊，是为开国之君，则彼等无由再拥老王。"

刘守光恍然道："诚如此言！幽沧众文武，唯卿忠矣！"

刘守光遂命在庭上摆下斧锧，宣令言道："今三方协赞，我亦难违众人之愿，择日而即帝位。从我者赏，异议者死！"

宾佐孙鹤谏道："大王西有并、汾之患，北有契丹之虞——皆乘时观衅，专待侵袭。倘彼等以大王妄自称帝为借口，结党连衡，侵我疆场，地形虽险，势不可支，甲兵虽多，守恐不暇，纵能却敌，未免生忧。大王只要抚士爱民，补兵完赋，义声驰于天下，诸侯自然推戴。今若恃兵强而欲践祚，实非良图。"

刘守光怒道："腐儒不惧死？"

孙鹤昂然答道："沧州破败，我罪当死，大王宽容，活至今日，不敢阿旨，以误家国，苟听臣言，死且无悔。"

刘守光便教军士将孙鹤按在斧锧之上，生割其肉。孙鹤高声喊道："百日之内，必有兵祸！"

刘守光怒极，命以泥土填塞其口，而后寸斩。自是无人再敢谏阻。

刘守光择吉日称帝，国号大燕，改元应天，以梁使王瞳为左相，卢龙判官齐涉为右相，史彦群为御史大夫。

刘守光既称帝，即谋攻易定。参军冯道谏道："陛下初即位，当内布仁政、外修睦恩，不宜对邻镇轻加兵威。更若出师不利，易撼国之根本。"

刘守光怒道："我尚未出师，你竟出此不祥之语，实是可恶！"待要推出斩首，众人苦苦哀求方免，命且囚在狱中。

冯道为人宽简仁和，颇有声望，竟有好友将其自狱中救出。冯道自知在幽州已无法立身，因昔日与张居翰有旧，遂逃亡河东。

张居翰接纳了冯道，遂举荐于晋王李存勖。

李存勖召冯道问道："我曾读先生一诗，爱其立意豁达，亦能记诵——莫为危时便怆神，前程往往有期因。终闻海岳归明主，未省乾坤陷吉人。道德几时曾去世，舟车何处不通津？但教方寸无诸恶，狼虎丛中也立身——今竟亦不得立身？"

冯道拜道："狼虎恶极，终不能容我。此片言语乃我布衣时拙作，竟得大王垂爱，实是我平生第一荣华。"

李存勖道："幽州兵精地险，先生可有良策教我图之？"

冯道拜道："刘氏父子虽恶，却是故主，不敢献策相图以取悦新主。"

李存勖笑道："确是守义之士。"遂授以掌书记之职。

既收了冯道，张承业言于李存勖道："刘守光称帝，当遣使以贺。"

李存勖遂遣太原少尹李承勋为使赴幽州。

掌书记张宪私对李存勖言道："大王遣使往幽州贺，意在骄刘守光之志。李少尹固是忠于王事，然其为人长于孤介耿直，短于机谋权变——恐反惹怒刘守光。"

李存勖道："今既差定，不必更改——幽州无论轻我畏我，俱不紧要——此番遣使，却也教识得我河东气派。"

张宪退出叹道："李少尹恐不得归也。"

李承勋到得幽州，但以邻藩之礼见刘守光。燕典客官道："我主乃是帝王，贵使应称臣庭见。"

李承勋昂然道："我受命于唐朝为太原少尹，燕王自可号令其境内，岂可以他国之使为尘？！"

沙陀！沙陀！

刘守光大怒，命将李承勋囚于牢中。

数日后，再次对李承勋言道："李少尹今服我否？"

李承勋道："燕王若能使我王奉你为主，我自然为大王之臣；否则，有死而已。"

刘守光怒极，命将李承勋斩首。左右皆劝。刘守光道："今便斩河东使者以示我威。"李承勋至死面不改色。

第二十四回
逸佶烈壮志收义子　符存审虚兵胜强敌

李承勋死讯传至晋阳，李存勖悲愤捶案道："我累少尹，定为之报仇。"恰在此时，王处直之使亦至，言刘守光兵加易定，求晋王驰援。

李存勖遂与文武计议："先王临终付我三矢以托三恨，幽燕是其一，我则终不可与刘氏父子并立于天地间。且今刘守光妄自称尊，又杀我使节、攻我盟友，我若隐忍无为，则无颜直面世人也！"

文武多言道："幽燕山河险固，将士勇武，先王亦曾在此蹉跌，今更兼刘守光穷兵黩武，当多起河东兵马，不可轻敌。"

李存勖颔首道："但守住各处险要，其余兵将俱随我伐燕。"继而目视李嗣昭道："昭义三面临敌，与梁、魏犬牙交错，朱三老贼日夜思想争夺，且潞州元气尚未尽复，二兄不可轻出，但守住此要塞。"

李嗣昭领命。

李存勖又道："振武乃我北方根本，且迩顾契丹——周节帅随我出征——亦须有边地智勇之将把守此地。"言罢，凝视李嗣本道："兄其劳心否？"

李嗣本起身道："蒙大王信赖，敢不竭心尽力，继之以死！"

张承业道："镇州是我河东屏障，其驻师亦不可废。"

李存审起身道："我愿引一偏师，屯赵州，以备不虞。"

李存勖道："赵地毗邻梁魏，兄一人恐势单。"

李存贤起身道："我愿与共。"

李存勖又道："河中之地，也是要处。朱简父事朱三，唯其马首是瞻，不可不防。谁敢御防？"

沙陀！沙陀！

李存进道："我愿驻绛州,挡河中之敌。"

李存勖便以李嗣昭守昭义,李嗣本守振武,李存审、李存贤屯赵州,李存进屯绛州,更以李存璋、安金全守晋阳,自率张承业、周德威并诸将引兵出飞狐口抵易水,王镕义子王德明、王处直大将程岩引兵会师同行。

晋军渡易水,一战而下祈沟关,进抵涿州。

涿州守将刘知温凭关据守,晋军攻打多日,难以攻克。时刘守光之兄刘守奇在晋军营中,遂请自往劝降。于是刘守奇与宾客刘去非、赵凤三人轻装而至涿州城下。刘去非对城上大声喊道:"河东小刘郎来为父讨贼,此乃燕王家事,你在此坚守何为?"

刘知温在城上见果是刘守奇,遂开城迎晋军而入。

既入城,李存勖欲厚报刘守奇,有人私对李存勖言道:"我军披坚执锐、浴血多日而不能克涿州,刘守奇不携寸铁、一言而克之,足见其在幽燕深得人心。来日只恐其振臂一呼,万众响应,复为铜马之势也。"

李存勖闻言亦疑虑。刘守奇得知晋王疑忌自己,深恐遇害,遂与刘去非、赵凤寻隙逃离晋营,投汴梁去了。

涿州城内,李嗣源对李存勖道:"幽州山后八军自成一系,且兵精将勇。今大王攻幽燕,彼必生唇亡齿寒之忧——臣请分一军循山后取此八军,一则解大王攻幽州后顾之忧,二则断刘守光脱逃之路,三则亦可为大王日后破契丹夺要冲之地。"

李存勖抚其背,赞道:"兄自请往取山北之豪,何其壮哉!"遂分与李嗣源数万兵马往攻妫、蔚、新、武、云、应、朔、儒山后八州。

刘守光得知晋军已攻入燕境,言道:"不意杀一腐儒,果招来兵祸。"遂下令境内丁壮,皆文面征兵。一时各处官吏逐户查检,百姓苦不堪言。

李小喜道:"可一面遣将迎敌,一面求救于朱梁、契丹。"

刘守光遂遣观察度支使韩延徽往契丹、朱梁旧日使者史彦群往汴梁求救,又招来大将元行钦吩咐道:"山后八军,自李承约去后,久不约束,恐生异心,今与将军七千精骑,为朕巡检八军,抵御沙陀!"元行钦领命而去。

刘守光复召大将单廷珪道:"将军可敢前往逆战沙陀?"

单廷珪道:"自当为陛下驱夷狄!"

170

刘守光嘉壮，起兵五万，由单廷珪统领御敌。

单廷珪出得幽州，得知周德威为前部，已攻陷瓦桥关，瀛洲、顺州俱已降晋，遂对部下言道："晋军克瓦桥，往幽州必经龙头冈，我等便在龙头冈拒敌。"

单廷珪行至龙头冈，恰与周德威所部相遇，遂对峙安营。

单廷珪帐下有将士献计道："晋军一路抢关夺隘，势气凶猛，我军已拒住龙头冈险处，宜深沟高垒，不与交战，待其兵将骄堕，一战可下也。"

单廷珪不悦道："如此消耗时日，几时可以退敌？今鸦兵已迫近我都城，我临危受命，若不与敌拼斗厮杀，岂不有负皇帝重托？！况今举国上下，人心惶恐，如不能挫动鸦兵锐气，势必更有州郡倒戈——如此则益不可收拾。鸦兵虽勇，也非百战不殆——当年独眼龙曾受挫于此，李亚子何得不蹈其旧辙？来日交锋，当教周阳武见识我幽州勇将！"

次日，两军对垒，单廷珪绰了铁枪出阵，大喝道："周阳武快出！今日且看我擒你！"

周德威持了铁挝，策马而出。二人枪挝相交，战在一处。斗了数十回合，周德威回马便走，单廷珪在后紧追不舍。堪堪赶上，单廷珪挺枪便刺周德威后心，周德威听得真切，轻轻将马头斜带，闪在一旁，那单廷珪收不住去势，一枪刺空，冲到周德威之侧，周德威挥起铁挝，顺势将他打落马下。晋军齐上，将单廷珪擒住。

燕军见主将被擒，势气大夺。周德威乘势挥军冲阵，燕军勉强抵抗。忽炮声连响，周德威部下李存晖自左边杀出，刘光浚自右边杀出，将燕军截为数段。燕军本已不敌，经此冲荡，阵脚顿时大乱，纷纷溃退。

周德威既破了单廷珪，乘胜再进，一路攻无不克，径奔幽州。

幽州城中刘守光闻报惊道："单廷珪沙场宿将，勇略无比，今竟一战被擒——沙陀军端的厉害！"

众官道："如今只望元行钦引得山后八军来解救幽州。"

再说元行钦离了幽州，径奔山后四州。途中，元行钦与部下诸将计议道："山后八军，以武州刺史高行珪势力最盛，各军皆观其行止，但能教武州出兵，其余各州自可俱奉号令，今当前往武州劝说高行珪出兵——高行珪乃金头王旧将高思继之子，昔日高思继兄弟俱被独眼龙所杀，高行珪

沙陀！沙陀！

自与李亚子不共戴天，或可借此仇怨，出兵以助幽州。"

大将陈确等数人私见元行钦言道："刘守光乖戾凶暴，人心俱失，幽州上下惧其淫威，不得已而俯首；又以其自大而轻肇兵祸——今沙陀军一路斩关夺隘，势如破竹，刘守光败局已定。将军纵是寻得山后八军为援，恐亦难挽狂澜于既倒之势。我等愿突回幽州，擒杀伪帝，奉将军为幽州节帅，与沙陀媾和。"

元行钦怒道："你等何出此言！？'食王之禄，忠王之事'，自古节臣所为。今我幽州临倒悬之祸，为臣者唯当同仇敌忾，岂可思乱中取利！？"

诸将不敢再多言，惶恐而退。

元行钦行至武州，命将兵马扎在城外，只带了十余随从入城。左右劝道："非常之时，人心叵测。宜多带卫士以备不虞。"

元行钦道："如此则见我心不诚也！"遂轻装简从入城。

高行珪接入，元行钦道："山后八军，与幽州本是一体，各据要塞，互为犄角，兴衰与共。今沙陀北犯，志在吞并幽燕——山后诸州又岂能独善其身？——唯有与幽州联袂，共御强寇，才能保得富贵不失。将军身负家国两恨，亦可借此手刃仇雠。"

高行珪闻言，沉吟片刻道："将军且歇息，我与诸将计议。"遂使人送元行钦一行往馆驿。

高行珪正自犹豫，李嗣源女婿石敬瑭又至。

石敬瑭见得高行珪言道："刘守光觊觎山后八军已久，志在剪除，其险心殊不逊于高骈书成都突将之册、朱温断魏州牙兵之缘，若山后八军相助幽州，诚恐将军今日功成、明日祸至。诚为将军计——不若与河东联袂，共取幽州。"

高行珪道："我是刘守光旧部，他不至负我。"

石敬瑭道："刘守光禽兽之属——其父怀天伦之情而见囚，其兄念手足之义反遭戮——试问将军与刘守光之恩，可逾其父兄情义？彼尚不顾至亲，遑论将军？"

高行珪道："河东与我有杀父叔之大仇，我安能归顺？"

石敬瑭道："白马银枪老将军乃不世豪杰，先王倚为肱股腹心，安能加害？此乃昔日刘窟头欲背先王自立所设之谋——彼时家父在幽州为十典将之一，亦为刘窟头所算，险些遇害。今晋王伐燕，正为将军复仇！"

高行珪拜道："闻君之言，至善至理。我当引山后八军属晋王。"

石敬瑭道："将军高义，全一身之孝义，免八州之烽烟。"

一旁高行珪之弟高行周道："元行钦尚在武州城内，当擒之以献晋王。"

于是高行珪吩咐高行周引数百劲卒冲往元行钦住处，石敬瑭随行。

元行钦在住处正自等候消息，忽闻外面人喊马嘶。左右言武州骑兵杀到。元行钦惊道："高行珪果然背义！"一行人未携军刃，只有随身所配刀剑，于是元行钦与随从慌忙上马——武州兵已杀到眼前。

元行钦不及细想，挥剑劈倒数人，从一武州骑兵手中劈手夺过一杆长枪。

元行钦长枪在手，精神立振，手起之处，已掀翻数十人，夺路而走。高行周、石敬瑭等引兵在后紧追不舍。

元行钦一路横冲直撞，近者即死，不一时冲到城门，杀散守门士卒，正待冲出，又一队晋军杀来——原来李嗣源命石敬瑭入武州劝说高行珪，担心有失，命义子李从珂引一哨人马随后接应——正好截住元行钦，背后高行周、石敬瑭又赶到，三员大将围住元行钦厮杀。

元行钦力战三将，毫无惧色，却见从人多已战死，便荡开阵脚，突围而去。晋军及武州兵卒遮拦不住，纷纷躲避；高行周、李从珂、石敬瑭三人惮其勇猛，也不敢苦追。

元行钦回到自己营寨，立即点起兵马，来攻武州。就在城下，与高行珪、李从珂之军混战在一处。正难分难解之间，忽听号炮不断——原来李嗣源自引大军赶到。

元行钦厮杀间，窥见李嗣源旗号，便拈弓搭箭，瞄准射去。李嗣源身在乱军之中，却也听见金风，连忙躲闪，避开要害，那箭正中其左腿，劲力甚猛，箭簇贯穿腿股，深入马鞍。

李嗣源忍痛，自己拔下箭，攥在手中，赞道："好射！"

晋军渐次集结，元行钦见敌军势大难敌，只得退走。本欲回幽州，无奈一路上尽是晋军堵截，只得暂时撤往广边军驻扎。李嗣源大军尾随而至，将广边军团团围定。

元行钦连番八次冲杀，未能突围，只得遣部将潜出往幽州求救。哪知

第二十四回　逸倡烈壮志收义子　符存审虚兵胜强敌

173

沙陀！沙陀！

陈确密言元行钦之事，已被刘守光置于元行钦军中耳目侦知，密报刘守光。刘守光心中疑忌，欲解元行钦兵权，擒回幽州斩杀。

元行钦部将忙将此事回报元行钦。元行钦惊道："如此我则进退无路也！"

李嗣源得知元行钦窘势，便招呼元行钦劝道："将军怀节烈之志，秉精诚之心，欲效刘氏，而刘氏不识忠良、翻加猜忌，诚所谓明珠投暗。今将军命效疆场、谤生帷幄，胜负皆临刀俎，进退只见缧绁——得不自谋？晋王英武仁德，终成大事，将军莫若弃暗投明，归顺河东。"

元行钦道："只恐横冲衔伤股之箭恨！"

李嗣源大笑道："疆场上各为其主，我岂能如此褊狭？"遂当众立誓："我若有负元行钦，教我子孙无遗类！"

元行钦感其宽仁，遂率众出降。李嗣源手抚其背笑道："昔日我随先王在上源驿，千石万矢之中，不得伤损；今将军竟一箭中我——诚不二勇士！"

元行钦感激道："自此我命属横冲也！"

李嗣源笑道："我取将军之命——除若天地反覆。"遂收元行钦为义子。

于是李嗣源将山后八州，各安置河东兵将戍守，自与元行钦、高行珪合兵往幽州而来。

刘守光闻报，面如土色。左右群臣道："今山后八州已属河东，阻断契丹救援之路——且闻韩延徽已留仕阿保机帐下。今当再遣使往汴梁——梁晋势同水火，朱温必不愿见河东势大；陛下更厚许财帛土地——朱梁必来救助。"刘守光遂依计。

朱晃两番接燕使告急，心中踌躇。宣义节度使杨师厚道："镇、定二藩已与河东沆瀣，李亚子若再克刘窟头父子，则河北之地尽属沙陀也！"

朱晃道："如此则发兵再取晋阳！"

杨师厚道："自汴梁发兵往晋阳，路途多艰，李亚子亦必多伏兵将把守，更需防潞州韩进通断我后路。不若北攻赵州——河东、成德结好，不会驻有重兵——如此则西攻晋阳无险阻矣！"

朱晃遂依计，点起五十万大军，渡黄河北进。

梁军昼夜兼行，不日至下博，见一巨大坟冢。朱晃问道："何人墓地，如此宏大？"

左右答道："此乃关津冢，葬汉文帝窦后之父少消，汉景帝时所建。因其巨大，百姓称之为'窦氏青山'。"

敬翔在旁言道："昔日汉高祖诸子之中，文帝最疏，而终能克成大统，且使汉祚兴固，盖因其谦恭敦谨、厚德仁政也。"

朱晃目视敬翔良久道："先生之意，我自是知晓。"

再议军事，杨师厚道："今赵州城中，尚有沙陀之军，不宜强攻；可遣一偏师，佯攻枣强，沙陀必往救助，我乘赵州空虚，急往攻取，必定功成。"

朱晃闻言，连连称善。于是派李周彝引一队人马，故作声势，往攻枣强。

枣强赵军守将忙向赵州晋军求救。李存审与李存贤计议，遂由李存贤引大队军马去救枣强，李存审只留二千余军卒留守赵州。

闻知赵州兵动，朱晃忙传令六军倍道而行，亟趋赵州，不日已抵蓨县。

早有赵州哨探报与李存审，李存审忙带亲随往蓨县觇看，但见敌营寨栅相连，旌旗无边，大惊道："中了朱三老贼调虎离山之计！"

返回赵州，李存审召集部将计议。裨将赵行实道："贼兵势大，观之不下数十万；且蓨县与赵州近在咫尺，贼兵炊爨，我见烟火；救枣强一军又急切难回——纵合李存贤之军，与贼兵对抗，仍是以卵击石。以末将之见，不若暂退土门以避。"

先锋史建瑭道："我河东兵将，纵横天下，岂可畏强敌而退缩！贼兵虽众，只与厮杀便是。战死沙场，马革裹尸，男儿之大幸也！"

李嗣肱道："我等若退，李存贤一军归路便断，必不得还。"

李存审闻数人之言，徐徐言道："赵州要枢，我若退兵，朱梁贼兵便可北指深冀、西临晋阳，纵横河北。今大王正自倥偬幽燕，无暇南顾，赵地之事尽付我等——食王之禄、分王之忧——安能回避？自当共御之！然敌众我寡，不可力敌，当设谋破之。"

众将问道："计将安出？"

李存审道："贼兵此时尚在蓨县，未尽知赵州虚实。我可乘夜以奇兵袭其营寨，另多擒斩其游勇散兵，只声言晋王大军已至——如此则贼兵必然气堕，难以前行也。"

于是留赵行实守赵州，李存审引兵五百扼住下博桥，命史建瑭、李嗣

第二十四回　遴佶烈壮志收义子　符存审虚兵胜强敌

175

沙陀！沙陀！

肱引五百擒生军去捉梁军樵刍之人。

史建瑭、李嗣肱又将五百军士分作数队，分别前往衡水、南宫、信都、阜城等处，一日间便擒了数百朱梁樵刍军士，送往下博桥。

李存审命二将各带三百精壮兵士，换了梁军号衣，乘夜色去突袭朱梁蓚县大营；将所擒梁军大部斩杀，只留十余人。李存审对这十余人道："今饶尔等性命，速去报知朱三，晋王大军已至，教老贼饱食等死。"

史建瑭、李嗣肱二将带兵飞行至朱梁大营之前，挑开鹿角，大喊一声，杀入寨中，左冲右突。梁军惊慌，黑夜之中不知敌兵多少，自相扰乱。这数百健儿，在朱梁营内纵横驰骤，逢着便杀，梁军死伤无数。各营鼓噪，举火如星，喊声大震。看看天明，二将招呼一声，从寨中杀出，无人敢挡。

梁军正自惶恐，那十余个樵刍军士又奔跑而回，只管大声号叫："李亚子大军来了！"梁军受昨夜之袭，本已失了几分胆量，一听此语，立时胆裂，不顾军令，纷纷逃窜。朱晃喝禁不住，只得传令撤军。

一路之上，但见林间山后，多是晋王李存勖旗号。梁军益加惊怖，溃不成军。赵地百姓痛恨梁军暴虐，纷纷荷锄执耒追杀败兵，梁军又死伤极多，委弃之军资器械更是不可计数。

退至冀州，方才安顿。朱晃又命人探听，得知晋王大军并未到来，夜间袭营之军只是史建瑭、李嗣肱数百人，沿路是李存审虚张李存勖旗号。朱晃不胜悔愤，病倒在床。

左右大将杨师厚、贺德伦等请整军再战，朱晃叹道："军心已散，难以重整；且我之疾日重一日。只得退军，日后再战。"

捷报传至李存勖行营，李存勖并诸将无不惊愕。诸将纷纷道："二千破敌五十万，世所罕匹。"

李存勖道："为主分忧，是其忠也；不舍兄弟，是其义也；临强敌而不乱，是其勇也；捭阖决胜，是其智也——忠义智勇集于三兄一身，古往将帅，何有出其右者！"

第二十五回
破幽州擒父子二人　祭太庙偿天伦一恨

李存审以少胜多，以区区一千士卒惊走朱晃五十万大军，李存勖得讯，再无后顾之忧，一意攻打幽州。恰在此时，李嗣源破得山后八军，引军来会攻。

李嗣源引元行钦拜见李存勖，细表来去。李存勖喜道："我在晋阳时，便久闻将军燕北勇士之名！"

元行钦拜逊道："败军之将，何敢言勇？"

李存勖又问："将军知我名否？"

元行钦道："践王考之托，勇救潞州而擒悍将；急邻人之难，独临黄水而退敌师——天下谁人不知大王之威名？"

李存勖大笑，见元行钦骁勇雄壮，十分喜爱，遂对元行钦言道："将军可肯在我帐前行走？"

元行钦道："我命乃横冲所赐，去留却需听命横冲！"

李存勖遂对李嗣源笑问道："元将军唯大兄之命是从——我不知大兄可肯割舍？"

李嗣源忙拜道："我身我命，尽属大王。我之属将，便是大王属将，何言'割舍'？全凭大王调度！"又对元行钦说道："你我俱是大王马前一卒，去留生死，皆决于大王！"

李存勖便授元行钦散员都部署，并赐名李绍荣。

自此刘守光属地，只剩幽州一座孤城，且在晋军重围之中。刘守光已得报，知元行钦与山后八军尽数倒戈，惊惧道："不意鸦兵如此凶猛，数月间便困我都城。"

沙陀！沙陀！

李小喜道："今鸦兵初临幽州，立足未稳，不若乘此时机，陛下率精兵悍将，奋勇杀出，再作别计。"

刘守光自忖城中多有不服自己之人，只恐自己身一离城，城中便即易帜——若冲杀不出，退路又断——因此犹豫不决。思忖再三，命人写了书信，遣使送往晋营求和。

燕使持了刘守光书信，来晋营拜见周德威、张承业。周德威笑道："大燕皇帝尚未郊天，何雌伏如是？今我河东兵将，奉命征讨有罪之人，不敢与之结盟修好。"

使者连连哀告。

张承业道："刘守光夙无信义，今作冻蛇馁虎，若稍加暖饱，则转瞬噬人。"遂将燕使斥退。

次日，周德威督军攻城，对城上呼喝："逆贼早降——待王师攻入，玉石俱焚！"

刘守光扶垛口对城下喊道："如晋王亲自前来，我自当开城门，泥首归命。"

周德威、张承业命人报与李存勖。李存勖笑道："刘窟头之子必欲见我，我自当前往。"

次日，李存勖便欲独往城下。张承业、周德威等皆劝道："刘守光夙无信用，今未审其动静。大王以万金之躯，不可轻身犯险，宜多带扈从。"

李存勖道："刘守光自言我至城下，彼辄归降。我只身前往，不加甲刃，以示天下我之诚意。彼若食言，则失信于天下也。"众人乃服。

李存勖轻裘缓带，只身匹马，从容来到幽州城下。对此城上喝道："我即是河东李亚子，承约来此，烦请幽州主人相见会话。"

刘守光不意李存勖只身前来，竟一时不知如何言语。

李存勖道："朱贼篡逆，唐祚倾颓。我与大王、祖父世代食唐禄俸，合当为唐尽忠。我本欲与大王合河朔五镇之力复兴唐室，然大王不慕忠烈，反效狂僭，他日何以面唐室天子于地府？镇、定二王畏幽州之兵势，俛首以事大王，大王不加体恤，反图欺凌，致有今日之祸。念我与大王皆是故唐室之臣，今仍希冀与大王合讨逆之志。大丈夫成败须决所向，今欲和欲战，但凭一言而决！"

刘守光手扶城垛泣道："大王休如此说，我今已是俎上鱼肉，只凭大王宰割。"

李存勖自箭壶中掣出一支羽箭，折断设誓道："但教出城言和，誓保性命无虞，天下为鉴！"

刘守光见李存勖如此轻许，自忖其年轻无谋，遂言道："大王且回，媾和之事，我亦当与部曲详议，容他日定夺。"

李存勖归营对周德威、张承业、李嗣源等言道："刘守光欺我年少心慈，虚与委蛇，意在迁延时日，以待他变。可计议速速攻城。"众人领命。

至夜间，幽州城中逃出一人，径来投晋营，竟是刘守光亲随李小喜。原来刘守光下城后，心中忧懑，寻小隙便责打左右，李小喜无端被打，心中衔恨，夜间便逾城而出，投奔晋营。

李存勖知李小喜是刘守光最近之人，便命提来，亲自盘问。李小喜尽述城内虚实动静，且言道："围城日久，城内武备钱粮，俱已耗尽；且刘守光残暴不仁，上下离心——此时大王攻城，幽州唾手可得。"

李存勖又问："刘窟头现在城中否？"

李小喜答道："刘窟头昔日在大安山筑城，以娱天年，不意为刘守光所擒，如今囚于城中秘处。"又详说方位。

李存勖命人将李小喜好生安置，另教各路兵马，集结整束。

次日平明，幽州城外喊杀声震彻天地，晋军蜂拥攻城。幽州被围日久，军心早已惶惶，见晋军如此威猛，登时胆裂，或降或逃，幽州遂被攻破。晋军守住城池各处要冲，李存勖命张榜安民。

晋军按李小喜指引，捉住刘仁恭及其妻妾。幽州文武，多降晋军。只有刘守光乘乱逃出城去。

李存勖命将刘仁恭提来相见，言道："自晋阳一别，已近廿载，对叔父甚是挂念。"

刘仁恭目视李存勖良久，说道："忆及在晋阳之时，你不过一相扑俳优小儿，不意今竟英武如此！"

李存勖左右侍卫喝道："老贼不得无礼！"欲加鞭挞，李存勖制止。

刘仁恭神色安然道："闻老晋王临终遗有三恨，我有幸得为其一，今既被擒，自忖无生望——只恨为逆子所误——设若我执掌幽州军事，亚子

沙陀！沙陀！

未必轻易得胜！"

李存勖点头道："昔日牛酒会擒拿契丹之帅，木瓜涧挫败我河东之军，足见叔父知兵。"

刘仁恭道："我生平多用诡道，损阴功，故得此逆子，乃是报偿。"

李存勖道："叔父更有何求？"

刘仁恭道："昔日老晋王从盖寓之言而助我定幽州，后我与河东为敌，皆我自谋，与盖寓无涉，我今将赴泉台，乃罪有应得——只望大王勿牵连盖寓后人。"

李存勖点头道："盖仆射自云中助我父王起兵，数十年来功勋无算，心如铁石，乃我河东栋梁——我自不会疑他。"

刘仁恭不复多言。李存勖命且监押下，好生款待；一面又命人四出搜索刘守光。

再说幽州城破之日，刘守光携二妾祝氏、李氏并三幼子，由亲兵护卫，舍命杀出城去，亲兵丧尽。因四下尽是晋兵，只得昼伏夜出，忍饥挨饿，未及数日，几人皆形容憔悴、手足浮肿。妾李氏问道："陛下欲何往？"

刘守光答道："幽州不得立足，只得去沧州投我兄刘守奇。"

李氏道："携三小儿，长途奔命，多有不便。"

刘守光闻言流泪道："皆是我骨肉，安忍弃之？！"

李氏道："昔日汉高祖为追兵所迫，三番将亲生儿女推至车下——大丈夫欲成事，岂能柔恋亲眷？"

祝氏更言道："陛下肯舍父兄，如何不肯舍子？"

刘守光无奈，只得撇了三个幼子，只与李氏、祝氏奔逃。不觉间，三人迷失道路，此时天色已黑，加之腹中无食、手足肿痛，筋疲力尽，倒身于蓬蒿乱草之中。

刘守光对祝氏说道："你且到就近农家寻些吃食与我等充饥。"

祝氏出得草丛，行了里许，见有一农家尚燃灯火，便去敲门。

那家农夫名唤张师造，开门见门外妇人，虽形容狼狈，但衣饰华美，不是寻常百姓之状，便问来去。

祝氏在刘守光身边，一向骄横，此时依然如故，厉声喝道："大燕皇帝在此，速速把好酒好食拿出来供奉。"

张师造道:"皇帝如何到此?"

祝氏道:"河东鸦兵犯境,皇帝出狩,行经此处——勿再多言——快取酒食!"

张师造略一思忖道:"我自去迎接皇帝——屈尊到我茅舍,从容饮食——我再招呼些亲邻,扈从皇帝。"

祝氏道:"你却想得周全,皇帝自会封赏与你。"

张师造便招呼了左右邻居数十人,持了锹锄棍棒,随同祝氏来到刘守光藏身之处。

未及祝氏言语,张师造大呼一声,众人上前,取绳索将三人牢牢缚住。刘守光虽有勇力,然事起突变、猝不及防,加之连日劳顿饥渴,竟无力反抗。

祝氏含恨骂道:"草莽寒鄙之人,其心最叵测!"

张师造道:"刘守光囚父图兄,凌虐紫服,宰割黔首,幽州百姓恨不得食寝其皮肉。晋王吊民伐罪,幽州之民箪食壶浆以迎王师。刘守光失道寡助,安得不败?今流落至此,我等就便擒之献与晋王,最当不过!"又搜得刘守光所弃三幼子,将众人一并押往幽州城内。

此时,幽州城内民心安定、市井兴旺,李存勖正大宴文武,忽门人禀报,言城外乡人将刘守光擒到。李存勖喜出望外,忙教兵卒将刘守光带入席间坐下。李存勖笑道:"我等客人自河东远道而来,主人竟避而不见,是失礼也。"

刘守光无颜以对。

李存勖便招呼掌书记王缄:"今刘窟头父子俱已被擒,速去准备露布,以彰此番平定幽州之大捷!"王缄领命而退。

王缄并不知露布为何物,又耻于请教他人。遂命人准备数幅丈许巨布,将幽州大捷之事书写于上。

越日,李存勖整兵归晋阳,将刘仁恭父子一行数十人,披戴枷锁,押在军前。王缄率人进呈布幅。李存勖一见失笑问道:"此便是露布?"

王缄一时惶恐,不知如何应对。

李存勖并未责怪王缄,就命将布幅展开,置于刘仁恭父子头上,教他们荷枷锁、顶露布。

刘仁恭回首唾刘守光之面骂道:"逆子,害得我家窘辱至此!"

沙陀！沙陀！

刘守光低头，默默无语。

李存勖之军过定州，王处直迎入，设宴恭贺李存勖平定幽州。席间王处直道："时近岁尾，北岳庙就在定州城外大茂山，愿陪大王前往参谒。"

李存勖闻言颔首。

次日，李存勖与王处直只带了百余亲随，便装轻骑，出城径投北岳庙。进入庙中，在德宁殿参谒毕，李存勖道："贾阆仙有诗咏北岳庙：'天地有五岳，恒岳居其北。岩峦叠万重，诡怪浩难测。人来不敢入，祠宇白日黑。有时起霖雨，一洒天地德。神兮安在哉，永康我王国。'此诗格调略显隐涩，有长吉之风。"

王处直道："五岳中，山庙分离者，只有北岳。"

李存勖遥望大茂山，但见山峦壮丽，心中无尽开阔，回头见石敬瑭在侧，便笑道："此山雄峻，若契丹南犯，君当为我把守此山，勿失！"

石敬瑭忙拜道："但教石郎命在，此山断不失。"

是日，李存勖带人马离了定州，到达行唐，已是镇州地界。王镕早已在此等候。李存勖不入镇州城，便在行唐扎营。李存勖命在中军行帐设宴，与王镕共话。

饮了数杯，李存勖见王镕似有言隐忍未说，便道："亲家有言，但讲无妨。"

王镕方言道："我久闻刘仁恭之名，未得觇其真容，今闻其已在大王军中，愿乞得见。"

李存勖大笑道："这有何难！？"便命人将刘仁恭提来，去其枷锁，更换衣服，延至席间。

李存勖对刘仁恭引荐道："赵王慕叔父之名，今途经赵地，便请叔父与之一会。"

王镕离席拜道："久仰燕王威名，恨不得见，今始偿我夙愿。"

刘仁恭苦笑道："行将赴死，见复何益？"

王镕道："燕王与晋王之恩怨，我不敢过问。然既遇慕者，不可交臂而失。燕王与我比邻多年，未见真容，是我平生憾事。"

刘仁恭亦答拜道："我虽久在行伍，枕戈被甲，少与文士交通，却也闻赵王风雅仁厚；今日得见，益觉闻言不虚。"

王镕对李存勖说道："我为燕王备了薄礼，可许相赠？"

李存勖笑道："亲家之意，自然悉从。"

王镕便教人将名马、宝铠等奉与刘仁恭，三人在行帐畅饮，欢洽而终。

不日，李存勖离了行唐，回归晋阳。

至晋阳，李存勖择日令文武三军尽数挂孝，将刘仁恭父子一行押解至太庙，排列绑缚。张承业展帛读祭，而后下令自刘守光开始斩杀。

刘守光哀号道："我今日伏诛，也是罪有应得。然我之恶行，多出李小喜之调拨唆使，大王勿要纵此恶贼。"

李存勖便令提来李小喜与刘守光对质，言道："你主公言说他之恶行罪衍皆出你谋。"

李小喜怒视刘守光，目眦欲裂，唾骂道："你囚父图兄，也出自我谋？！"

李存勖目视李小喜道："何得对旧主如此无礼！"即令左右先将李小喜斩首。

斩了李小喜，李存勖道："设谋者已诛，再诛行恶者！"

刘守光哭道："我虽不才，却也通弓马骑射，大王欲争锋天下，愿做大王马前一卒，供大王驱使，为大王尽命。"

刘守光一味哀求乞命，二妾李氏、祝氏亦觉不堪，二妇怒斥刘守光道："大丈夫生而何欢、死而何惧？陛下何必如此无气节？今日事已至此，纵活在世上，也无意趣。"二妇自请先死。

李存勖叹道："刘守光枉自为王为尊，临刑竟不及妇人！"

李存勖之妾刘玉娘在旁道："此人能屈能伸，有汉高之忍，断不可留！"遂将刘仁恭以下诸人一一斩杀。

刘仁恭道："何不杀我？"

李存勖道："先父临终甚念叔父，烦请叔父往雁门建极陵与之相见。"

刘仁恭苦笑道："我乃罪魁，自当被押往独眼龙陵寝之前剖祭。"

遂将刘仁恭押解至代北雁门李克用陵寝之前，李存勖于墓前拜泣道："父王抱三恨而薨，今一恨已雪，特来报于父王。"

左右早取过利刃，欲刺刘仁恭。

刘仁恭道："可容我自尽？"

沙陀！沙陀！

李存勖点头。

刘仁恭接过利刃，跪于李克用墓前道："独眼龙于我有再造之大恩，是我负你，今日受戮，乃是罪偿，我无怨矣！"言讫以利刃自刺当胸，登时身死，心血喷洒在李克用墓前。

李存勖大哭下拜，左右众人无不落泪。

祭拜已毕，众人方回晋阳。

刚回晋阳，接到王镕与王处直联名之书，共拥李存勖为尚书令，开府置行台如太宗故事。

李存勖览书道："昔日太宗为秦王时，得授尚书令之职。自太宗以降，不复设此职。郭汾阳平定安史叛乱，于大唐有复兴之功，尚不敢居此位。我之微劳，更不可与郭汾阳相比肩——安敢受此殊荣？"

众人齐道："大王承先王之重托，继任以来，夙夜不怠：内锄隐患以肃纲纪、外御强敌而兴声名；与敌交锋，身先士卒，冲阵斩将，所向披靡，敌寇畏惧大王甚于龙虎；秉持忠孝、践行仁德，谨事天伦、友爱兄弟——天子思唐室飨祚之士，无不张目翘首，瞩我河东——大王之勋劳，绝不逊当年之太宗，今为尚书令，适得其分也。"

李存勖推辞不过，遂受尚书令之职，开府置行台，一如当年唐太宗故事。

李存勖又下令，以周德威为卢龙节度使、镇幽州，改授李嗣本振武节度使，代周德威旧职。山后八军地处边塞，与契丹犬牙交错，非亲近之人不可守。李存勖命其弟李存矩镇新州，辖山后八军。其母曹氏道："存矩倨傲骄横，轻人冒进，恐难承此大任。"

李存勖道："我更以老成持重者辅弼之，可保无虞。"遂以杨全章、卢文进为偏将，辅佐李存矩共守新州；更以李嗣肱为都知兵马防御使、驻守武州，与新州互为犄角。

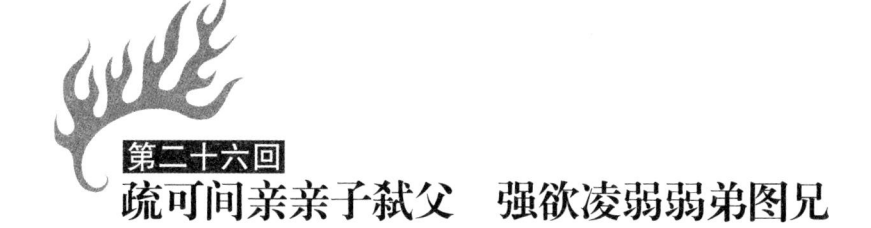

第二十六回
疏可间亲亲子弑父　强欲凌弱弱弟图兄

李存勖得授尚书令，天下震动。

朱晃自赵州为李存审虚兵惊退，忧愤染疾，渐渐沉重，行至魏州，无法再随军行走，只得暂时驻跸魏州。

朱晃在魏州调养，罗周翰自是殷勤侍奉。汴梁诸宰辅重臣纷纷赶到魏州问候朱晃起居。

过得些时日，朱晃病势渐缓。一日，朱晃兴致，在金波亭设宴，与诸人共饮。席间，众人尽言"陛下康复，国之大幸"。忽有人来报，言河北诸藩镇齐推李存勖为唐尚书令，开府置行台行唐太宗故事。朱晃闻报蓦地一怔，继而闷闷不乐，酒宴不欢而散。

敬翔、李振随朱晃至后堂，朱晃叹道："我经营天下三十年，不意太原余孽更昌炽如此！我观其才志俱是不凡，我死后，诸子皆非其敌手。只恨苍天更夺我有生余年，恐我身后无葬身之地矣！"不觉堕泪腮边。

李振道："李亚子侥幸取幽州，自居前朝伪职，终不敌我朝之天威，陛下大可不必忧烦。"

朱晃黯然道："思想与我同时诸豪杰，独眼龙、金头王、杨行脚等多半已作古；所余贼王八、宋文通等辈徒增年齿而渐失锐气，不复争锋——今李亚子以少壮之年，扫荡河北，气势汹汹，我恐年迈难当——英雄辈出、后胜于今，此言不虚也。"

敬翔道："陛下原非贵胄，起于民间，宰治天下，其英武更迈汉高，古来罕有匹者，必能芟夷诸寇，澄靖宇内。"

朱晃摇首道："我虽冕冠赭服，然诏旨西不逾太行、南不渡淮水，其

沙陀！沙陀！

实不过中原一大藩镇耳，与太原、成都、江宁等府并无大异。"

敬翔道："我朝承天运，陛下祚洪福——当日异人边冈说武则天时谶辞：'首尾三鳞六十年，两角犊子自狂颠，龙蛇相斗血成川。'便应在陛下之身。"

朱晃苦笑道："术士之言，多虚妄也。"

又过数日，朱晃起程往洛阳。

朱晃对李振道："我身边离不得先生，先生当随我。"

李振道："罗郎幼弱，恐难守魏博要地。"

朱晃道："杨师厚猛决，可当李亚子，命其镇守魏博，可保无虞。"

李振遂随朱晃而行，留下大将杨师厚襄助罗周翰镇守魏博。

朱晃一行渐近洛阳，张宗奭往汜水远迎。朱晃执张宗奭之手道："人老多情，黄王军中故人，只有你我尚在人世，当惜之。"又不觉老泪滚下。

张宗奭拜泣道："陛下不忘旧日之情，对老臣多有荫庇，老臣万死难报。"言罢，河阳留后邵赞、怀州刺史段凝等亦上前参拜。

当日朱晃便在汜水驻跸，排上酒筵，朱晃与张宗奭对饮，其余文武相陪。二人言语多忆及昔日之情境，感慨唏嘘。

朱晃对张宗奭道："多有人以朕比汉高祖，朕实赧颜不足以论；然若论劝志农桑、保境安民，卿更胜萧何。"

张宗奭拜道："陛下雄才伟略，远迈高祖；臣不敢匹鄳侯。"

朱晃又沉吟道："若言治军行阵和睦，朕却思霍存。"

朱晃言毕，下面有人失声哭泣。众人看时，见此人壮盛年齿，面容俊朗，眇一目，正是霍存义子霍彦威。

朱晃第三子朱友珪喝斥霍彦威道："陛下面前，不得失仪！"

朱晃怒道："我故旧之子，思我故旧，失仪何妨？你不知进退，咆哮席前，却是不该！"喝令左右将朱友珪拖下杖责。文武皆失色。

张宗奭劝道："陛下宜善保龙体，以副天下之望。今请在洛阳将息时日，待康复再归东都。"

朱晃思忖片刻道："老友相留，自然应承。纵是死在洛阳，亦不恨也！"

张宗奭汗如雨下，惶恐拜道："陛下何出此言？！"

次日，朱晃召怀州刺史段凝入内。朱晃道："卿聪明睿智，处事得法，

186

朕因此简拔，授以显爵，卿当竭力事主，勿负朕望。"

段凝叩拜道："臣本微末小吏，陛下不以臣卑鄙，擢为方面大员。陛下隆恩，臣粉身碎骨，难报万一。"

朱晃道："今河东余孽猖獗，卿以为当以何策御之？"

段凝道："沙陀兵将骁勇剽悍，李亚子治军抚境更胜乃父，今扫荡河北，所向披靡，天下侧目，河北藩镇，俱奉其号令；河中、泽潞、魏博三镇横亘我朝与河东之间，实是我朝攻河东之要冲，然丁会叛逆、泽潞失陷，今尚存河中、魏博两翼。时下鸦兵锐气正盛，诚难与之争锋，然我朝较之河东，犹是地广兵多，微臣窃以为：今当敛兵固守，但教河中、魏博不失，一旦天下情势生变，陛下引一军出泽潞，令魏博取镇定，河中当邠宁，则晋阳孤立无援，旬日可下也。"

朱晃点头道："卿善谋划，实国之栋梁。我自当力保河中、魏博不失。"继而又叹道："只是我年齿已衰、筋力不继，恐时日无多——河中朱简、魏博杨师厚，皆跋扈悍将，我子难驭！"

于是朱晃下诏，迁段凝为郑州刺史，命其监掌黄河沿岸诸军。李振闻讯，忙入内谏阻道："段明远奸佞小人，不可使掌要害。"

朱晃道："诏旨甫下，且段凝未尝有过失，不便朝令夕改。"

李振上前一步道："待其过失，则国家亡矣！"

朱晃面色骤冷，不悦道："纵是亡国，也是亡我朱家之国。朕是天子，尚不能任用一刺史吗？"

李振等不敢再言。

朱晃在洛阳迁延，病势竟日渐沉重。一日，敬翔入内问安，朱晃道："我诸子之中，长子端夫（朱友裕），文武兼该，本堪承我之志，惜其早折；其次德明（朱友文）、遥喜（朱友珪）、友贞诸子中，德明虽非亲生，然最是好学恭谨——我以猛武立国，欲求以文教化而长治久安，故有意托大事与德明。卿以为如何？"

敬翔道："陛下属意，自是英明。然何以处郢王？"

朱晃道："授遥喜一大州刺史便是。"便教人拟诏，授朱友珪莱州刺史。

时朱晃诸儿妇俱随其在洛阳，朱晃便召次子朱友文之妻王氏入内道："我病日沉，恐时日无多，今情势诡谲，恐生他变。我便将传国玉玺交与你，

沙陀！沙陀！

更派宿卫军护你去东都付与德明，更召德明来洛阳与我诀别。"

王氏惊喜异常，诧异片刻，连连叩谢道："大家立储不唯己出，襟怀天下，亘古帝王，唯尧舜可比。博王承大家托以大事，定当庶竭驽钝、尽瘁鞠躬，恢宏大家之伟业，日后也必再将大位归还大家之嫡亲血脉——皇天后土见证此誓！"

朱友珪之妻张氏亦在宫中，探得此讯，忙出宫密告朱友珪："大家舍亲近疏，以传国宝付王氏怀往东都授予康勤，康勤若得大位，我夫妻死无葬身之地也！"

朱友珪手抚棒疮垂泣道："康勤螟蛉，我是嫡出，大家奈何亲疏不分？！"

夫妻正自哀惧，忽内史来宣旨，以朱友珪为莱州刺史，命即刻离洛阳往莱州赴任。

内史离去，朱友珪面容失色，颤声对张氏说道："依大家之惯例，外放之人多在途中便被追诏赐死！"与张氏相拥对泣。

近仆冯廷谔趋前进言道："情势之危，不啻山陵覆卵、斧钺临项，然尚有一线回还之机，若不作良图，倏忽而逝，则唯有洗颈待刃而已。"

朱友珪问道："良图安出？"

冯廷谔断然道："大家既不以嫡子为念，郢王又何顾念君父之情！？"

朱友珪道："我虽为控鹤军指挥，但自忖难以尽数驾驭。"

张氏道："左右龙虎军现在洛阳城中，指挥使韩勍昔日因柏乡败绩而受大家诟责，心存怨恨，你何不与之共议此事？"

朱友珪起身便欲前往龙虎军大营，张氏止之道："此事极密，若被大家耳目探知，则必败无疑，当乔装微服前往。"

朱友珪遂换了士卒号衣，潜往龙虎军大营，密会韩勍，鼓动道："大家刻薄寡恩，唯偏听群小谗言；苛责功臣，全不念亲旧勋苦。蒋玄晖股肱亲随，被杀只因言失；黄立靖侄傝名将，见诛竟由马瘦——杀罚恣意，仁信全无。将军久从大家征战，然柏乡败绩，大家不责客将，反疑旧勋，亲将何以自安？今大家离东都而居洛阳，恰如蛟龙失水；张宗奭和事老翁，只图自保——莫若乘此千载难蹈之机，速成其大事！"

韩勍拜道："愿供殿下驱驰！"

便从龙虎军中，选出五百精壮勇士，杂于控鹤军内，潜入禁中。

午夜时分，一声令下，众兵士呐喊鼓噪，斩关冲入。内侍宫人，惊散奔逃。

入夜时分，朱晃精神恍惚，服药安歇。正昏睡间，忽闻喊杀声起，睁眼看处，窗外火光冲天，情知变生，忙起身离榻。朱友珪率乱兵已然闯入寝室。

夜色昏蒙，朱晃难以辨清面目，便厉声问道："谁人为乱？"

朱友珪上前一步道："并无他人！"

朱晃知是朱友珪，心下顿时洞明，跌足恨道："悔不早杀你这逆贼！你逆弑君父，天地岂能容你！"

朱友珪回骂道："你这老贼篡国弑君之罪，亦合当万段！"

话音未落，冯廷谔早冲上前，举刀刺入朱晃肚腹，用力甚猛，刀刃从后背透出。朱晃仰天叹道："我罪固不容于天地，然死于这等枭獍之手，终是不甘！"说罢毙命。

乱兵寻条破毡，裹了朱晃尸身，在寝殿外掘一土坑掩埋。

笔者有言语叹朱晃云：

"砀山无赖不俗流，
　磊落长安终汴州。
　刺壮削恩亦飒沓，
　投浊背义兼绸缪。
　手足枉訾孟间恨，
　豚豕空嗟河上愁。
　同是布衣居殿陛，
　争如刘季傲春秋？"

朱友珪妻张氏建言道："今日之事，如羽箭离弦，不可回转。当秘不发丧；御宝今在康勤之妻王氏处，乘其尚未起程，就地杀之；用御宝行诏，疾遣心腹往东都斩杀康勤！"

朱友珪依言，便遣冯廷谔带人擒杀朱友文妻王氏，夺回传国玉玺。又派供奉官丁昭溥飞驰汴梁，令均王朱友贞斩杀博王朱友文。

第二十六回　疏可间亲亲子弑父　强欲凌弱弱弟图兄

沙陀！沙陀！

朱友珪便先发矫诏，称："博王友文谋逆，遣兵突入殿中，赖郢王友珪忠孝，将兵诛之，保全朕躬。然疾因震惊，弥致危殆，宜令友珪权主军国之务。"又依韩勍之言，将府库中金帛厚赏文武及诸军，以博众人之拥戴。

不日，丁昭溥持朱友文首级回还，朱友珪始安心。张氏又道："康勤久镇东都，其爪牙心腹遍布上下，若回东都，恐生不测。"

于是发丧，朱友珪便在洛阳继位，改元凤历。以朱友贞为开封尹、东都留守。

许州驻军闻讯，群情汹涌，马步都指挥使张厚率众军入见匡国节度使韩建道："大家死得蹊跷，求节帅率我等入洛阳问罪！"

韩建斥道："尔等但执械持弓，保境御敌，休问乾纲之事！"

张厚道："大家生前，与节帅最厚，今何其薄情如此！"遂与众军士上前斩杀韩建。

朱友珪闻讯，亦不敢深究，授张厚陈州刺史，更以韩勍为匡国军节度使。

再说新帝即位诏书行至魏州，杨师厚与诸将在铜台驿计议。

王舜贤道："遥喜初践大位，恩威未立，天下汹汹，兵祸环伏；魏州四战之地，强敌觊觎，非能者不可守也。今罗郎幼弱，不谙军政，然坐镇魏州，实不啻残臂操挽强弓、羸夫把持巨耜。为将军计，莫若接掌魏州，绥境安民，以保先帝之土不沦于敌手。"

杨师厚道："先帝待我恩厚无比，我若行此不义之举，恐遭天下非议。"

王舜贤道："汉末昭烈终念宗室之亲而失却荆楚，前朝肃宗暂别天伦之情而克复两京。自古摒愚忠而全大义者，不绝史赞。况今沙陀在北，虎视魏州已久，将军若再迟疑，恐变生不测——若是魏州陷于沙陀之手，则后患无穷矣！时机倏忽，稍纵即逝，将军切不可拘一时之小惠而弃百代之硕勋。"

朱汉宾又道："我兵将餐霜宿露，栉风沐雨，戍守魏州，尚需仰小儿之鼻息，皆眷顾将军与先帝之情义。罗郎耳软，魏州政事，皆决于潘宴等宵小奸佞。彼等竖儒，累累轻我武人，将士早生怨恨。今将军自领魏州，顺应时势，何得非议！"

于是杨师厚与部下诸将定计。次日，**魏州牙内都指挥使潘宴入谒，即被斩杀**。王舜贤、朱汉宾等挥军攻入牙城，罗周翰由亲兵护卫，逃往洛阳。

于是众兵将拥杨师厚为天雄节度使。

朱友珪无可奈何，只得追授。

朱晃驾崩，告哀使至河中宣示。护国节度使冀王朱友谦闻讯放声大哭道："先帝数十年开创基业，不想变生肘腋、祸起宫闱，声闻甚恶，我亦是先帝子嗣，位列藩镇，心窃耻之！"遂不受朱友珪诏命。

朱友珪大怒，命康怀贞、韩勍加兵河中。朱友谦一不做、二不休，索性求附于晋阳。

李存勖闻之朱友谦以河中内附，大喜过望，意欲亲统精兵去救。卢质道："朱简乃是朱温义子、伪梁重臣，今骤来归附，真假莫辨，轻去援手，恐堕奸计。"

郭崇韬道："河中重镇，是我与伪梁之钧衡。今朱简来归，诚乃是千载未蹈之机，不可失也。为保不虞，可另差一军，从旁策应。"

李存勖遂自引军出泽潞之西，又令李存审引兵伏于胡壁做接应。李存勖之军不日便与康怀贞之军相遇于解县，康怀贞闻听李存勖前来，不敢交战，匆忙撤兵。晋军自后追赶至白径岭，斩杀梁军千余人，俘获无数。

朱友谦知李存勖屯兵猗氏，只带数十从人，轻装前来拜谢。李存勖远迎。

朱友谦抢前拜道："负罪之人，迷途知返，幸蒙晋王不弃，涕零膜拜！"

李存勖相挽道："德光何来迟耶？"遂相挽入帐款叙。

朱友谦入帐再拜道："某虽不才，却不敢忘昔日效力于大王姊夫帐下，事之若天伦。今以此觍颜，当以舅事大王。"

帐内早已水陆齐备，李存勖、朱友谦觥筹交错，尽兴畅饮。

朱友谦饮得烂醉，便酣眠在李存勖帐中。

李存勖回顾左右，见朱守殷等尚侍立，遂言道："我亦曾从术士习相术，观冀王乃是大贵之相，美中不足是其臂短。"

次日朱友谦酒醒，李存勖复盛宴相待。盘桓数日，方才分别。

朱友珪未定魏博，又失河中，正自愤懑，再得告急：原来为防晋军自泽潞越太行而径袭洛阳，征调龙骧军三千戍守怀州，谁知途中变乱。朱友珪恨上加急，命霍彦威、王晏球引兵征剿。不日传来捷报：霍、杜在鄢陵大破乱军，擒斩叛将刘重遇。

朱友珪恨龙骧军之乱乃是雪上加霜，下旨彻查与叛军牵连之人。因龙

沙陀！沙陀！

骧军大营在汴梁，朱友珪以驸马都尉赵岩为使，前往汴梁，晓谕均王朱友贞，着其深究叛军之亲朋故旧。

赵岩临行，秘与侍卫亲军指挥使袁象先谋划。赵岩泣道："君，先帝之甥；我，先帝之婿——知贼弑杀君父而不能讨，何言忠孝？"

袁象先道："均王，先帝嫡子，安能坐视？君前往东都与均王合谋此事，我为内应！"

二人把臂为盟。

赵岩至汴梁，宣旨已毕，与朱友贞入密室。赵岩道："均王忘先帝之仇耶？"

朱友贞泣道："逆贼弑我君父，仇恨不共戴天！安敢忘？！恨势孤不足以讨贼！"

赵岩道："我已与长公主之子盟誓，为国除害，虽死无恨！"

朱友贞拜道："愿舍身从公等之义举！"

赵岩道："魏博杨令公久镇禁军，勋名为众所服，若得其相助，事成八九矣！"

朱友贞便秘遣心腹马慎交前往魏州，见杨师厚说道："郢王弑君，矫诏篡位，朝野不服。今众人之心，属意东都均王。节帅若因势利导，必成国朝再造之不世奇勋也。"

杨师厚与诸将计议，众人皆说道："郢王亲弑君父，贼也；均王举兵复雠，义也。奉义讨贼，理所当然！"

杨师厚遂遣大将王舜贤潜往洛阳，召集禁军诸将道："杨令公令我转告诸君：'先帝厚遇汝等。先帝遇弑，汝等竟无为？！今我自藩镇起事，汝等应我讨贼！'"

诸人齐拜道："谨遵令公之名，万死不辞！"

朱友贞在汴梁亦召集龙骧军诸将道："天子以怀州屯兵之叛乱，迁怒你等，欲将你等罗织于叛党之内，尽数坑杀！"

众人惊惧，齐拜道："我等无辜，乞望均王指得生路！"

朱友贞沉吟片刻，命人捧出朱晃画像，面对画像泣道："你等追随先帝三十余年，经营天下，乃是先帝之心腹股肱。今先帝为人所弑，你等安望逃生乎？若能前往洛阳讨逆贼、雪雠耻，不但保得性命无虞，还可谋得富贵，所谓转祸为福也！"

众人群情激奋，齐道："愿从王命！肝脑涂地，在所不辞！"

朱友贞得知杨师厚已令大将朱汉宾屯兵滑州，虎视洛阳，便教部下统带龙骧军直扑洛阳。

洛阳城中，袁象先召禁军诸将道："今杨令公之军驻屯滑州，洛阳已在彼掌控之中；东都龙骧军亦兼程倍道而来讨贼——我等安能居于人后？"

诸将道："锄灭国贼，便在今日！"

于是集结禁军，鼓噪杀入宫中。

朱友珪闻得骤变，一时惊慌失措。冯廷谔护了朱友珪与皇后张氏向外逃跑，奔至北垣楼下，意欲攀缘城墙，逾城而走，却见城上禁军林立，大呼："不要走了弑君逆贼！"

又见后面追兵已近，朱友珪自忖难以逃生，便对冯廷谔说道："我夫妻不可陷于乱军之手！卿须助我！"

冯廷谔泣拜道："谨遵圣谕！"遂挥刀先斩张氏，再斩朱友珪。

冯廷谔对二尸拜道："我本是陛下一老奴，今亦当追随陛下于地府。"言罢挥刀自尽。

早有人将朱友珪夫妻首级送与袁象先、赵岩，二人计议道："逆贼已伏法，国不可一日无主——均王乃是先帝嫡子，仁孝恭谨，可堪大位。"于是奉玉玺往汴梁迎朱友贞来洛阳继位。

朱友贞闻讯道："汴梁乃是先帝创业之地，何必洛阳！"便在汴梁即位，改名朱瑱，复用乾化年号，追废朱友珪为庶人，追复朱友文官爵。

朱瑱左右密言道："杨令公兵多望重，宜厚加抚慰，勿再生变乱。"遂加封杨师厚为中书令，进爵邺王。

自此朱梁朝中复定。

沙陀！沙陀！

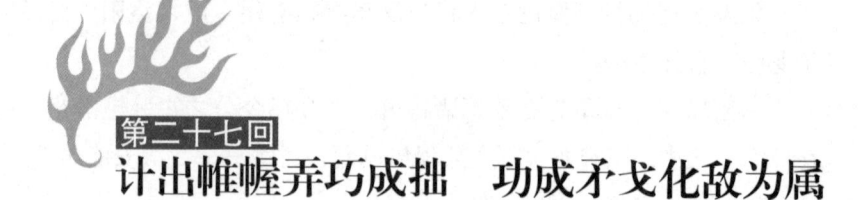

第二十七回
计出帷幄弄巧成拙　功成矛戈化敌为属

杨师厚节领魏博，进爵邺王，意得志满。

左右幕僚进言道："天子对令公，外示优宠、内怀忌惮，令公宜慎察之，不可不防。"

杨师厚顿悟道："此言甚是！先生教我何以自保？"

幕僚道："魏博立镇日久，自田承嗣起召募军中健硕子弟，置之部下，号曰'牙军'，皆丰给厚赐。自此历任节帅皆恃牙兵得以崛强，彼时天下有'长安天子、魏府牙兵'之说。昔日先帝欲图此地，唯惧牙兵之骁悍，后勾联罗氏设计除之，进而得据州镇。罗绍威生前，每每悔叹此事。今为令公作久长之计，当复建牙兵。"

杨师厚深颔首，便选军中骁勇善战壮士数千人，别置一军，给赐优厚，宿卫魏州衙署。

左右道："不可再名之为'牙兵'，恐遭非议。"

杨师厚见军校皆持银枪，如霜雪林立，便笑道："向日天下尝以徐州'银刀'、'挟马'之军为强，然彼等动辄为乱，驱赶节帅；我魏州银枪之军，当效命节帅，忠心不贰，我便号此军作'银枪效节都'！"

左右纷纷赞扬。

朱瑱得知，不免又生愠怒，不悦道："昔日太祖竭心、将士舍命而摧魏州牙兵，今邺王复置，意欲再效田承嗣乎？宜加兵讨锄！"

左右劝道："陛下新莅大宝，朝纲待振；加之外患猖獗，逆夷跳踉——甲兵诚不可轻加于内。况杨令公虽跋扈，反迹未露，若临兵戎，情急之下，北依沙陀——如河中朱友谦故事——则为国家大患也。"

朱瑱点头道："元凶庶人举措失当，致使河中叛逆，国家本已多事，此更雪上添霜。"

左右道："朱友谦蒙先帝再造之大恩，心怀丹悃。其依附沙陀不过是愤恨元凶庶人篡位，今陛下莅大位，朝纲重得整肃，今若遣使往河中，对朱友谦晓以利害、明以祸福，其必能重归朝廷。"

朱瑱喜道："但教朱友谦不生祸乱便可。"便遣使前往河中。

使者拜见朱友谦道："天下藩镇，若论兵强民富，河中首屈一指，先帝以此重镇付与冀王，足见先帝对冀王之器重信爱。冀王蒙先帝之重托，当秉持先帝之遗志，何其中道相违？沙陀夷寇，视我朝诸人皆为雠仇——今与我朝周旋，自是恩宠大王；异日彼若得势，必效汉高诛淮阴之故事。"

朱友谦笑问道："天子尚眷顾我？"

使者道："天子与大王，虽无骨肉之亲，却有手足之义。天子重爱大王之心，与先帝并无二致。前番庶人行逆、先帝蒙凶，大王秉持忠孝，不受伪诏。今逆贼已死，明君嗣位，大王自当重返国朝、再归王化。"

朱友谦遂向朱瑱上表谢罪，自称愿继续奉梁朝为正朔。

河中回归朝廷，朱瑱自是欣喜。又未过多时，得知魏博杨师厚病亡。

朱瑱遂召租庸使赵岩、判官邵赞等入宫秘议。

朱瑱道："杨师厚新亡，魏博无主，卿等以为当何以处之？"

赵岩道："自安史之乱后，魏博便为唐腹心之蠹，敕赏封罚，不从殿陛，二百余年不能去此巨患。罗绍威、杨师厚盘踞之时，已公然不受朝廷节制。所谓'弹疽不严，必将复聚'，陛下若不乘此时当机立断，安知来者不为师厚乎！"

朱瑱道："卿等以为当以何计去除魏博之患？"

邵赞道："魏博立镇，起于田承嗣，其后又历何、韩、乐、罗、杨五姓。朝廷难治此镇，以其地广兵强、士风剽悍之故也。昔日汉武帝虑诸侯尾大不掉，遂颁'推恩令'，'众建诸侯而少其力'，诸侯遂无力抗衡朝廷。今可效法推恩令，分魏博为二，裂其幅员、弱其兵甲，而后更徐徐剪除。"

朱瑱深以为然，遂教拟诏，将魏博镇一分为二：魏州、博州、贝州为天雄军，治所在魏州，以贺德伦为天雄军节度使；相州、澶州、卫州为昭德军，治所在相州，以张筠为昭德军节度使；并将魏州将士府库等兵财皆分一半

沙陀！沙陀！

归于相州。

敬翔闻之，上殿切谏道："臣闻久旱之苗难承骤雨，久羸之躯难承猛药——魏博立镇二百余年，积弊深冗，急切难返；今一夕之间，幅裂其土、别遣其兵，设若激起变故，恐难以应付。"

朱瑱不悦道："昔日先帝尽锄魏博牙兵，亦未生出变故——何必多虑！"

敬翔叹息而退。

贺德伦来到魏州，将兵将、府库等一分为二，立时公布，命迁往相州之军即刻起程。那魏博兵将皆是父子相承、姻亲盘结，自然不愿分离。一时间遍城嗟怨、连寨啼哭。拖沓多日，仍不成行。于是朝廷派五百龙骧军进驻魏州，屯在金波亭，督办迁徙之军上路之事。

魏州兵将眼见饬令日紧，愁懑异常，纷纷在军营中饮酒解忧。

对饮之间，众军士相对抱怨道："朝廷忌惮我军府之强盛，故设此诡计，欲破我六州之完整。我六州历代藩镇，荣辱与共、休戚一体，兵将未尝远出河门，今一朝旨下，便要令我等骨肉流离，真真生不如死！"

银枪效节都军校张彦仗着酒兴，掷酒碗怒喝道："我等操戈执刃，为国效死，栉风沐雨，饮露餐霜，然朝廷不恤我等辛劳，反视我等若眼中之钉。今天子寡恩、节帅无义，我等若听任其调度，流离各处，则不复有所为也！昔日徐州八百戍卒，为归乡里尚不惧山河之阻、斧钺之威；我魏州数万健儿，岂可甘为俎上鱼肉，任人剖宰！"

众人齐应和道："丈夫不可做牛羊之牺牲！"

于是打开府库，披了衣甲、取了刀枪，众军士分作两路，一路往攻节帅府，一路去攻金波亭。

金波亭所驻龙骧军毫无防备，仓促应战，被乱军层层包围。龙骧军领队将军骁勇异常，仗着骏马铁枪，杀出条血路，冲到魏州城门，斩关而出，身边只随数人，余者尽被乱军斩杀在金波亭中。

节帅府守军亦猝不及防，被乱兵鼓噪杀入。贺德伦亲随护卫数百人拼死抵抗，无奈寡不敌众，悉数被杀。

乱兵浑身血污，操刀仗剑，闯入贺德伦帅帐。

贺德伦早已惊起，见状自知不得脱身，却也镇定，问道："你等欲何为？"

张彦上前道："我等无所欲，唯愿六州不至分割，骨肉不必离散。节帅既为我等之主，乞申我等之言于朝廷！"

贺德伦道："你等之言，我自当代申于朝廷——你等却不应坏朝廷之法度。"

张彦冷笑道："龙骧军驻于金波亭——何容我等多言？节帅言朝廷法度不可坏，然则我朝先帝太祖何尝遵唐室之法度？"

贺德伦无语，只得依秉乱军之意草了表章，令人送往汴京。

朱瑱接表，惊道："魏兵果然为乱？朕何以处之？"

赵岩道："可遣使者往魏州优抚，觇看动静。"

朱瑱便令供奉官扈异前往魏州抚慰乱军。扈异来到魏州，先见贺德伦。贺德伦私对扈异言道："我为乱兵所劫，不得已上此表章。张彦等军校为首倡乱，实是巨恶大患，宜授以州府之官暂平其祸乱之心志，而后分而图之。"

扈异道："节帅之境遇，天子悉知。今节帅当与天子内外合力，共诛乱党，还魏州以宁靖。"

扈异与贺德伦作别，又来见张彦，言道："你等常年为国效死，劳苦功高，天子未尝忘记；此番魏州城内靖街止掠，又立殊勋——今特授你相州刺史，你之同营兄弟，亦次第授以官爵。"

张彦冷笑道："我若奉诏赴任，只恐未到相州，天子赐死诏旨便已追踪而至。我等魏州将士之所为，只为安守故土，陪伴亲伦——但教天子收回割裂魏博之旨，复魏博六州之原貌，我等自当泥首效命。今张彦不敢以一己之富贵而舍数万同袍之祈求！"

扈异道："此大事，我不敢专。你等且安守州城，我自回汴京申奏天子。"

扈异回到汴京，朱瑱召问魏州之事。扈异道："张彦一介武夫，才不逮中人，陈涉、吴广之徒也，不必屈绥，但加大兵，顷刻可灭也。"

赵岩道："魏州之事，诸镇瞠目注视，今日若屈绥魏州，只恐明日他镇纷纷效法，则国本动摇矣。"

朱瑱道："如卿言，何人可往弹压魏州？"

赵岩道："先帝在日，盛赞'一步百计'之将。"

朱瑱道："便令刘鄩前往。"遂下旨教刘鄩统兵白白马津渡黄河，只扬言说要征伐镇、定，实是窥伺魏州。

第二十七回　计出帷幄弄巧成拙　功成矛戈化敌为属

沙陀！沙陀！

李振闻知朝廷欲加兵魏博，惊慌失措，忙入内廷见朱瑱道："昔日先帝以计锄魏博牙兵，魏人夙怀怨望，虽历时日，人心未附；今陛下骤下旨意，裂其疆土、分其血亲，不啻火上浇油，彼必生乱；若陛下更加以甲兵，欲图镇剿，彼见事急，或更附沙陀为援，则回旋无望矣！"

朱瑱道："先帝在日，对魏博多加威吓，少施怀柔，彼亦俯首听命，可见其色厉内荏。"

李振摇首道："先帝戎马毕生，威震天下，但闻其名，人皆颤股；今陛下声望不及先帝，若再急功冒进，恐适得其反。"

朱瑱不悦道："李亚子亦生于深宫之中、长于妇人之手，观其即位以来，行事不可谓不决，建功不可谓不伟——夷狄子弟尚能如此，朕大邦之君，岂能后之？"

李振不敢再言，瑟瑟而退，出宫后叹道："天子书生意气，不纳直谏净言；且逢国家多事之秋，内忧外患并重——社稷之存，安能久长？"叹息而去，自此不复建言。

于是扈异复往魏州宣旨。张彦立于贺德伦身旁问道："天子可是重合六州，不割士伍？"

扈异正色道："朝廷诏旨，岂可朝令夕改！尔等抗旨滋乱，已是大逆；天子怜恤尔等以往之勋劳，隆恩宽宥——尔等不自省自明，尚有别求乎？"

张彦闻言毛发倒竖、目眦欲裂，劈手夺过诏书，扯得粉碎，掷在地上，戟指汴京方向骂道："天子昏庸暗弱，听任群小穿鼻，执意宰割我等。君不正何以御臣工？父不公何以伦子女？今天子既不以我魏州为嫡，我魏州自不以天子为纲！"

扈异待欲再言，早被张彦身旁军校挥刀砍作数段。

张彦按刀目视贺德伦道："我魏州兵甲虽强，然独抗汴梁，势尚孤蹇；梁晋世仇，唯投款晋阳方可保得魏州周全！"

贺德伦无奈，只得提笔作书，张彦差人送往晋阳。

李存勖接得贺德伦书信，与众文武商议。

卢质道："'祸不单行，福无双至'——前番与河中朱简饮宴之酒肉余温尚存，岂能再骤得魏博之纳款？敢是梁人之奸计。"

李存璋道："魏人夙无信义，久附逆梁，与我河东为敌——先王在日，袭我镇疲旅于前、斩大王庶兄于后——今纵是叛逆伪梁之事为真，亦是贼人内讧——我晋阳拼却血汗相救，料想彼亦不会感念恩德。"

周德威道："魏博自田承嗣之始，世代将横兵骄，不服约束，今伪梁新帝即位，恩信未立，魏博兵将乘机肇乱，也合其理。"

郭崇韬道："魏博实乃是伪梁拒河东之屏障、河东攻伪梁之要冲。虎踞魏博，伪都尽收于眼底，铁骑朝发魏地、夕抵梁宫——我河东若得魏博，不啻周至牧野、汉屯垓下——今魏博示好，臣以为纵有万一之希冀，亦当全力以赴。"

张承业道："大王欲成霸业，自当急人之难。昔齐桓公救助卫燕而首五伯，楚庄王靖安陆浑而问九鼎，今魏州内被乱军之蹂躏、外临伪帝之侵凌，我河东捐弃旧怨、施与新恩，投冻馁之人以食炭，降枯涸之木以露霖，则诸藩镇必以我河东仁长，推尊部敬，不战而影从也。"

李存勖听罢诸人之言道："若我河东诚能解魏博之危难，'其事则齐桓、晋文'。"

遂点起兵马，李存勖亲自统带，赶往魏州。为防万一，仍命李存审引兵出临清，以为犄角之助。出兵之日，李存审对李存勖言道："大王但前行，臣为大王扈翼，但有变故，臣之援兵辰内便至。"

李存勖执李存审之手道："三哥将兵，韩白弗让，孤自然无忧。"遂分兵而行。

李存勖兵至黄泽岭，有贺德伦遣判官司空颋携带牛酒来犒军。李存勖接入。寒暄毕，司空颋密谓李存勖道："魏州军民，行将饮剑餐戟，今上下翘首摧眉，以待大王之拯救！"

李存勖道："此言何意？"

司空颋道："张彦宵小之辈却怀狼子野心，勾结党伍，挟制节帅，自专陟罚，败坏风纪，其跋扈嚣张，更逾司马、尔朱之属，实为魏州祸乱之根。魏州上下，受其荼毒日久，只望大王来解魏州之倒悬。张贼亦自忖力单，虚与投靠大王，意在借晋阳之力以抗汴梁也。"

李存勖颔首道："孤知之矣。"遂命好生款待司空颋。

不日，李存勖兵至永济，张彦率银枪效节都五百人来永济谒见。有左右私言道："未审晋王之意，我等轻往谒见，祸福难料。"

沙陀！沙陀！

张彦不以为然道："李亚子欲图魏州，安能不借我银枪效节都之力？"

入得晋营，李存勖便在校场召见。张彦上前道："我魏州遭朱梁欺凌多年，如陷冰封炭炙；今弃暗投明，望大王莫要见弃。"

李存勖只一抬手，左右冲上十数晋营健卒，早将张彦紧紧缚住。

张彦惊道："大王何意？！"

李存勖道："你凌胁主帅，残虐百姓，我于所来途中，数日内迎马诉冤者以百计数。我今来魏州，意在使百姓安居，并非贪人土地。你虽有功于我，却不得不诛，以谢魏人。"

张彦喝道："向闻大王自幼熟读春秋，以大义待人，今奈何欺我？！"

李存勖道："大义者：别嫌疑、明是非、定犹豫，善善恶恶。观你之所为，不啻卫之石厚、鲁之庆父，我今锄你，便是大义。"说罢令推到校场一侧斩首。

张彦恨道："不听人言，误堕李亚子彀中，虽死不甘！李亚子欺我魏州儿郎，他日定有魏州之人复我之仇！"言毕，便被刀斧手斩杀。

那五百银枪效节都见校场已被数万晋军层层围住，不免心惊。

李存勖对那五百兵卒朗声说道："罪止张彦，余皆不问。你等皆是魏州健儿，我久已倾慕，今你等皆可在我帐前，伴我厮杀，功名财帛，指日可取！"众人闻言，皆山呼万岁。

次日，晋军拔营，开往魏州。李存勖轻裘缓带，策马徐行，并不披甲执刃；令那五百银枪效节都整装结束，执银枪在身边护卫。众人叹服道："大王待人，推心置腹，有汉光武之风！"

不日抵魏州，贺德伦引合城文武出城远迎，李存勖将张彦首级交与贺德伦道："逆贼已授首，魏州之乱堪平，不敢在此久驻，今献贼首便辞明公，返还晋阳。"

贺德伦忙扯住李存勖襟幅，奉上魏州节度使印节，含泪道："魏州上下，企盼大王，不啻枯苗急待甘霖、病体渴求良医，今大王已至，自当请大王兼领魏博节帅。"

李存勖忙推辞道："近闻汴寇侵逼魏州，以比邻之谊，故统兵将前来相救；又闻魏州城中新罹涂炭，以兼爱之心，故秉秩序前来存抚。明公不垂鉴信乃以印节见推，诚不敢受。"

贺德伦再拜泣道："今闻伪梁刘鄩之兵已至白马，且魏州城新历大变，人心未安,德伦心腹纪纲为张彦所杀殆尽,形孤势弱,安能统众!一旦生事,恐负大王相救之恩。今大王不受魏州节绶,将置魏博六州军民于何处!"

言毕,贺德伦身后魏博众文武亦一齐拜倒求肯:"祈请大王兼领魏博,以副六州军民之望!"

李存勖见众人诚意相求,方勉强答应,受了魏博节绶。贺德伦与魏博文武拜贺。

李存勖既入魏博,郭崇韬私对李存勖言道:"魏博一镇难容二主,大王宜将贺德伦迁往别处。"

李存勖遂将贺德伦封为大同节度使,贺德伦拜谢,不敢耽搁,与家人即日起程。

贺德伦一行途经晋阳,张承业迎入城内,置酒款待。席间张承业说道:"大同北极边地,荒蛮寒苦,且令公于社稷有殊勋,宜加厚待,不可前往沐浴风霜,便留在晋阳安享富贵,遥领其职便可。"

贺德伦离席拜谢道:"感蒙厚恩,全凭七哥调度。"

张承业便在晋阳另辟华堂广厦,供贺德伦一行居住,每日珍馐佳馔,美伎巧玩,另遣心腹留心照应。

贺德伦之妻言道:"留在晋阳,胜过戍守大同。"

贺德伦苦笑道:"我等已是富贵囚徒矣。"

再说魏州城内,银枪效节都依旧骄纵跋扈,横行无忌,且放言道:"若无我等,晋王安能入魏州?"

李存勖便以沁州刺史李存进为天雄都巡按使,言道:"魏州治乱,尽在兄之操纵,兄严明纲纪,莫负孤望。"

李存进领命上任,便颁布治令:但有造讹传讹一言者及强取他人钱财一文者,皆枭首戮尸;为恶造乱加重。

银枪乱军浏览治令后哂笑道:"虚张声势,只恫吓胆小琐人而已。"横行如故。

李存进即令将为乱者尽数缉拿,押到闹市诛杀。数个乱军喊道:"我等有迎晋王之大功!"

李存进道:"你等之功劳,大王已有恩酬;今触忤律令,也自当领罪。"

又有乱军恳求道:"且留我等,与大王舍命杀敌。"

沙陀！沙陀！

李存进道："诛戮你等，自然更有死士为王舍命！"便将造乱诸军卒尽数诛杀，曝尸示众。

银枪军指挥使王建及闻讯，慌忙来李存勖处请罪，李存勖善言抚慰，更赐其名为李建及。

魏州城内，登时肃然。魏州军民私议道："巡城振武孙重进，更胜成都张打胸。"（孙重进乃李存进本名）

李存勖更以晋阳旧臣张宪为天雄军掌书记、以司空颋为节度判官、以魏州孔目孔谦为度支官，共理天雄军之事。

司空颋本便恃才傲视诸人，如今又承晋王之势，不免擅断钧衡、纳贿骄侈，更兼对魏州旧人睚眦必报。有人将此事诉于李存勖，李存勖不免愠怒；后又知司空颋尚与大梁从子互通书信——李存勖怒上加怒，索性将司空颋捉来斩首，另以郓州王正言继其职位。

第二十八回
纵横阡陌一步百计　　内外交通四州四杰

再说魏博背梁归晋之时，只有贝州不相与从。贝州刺史张源德，仍奉大梁朔帜，且北结沧德、南联刘鄩，对抗河东。刘鄩命其出军袭扰镇、定二州粮道，不使镇定与魏博交通。

李存勖在魏州逐渐安定，遂谋贝州与沧德之事。

李嗣源道："请大王先发重兵攻张源德，然后东兼沧景，则渤海以西之地皆为我河东所有。"

李存勖道："不然，贝州城坚兵多，难以一战而下。德州连沧、贝二州之要道，且疏于武备，若能占据，则断沧州、贝州之交通，二州不能往来。二垒既彼此孤立无援，次第可取。"

众将皆服。

于是李存勖遣健将率精骑五百，昼夜兼程，奇袭德州。德州刺史万没料到晋军骤至，不及抵御，仓皇逃走。李存勖便命骁将马通镇守德州。

既克德州，众将道："今可分兵取沧、贝。"

李存勖却道："沧、贝二州隔断交通，且被卢龙镇、定诸镇环困，势同孤魂，唯翘首急盼刘鄩自南面之拯救，然刘鄩之军与我军交错，难及援手；今刘鄩兵抵魏县，与我难免一战——澶州扼魏博之南要冲，且澶州刺史王铁枪领兵随刘鄩驻白马，澶州空虚——我取澶州，则与刘鄩作战可进退自如也。"

于是李存勖又遣奇兵往攻澶州，澶州之兵大半被王彦章带走，城内所余无多，一战即被攻克。王彦章家小在澶州城中，亦被晋军俘获。

刘鄩闻晋军袭占澶州，惊愕半晌叹道："我料李亚子既取德州，断沧

沙陀！沙陀！

贝之联络，自当继而分夺此二州，不料其转而南下夺澶州要冲——此子用兵诡谲，出人意料！"

晋营使者来王彦章大营，告知其家眷尽陷在晋营，促其归降。王彦章大怒道："我受皇恩，誓抗沙陀蛮贼！我家小死于王事，幸也！沙陀蛮贼以此相胁，何其愚妄！"斩杀晋使。

刘鄩壮之，且对王彦章言道："晋军也至魏县，与我夹河为营。李亚子夙爱弄险，必循河探看我大营之虚实，将军引五千精兵，埋伏于河曲丛林之间，候得李亚子，擒他报仇。"

王彦章领命而去。

再说李存勖屯兵魏县，见对岸刘鄩军营蜿蜒错落不绝，便带了百余侍从，轻装简兵，沿河觇看梁军寨栅。迤逦而行，与晋军大营渐渐远离。但见河湾多生曲汊，树木丛杂，枝叶茂盛。亲将夏鲁奇道："大王须谨防林中有梁军埋伏。"

林中梁兵早已蓄势待发。王彦章对众军士道："对方仅百余人，可围而聚歼。那为首骑白马、状貌轩昂者，便是李亚子——擒他便是首要。"

于是一声令下，五千梁军冲出，将李存勖一行团团围住。李存勖及从人皆是轻装，身无铠甲、手无长刃，只有随身所佩刀剑。李存勖并不畏惧，沉着应战。

王彦章怒喝："李亚子轻身犯险，今日无归矣！"举枪上前，又有无数梁兵操刀持枪，围定李存勖厮杀。

李存勖劈手夺了梁军一杆长枪，喝道："久闻王铁枪勇猛，今日我便以这一条枪会你两条枪！"往来冲突，无人可挡。

王彦章叹道："李亚子之勇，不逊当年李存孝！"

忽一声炮响，刘鄩引兵杀到，又围了无数层。刘鄩喝道："擒杀晋王者，便是河东之主！生擒者可得十万金，枭首者可得五万金！"梁军闻言，势气更盛，奋勇向前。

李存勖笑顾左右道："我头之价，更胜霸王。"

夏鲁奇见梁军甚众，层层密匝，便飞舞双刀，拼死护住李存勖，口中呼喝："我自断后，大王快走！"

李存勖道："诸壮士随我而来，我岂能弃之独走！"

河东众兵将俱感其言，舍死忘生拼杀。夏鲁奇一人便力杀数百人，自己亦是伤痕遍体，血渍周身。梁军虽众，但李存勖无人可敌，加之其身边所带皆是精兵悍将，竟也奈何不得这百余人。

　　正杀得难分难解，忽又一声炮响，李存审亦引兵来到。刘鄩见晋军势大，自知今日难擒晋王，只得恨恨传令撤兵。

　　李存勖笑谓李存审道："今日险为贼虏所耻笑。"

　　李存审道："大王秉万乘钧衡，当为天下自重，不可再轻身犯险。彼登城陷阵之事，将士之职也，存审诸辈宜身体力行，断非大王之事。"

　　李存勖道："先王面临弓矢依然飒沓，诸兄身被斧钺而无畏缩，父兄百战而有河东之基业，我今嗣位继承，又秉先王临终三矢之遗命，夙夜惊忧，唯恐有失，又何敢安居帷幄之内？故每逢战事，辄身先士卒，以报先王之嘱托、诸兄之拥戴。"

　　李存审叹道："虽如此，大王更应心系天下。若身陷不虞，又何言'报先王之嘱托'！"

　　李存勖执李存审之手道："我知三兄之忠义也！"

　　李存勖又见夏鲁奇忠勇，遂擢其为磁州刺史，赐名李绍奇。

　　刘鄩归寨，众将俱跌足叹息道："今日良机，却走脱李亚子！"

　　刘鄩沉吟片刻道："诸将军归营速速修整军马，打点行装，准备启程。"

　　诸将问道："将何往？"

　　刘鄩道："勿多问，但备足衣甲食浆。"

　　诸将唯唯而退。

　　诸将已退，宣义留后贺瑰问道："节帅可是要奔袭晋阳？"

　　刘鄩目视贺瑰颔首道："将军知我也。今李亚子与我对峙，河东之军多在魏州，晋阳空虚。我今出其意料，取山间偏僻小路，倍道行军，奇袭晋阳。数日之后，李亚子纵是省悟，派兵驰援，亦为时晚矣！"

　　贺瑰道："李亚子自贝州奔袭澶州，贯魏博之南北；节帅自白马奔袭晋阳，策略更宏也！"

　　次日夜，刘鄩留下少数守寨兵丁，亲自带领大队人马，偃旗息鼓，悄悄离开营寨，自黄泽而西，潜向晋阳疾去。临行前另唤王彦章授计道："待李亚子知悉我长途奔袭晋阳，必移兵往救，将军可乘机复夺澶州。澶州之

沙陀！沙陀！

险要，更胜魏县。"王彦章亦领命而去。

刘鄩连续数日不出兵与晋军交战，晋营兵将也颇奇怪，报与李存勖。李存勖引诸将自到刘鄩营前觇看。

元行钦道："观营前旌旗往来晃动，当是兵将巡营不懈。"

李存审道："目下正是兵将造饭之时，刘鄩数万人马，然营中并无炊烟升腾，不合常理。"

李存勖便命尖兵欺近刘鄩大营哨探，不多时，哨探回禀："营中人马已十去七八，只有少数老弱兵丁守寨；营前扎草为人，身缚旌旗，置于马上，往来逡巡，是欺人也。"

李存勖闻报大惊道："刘鄩用兵，一步百计，此必是去奔袭我晋阳！"

遂带领麾下之人闯入刘鄩大营，捉了几个守营兵将盘问，得知刘鄩已西行二日。

李存勖道："刘鄩恐我见其行踪，必不敢走大路，当择黄泽险道而行，其行军二日，估计今已至魏州之西，当疾发兵取大路驰援晋阳！"

李嗣恩道："我愿领兵驰援晋阳！"

李存勖道："魏州今已属我，将军可领兵自大路行军，定要在刘鄩之前抵达晋阳！"

李嗣恩道："我虽迟刘鄩二日，然取大路，且不须避人耳目，自可放马疾行——若不能早于刘鄩到晋阳，大王斩我头便是！"

言讫，带领三万精锐铁骑出发，李嗣恩传令全军："倍道行军，有敢在途中懈怠拖延者立斩！"众兵将毫不迟疑，向晋阳飞去。

李嗣恩既去，李存勖自统精兵循刘鄩之路而进，寻机与刘鄩决战。

再说刘鄩带兵，循黄泽险路西行，一路多是崇山峻岭，刘鄩鼓动军士，不畏艰险，翻山越岭，踏险而行。

哪知未及二日，便阴雨连绵，又加本是黄泽之区，道上淤泥深可过尺，士卒行走，泥水没膝。刘鄩命砍伐树木，填铺山路，勉强行走。多有兵卒弃了马匹，徒步而前。行至山间，雨水冲荡山石草木，只得攀缘葛藤，每日皆有坠崖身亡之人。

数日之后，大雨不减，刘鄩所带人马已折了十之二三，且军卒疲惫不堪，行进日趋缓慢。刘鄩于雨中仰天叹道："本欲乘李亚子不备，奔袭晋阳，直捣贼虏老巢,惜天不假力,大雨阻我大军之行程——迁延时日,李亚子之援兵必先至晋阳;纵然援兵不至,以此疲敝之师,如何攻得晋阳坚城——莫非天佑沙陀,令我此计不成!"不觉泪伴雨水,堕于腮边。

刘鄩行至乐平得报:晋将李嗣恩铁骑已到晋阳,张承业正自婴城固守;更有晋王李存勖统兵在刘鄩背后追赶而来。

众兵将闻知晋阳有防、追兵在后,无不惊恐失色,军心慌乱,意欲溃散。刘鄩将众人集结,登高言道:"我等去家千里,摩云浴泥,深入敌境。今腹背有兵,山谷高深,如坠井中,无路可去!若分散溃逃,必为沙陀逐次歼灭,断无生路!而今之计,唯并力死战,庶几可免;纵然战死,亦答报君亲,子孙可得富贵也。"

众人感其言,复振作精神道:"但唯节帅马首是瞻!"

贺绣私对刘鄩言道:"节帅鼓舞,今士气可用,然遭此淫雨,我军折损甚多,且兵力疲敝,恐难克晋阳。"

刘鄩道:"此处距晋阳尚有二百余里,且晋阳城中有备,我等不可自投死地。自此向东便是彰水,彰水东岸之宗城虽小,却富钱粮,且渡彰水往宗城暂歇。"

于是刘鄩带兵连夜自陈宋口渡彰水,进驻宗城。进城之时,兵将尚余十之五六,战马所剩无几。

刘鄩在宗城收拢人马,补充马匹械甲。贺绣道:"节帅再欲何往?"

刘鄩道:"我驻军宗城,不只为歇兵马——奔袭晋阳之计已然无望,只能退求其次——宗城去临清只数十里,临清乃晋军屯粮之处,我发奇兵攻取,断晋军粮道。"

贺绣领首。

再说李存勖引兵追赶刘鄩,闻刘鄩北上宗城,李存勖惊道:"宗城切近临清,刘鄩屯兵此处,意在占据临清,断我粮道!"

郭崇韬道:"我今若折往临清,道路远且崎岖,难以援及;周阳五之军已近土门,可命其南下阻挡刘鄩。"

李存勖道:"正合我意!"

元行钦道:"我军当何往?"

李存勖道:"有周阳五阻挡,刘鄩取不得临清,必北上解贝州之围;

沙陀！沙陀！

我军当出博州，不使刘鄩与张源德联结。"

俄尔复叹息道："只是我军北移，刘鄩定乘虚收复澶州。"

元行钦道："如此则我军复驻白马。"

李存勖摇头道："刘鄩兵盛，非重兵不能阻挡。贝州张源德之军狡悍，更有伪梁大将阎宝有重兵驻于邢州，刘鄩若与之会合，则河北不复为我所有也。两利相衡择重，两害相衡择轻，今唯有弃澶州而阻刘鄩之兵也。"

再说周德威在土门得知刘鄩渡过彰水投宗城，大骇道："莫不是欲取临清！"忙整军南下救临清，与途中接得晋王救助临清之令。

周德威严令诸军快马加鞭，一昼夜已行至南宫。时已过黄昏，夜色氤氲。周德威遥见前方灯火错落、寨栅不绝，猜度是刘鄩营寨。遂招呼数十个亲兵，吩咐道："你等前往探看，若是刘鄩营寨，便如此如此。"亲兵得令而去。

周德威亲兵欺近察看，果是刘鄩大营。诸亲兵遂潜入大营，寻机捉了数个斥候，揪到僻静之处，仗刀剑喝问道："此寨可是屯刘鄩兵马？"

斥候答道："诚如是。"

亲兵又问道："何时至？"

斥候答道："立寨不过一个时辰。"

亲兵闻言，彼此耳语道："刘鄩兵马甫至，立足未稳，我等速速回临清禀告周侍中，今夜前来劫寨。"

斥候在一旁听得真切。

亲兵又手指斥候商议道："这数人却不能放脱，恐泄了讯息！"遂挥刀将数个斥候砍翻，其中二人未中其要害，那二人亦仆倒假毙。众亲兵砍罢，策马而去。

那二斥候待周德威亲兵远去，忙翻身而起，忍了伤痛，奔回大营，禀告刘鄩："周阳五已在临清，今夜来踹营！"

刘鄩闻言，忙下令各寨严阵以待，不可轻出。

周德威得亲兵回报，即命麾下兵将马摘銮铃、人衔枚枝，自刘鄩大营旁潜行而过。

刘鄩等候一夜，直至凌晨，不见周德威来踹营，略一思忖，猛然省悟，忙带领人马奔至临清城下，见城上已高扬周德威旌旗。刘鄩在马镫内跺足恨道："此伎俩与当年李存审在蓚县虚诳我军如出一辙，我一时不察，又为周阳五所赚！"

左右言道："莫若强攻！"

刘郚道："此城本就坚固，更加城中有备，攻之徒伤士卒。"遂解围而去。

临清城中见刘郚退军，意欲追杀，周德威止之道："刘郚用兵，智计百出，在我之上，追赶恐中其埋伏。今侥幸赚他一时，得以先据临清，不可再有贪进之心。"

刘郚提兵北上，径奔贝州，行至莘县，便与李存勖大军遭遇。李存勖阵前赞道："一步百计，名不虚传！此番行军，拖得我河东将士四面驰骋！"

刘郚也赞道："生子当如李亚子，疆场骁悍、帷幄筹谋，累累破我之计！"

李存勖跃马道："能与刘郚运筹斗智，人生之幸事也！"

刘郚道："闻李亚子出世以来，战无不胜，今日当对阵决胜！"

双方挥军厮杀，混战一日，不分胜负，各自歇兵。

刘郚凭险固守，只与晋军对峙。相持日久，彼此偶有厮杀，却无大战。

汴梁天子朱瑱见刘郚久无动静，不免焦躁，遣使张汉伦来刘郚大营。刘郚忙接入。张汉伦道："陛下以河北之事，尽付节帅，恩信无比。今与沙陀咫尺直面，节帅缘何踟蹰不前？若存偷安养寇之心，岂不深负陛下之恩顾！"

刘郚闻言，南面拜道："前番与沙陀交兵，臣本欲以奇兵捣其腹心，还取镇、定，期以旬时再清河朔。奈何天未厌乱，淫雨积旬，粮竭士病。又欲据临清断其馈饷，而幽州周阳五之兵掩至，驰突如电。臣今退保莘县，飨士训兵以俟进取。今观李亚子兵精将勇，更挟收取魏博之余威，大有箭穿苍云、马踏黄水之势，诚为劲敌，实在不可等闲视之。臣今与之对峙，正是欲渐渐堕其锐气、耗其精神，苟有隙可乘，自当出兵，又岂敢偷安养寇！"

张汉伦不悦道："鄙人不谙兵事，却也略知经史——向日魏武风驰幽并、电扫荆襄，周郎折之于赤壁；坚头鞭笞五胡、剑指八荒，东山摧之于淝水——成败利钝、自古并无常理，但为将帅者，不畏强敌，竭忠尽力便是。窃以为今日亚子之威势不逾魏秦、节帅之权谋更胜周谢，放马一战，未必便输，奈何逡巡不前？今纵不出兵，也当有破敌之策。"

刘郚道："臣今并无破敌之策——若强教臣言：但给士卒兵将每人十

沙陀！沙陀！

斛粮米，臣可保早晚必破强敌。"

张汉伦怒喝道："节帅索要恁多粮米——欲破贼人？欲渡饥荒？"言讫拂袖而去。

张汉伦离去，刘鄩部下众将纷纷进帐，见刘鄩闷闷不乐，忙问缘由。

刘鄩叹道："主上深居禁中，不识军旅，徒与少年新贵纸上谈兵。夫掌兵者，全在临机制变，不可预度。今敌骁兵锋正盛，急切与之交战势必不利，主上却急于求功，奈何？"

众将闻言道："胜负一决，却也爽利！旷日久待，更有何益？"

刘鄩脸上陡然变色，挥手令诸将退去，独自一人，仰天长叹道："主暗臣谀，将骄卒惰，我将死无葬身之地也！"

次日，刘鄩召诸将集于中军帐，待众人坐毕，刘鄩挥手示意，早有军卒抬来无数大瓮，置于诸将面前案上，众将一看，瓮中满满尽是清水。众将不解其意。

刘鄩道："诸君请饮尽瓮中之水。"

众将一惊，纷纷面露难色，有人道："量浅腹狭，恐难尽饮。"

刘鄩叹道："饮一瓮之水尚难，况滔滔黄河，安能图尽？今沙陀势盛，黄河以北恣意纵横，与之对筹，只能寻机而动，且次第剪除，岂可希冀毕功于一役！"

众将面带愧色，不知所措。

张汉伦闻刘鄩之语，怒道："畏敌如此，安可付以兵事！"遂离刘鄩大营，径回汴梁。

刘鄩坚守不出，李存勖亦心焦。郭崇韬献计道："大王之孝道天下闻名，然领兵在外征战日久，未及尽孝天伦，前番河东更有被兵之危——今只对外扬言大王归晋阳省母，可诱刘鄩出战，大王却伏精兵于要道断其归路。"

李存勖道："刘鄩行兵，静若处子，动若脱兔，不动则已，动辄行险。今若以此计诱之，孤意以为刘鄩必袭魏州——故魏州需有良将把守，以备刘鄩。"

李嗣源道："我愿守魏州。"

郭崇韬道："李横冲前往，魏州自是无虞。"

李存勖目视李嗣源道："大兄久随父王征战，矢石之间沉静自若，且不夸夸其谈、不矜伐己功，唯以手杀贼，实自古良将之风，今以魏州付大兄，孤自心安。"

李嗣源领兵自去魏州；李存勖亦扬言归晋阳，却引精兵趋贝州；更命李存审引兵仔细觇看刘鄩之动静。

再说朱瑱闻张汉伦之奏报，又命赵岩为使，前往刘鄩大营。刘鄩接入，览圣旨云："朕今扫境内之尽有以属卿，社稷存亡，系兹一举，望卿勉之！"

刘鄩览毕，长叹一声，默默无语。

赵岩道："节帅苦衷，我亦心知。行阵对敌，临机措置，安有定法？节帅出兵以来，殚精竭虑，虽尚未完胜，然数番对决，已摧敌胆。天子既遣我为使，我自当将节帅之忠勤劳苦申奏天子。"

刘鄩喜道："君真有乃父之风也！"

赵岩道："不敢耽搁节帅军事，便请告辞。"

刘鄩道："且在鄙寨小住数日，与君盘桓，或有动静。"

不数日，闻哨探来报，言李存勖归晋阳省母。赵岩道："可乘机袭晋营否？"

刘鄩笑道："此是李亚子与我对峙日久，心生焦躁，设下此计诱我出战。我亦可将计就计，提兵往取魏州，动李亚子在魏博之根本。"

赵岩道："只恐李亚子亦在魏州设伏。"

刘鄩道："知其如此，我亦前往。"

赵岩疑问："怎讲？"

刘鄩道："前番奔袭晋阳未成，深以为憾。今时隔久矣，晋阳防备已疏。匡国节度使王檀与我相善，今我当作书请其突袭晋阳；更请秋巘上奏天子，诏王檀出兵，相邻诸镇协同。我便以所部军马绊住李亚子大军，使其不得回援晋阳。此计若成，沙陀在河东则无法立足矣。"

赵岩道："节帅向天子申表章，我更以密信达圣听。"

刘鄩自与王檀作书云："国家多事，夷虏猖獗。鄩与足下，皆食君厚禄，自当倾力报国。曩者，余欲袭贼穴，奈何天不与便，淫雨阻程。事后每每思及，莫不扼腕惋叹失此良机。今贼房精锐尽在魏博，贼穴空虚，足下以奇兵往袭，不啻滚汤泼雪、壮士击羸，一战可成不世之功。我自牵绊贼之精锐以助足下也。"

沙陀！沙陀！

王檀得刘鄩之书，作答云："克日兴兵，直捣贼穴，以慰兄之抱憾！报国家亦全知己，何忧荣辱生死！"恰好汴梁圣旨亦至。王檀遂尽起匡国军之兵马，合陕、同诸处兵马，潜出阴地关，攻到晋阳城下。只有河中虽接诏旨，却未出兵。

原来朱友谦虽奉梁朝正朔，却不似朱晃在日恭顺，朱瑱心中亦知，遂遣密使往同州，教同州防御使程全晖监视朱友谦举动。朱友谦获悉，不悦道："天子疑我，在我背上加芒刺。"

其长子朱令德道："父王可试探天子进退。"

朱友谦遂上表汴梁，求加封朱令德同华节度使。

朱瑱览表怒道："朱简忒贪婪！河中大镇，地广民富，冠于我朝，彼犹嫌不足，尚欲更求拓土增州！"掷表于地，斥退河中使者。

张汉杰私对朱瑱道："朱简执掌河中大镇，立于梁晋之间，不啻当年淮阴之于汉楚也。昔汉高忍辱，授韩信齐王，终成垓下之大功。今亦宜抚慰朱简，不使其怀怨倒戈——陛下可暂从其请。"

朱瑱思之有理，忙遣使往河中追封朱令德陕虢留后。

朱友谦使者先回河中禀告朱瑱之言，朱友谦大怒道："蜜言以手足待我，我未见手足之情！"汴梁使者接踵而至，宣加封朱令德圣旨，朱友谦只是虚与委蛇。

未过多日，朱瑱诏令又下，命朱友谦出兵助王檀攻晋阳。朱友谦挥走汴梁使者，召集麾下众将道："汴梁疑忌我镇日深，今更欲令我镇将士陷阵投死。况彼本是乱贼，蒙唐室赦宥，翻恃强夺取唐室天下。我河中将士，岂能甘受篡逆之驱驰！今当倚助河东，共复李唐基业！"

众将齐道："谨遵王命！誓死效力！"

于是朱友谦命朱令德帅军去夺同州；自帅史武将军等挥大军开往晋阳。

再说张承业见梁军骤至，忙传诸令：一面广发诸司丁匠及城中百姓，修葺城墙，以固防守；一面遣飞骑往潞州，向李嗣昭求救。

马步都虞候朱守殷私对张承业言道："贺德伦现在晋阳城中，其久在军旅，谙熟兵事，若乘乱生变，祸事不小。"

张承业以手加额道："我几忘此事！"遂命朱守殷率兵去杀贺德伦一行。

朱守殷指挥长直军，围定贺德伦住处，以迅雷不及掩耳之势，擒住贺德伦并其家小、随从。

贺德伦之妻骂道："沙陀无信，无故戕害我家！"

贺德伦苦笑道："时蹇命舛，诟骂何益？王檀兵迫晋阳，我遭疑忌，故颈项加刃。生于乱世，命不由己也。"

朱守殷将贺德伦一行尽数杀死后复命，张承业始安心，于是全力守城，正自巡查间，一白须老将披挂而来道："闻贼兵尽在咫尺，兵将多随大王出征，城中守备微寡，晋阳根本之地，若失于贼人之手，则大事去矣。我虽老迈，心忧家国，愿披坚执锐，为监军分忧！"

张承业视之，乃是李克用时老将安金全，本已年迈致仕，不觉赞道："老将军之勇气，更胜廉颇！"即授其兵甲，安金全自招家将随从应伍。

王檀兵马已到，不容喘息，全力攻打晋阳城。张承业见梁军凶猛，忙四城奔走，指挥抵御，一时城内城外杀声震天。

鏖战一日，梁军竟攻破北明门，王檀大喜，督军入城，蓦地城内杀出一哨劲兵，为首老将正是安金全，死命抵挡梁兵。

胶着间，城东杀来一队人马——原来潞州李嗣昭得讯，立遣大将石君立为前锋，先赴晋阳。石君立带一千铁骑，清晨从潞州出发，黄昏时便飞抵晋阳——一日间飞奔五百里。石君立行至汾河桥，便遇梁军阻挡。石君立大喊道："潞州李侍中大军已到，贼人尚不逃命！"李嗣昭苦守潞州经年，挫得梁太祖锐气，梁军无人不知，对其闻风丧胆；又加天色昏黑，不辨真伪，竟溃散开来。石君立带兵杀入城中，与守军会合。

王檀闻知，更命加力攻城。城中得此生力军，勇气益增，殊死抵抗。王檀在城外见战事惨烈，不禁道："我朝临近贼穴诸镇中，尚有河中未遣兵马助战。此时若朱简之军来到，晋阳可破。"

正自叹忖间，哨探来报，言又一大队军马掩至，尽打河中朱友谦旗号。王檀喜道："朱简至，吾功成矣！"

无片时，河中人马已到眼前。王檀见当先正是朱友谦，正欲上前搭言，朱友谦一声令下，河中军鼓噪冲杀，立时撞开王檀军阵脚。王檀军无备，被杀得四分五裂，溃不成军。王檀惊异之间，又得消息：朱令德已乘虚夺了同州，断了归镇之途。王檀在马上戟指河中骂道："朱简贼子，背叛朝廷，助虐夷虏，袭我归路，必不得善终！"只得引残兵投汴梁去了。

沙陀！沙陀！

张承业率众出城与朱友谦会合，不免把臂唏嘘。张承业一面命扫荡城外王檀之残兵，一面速派人往李存勖处报捷。

再说刘鄩命杨延直引一万精兵为前锋，径奔魏州；自引大军继之。

杨延直引兵，马不停蹄，行若疾风。是日夜半，奔到魏州城下。未及下寨，城中李嗣源杀出。杨延直道："邈佶烈果然机警！"便整兵与李嗣源杀作一处。

战不多时，杀声四起，左边李从珂、右边石敬瑭，各引伏兵自后面杀出。杨延直身陷重围，犹不畏惧，奋力死战。

混战一夜，直到天明，杨延直所部兵少，渐渐抵敌不住。但闻一声炮响，刘鄩大军已到。杨延直见援兵已到，又添精神，厮杀愈勇。恰与石敬瑭相遇，二人战了十余合，正酣战间，石敬瑭身后飞出一将，舞刀直取杨延直，杨延直不及提防，被此将一刀砍翻落马。

刘鄩窥得真切，便问刀劈杨延直之将是何人。左右答道："石敬瑭偏将刘知远，乃是独眼龙旧将刘琠之子。"

刘鄩点首道："枭揿鸡、刘琠等人皆是一时之悍将，其后人亦勇猛如斯！"便挥军向前。

李嗣源所部激战一夜，俱已疲惫，眼看难敌刘鄩之军。正急迫间，又闻炮号连天，李存勖大军骤然杀到。

刘鄩道："李亚子果然伏兵在此！当暂避其锋芒。"遂引兵退却。李存勖招呼李嗣源在后紧紧追赶。

刘鄩退至故元城，却被李存审引兵截住去路。刘鄩排布阵势，见李存勖、李嗣源之军挡在西北面，李存审之军挡在东南面，刘鄩对众梁军兵将道："我军已陷沙陀之围，唯并力死战可得生望！"

于是一声令下，梁晋大军便在故元城西酣战。自晨至昏，杀声震天，血渍横飞，尸横遍地。

正厮杀间，忽梁军哨探来报："匡国节帅王檀取晋阳失利，军马伤亡殆尽！"

刘鄩大惊，便在马上问道："如何失利？"

哨探道："冀王背叛朝廷，助沙陀偷袭王檀之军。"

刘鄩在马镫里跌足道："朱筒负义小人，坏国家大事！我行险计，欲成大功，却害了众美！"

因传令欲撤军。赵岩阻道："袭晋阳之事未成，此间之胜败尚未可知，如何便退？"

刘鄩道："我军势气渐颓，沙陀行阵得法，延宕多时，于我不利！"

赵岩道："大丈夫既临阵前，岂能畏敌退缩？！鸦兵亦是血肉之躯，我等与之死战，克复魏州，可抵晋阳之失！"遂不允退兵。

刘鄩无奈，整兵再战。无多时，梁军大溃，败如山倾。刘鄩易换衣甲，由数十精骑护卫，突围而走。部下梁军，被晋军杀死大半，尚有万人逃至黄河，数千人溺死水中，余者尽被斩于岸边。

刘鄩已在黎阳渡河，退守滑州，上表自贬，不提。澶州梁军见刘鄩已走，自知独木难支，亦随刘鄩撤兵。

赵岩见因自己之失当，致梁军倾没，心中愧惧，对刘鄩更转生嫉恨，亦恐刘鄩上表言明战事之始末，遂径回汴梁，在朱瑱面前只言刘鄩畏敌，招此惨败。朱瑱偏听偏信，益恨刘鄩。

李存勖大胜刘鄩，诸将齐来道贺。李存勖叹道："刘鄩用兵，处处设谋、步步有计，与之博弈，实是我平生所未遇之凶险。今虽取胜，却属侥幸——只因河中反正，破刘鄩借王檀之兵偷袭晋阳之计！"

遂遣使往河中，厚慰朱友谦。使者并向朱友谦致李存勖亲笔手书。朱友谦览阅，见书中略云："公持怀忠义，摒弃奸邪。护我根基，全我天伦。功并日月，恩同江河。今与公勠力同心，讨灭国贼，富贵与共，荣华绵泽。"更授朱友谦之子朱令德同华节度使。朱友谦大喜，对李存勖使者道："晋王厚遇如斯，我誓不负晋王。河中将士，誓唯晋王马首是瞻。"自此，河中不复奉梁朝正朔。

李存勖既破刘鄩，更得河中，天下震动。因又与众将计议道："刘鄩既走，魏州已定，宜乘胜更定顺化诸州。"

郭崇韬道："今河朔诸州，仅余相州张筠、邢州阎宝、沧州戴思远、贝州张源德，兀自不降，且尽被卢龙、成德之军层层围困，以我军破刘鄩之剩勇前往攻伐，不啻以利刃摧斫朽木，一战可下也。"

正言语间，忽接羽檄捷报，言沧州已克——原来沧州被困日久，粮草断绝，军心萌变。部将毛璋借机鼓动军卒哗变，献城归降晋军。戴思远猝

沙陀！沙陀！

不及防，眼见晋军如潮水般涌入城中，自知大势已去，只得换了士卒衣甲，由亲兵扈从，自海上乘船遁逃。李存勖览表大笑道："闻戴思远沙场宿将，向以武干知名，今竟狼狈如斯。"

李存勖又道："沧州已为我有，今且乘胜加兵，克取所余三州。"

郭崇韬进言道："张筠，海州商贾，无甚胆识，但以我河东壮士之势威慑之，可不战而屈也。"

李存勖从郭崇韬之计，遂将晋军连胜之讯，广书露布，命兵士缚在羽箭之上，射入相州城内。相州守军拾得，呈与张筠。张筠困守相州累月，外界之事难闻。今览露布，见河东军东挫刘鄩、西败王檀、惊走戴思远，不觉吓得色变汗出，自语道："刘鄩是我朝第一智将，用计百密而无一失，今尚败于李亚子之手，我实不敢与之交锋。"乘李存勖大军未至，弃相州而逃。

李存勖兵不血刃而克相州，继而移兵攻邢州。邢洺节度使阎宝据守不降，遣使往汴梁求援。

朱瑱遣捉生都指挥使张温引精骑往救。张温一路飞至邢州，但见晋军寨栅相连，眼望无际。左右胆怯，张温道："既受君命，不合怯阵，且随我去踹营！"言罢纵马而入晋营。无奈晋军甚众，一场厮杀，张温及所部大半被擒。

李存勖问道："捉生使欲何为？"

张温淡然道："未竟君命，有死而已。"

李存勖道："知事不可为而强授臣下，陷臣下于未竟之境，非贤君。君既陷臣，臣去则不为背君。"

张温思忖良久，遂率部归降。

李存勖引张温及张筠所部降将米昭等策马城下，对城上言道："将军据守邢州经年，志虑忠纯，神人共鉴。将军所守者，尽汴州之忠、全相州之义——今昭德僚属，在我麾下；大梁援兵，立我帐前——将军之忠义何所依耶！？忆昔先王在日与天平、泰宁二节帅勠力同心、共抗国贼，天下无人不知，将军彼时亦是泰宁之股肱臂膀；我才疏略浅，觍颜而承先王之志，更愿与将军共图大事。唯将军思之。"

阎宝在城上道："梁主遇我厚恩，不忍相背。"

216

李存勖身旁张温道："昔李侍中困于潞州之时，晋王倾河东之力，磬三晋之兵，齐奔昭义、共赴上党。老王弥留犹不释怀，新王初莅辄往救助——王自持剑槊、身先士卒，披坚执锐、浴血踏尸，一夜攻破夹寨十数重，拯侍中于困厄、拔泽潞于垂危。天下咸感其义，此之可谓'厚恩'。今将军被困邢州经年，梁主安卧宫闱、逸居殿陛，不恤卒伍之饥劳、不思将军之窘迫，时至今朝，方遣我提一偏师来救——以数百骑对阵河东十余万壮士，何异于点水而泼阿房之炬——此等遇将军，何厚有之？"

阎宝闻言，思忖半响，下令开城归降。

李存勖进城，把阎宝之臂笑道："得琼美，胜得邢州多矣！"

阎宝逊谢。

行至一处院落，阎宝道："此是勇男公旧日官邸。"

李存勖遂命下马，往谒李存孝居所，不觉伤感，叹道："存孝兄长志不得展、功不得竟，思之令人神伤。"

遂以阎宝为东南面招讨使，领天平节度使、同平章事。

既克邢州，河北唯贝州一城未下。李存勖遂帅大军至贝州。

众将进言道："以我连胜之师，可踏平此城。"

李存勖道："贝州城不甚坚、兵不甚众，张源德苦守至今，其节可匹我二兄，令人叹服。不宜逼迫。"

再说贝州城内，粮尽食穷多时，人马疲敝，饿殍盈街。众将听闻晋军已尽夺沧州、相州、邢州诸处，只余贝州一座孤城，心中惶恐。遂来见张源德进言道："今河北六镇数十州之地皆归于晋，独我贝州一地，势不能守。且将军与我等已困据经年，茹草饮露，于朝廷殚赤竭诚，而朝廷视我等如敝履残衣——前番尚遣张温率兵往救邢州而置我等于不顾，实是厚彼薄此——朝廷既薄我等，则我等弃之，不可谓背义。请将军率我等归顺河东。"

张源德道："朝廷既以贝州付与我等，我等即与之共生死。今朝廷多事、夷逆猖獗——刘鄩失利、王檀蹉跌——河南之势危急，朝廷百顾不暇，无力顾我，我等安能抱怨朝廷？大丈夫立于天地之间，岂可唯利是视、朝秦暮楚？"

众将闻言道："将军既不顾我等之生死，以我等为朝廷之牺牲，我等

沙陀！沙陀！

唯以将军首级献河东以谋生路。"一齐上前，斩杀张源德，函其首级，送往晋营请降。

李存勖既得张源德首级大哭道："英雄无时，竟为群小戕害！"遂不允请降，命李存审督军猛攻贝州。城中守兵已是强弩之末，顷刻间城破。张源德部下兵将三千余人，皆被俘获。李存勖命李存审尽数斩杀，以慰张源德在天之灵。

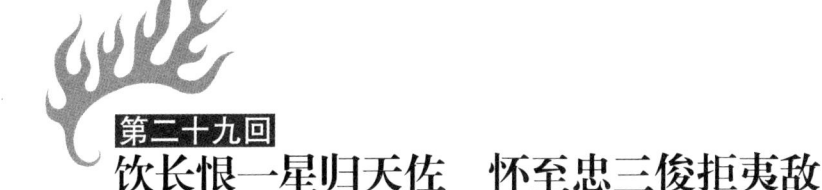

第二十九回
饮长恨一星归天佐　怀至忠三俊拒夷敌

李存勖既克贝州，平定河北。梁廷早得噩讯。汴梁朱瑱召集诸臣议道："沧贝易帜，邢洺倒戈，河中复叛，今黄河以北，尽皆沦陷，贼势何以猖獗如斯？"

租庸使、户部尚书赵岩道："陛下践阼以来，尚未行郊天之礼。议者多以为无异藩侯，是故为四方所轻。今请幸西都行郊礼，拜谒太祖宣陵，昭示宇内。如此则天下宾服，万众一心，定可驱灭贼虏，攘除奸夷，恢宏先帝之大业。"

朱瑱颔首道："正合朕意。"

敬翔闻言，忙出班谏曰："国家多事，与沙陀征战，屡屡失利，公私困竭，人心惴恐；今欲展礼圜丘，必行赏赉，是慕虚名而受实弊也。且劲敌近上，乘舆岂宜轻动！"

朱瑱不悦道："朕行此事，一心向国而断无私意，何言'慕虚名''受实弊'？"遂不纳敬翔之言，命有司排布郊天之事。

再说李存勖，既胜刘鄩，仍驻留魏州。时已入冬，是岁奇寒，黄河竟冰封水面。李存勖闻报大喜道："连年用兵，只隔一黄河而不得南取汴梁；今黄河自封，正是天助我也！"

郭崇韬道："黄河对面，杨刘城距魏州最近，疾往夺之，则我夹河而据，往来自如——黄河不复为灭梁之险障矣。"

李存勖道："正合我意！"

于是李存勖亲自择拔健卒骁将，跃马踏冰而过黄河。却见有梁军寨栅数十里，沿黄河南岸而立，戒备森严。李存勖跃马喝道："南渡黄河，是

沙陀！沙陀！

我十年之心愿！今日我铁蹄踏处，已是伪梁之土，虽刀剑临面、鼎镬欺身，却有何惧！昔日父王年少之时，一日连破庞勋数十寨；我虽不才，却也不敢后人！"

众兵将应道："愿随大王舍命！"于是一齐冲向梁军营寨。

原来自黄河封冻，杨刘守将安彦之亦警觉，对部下言道："今沙陀已据魏州，与我杨刘隔水相望，近如榻侧。闻李亚子行兵夙爱用险，今冬黄水凝封，须谨防李亚子过河来袭！"吩咐城内严加守备，并在沿河立寨为防。

晋军随李存勖如风般杀向梁营，梁军望见道："果不出安将军所料！"连忙迎战。无奈晋军太过骁勇，梁军抵敌不住，半日间，数十里梁军寨栅尽数被夺。

晋军马不停蹄，奔至杨刘城下。尽拔鹿角。却见城外壕堑极是深阔。李存进见壕边皆是冬日干枯之蒹葭，便献计道："可割取蒹葭，缚之为束，填平城堑，踏之攻城。"

李存勖道："妙计！"便命兵将以刀剑刈夷蒹葭。

李存勖身体力行，自刈蒹葭，缚了一大束，负在肩上，直奔壕堑。诸兵将道："不需大王亲为！"

李存勖道："此间唯战士，无大王！"

众兵将见了，备受鼓舞，人人奋勇，个个争先——无片时，填平杨刘城外壕堑。晋军一鼓作气，攻陷杨刘，安彦之不及脱逃，亦被活捉。

晋军一战而过黄河，攻陷杨刘，天下震动。彼时朱瑱正在洛阳郊天，蓦地听闻晋军已过黄河，更有传言李存勖亦率军扼汜水，逼近大梁。朱瑱惊得面无人色，慌忙罢止郊天之礼，带诸文武匆匆奔回大梁。

回大梁后，探得晋军据得杨刘，攻掠郓州而归，并未深入，但梁廷上下，无不惊骇。朱瑱数日哀叹。

老臣敬翔乘机上表言道："国家连年丧师，疆土日蹙。陛下居深宫之中，所与计事者皆左右近习，岂能量敌国之胜负乎！先帝之时，奄有河北，亲御豪杰之将，犹有蓚县之失、夹寨之挫，不得其志。臣闻李亚子继位以来，于今十年，攻城野战，无不亲当矢石，近者攻杨刘，身负束薪为士卒先，一鼓拔之。陛下儒雅守文，晏安自若，使诸将敌之，而望攘逐寇雠，非臣所知也。陛下宜诣访黎老，别求异策；不然忧未艾也。臣虽驽怯，受国重恩，陛下必若乏才，乞于边垂自效。"

朱瑱亦知敬翔之忠，然惑于赵岩与张氏兄弟之言，终是不纳。赵岩道："前番王檀袭晋阳未成而失节镇，改授天平节度使，却为亲兵近卫所害，实是可惜。今我朝诸将，尚以刘鄩最是智勇。陛下不宜深责其前番之败，可诏其领兵复拒沙陀。"

朱瑱点头，即命草诏。

刘鄩接诏沉吟道："今沙陀兵势正盛，只宜避其锋芒，不合急于出兵。"

大梁使者道："天子怒河北之陷，朝夕只望驱逐夷寇、攘除蛮兵，节帅勿负天子之厚望！"

刘鄩叹道："我为哥舒翰矣！"遂点集兵马，出兵同州。

潞州节度使李嗣昭闻知刘鄩往攻同州，忙引兵来救。梁军势气低靡，一战即败，使者无数，刘鄩只得退守华州罗文寨。

朱瑱接到败报，怒火中烧，嗔道："主帅不思进取，何望儿郎效命！"

赵岩、张氏兄弟等乘机道："刘鄩持兵自重，逡巡不前，意在养寇以挟朝廷也。"

朱瑱听罢，益加愤恨，下诏命西都留守张宗奭鸩死刘鄩。

张宗奭接诏，长叹自语道："天子自毁长城矣。"却不敢抗旨，只得奉鸩酒来见刘鄩。

张宗奭在刘鄩门外只是哭泣。刘鄩开门道："可是天子有恩旨？"

张宗奭涕泣不能道："将军若去，我朝倚恃何人？"

刘鄩道："我中原上邦，向不乏良将，自可与敌周旋。"

张宗奭道："将军言之，老夫自当传语天子。"

刘鄩捧鸩酒，对张宗奭道："我朝谢彦章老成持重、贺瓌果敢勇决，若善用之皆可独当一面，若使并驾必生龃龉；段凝智计不在我之下，唯胆略有亏；王彦章恃悍轻躁，陷阵有余、掌印不足，不可付以大任。国老先帝故交，乃我朝之柱石，望力拯我朝之急。我先行矣！"饮鸩而死。

笔者有言语感叹道：

"千古若参星，
孙吴堪耀明。

沙陀！沙陀！

　　十斛功业尽，
　　一皿长河倾。
　　天妒夺丹表，
　　世嫉丧令名。
　　华州饮恨日，
　　社稷失长城。"

　　李存勖闻知刘鄩被鸩，先是大笑道："从此我无惧矣！"继而又大哭道："天妒英才，令其死于群小之手，悲哉！"

　　李存勖久与梁军交战，军士马匹亦颇有减损。李存勖便教河北各镇征健卒骏骑南输以为补充。

　　燕山以北新州刺史李存矩得晋王之命，忙教部下招募山北骁勇儿郎南征，其间便有不少散落四处之刘守光旧部应募入伍；又教各处献马，限期甚紧，百姓苦不堪言。无多日，筹得五百精骑，李存矩欲在兄长面前夸耀己功，亲自押运南行，以偏将卢文进随行，以杨全章留守新州。

　　李存矩生性乖戾，一路对士卒严加苛责，士卒不堪其苦。行至祁沟关，是夕宿营。小校宫彦璋与众士卒言道："闻晋王与梁在河南鏖战，骑兵死伤甚众。我等背井离乡，抛亲舍眷，南行千里，为人效死命，刺史不加体恤却横施辱虐。我等当如何？"

　　众军士齐道："杀刺史，拥卢将军还新州，据城自守，人能奈我何？"遂鼓噪杀入李存矩寝帐。李存矩惊醒，未及起身，便被刀剑砍作数段。众人持了李存矩人头去见卢文进道："刺史无状，我等已杀之。今奉将军为主，帅我等杀回新州。"

　　卢文进抱李存矩人头大哭道："你等戕害刺史，我复有何面目见晋王！"为众所拥，杀回新州。

　　新州守将杨全章得讯大惊道："卢文进兵变，杀死刺史，欲图新州。我受晋王之托，当力守此城，不可使之陷于贼人之手。"

　　叛军涌回新州，城内早有戒备，几番冲杀，难以攻克。正自酣战，李嗣肱引兵来援新州，内外夹攻，叛军大败，死伤多半。卢文进对诸叛军道："事急矣——晋军势大，我等难敌——只得去投契丹！"众叛军应和。卢文进便领了残部向北逃去。

卢文进入契丹境域，拜见阿保机道："今中原零落，藩镇纷争。梁晋夹黄河鏖战，百姓翘首以盼明主。陛下挟一统漠北之余威，鞭笞南指，不日可尽有南人之地也。"

阿保机道："李克用是我义兄，我安忍夺其子之土？"

卢文进道："天命无常，世事多变。今中原大乱，豺狼之辈可掌玺符；虎豹之徒可居殿陛——况陛下之英武，亘古罕逢，岂可久郁于漠北荒原。陛下切不可拘于小义而失天下之富饶。"

阿保机点首道："勿再言，我知之矣。"

时值三月，于是阿保机点起契丹兵马三十万，诈称百万，以卢文进为向导，悍然南下。

契丹大军先往新州，新州守将杨全章见契丹兵遮天盖地，自忖难以抵敌，便弃城而走。

卢文进对阿保机道："得一新州不足乐，当往夺幽州，擒周阳五！"

阿保机便挥军直扑幽州。周德威早已排兵布将，婴城固守，立身城上，见契丹人马一望无际，毡车毳幕弥漫山泽，也不禁咋舌。

卢文进向阿保机献计道："幽州城池高峻险固，难以硬攻。可命兵丁在城下挖地穴洞，潜入城中——当年幽州之主刘窟头惯用此伎俩。"

阿保机依计而行，命契丹兵四面穴地。周德威早料到穴地攻城之法，命城内晋兵环城深挖壕堑，契丹士卒自地道入城，却尽数落入壕堑之中，壕堑中先已布下银火膏油，晋兵见契丹兵滚落内里，便即掷下火把，点燃膏油，壕堑内之契丹兵将被尽数烧死。

此计未成，卢文进又教磊土为山，高过城墙，命契丹兵将自土山向下冲荡。城中晋兵以大镬熔铜为汁，尽向契丹兵将身上挥洒，中者哀号而死。一时间，城内城外尸横遍地，焦臭无比。

周德威一面守城，一面命人往晋王处告急，言幽州危在旦夕。李存勖正与梁军夹河鏖战，览表大惊，忙聚文武道："卢文进叛投漠北，引狼入室，今契丹大军压境，围困幽州，昼夜酣战。我当自提一军去救阳五，解幽州之围。"

李存审、李嗣源、阎宝三将道："大王率军，倦卧鞍鞯、饥餐风霜，

沙陀！沙陀！

百战而有夹河之地，与伪梁对峙河上，今若离去，所得之地必尽然复失，实是功败垂成也！我等愿分大王之忧！"

李存勖大喜道："昔太宗有一李靖即能千里奔驰而擒颉利，今我有猛将三人，复何忧哉！"

张温道："契丹游牧漠北，逐水草而居，行军夙无辎重，唯凭掳掠。今围困幽州，并不能久长，待城外无所抢夺，彼等食尽自退，大王遣军再蹑其后而击之，可获大胜。"

李嗣源道："不可！周阳五社稷重臣，今困守孤城，幽州朝夕不保，若迁延日久，恐变生于中，何暇待北虏之衰饥！臣请身为前锋以赴之。"

李存勖遂命李嗣源引兵先行；阎宝继之；李存审更继之。三队人马，迭次而行，往救幽州。临行日，李存勖对三人道："望三位将军努力向前，击败贼虏，救得幽州平安周全。契丹亦是先王三恨之一，今以先王所遗之一箭相付。"

三将跪拜道："定效死命，以不负先王之遗嘱与大王之重托！"领了箭矢，整军北上。

三队人马会于易州，步骑合计七万。三人聚在一处计议。

李存审道："虏众我寡，虏多骑，吾多步，若在平原相遇，若虏以万骑践踏我军行阵，则我军无遗类矣。"

阎宝道："虏无辎重，我军行军必载粮草自随，若平原相遇，虏再抄劫我粮草，则我军不战自溃矣。"

李嗣源道："不若自山中潜行疾趋幽州，与城中合势，若中道遇虏，则据险拒之。"

三人计议已定，仍由李嗣源引三千骑兵为前锋，阎宝引其余骑兵居中，李存审引步兵合后，前后呼应，自大房岭循山谷涧水东行而趋幽州。

李嗣源与养子李从珂率三千精骑开路，行至谷口，早有数千契丹骑兵在此拦截。李嗣源与李从珂各挥兵刃，冲荡敌阵。契丹兵难以抵挡，被冲散开来。李嗣源招呼继续沿山涧前进。契丹兵不肯退去，又不敢靠近，便在山上并行跟随。

至于山口，已有契丹大将独昆率铁骑数万拦截。李嗣源见对方势大，索性撇了甲胄，跃马上前，以鞭指喝道："尔等无故犯我疆土，今晋王命我等率领百万大军宜抵西楼，前来灭你契丹种族！"说罢，从身边侍卫手中抄过一杆毕燕挝，冲入敌阵。契丹兵将一齐拥来，李嗣源毫无惧色，铁挝飞舞，打死数员契丹悍将，众人大骇。

独昆赞道："邈佶烈年齿渐增，神勇却不逊减！"

李从珂与晋军前锋接踵而上，独昆遂命契丹兵自山口后撤。

阎宝见状道："山路多崎岖，不利驰骋；山外便是一马平川——契丹骑兵多过我军，意在平原与我军决战！"

李存审便命步兵砍伐树木，人手一株，以作鹿角。晋军出了山口，地势异常平坦，眼见契丹骑兵包抄上来，李存审便命步兵竖起鹿角，以作寨栅，更以弓弩手隐在其后。契丹骑兵见鹿角突生，不敢直闯，只略一犹豫，晋军鹿角后弓弩齐发，一时间流矢遮蔽云日。契丹兵马中箭无数，纷纷跌倒，后面未中箭者自相践踏。独昆喝止不住，见己方阵脚已乱，自知难挽败势，只得引残部退走。

见契丹兵退，李存审道："此间仅小部贼虏，幽州城下更有大军，且耶律亿生于行伍，熟谙兵机，奸狡异常，我等须谨慎行兵。"

李嗣源、阎宝道："诚如遵命。"

不多时晋军行至幽州城下，阿保机早列阵相候。却见契丹兵将人健马壮，队列齐整，极是威武。

阎宝率一部人马在前，兵士手中皆执柴草，见契丹兵将已近，便引火点燃，一时间浓烟滚滚，对面目力难及。契丹兵将在烟尘中四处乱撞，寻不到晋军厮杀。蓦地鼓噪声处，喊杀声大作，李嗣源引兵自斜刺杀出，阿保机猝不及防，阵脚欲乱。又有鼓炮连声，李存审引大军自阎宝之后杀出。契丹兵马在烟尘中连中伏击，阵势大溃。幽州城下，契丹兵将被斩者数万人。阿保机自知不敌，带残部退回契丹。

幽州城内，周德威见契丹兵已撤，又早看见三将旗号，忙下令开城相迎。便在城门处与三将相见，不免把持李存审、李嗣源之臂道："不意竟能生见二位太保。如无你等来救，幽州休矣！"

李存审、李嗣源笑道："唯我二人，力尚薄。有琼美鼎力，方解幽州之围！"

阎宝上前道："镇远与我乃是旧识，今番受困，我自不能袖手。"

沙陀！沙陀！

周德威执阁宝手大笑道："得琼美之友，幸甚至哉！"

再说阿保机一路北归，路上卢文进请罪道："此番兵败，我有罪衍。"

阿保机止之道："却不怪将军——当年符存审以区区千人大破朱三虎师十万，足见其用兵鬼神莫测。"俄尔又对皇后述律氏道："那人若在，我或不至败北。"

述律后道："那人若在，或劝止陛下不兴兵戈。"

阿保机苦笑连连。

卢文进在旁说道："皇上皇后所言'那人'是谁？"

述律后笑道："将军以为？"

卢文进道："莫非是刘守光旧臣韩延徽？"

阿保机夫妇赞道："将军聪慧！"

原来当年刘守光被李存勖攻打甚是急迫，便派遣韩延徽北赴契丹求救。既见阿保机，长揖不拜，阐明来意。

阿保机哂笑道："当年刘窟头父子盛时，时常凌虐我契丹军民，今亦央求我乎？"

韩延徽答道："天命无常，何必嗤笑！"

阿保机怒道："尔来乞兵，因何不拜却倨傲如此！"因命将韩延徽牵于荒野牧马。

述律后劝道："韩延徽能守节不屈，此今之贤者，奈何辱以牧圉！陛下宜尊之以礼，使其为我所用。"

阿保机大悟，忙命将韩延徽召回，笑道："不过于先生戏也。先生大才，我甚敬佩。且近闻李亚子已攻破幽州，刘窟头父子俱被执拿，先生莫若留在契丹，助我之大事。"

韩延徽遂为契丹之官，助阿保机建牙开府，筑城郭，立市里，以处汉人，使各有配偶，垦艺荒田。由是汉人各安生业，逃亡者益少。契丹方渐渐富足。阿保机大悦，赞韩延徽道："先生真我之萧何叔孙通也！"

然韩延徽不愿终老于苦寒之地，竟寻机逃回晋阳投奔李存勖。李存勖曾私问冯道："韩延徽何如人也？"

冯道回道："亦文卓才斐。"

李存勖遂用韩延徽为掌书记，留在晋阳。

韩延徽在晋阳日久，却与王缄不睦，又潜出晋阳，复归契丹。

途经真定，饥寒交迫，不得已去投同乡王德明。王德明是王镕养子，见到韩延徽，接入府中，厚加款待。问道："欲何往？"

韩延徽道："今河北皆为晋有，当复诣契丹。"

王德明惊道："叛而复往，得无取死乎？"

韩延徽笑道："自我离契丹，阿保机如失手目；今我复归，使其手目完整，安能害我？"

王德明道："愿君归去，更益富贵！"厚赠其金银珍宝。

韩延徽拜道："兄之厚恩，没齿不忘，容我后报。"

王德明笑道："日后我若为人所害，君当为我复仇。"

韩延徽遂拜辞王德明，北归上京。

再说阿保机兵败幽州，待回得上京，却见韩延徽迎于城外，道："陛下，臣归矣。"

阿保机见韩延徽在此，惊喜异常，从马上滚落，跌步奔至韩延徽面前，执其手，抚其背，喜极而泣道："先生天降乎？"竟不问其所失去向，携其手入城，待之益厚。

韩延徽重归契丹日久，尚思李存勖之恩，遂遣人致书信于李存勖，其书信略言道："臣非不恋英主，非不思故乡，所以不留，正惧王缄之谮耳。臣思王庭多笏、不短弱臣；我腹少谋、羞事英主。然大王待延徽恩德浩荡、眷顾滋沉，延徽没齿难忘。但教延徽在北，契丹必不南牧，以报大王昔日之恩遇也。"

李存勖阅罢，哂之道："其人无信，其言何足信哉？"并未薄待王缄。

王缄得知，亦觉惴惴愧赧。

因时届李存勖生母曹太夫人寿诞之日，李存勖安置魏州军务，忙返回晋阳为母亲贺寿。曹太夫人自是欣喜。刘、曹二位太夫人并嘉勉李存勖一番，嘱其再接再厉、勿生骄怠，李存勖唯唯听训。

李存勖又在晋阳大宴百官，同贺太夫人寿。酒肴富盛，更有伶官乐伎助兴。李存勖饮得酣畅，因命帑官："赏诸伶人万缗钱！"

帑官凑近李存勖，低声道："内帑钱不足矣。"

李存勖闻言怅然。

沙陀！沙陀！

刘玉娘在旁听到，遂对李存勖言道："何不以外帑之钱赏赐？"

李存勖面露难色道："支取外帑银钱，须七哥首肯。七哥执拗，若知乃是赏赐伶人，必不肯签押。"

刘玉娘道："大王是晋阳之主，河朔之人财，尽属大王，何须听他人之掣肘？况七哥本是我家守财之仆，安能拂大王之意？"

李存勖正色道："七哥乃是先王托孤重臣，助我镇守河东。我在外征战之钱粮士伍，尽是七哥供给。虽呼'七哥'，我却以长辈事之。岂可轻慢？"

刘玉娘嗔道："妾闻昔日先王将七哥匿藏于斛律寺中，救得其性命，其安能不念我家之大恩？"

李存勖沉吟片刻，遂对群臣言道："我在外征战，全仗七哥镇守晋阳，供给军卒粮秣，我无后顾之忧，七哥便是我河东之萧何。我河东之胜，尽是七哥功劳。"

张承业逊谢不及。

李存勖因见长子李继岌在侧侍坐，又命李继岌道："和哥（李继岌小名）便下场舞蹈，以彰七哥之勋劳！"

李继岌忙整衣下场起舞，满座盛赞欢笑。

李存勖乘着酒兴对张承业道："和哥卖弄，还望七哥之赏。"

张承业解下腰间玉带道："此玉带乃是先王所赐，老臣不敢忘先王之大恩，每日随身。今转赠和哥。"

李存勖命李继岌道："另起舞。"李继岌遂又舞一曲。

李存勖笑道："更望七哥之赏。"

张承业便教左右将所乘宝马牵来，道："此宝马亦是先王所赐，今亦转赠和哥。望和哥勿忘前辈创业之艰辛，来日更恢宏祖业。"

李存勖道："玉带宝马固是厚贵，然和哥乏钱，还望七哥以钱积赏赐。"

张承业道："郎君缠头，老奴自以俸禄给付。此库钱，乃是大王恩养文武战士之公用，承业不敢以公物为私礼。"

李存勖不悦道："内帑外帑，俱是我李家之钱，何劳七哥吝啬。"

张承业亦怒道："我不过李家王朝一老敕使！我无后人，并非为子孙计惜此库钱，乃是以此佐王成霸业之大事，大王若不思光辉先王基业，便自取自用，何劳问及老奴！最终不过是财尽民散，一无所成耳。"

李存勖闻言大怒，回头对李绍荣道："将剑给我，我要斩此老阉！"

李绍荣伏地道："七哥之言，乃是至理，望大王依从。绍荣虽死，不敢奉大王之命。"

李存勖怒极，一脚将李绍荣踢开。

张承业面不改色，南面而跪道："老奴受先王顾托之命，誓为国家诛锄汴贼。若以惜库物死于大王之手，则于地下见先王亦无愧矣。今日就在大王面前请死！先王当年在斛律寺救我，我命乃是大王之家所赠，今日还与大王之家便是！"

群臣面面相觑，不知所措。阎宝上前扶张承业道："七哥且归府第歇息。"

张承业回身奋起一拳，阎宝虽是武将，猝不及防，竟被打翻在地。张承业戟指阎宝骂道："阎宝，你这依附朱温之逆党，受河东之大恩，并不思尽忠为报，尚欲献谄媚以博殊荣邪！"

阎宝惭愧，起身解嘲道："七哥此拳力道，更胜当年甘露之变时郗志殴李训之拳。"

早有侍者报与内宫，曹太夫人命人召李存勖入见。李存勖闻召，登时酒醒，连忙上前扶起张承业，连连谢罪道："适才酒后失言，冒犯七哥，七哥勿怪。我自罚酒向七哥赔罪。"说罢命人取来大酒觥。

李存勖连尽四觥，张承业毫不理会。酒宴不欢而散。

次日，曹太夫人并李存勖又前往张承业府第谢罪。曹夫人道："昨日亚子忤犯特进，我已责罚。望特进顾念先王托孤之情，勿衔亚子之失。我母子感恩不尽矣！"

李存勖施礼道："今日特来向七哥谢罪。七哥是我河东柱石，河东可无亚子，不可无七哥。况我自幼及长，尽得七哥看觑，恩同再造。昨日之事，咎尽在我。我不敢望七哥之谅解，只求七哥视与先王之情义，勿弃河东。"

张承业叹道："老奴行止，尽为河东。"言讫，潸然泪下。李存勖母子亦皆落泪。

随后，李存勖承制授张承业开府仪同三司、左卫上将军、燕国公。

承业固辞不受，道："我本唐室一阉宦老奴，安能开府受爵。"只是自称唐官。众人无不赞叹。

第三十回
结小怨谢彦章毙命　全大义周德威捐躯

　　李存勖屡胜朱梁，天下震动，楚王马殷等，遣使通好。继而又有吴王杨隆演之使者抵晋阳，贺河东之大捷，并相约同灭伪梁。李存勖大笑道："愿与吴王南北齐进，共饮马于洛河！"

　　吴使临行，阎宝相送道："传我之语于槊督：'故主之恩，永世不忘。'"吴使承诺而去。

　　吴使遂归广陵复命。原来杨行密死后，传位长子杨渥。大司马徐温弑杀杨渥，又立杨行密次子杨隆演为吴王。徐温便在金陵训练水师，遥握朝政，而命其子徐知训在广陵，以监督杨隆演之行止。

　　吴使复命毕，更见朱瑾，转致阎宝之语，朱瑾叹道："琼美智勇兼备，世之良将。然惜气过重，恐困抑于小挫也。"

　　却说徐知训在广陵，倚仗徐温权威，嚣张跋扈。狎侮杨隆演，无复君臣之礼。朱瑾遂与杨隆演秘议铲除徐知训之事。徐知训亦有所风闻，遂请徐温授朱瑾静淮军节度使，出镇泗州。朱瑾闻讯笑道："欲使我做杜韬、辛谠乎？"欣然领命。

　　朱瑾遂在府中设宴请徐知训以辞行。朱瑾殷勤招呼，唤出绝色歌伎奉酒，并赠以珍爱之宝马。徐知训得意忘形，酣饮无度。朱瑾乘机道："今酒未尽兴，请至内堂更饮。"徐知训遂随朱瑾入内堂，朱瑾之妻陶氏拜迎——朱瑾南渡投杨行密后，继娶陶雅之女为妻。因陶雅与徐温乃是挚友，徐知训遂亦躬身答拜。朱瑾便在徐知训身后取出所藏象牙笏板猛击其头颅，徐知训毫无防备，应声而倒。朱瑾拔剑斩其首级。

　　朱瑾手提徐知训人头出府喝道："徐知训欺君谋逆，今奉吴王密令斩杀，余俱不问！"徐知训所率诸人一时惊恐无措，一哄而散。

朱瑾提了这人头，上马驰往吴王府来见杨隆演，道："我已为大王除此祸害，请大王公示此贼之罪！"

杨隆演骤见剧变，一时惊得面无人色，不知所措，以袖掩面道："舅自为之，我不敢知！"转身奔入后堂躲避。

朱瑾大失所望，将徐知训人头掷向庭柱，恨恨道："竖子不足以成大事！化源英雄，竟有如斯怯懦之后人！"

忽闻府前纷乱，原来徐温亲将、子城使翟虔已率兵前来捉拿朱瑾。朱瑾势孤，便奔王府后墙，跃墙而出。不料墙外竟是陡坡，朱瑾落地，跌伤了胫骨，无法奔行。眼见追兵纷纷赶到，朱瑾大叫道："舍我一身，为万人除害！"挥剑自刎而亡。

徐知训被杀，广陵城内大乱。润州团练使、徐温养子徐知诰即日引兵渡江，入广陵戡乱，抚定军民，遂使内外宴然。徐温闻讯叹道："我亲生诸子皆幼弱，不及彭奴（徐知诰小名）。"遂以徐知诰代徐知训之位。

讯息传至汴梁，朱瑱喜道："南人内乱，无力北侵，正可专务沙陀。"便以河阳节度使谢彦章为北面行营排阵使，引兵前往收复杨刘。

李存勖得知消息后道："谢彦章乃葛从周之义子，久闻其颇知兵机，行阵老到，我自往一见识。"遂自引精骑由魏州赶往杨刘。见谢彦章已沿河扎下四座营寨。

李存勖自引十余骑来觇看谢彦章营寨。将近午后，下马席坐于地休憩。

蓦地，数千梁军自寨中如风而出，杀向李存勖诸人。李存勖待欲起身上马，前面梁军骑兵已到眼前，数杆长矛携风刺下。李存勖忙就地翻滚，虽未着刃，袖襟袍幅已被刺破。李存勖劈手夺过一杆长矛，荡开敌人兵刃，飞身上马。见梁军层层包围，刀枪如林。李存勖并无惧色，长矛挥处，敌军披靡。身边李绍荣等，亦皆神勇，梁军却难靠近。但梁军知此番困住晋王，人人舍命，奋勇向前，李存勖等人也难以突围。

混战间，李存审引大军赶来，杀退梁军，救出李存勖一行。李存勖笑道："孤但遇危困时，皆是三兄解救！"遂一同回营。

双方对峙数日。谢彦章与众将议道："沙陀多骑兵，且此间地势平坦，于我军不利。莫若我军营寨先行秘筑堤垒自固，再决黄河之水淹灌，则李

沙陀！沙陀！

亚子诸人皆做鼋鱼也。"于是以营外树林为遮蔽，命濮州刺史孟审澄率兵士每日修筑堤防垒坝，旬日而成。便命别将侯温裕领兵潜往上哨决黄河之堤。

却说这日李存勖出城巡哨，随从在路上擒到一个梁卒。李存勖问道："你自何处来？"

梁卒答道："谢令公欲水淹晋营，连日来筑垒自固，今垒坝已成，命侯温裕率我等往黄河上哨决堤放水，我在前往上哨途中迷路至此。"

李存勖闻言大惊道："这一计好凶！"遂飞驰回城内，催动兵卒民众，搬运土石添固城墙。未过多时，但闻牛吼雷鸣之音由远而近，山墙般浊浪排空而至，瞬间涌至城下。杨刘城外，一时顿成泽国。李存勖站在城上回顾诸将叹道："再迟片时，我等恐皆随波逐流矣！"众将亦皆悚然。

彼时非黄河盛水之季，过得两日，水势便退。李存勖乘小舟出城觇看。取了杆长枪伸入水中试探，适没长枪。李存勖对身边李存审、郭崇韬等道："谢彦章以水阻我，欲使我师老兵疲，足见梁兵斗志不盛。我等若涉水攻敌，一战可下也。"众人领首。

越日，李存勖引兵为前锋，李存审引大军继之，直杀向梁营。是时水才及膝盖，晋军踏浪掀波，毫无阻滞。谢彦章不料晋军骤来，挥军抵御。晋军势不可当，一战而连陷梁营四寨，梁军被斩之人不可计数，谢彦章所决之黄河水，变作赤色。谢彦章单骑逃脱。

李存勖大破谢彦章，左右文武多劝道："今大王连战连捷，其势不啻始皇扫靖天下、太宗荡涤烟尘。伪梁已似砧上之牺牲、俎上鱼肉——莫若会集河北诸镇大军，一举克之，以全先王之遗愿。"

李存勖领首道："正合我意。"

更有人道："可致书吴王，请其出兵，南北会猎。"

李存勖笑道："杨隆演膏粱子弟，絷督斩权奸之首相奉，尚不敢暴贼之罪衍，以此等胆识，安敢兴刀兵？徐温老迈，锋锐已失，亦只求守成而已，却可遣使试之！"

不多日，晋使归来，言吴国辞以全力攻伐虔州，无力北顾。众人皆叹服李存勖识人入木。

于是李存勖颁布集兵之令。不多日，周德威率幽州军、李嗣昭率泽潞军、李存审率沧景军、李嗣源率邢洺军、王镕遣大将符习率镇州军、王处直遣义子王都率易定军，及麟、胜、云、蔚、新、武等州，奚、契丹、室韦、吐谷浑诸部，合兵数十万，会于魏州。

李存勖登上校场，但见兵将一望无际，皆盔甲煌明、刀枪闪烁，斗志昂扬，亦倍觉气壮。一声呼喝，场内山呼海啸般应和，齐唱李存勖所作之行军曲。

李存勖大喜道："雄兵如斯，天下在我掌中矣！"遂挥师而进。

朱瑱见李存勖集河北诸镇之军大举来犯，知谢彦章独力难支，便以贺瓌为北面行营招讨使，与谢彦章联合抵敌。

闻大梁遣大将贺瓌来与谢彦章联兵，李存勖教大军在麻家渡扎营。贺瓌与谢彦章便在濮州北行台村驻扎，与晋军对峙。

谢彦章便与贺瓌计议对敌之策。贺瓌道："晋军虽势众，却是李亚子自河北各镇征集而出，未经划一操演，彼此不协、号令难申。我军若乘此一击，定成大功。昔日苻坚拥百万之众，以投鞭断流之势南下，只因军伍庞杂、行阵失度，终折戟于淝水。令公亦是谢姓，不欲成当年二谢之殊勋乎？"

谢彦章沉吟道："李亚子智勇无双、用兵如神，出世以来，鲜有差失；更兼帐下兵精将勇，周阳五、韩进通、符存审、邈佶烈、阎琼美等皆当世良将，不逊你我。若贸然兴兵，胜算无多。不若据险地坚守不出，待其师老兵疲，可寻机破之。晋军寨内强手如林，皆自恃功高，彼此不睦，迁延日久，辄生内乱，届时可不战而退强敌也。"

贺瓌不服道："待彼师老、待彼内乱，皆令公一厢之愿也，未定成真！"

谢彦章亦不悦道："急于进兵，欲图再见淝水之功，亦是将军之望梅画饼。"

二人遂不欢而散。

越日，李存勖又带轻骑欲出营搦战。符习转呈王镕之书信于李存勖。李存勖展信阅览，王镕书信中言道："但与敌对阵，大王罔不身先士卒、亲临刀枪，其英武神勇固令我等折慕，然元元之命系于大王，本朝之兴系于大王，奈何自轻如此！"

李存勖览罢，笑对符习说道："前朝魏武，渴望青梅，唾涎代水；本

第三十回 结小怨谢彦章毙命 全大义周德威捐躯

沙陀！沙陀！

朝太宗，倦卧荒野，蛇鼠足面。定天下者，非百战何由得之！安可深居帷房以自肥？"言罢，率轻骑驰出营门。

见李存勖在营前轻装搦战。贺瓌便欲率兵出战，谢彦章极力拦阻。贺瓌道："主上悉以国家之兵授予你我二人，乾纲唯依、社稷是赖。然今贼首至我门前，而逗留不战，何以面君王？何以面天下？"

谢彦章道："强寇兵多，利在速决。李亚子飒沓于我营前，旨在诱我出战。今深沟高垒，据其津要，彼不敢深入！若轻与之交锋，万一蹉跌，则大事去矣。"

贺瓌愤愤不平。

次日，贺瓌与谢彦章巡营，出得北行台村，却望见接近麻家渡之处有一高地。贺瓌指道："当在此立一寨栅，可窥探晋营动静。"

谢彦章颔首赞同。

隔日贺瓌派兵前去驻扎，却见晋军已先行在此立寨。贺瓌闻知恨道："夷敌如何得知我欲占此山？敢是谢彦章与之通款。"

贺瓌遂与行营马步都虞候曹州刺史朱珪密谋道："今排阵使首鼠两端，私通沙陀，我当向大梁天子申奏此事。"

朱珪道："军营之事瞬息即变，遣使往返大梁尚需时日。今谢彦章反迹已露，其麾下兵马甚多，若申奏朝廷待天子诏旨，中间倘有变生，则节帅可保全乎？不若当机立断，剪除患息！"

贺瓌颔首道："斯言有理！"

于是贺瓌只言军士辛劳，置酒肉大飨。另设盛宴请谢彦章共叙。谢彦章不疑有他，径来赴宴。刚入大帐，贺瓌所伏甲士齐出，将谢彦章乱刃斫死。孟审澄、侯温裕尚未及进帐，闻听有变，待欲逃走，早被朱珪伏在帐外兵士围住，一并斫死。

贺瓌命将三人首级挑起示众，对众兵将宣示道："谢彦章私通沙陀，意图谋反，今奉天子密诏诛杀，其同党孟审澄、侯温裕一并诛死，余者俱不问！"遂并领谢彦章所部。遣人驰报大梁，言谢彦章通敌谋反，今已伏诛。朱籣下诏嘉勉贺瓌，并以朱珪为匡国节度使，代谢彦章之职。

李存勖闻得此讯，不禁喜出望外，言道："伪梁诸将自相鱼肉，亡无日矣。贺瓌残虐，难得士卒之心。此时我若引兵直指大梁，贺瓌必无措而仓皇往救，就途中与之一战，定能大胜矣！"

周德威劝谏道："梁人虽屠上将，其军尚全，今若轻行冒进，未必定能获胜。莫若坚壁固守于此，更待良机。"

李存勖道："我军人众，每日钱粮财帛耗费甚多，利在速战；更兼诸军本隶于各藩各部，号令杂沓，集结日久恐生变乱。今敌内讧，正是难逢之良机，若不蹈之，悔无日矣！"

李存勖便自军中简拔数万精锐，亲身统带，兼程往袭汴梁。余者令暂归魏州。

晋军行至胡柳坡，哨探来报，言贺瓌闻晋军西奔大梁，忙毁营弃寨，倍道追来，今已迫近。

李存勖闻报喜道："便在胡柳坡与贺瓌决战！"

周德威复谏道："梁兵倍道而来，筋力几竭，且未及安营；我军寨栅已固，守备坚齐，今既深入敌境，兵动须万全，不可轻发。此去大梁至近，梁兵各念其家，内怀愤激；我军若不以方略制之而径直逆击，恐难敌梁军之急势。窃以为大王宜按兵勿战，微臣请以骑兵扰之，使梁兵不得休息，致其营垒未立，樵爨未具，更乘其疲乏，可寻机一举灭也。"

李存审在旁道："此乃昔日柏乡破王茂章之计，愿大王从镇远之言。"

李存勖道："此一时，彼一时。彼时与王茂章对决，疆场内于赵境，赵王力承我军之供给，兵士减损，辄有填补，我无后顾之忧。此时我军深入敌境，并无后援，日耗钱粮无得补给；且宣武境内，久沾贼化，黔首绿林，皆目我军为雠仇，我军无根本，势不能久持；更兼此处地近贼都，尚有多路贼兵虎视我孤旅——段明远精兵近在河上，贺瓌若请援，两日之间便可飞至——故我军利在速战。贺瓌之军急于追赶我军，拯救大梁，倍道行军，其师已成强弩之末，一战可摧也！"

周德威、李存审等人不再多言，默默退出。

李存勖便以镇、定兵马在东，周德威、李存审所部在西，自帅郭崇韬、李嗣昭、李嗣源、阎宝、王建及等居中，迎击贺瓌大军。又以魏博节度副使王缄押运辎重在阵后。

晋军排列布阵。周德威对李存审道："疆场多变，为防万一，我为前驱，将军为侧翼。若得胜，功劳不二；若失利，彼此接应。"

沙陀！沙陀！

李存审道："我为前驱当敌，公侧翼之。"

周德威道："若论年齿，我为长；若论官阶，我为尊；若论从先王之时，我为先——将军莫与我争执。将军智勇兼该，乃是河东柱石，望好自为之。"

李存审拜道："令公高义！"

梁军飞奔至胡柳坡，晋军已列开阵势。李存勖对银枪效节都道："君等随我，当先入敌阵冲荡！"

时李嗣源之子李从珂在侧道："愿随大王共入敌阵！"

李存勖嘉赞道："枭勇无畏，正是我河东男儿！"回头对李嗣源道："大兄当为我等后合。"

李嗣源道："谨遵王命！"

于是李存勖率李从珂、银枪都大将王建及并银枪都，一声呐喊，杀入敌阵。梁军前锋正是朱珪率领谢彦章所部骑兵，朱珪迎面正遇李存勖，待欲厮杀，早被李存勖一枪挑于马下而死。谢彦章旧部，本对谢彦章之死颇多不平，不肯尽力厮杀，今见李存勖与银枪都骁勇异常，索性不再争战，退却下来，欲图径直撤回濮阳。

谢部奔至晋军之后，正遇晋军辎重队伍。谢彦章治军有法，其部下虽败，行阵不乱。晋军辎重军马见对方旌旗严整，以为是梁军伏兵，一时慌乱，向后溃退，竟冲入周德威阵中，将幽州军阵脚荡开。王缄喝止不住，挺身阻挡，竟被乱军践踏而死。

贺瓌看得真切，忙趁势挥军掩杀，幽州军大败。周德威兀自奋力抵抗。左右道："我军已败，势不可挽，令公不可轻身。我等力保令公冲出乱军！"

周德威道："我若离阵，则幽州军益溃散四逃。因辎重兵车所阻，李存审无法接应，幽州军辄定循路逃向大王中军。今贼兵对大王中军已势成合围，若再加我幽州败兵冲荡，则大王危矣！唯有我在此延宕一时，则可延保大王一时之安！"

言罢，对幽州众兵将朗声喝道："食王之禄，死王之事！今遇勍敌，正是我等报效王恩之时！"说罢，率诸子侄亲将杀入乱军之中，鏖战多时，伤痕累累，血渍征衣，力竭而死；其子侄亲随，尽数阵亡，无一逃生。

幽州兵溃败奔逃，梁军追杀不舍。幸得李存审生力军接应，打退梁军，幽州兵不至尽没。

西阵既溃，李存勖中军亦遭合击，不成形状。李存勖率银枪都孤军已陷入重围。梁军纷纷涌来。李存勖凭借银枪都护卫，梁军不得靠近。李从珂、王建及须臾不离李存勖左右，舍命扈从，杀出重围，退守一处高丘。河东被冲散诸兵将渐渐复聚。

此时贺瓌引兵已据在胡柳坡土山冈上，招呼军马，围困李存勖。李存勖望见土山上贺瓌旌帜，便对李从珂、王建及道："贺瓌便在山上，得此土山，便挫败梁军士气！"

二人道："我等为大王夺此山！"

李存勖笑道："我为前驱，你二人继之！"说罢，绰了一杆铁槊，带领银枪都跃马向前。李从珂、王建及率步兵紧随其后。

山上梁军望见晋军来抢山，急忙防御，矢石齐下。李存勖一马当先，以铁槊拨打矢石，奋勇登山。后面银枪都并李从珂、王建及诸军皆舍命厮杀，山上梁军遮拦不住，护贺瓌弃山而去。

李存勖帅军占据土山，李嗣昭、阎宝诸将望见晋王旗号麾盖，皆来会合。契丹北大王撒剌阿拨亦带契丹兵来会。贺瓌将各处梁兵会集，列阵于土山西侧。李存勖身边将士，窥得梁军势众，便对李存勖道："我军诸部尚未尽集，今贼众我寡，不若暂且敛兵还营，明日再战。"

阎宝见李存勖似有所动，忙谏道："梁军骑兵已离阵返入濮阳，山下唯余步兵，今天色向晚，梁军士卒皆有归志，我军若乘高向下而击，破之必矣。今大王深入敌境，偏师不利，若复引退，必为所乘。我军诸部未集者闻大王退却，必不战自溃。凡决胜料敌，唯观情势，情势已得，断在不疑。我军之成败，在此一战；若不决力取胜，纵收余众北归，恐河朔之地，将非大王所有也。"

李嗣昭接言道："琼美之言甚是！贼兵长途追踵我军，未及休整，又与我军苦战一日，今气力衰竭殆尽，且既无营垒，又无炊爨，兵将不得歇息饮食，心思慌乱，必不能久战也！我军若退，贼兵乘势渡河，则河朔观望之州郡，必望风归降贼人也！"

王建及道："贼兵健将已遁，大王骑兵一无所失，今击此疲乏之众，如摧枯拉朽。王便在山头，观臣等为大王破贼！"

李存勖笑道："非卿等之言，我几乎失误大计。"

沙陀！沙陀！

　　于是李嗣昭、阎宝、王建及、撒剌阿拨等率骑兵自山上如风冲下，撕开梁军阵脚。梁军本已疲敝饥渴不堪，今又遇猛攻，渐难抵敌。贺瓌尚自挥军死命争之。

　　蓦地，梁军阵后，鼓声大作，尘土大起，硝烟蔽日。贺瓌惊道："不意晋军又有伏兵在此！"不敢恋战，回马奔逃。

　　李嗣昭窥见，便在马上弯弓搭箭，望贺瓌射去，箭如流星，风啸疾飞，正中贺瓌后心。贺瓌撞下马来，登时身死。

　　梁兵见主帅阵亡，益加难成阵势。晋军冲散各部渐次合来，一并厮杀。梁军溃退，奔逃间，又被一队晋军拦截——原来是李存审引本部并周德威幽州军在此埋伏。晋军合围，梁军数万兵将，尽数战死。晋军败而复胜，伤损亦有十之六七。

　　李存勖收拢各军归营，闻知周德威阵亡，悲恸欲绝，哭道："镇远之丧，孤之罪也！嚮时镇远进言且勿轻动，孤未采纳，今竟害了镇远性命！孤恨不舍己身以代镇远！"诸将亦皆落泪。

　　笔者有言语感叹云：

　　　　"代北奇将出，
　　　　倥偬目苍穹。
　　　　弼王征南北，
　　　　锋掠百十城。
　　　　临阵搏猿臂，
　　　　自擒招讨戎。
　　　　长戈玉帛缚，
　　　　细铠珍宝重。
　　　　谈笑片言语，
　　　　节麾斯虎熊。
　　　　赴死无退意，
　　　　慷慨复从容。
　　　　传噩金帐下，
　　　　父子一体同。

主上箸匕失，
六军涕泪横。
辟牢三公飨，
名重九州铜。
百代人犹思，
千秋墨自浓。
壮哉周阳五，
皓首愧峥嵘。"

李存勖又问周德威之后，中门使李绍宏道："幼子周光辅尚在幽州。"

李存勖道："可使其袭镇远官爵。"

李绍宏道："其子尚幼弱，骤掌大镇，恐难驾驭。今国家多事之秋，不可使边镇再伏祸衅。"

李存勖道："如此便先授名爵，待其长成，再与节镇。"立即擢升周光辅为岚州刺史。

李存勖又问梁军阵后烟尘之事，乃是贵乡令胡装，率乡里百姓万余人，于山下曳柴扬尘，鼓噪作疑兵以助晋军。李存勖遂召胡装前来，执手彰赞慰藉道："非卿良谋，我难成大功也。"

胡装道："臣本公卿子孙，从兵至此。只望不辱先人，臣愿足矣！"

李存勖诧异问道："不知卿族贵谱。敢问先人贵字。"

胡装道："敬宗朝左仆射。"

李存勖以手加额道："启中尚书，亦是我河东英俊。卿何以居此？"

胡装道："天下大乱，臣与魏州故副使李嗣业旧识，故来依投。羁旅累年，执事者不垂顾录。闻殿下比袭唐祚，勤求英俊，以壮霸图。臣虽不才，比诸竖刁、头须，亦所庶几。臣不能赴海触树，走胡适越，今日归死于殿下也！"

李存勖道："孤未知之，否则何以至此！"赐酒食抚慰，更对郭崇韬道："便与拟议胡卿官职。"立授监察御史里行。

李存勖命查点各部人马伤损，独不见李嗣源及其部下人马。朱守殷道："混战间，我军士见李横冲军部下乘冰踏黄河北去了。"

李存勖闻言，陡然变色。李从珂在旁正待欲言，闻报李嗣源引兵归营。

沙陀！沙陀！

李存勖教人见。李嗣源惶恐而入，伏地请罪。

李存勖目视李嗣源道："大兄以为弟已死于乱军之中否？过河欲何往？"

李嗣源叩首道："混战间，闻军士言大王已踏河北归，故引兵相随。"

李存勖冷笑连连。

李从珂出班叩首且泣请道："我父误听传言，引兵轻离战阵，实是有过。只乞大王念他往日勋劳，权且饶过。"

元行钦亦跪下道："之于大王，横冲为亲，末将为疏。然末将乃横冲简拔而遇大王。今大王欲罪横冲，末将不敢谏阻。只乞与横冲同命。"

众将亦纷纷乞请饶过李嗣源。李存勖遂笑道："我家大兄，自跟随我父王之时，披刃冒矢，心如铁石，我安能相疑？适才不过戏言耳。"命取一大觥酒对李嗣源道："大兄未临此战，却当受罚。请满饮此觥。"李嗣源不敢推却，慌忙饮下。

李存勖乘胜又挥军进取濮阳——谢彦章部于胡柳坡大战时脱阵退守濮阳。濮阳守军本便畏惧梁廷追究临阵退战之罪，难以全力而战，被晋军一战攻陷濮阳。

有濮阳败退散兵逃回大梁，四处奔告道："沙陀军勇悍直如天神，攻无不克，战无不胜，今取濮阳，行将攻大梁也！"一时大梁人心大恐，百姓牵子荷担备逃，守军慌忙间驱丁上城守备。

朱瑱亦惊慌失措，欲乘夜逃往洛阳，赵岩并张氏兄弟皆无计。正忙乱间，闻报段凝引兵至大梁，朱瑱君臣稍安。

段凝觐见朱瑱道："胡柳坡一役，沙陀侥幸取胜，然自损三二，实不啻两败俱伤——彼必无力再侵大梁。陛下尽可宽怀。"朱瑱闻言，方才止住逃亡之念。

再说晋营内，李存审对李存勖道："我军虽胜，然折损亦甚巨，亟待休补；今闻段明远已移师拱卫汴梁，彼若坚守不与速战，必久耗我军。莫若乘此大胜，梁人不敢正视我军，夹河筑城，容图来日大进。"

李存勖以为有理，遂命李存审于澶州顿丘，夹黄河筑德胜南北二城。

周德威阵亡，李存勖以李存审代之为蕃汉马步总管，更以李嗣昭代之为卢龙节度使。

有人私下对李存勖言道："韩进通乃是先王假子，功勋卓著，军中夙有声威，备受敬戴。今其执掌泽潞、卢龙二镇，河朔半幅为其所有，有尾大不掉之势。彼若有不良之谋，孰能制之！"

李存勖闻言厉声责道："二兄与我，如同一体！二兄自随先王，每战罔不身先士卒，功辉日月。先王弥留之际，唯念二兄泽潞之围困。今纵是将河东让与二兄，有何不可！"斥退进言之人。

李嗣昭在幽州闻得此事，遂上表恳辞卢龙节度使。其次子李继韬正随李嗣昭在幽州，遂言道："晋王并未疑忌父帅，奈何请辞？"

李嗣昭道："为臣者，内秉忠烈，外示恭诚，不可使君王心怀不安也。"

李存勖阅李嗣昭上表，回复道："二兄即孤，孤即二兄，不可自外。"

李嗣昭又连上数表，情真意诚，请李存勖自领卢龙节度使。李存勖无奈，方才答允，命李绍宏暂署理幽州之事，教李嗣昭返回泽潞。

李嗣昭治理幽州数月，颇有恩望，百姓闻听李嗣昭行将离去，聚集于衙署之前，焚香遮道，苦苦挽留李嗣昭，不使其离去。

李嗣昭对众百姓施礼道："承诸父老错爱，然王命难违。"百姓只是相留，不肯离去。

李继韬道："父帅则可上表，只言百姓不舍，难以离去。"

任圜在旁道："如此则祸不远矣！"又对李嗣昭说道："可乘夜间潜出。"

至天色趋暗，百姓方渐渐散去。入夜，李嗣昭一行出了官衙，人掩幡帜、马去銮铃，悄悄离了幽州，径自返回潞州去了。

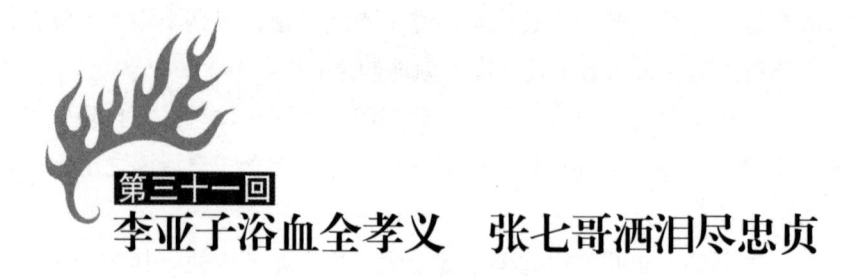

第三十一回
李亚子浴血全孝义　张七哥洒泪尽忠贞

李存勖在胡柳坡大胜梁军，梁朝名将谢彦章、贺瓌皆丧。梁廷震悚。朱瑱召群臣叹道："与沙陀交战连年，我朝屡屡战败，大梁数度临危。胡贼炽焰竟嚣张若此，如之奈何？"

赵岩道："昔日曹操平定河北，旌麾南指，扫荡荆楚，刘备望影而逃，自谓拊手可定天下，然遇赤壁之丧败；刘备复燃，西取巴蜀，北夺汉中，虎视中原，然旋即关羽失地、秭归蹉跌——所谓利钝成败，诚难逆料也。今我朝虽屡挫于贼，兵将尚广，足以与贼周旋。陛下不必忧烦。"

朱瑱道："尚有谁人可战？"

赵岩道："便以段凝守大梁，扈卫陛下无虞；王瓒取德胜，剪除沙陀在黄河南岸之凭借；更以尹皓、温昭图收复河中，则我军可近觇晋阳贼穴。"

朱瑱神色复振。

李存勖在魏州闻知朱梁复起兵，一取德胜、一取河中，言道："大梁屡败，然锐气不堕，却也堪赞。"便命李嗣昭、李存审、李存质等联兵往救河中，自率李嗣源、李存进、李建及等出魏州救德胜。

王瓒用兵奇快，数路并进，围困德胜南城，更渡河攻北城。德胜南城晋军守将氏延赏率合城军民拼死抵御，保得南城未失。待李存勖兵近德胜北城时，梁军早已列阵等待。

晋军前锋是李嗣源之婿、左射军使石敬瑭。行至河壖，一声炮响，杀出大队梁军。石敬瑭整军奋战，忽马失前蹄，将石敬瑭掀下。梁军呐喊上前。蓦地，斜刺里杀出一将，将梁军杀散，救出石敬瑭。石敬瑭见是横冲兵马刘知远。刘知远救起石敬瑭，合力将梁军杀退。

李存勖、李嗣源大军继进，在后望见这场厮杀，李存勖问李嗣源道："救起石郎之将甚是骁勇，却是谁人？"

李嗣源道："横冲刘知远。"

李存勖道："可是父王旧将刘琠之子？"

李嗣源道："正是。"

李存勖道："虎父无犬子！"于是李存勖、李嗣源统大军与石敬瑭、刘知远等前锋一道将北岸梁军扫尽。

李存勖列阵黄河北岸，却见王瓒早在河上筑起水城：将诸多战船以竹篾相连，蒙上牛皮，坚不可摧；还有无数艨艟斗舰往来逡巡，船上梁军张弓搭箭以待。李存勖惊道："王瓒用兵集密。我却如何过河往德胜南城？"

李存勖回顾身边亲兵马破龙道："你深谙水性，便命你潜往南城见氏延赏陈说军情。"

马破龙领命，自水底潜游至南岸，入得德胜南城。见氏延赏说道："大王已兵至北岸，却被王瓒水军阻拦，一时无法过河。"

氏延赏自揩身上血渍道："城中矢石殆尽，城池失陷或在顷刻之间。只望大王速速渡河救助！"言说之间，城头杀声又起。

马破龙不敢耽搁，又潜回北岸，见李存勖备说南城之危急。

李存勖闻言，心中焦急。李建及上前道："末将愿为大王分忧！"

李存勖嘉许道："银枪大将，孤之腹心手足！"

于是李建及亲选敢死壮士二百人，身披重铠，手操巨斧，乘飞舟直奔水城。梁兵望见，箭如飞蝗射来。晋军身有重铠，弓箭难入。行至城前，晋军以巨斧劈断竹篾牛皮，撕开水城。

李存勖又教人在上游放下无数木罂，满盛油脂，纵火燃烧。这木罂顺流而下，将梁军艨艟斗舰撞入下游，船上梁军皆焚溺而死。

晋军破了水城，李存勖挥军渡河。王瓒不敌，折兵大半，匆忙逃去，退至行台村。李存勖遂解德胜南城之围，追赶梁军直至濮州。

已至晚饭之时，李存勖平日与众将一同用膳。今日特意教招呼马破龙入内饮食。郭崇韬在旁谏道："兵将效命，积有功勋，自可依律令升赏，何必与大王共食。大王与诸将共食，意在昭示与众同甘共苦，然既有此例，

沙陀！沙陀！

难免有不当之人而入内，耗费内帑。"

李存勖闻言，勃然大怒道："孤王嘉慕效死命者，与之一同饮食，此等小事亦遭卿之阻拦！尔等既以为孤王行止有失，可另择河北诸镇元帅，孤王自归晋阳！"即刻召掌书记冯道草拟诏诰。

冯道执笔在手，半晌不书一字。

李存勖更恼怒道："还不快写！踌躇何为？"

冯道谏道："大王爱惜死士固是可钦，然崇韬之所请亦不至大过。何必以此小事惊动远近，使敌国闻之，嗤笑大王君臣不和，减损大王之声望。大王承先王三矢之重托，身负重靖唐室天下之责，今平定河北，初入河南，凡事不宜意气用事，以绝因小失大。"

李存勖沉吟片刻道："先生所言有理。我当与郭军门谢罪。"

正言间，郭崇韬入室内向李存勖拜道："大王所为，延揽士心，确无不当。我言有失也。"

李存勖执郭崇韬手大笑道："君臣俱失，先生勿自责！"众人欣然。

李存勖挥军渡河至南岸，复北望沉吟片刻道："我军夹河筑城，然终究相隔黄河之水，往来输送辎重士卒，甚是不便。"

李存进道："可搭建浮桥，跨南北两岸。"

李存勖怅然道："梁军恐我架设浮桥，尽数芟夷两岸竹木。今唯余蒹葭，况我军亦无铁牛、石囷，何以架桥？"

李存进道："蒹葭足矣！"遂命军士伐芦苇密编芦席，又自北至南排列战船，以铁索贯穿，铁索两端固在两岸土石之中，再以芦席铺垫于船上稳固，旬日而成。军士往来奔走，如履平川。

李存勖见状大喜道："兄乃我之杜预也！"

正自欣喜，忽报兖州节度使张守进部将刘处让来求见。李存勖便在军门召见询问，原来张守进据兖州归顺河东，却遭梁军攻打，围城多日，张守进眼见城池堪堪不能据守，便遣刘处让来李存勖处求救兵。

李存勖道："孤正与逆梁对峙黄河，一日数战，人不脱铠甲、马不离鞍鞯，确难分兵去救兖州。"

刘处让伏地恸哭道："我主慕大王之仗义忠勇，故易帜归唐，遭梁人之围困，舍命苦守而不复作跳梁之人。今兖州危殆，如发系千钧，我主引颈而盼大王之救兵。昔日申包胥泣秦廷七日而复楚，小人虽不才，却也敢效矍申君之举。"

李存勖笑道："张节帅本是我云中军校，后投刘窟头、再投朱三。观其所易之主，吾十指难尽数矣！何言此番'不复作跳梁之人'？"

刘处让闻其言，起身怒目道："既不相救，勿出恶语！"又仰天道："不得复命，生不如死！"竟拔出佩刀，将左耳割下。

李存勖吃惊，忙教左右救起，令军医调治。又道："借此义士，我当出兵相救兖州。"遂命李存进往救。正自调拨兵马，探报来报，言梁军已攻克兖州，张守进全家被斩。李存勖连连叹息，遂将刘处让留在军中，授行台左骁卫将军。

再说梁将尹皓、温韬等率军攻河中。朱友谦见梁军势大，不敢应战，只得婴城固守。时日渐长，城中粮粟将尽，人心惶惶。朱友谦诸子朱令德、朱令锡等劝道："此危急存亡之秋，莫若暂且复归于梁，以息兵祸。"

朱友谦道："昔日康怀贞困我河中，晋王亲自驰来救助，倥偬不暇、秉烛野战；今晋王与朱梁酣战于黄河，又命健将星夜晓行，来解我难。仗义如此，岂可相负！"朱令德、朱令锡等不敢再言。

正自言语，忽见城外梁军涌动。原来晋军分兵：李嗣昭引兵去袭华州。尹皓闻得华州有急，忙撤军去救。

尹皓军行至半途，遇李存审伏兵，一场厮杀，尹皓、温韬折兵大半，狼狈而逃。于是李嗣昭、李存审、李存质等遂解河中之围。

李存审在河中与朱友谦相互勉励慰藉一番，遂回师。行至下邽，李存审往参拜唐帝陵寝。

李存审之子李彦卿道："父帅参拜帝陵，恐大王疑忌。"

李存审道："我事大王，忠心不贰，大王必不疑我。"

早有人将此事密报魏州李存勖。郭崇韬在旁道："符节帅参拜帝陵，其志难测。"

李存勖道："三兄与我，俱是唐臣，参拜帝陵，亦是正理。"

郭崇韬道："符节帅自幼跟随先王，征战杀伐，屡建奇功，勋比韩白，军中奉其若神明。大王不可不谨慎其行。"

李存勖道："我不负三兄，三兄亦定不负我！"

沙陀！沙陀！

正在此时，魏州开元寺僧人传真前来进宝，李存勖召入。传真献上一副印玺，晶玉琢篆，尚有文字。李存勖命人验看，乃是"传国之宝"。

李存勖便问："此印玺自何处而来？"

传真道："昔日黄巢破长安之时，我师正在长安，于兵民纷乱间偶得。以为是寻常玉器，便携回开元寺中。我师圆寂，我主持寺中之事。近因寺中拮据，我便欲鬻此器物以度日。有人见了，便告知我'此乃传国之宝'。大王皇室之至亲，河朔之地不陷于贼，半壁江山仍奉唐朔，全赖大王。大王挽狂澜于既倒，实是大唐之中流砥柱，合受天命。贫僧以为此物当重见天日，故来进献于大王。只望大王顺应民意，早承大统。"

群臣继进，齐跪拜道："大王继承皇统，正副天下之意。"

李存勖道："我德薄望浅，安能承此大任？当另择大贤之人。"

群臣道："今宇内纷乱，奸贼鹰扬，辐裂天下，荼毒生灵。大王出世以来，战无不胜，屡见奇勋。遍观世上，能芟夷盗寇、宰治英豪者，舍大王尚有其谁？"

李存勖道："先王升遐之日，付我三矢以寄其平生未解之三恨。我继承王位以来，夙夜惊忧，以报此三恨为我生平之愿。三恨不解，我死不瞑目也。今三恨只解其一，尚余三二，我安能遽图富贵？"

群臣道："大王之家与唐室，如同一体。先王之恨，即是唐室之恨。今大王化家为国，号令天下，诛戮逆贼，国仇家恨，一并报偿，则于社稷为至忠、于天伦为至孝，忠孝不悖也。先王在天有知，定亦然嘉许。"

众人苦苦劝谏。恰在此时，吴王又来书函，劝李存勖称帝。众人纷纷奉觞称贺，不待李存勖再行推辞，便吩咐有司筹备一应称帝之事。

张承业在晋阳闻知此事，急急赶往魏州。李存勖见张承业行色慌忙，便问："七哥何事？"

张承业道："只为大王继承大位之事。"

李存勖问道："七哥以为可否？"

张承业道："老奴以为有二不可。"

李存勖道："七哥详言。"

张承业道："大王父子血战三十余年，只因为唐宗社报国复仇。今元凶未殄，军赋不充，河朔数州弊于供亿，遽先大号，费养兵之事力，困凋弊之生灵，老奴以为一不可也；大王既然化家为国，新创庙朝，典礼制度须取太常准衡，而方今礼院未见其人，傥失旧章，为人轻笑，老奴以为二不可也。"

李存勖道："昔日汉室草创初立，骖骈四乘，不能同色，此国库磬贫，无以过之；将士无状，殿前拔剑，此典章废失，无以过之。汉室有此二不可，然巩固天下四百年之基业，历朝所不及也。"

张承业上前拜道："大王世奉唐家，最为忠孝，自贞观以来，但逢皇室有急，未尝不慷慨襄助，救其患难，息其水火。所以老奴三十余年为大王家捃拾财赋、召补兵马，誓灭篡逆之贼，以图恢复本朝宗社。今河北甫定，朱梁尚存，而大王遽即大位，自悖一向所奉之扶唐讨贼之旨向，天下谁不失望？大王麾下诸盟将纷纷解体矣！大王何不先灭朱氏首逆，报偿列圣祖宗之深仇，然后南取吴，西取蜀，汛扫宇内，合为一家。当是之时，且先求唐氏子孙立之，复更以天下让有功者，何人辄敢当之！虽使高祖、太宗复生，谁敢居王上者？让一月即一月牢，让一年即一年固，所谓让之愈久则得之愈坚矣。老奴并无他志，唯以受先王大恩，欲为大王立万年之基耳。"

李存勖目视张承业道："我亦不愿称帝，无奈群臣之意。"

张承业退出至室外，仰天长叹道："数十年血战，本为唐家。今大王自取，苍天误我！"

张承业即归晋阳，退还所受封邑，从此称病不出。

李存勖闻之，怅然不乐。众将道："岂可因一人之言阻众人之意？"

李存勖道："若无七哥，则无我之今日。我可无尊号，不可无七哥。"遂暂罢称帝之事。

不日，赵王王镕遣大将符习前来跟随李存勖征战，请替回王镕养子王德明。李存勖笑谓王德明道："赵王视君若己出，召君随侍身畔，君宜善事之以全孝道。"

王德明拜答道："谨记陛下训诲。"

李存勖笑道："我非陛下，勿以此称呼。"

王德明道："我随陛下征战多年，陛下之神武，更胜我朝太宗。只盼陛下早正大位。"

王德明既归成德，王镕命其与亲子王昭祚共侦亲兵，充镇州防城使。

沙陀！沙陀！

王镕居赵王之位日久，富贵已极，年长志堕，加之潜心事佛，遂不理政事。外事皆付与行军司马李霭，内事皆付与宦官李弘规。王镕宠幸宦官石希蒙，须臾不使其离左右。

镇州之西有西王母祠，王镕欲求仙缘，前往参拜，随侍之人过万，极陈铺排。王镕登山临水，流连忘返，随行将士侍从苦不堪言。

迁延月余，王镕方离开西山。众军士暗自雀跃道："归家矣！"当晚停宿于鹘营庄。

用罢晚饭，石希蒙对王镕道："大王终日寓于镇州城中，少染田园之乐，今番出城游历，当极尽畅兴。离了西山，可再往叱日岭一游。"

王镕尚未置可否，李弘规在旁听到，急忙谏阻道："今天下多事之秋，当居安思危。晋王以王驾之尊，亲冒矢石，栉风沐雨，与士卒一道夹河血战；魏博反正，我镇不必直面梁军，然大王与晋王休戚与共，当存临深渊履薄冰之念也。且世乱时艰，人心难测，大王远出游历，在外日久，镇州空虚，万一有奸人为变，闭关相拒，如之奈何？"

王镕闻言，似有所动。

石希蒙忙说道："李弘规妄生猜间，出言不逊意在胁迫大王；而更欲张扬于外，以在群臣中自长威权。"

王镕耳软，遂对李弘规道："明日去叱日岭。孤自有分寸，不必多言。"李弘规唏唏而退。

李弘规心中愤懑，遂密与内牙都将苏汉衡言道："大王宠幸奸佞，昵于游玩，浑不顾将士之劳苦。今我等欲行马嵬坡兵谏清君侧之事，将军可敢做陈玄礼？"

苏汉衡把臂拜道："愿效死命！"

于是苏汉衡率领亲军，露刃张弓，冲入王镕寝室。王镕惊诧。

苏汉衡道："兵将随大王在外日久，风餐露宿，甚是辛劳，今只盼归家与妻儿团聚。"

李弘规在旁道："大王留恋游历，不思归家，皆是石希蒙怂恿鼓动。且今闻石希蒙欲加害大王，请大王诛杀奸贼，以安众心。"

王镕强作镇定道："你等且回，容孤慎察。"

苏汉衡拔刀上前，将石希蒙砍翻，枭下首级。

248

王镕惊惧异常，颤声道："便依卿等。"于是众人挟了王镕，归还镇州。

王镕既归，心中衔恨，遂密召王昭祚、王德明，欲尽数诛杀鹁营庄作乱之人。

王昭祚谏道："昔日高骈不恤士卒，终酿成突将之乱，而后高骈复屠杀突将殆尽，此乃取祸之道也。"

王德明在旁道："此等枭獍，若不铲除，父王在镇州难安寝席也！儿愿为父王分忧！"

于是王德明带兵连夜包围李霭、李弘规、苏汉衡等人之家，将其全家满门尽数斩杀。又穷究党羽，连坐数十家。一时镇州人心大恐。

适逢节庆，成德诸军尽得犒劳厚赐。原李弘规部下有五百亲兵，亦应领取，王镕因鹁营庄斩杀石希蒙之事，迁怒于其，便下令不与这五百士卒犒劳。这五百士卒本就胆战心惊，如今不得赏赐，益加恐惧，相对泣语道："我等恐不得活命矣！"

恰在此时，王德明来到，对众军士说道："大王已付我密令，令我将你等尽数坑杀。我念你等并无罪过，实是不忍行之；然不杀你等，大王亦不容我。奈何？奈何？"

众军士拜泣道："我等性命，皆防城使所赐！"

是夕，王德明与众军士聚饮于潭城西门。有军士窃自哀叹道："今日得活，未审明日如何。"

酒至酣沉，军士张友顺掷杯于地，大喝道："我等已知防城使之意。功名富贵，便决于今夜！"众军士纷纷应和。

于是张友顺并众军乘夜色入城，直扑赵王府。

王镕方禁香受箓，忽闻室外嘈杂，乱军以刀枪破门而入。张友顺道："大王欲取我等性命，我等畏惧，只得先取大王性命以求活命！"

王镕平静言道："三十年前，金头王作乱之时，我已合当殒命。今又多享三十年平安富贵，有何恨哉！"

乱军中有人说道："成德藩镇，当年乃是大王先祖王庭凑夺于田弘正，历五世六代。今大王失之，亦是报偿！"

张友顺道："闻大王工诗，死前可有佳句相留？"

王镕随口吟道："不求重遇王若讷，唯恨再无墨君和。"

沙陀！沙陀！

张友顺上前一刀，将王镕砍翻。复一刀，枭下首级。

张友顺持了王镕首级，与众乱军来见王德明，道："请防城使主持成德大事！"于是王德明自领成德留后，恢复其本名张文礼；一面又下令诛杀王镕全族。军士领令欲行，张文礼蓦地想起一事，唤住军士道："不可杀害王昭祚之妻普宁公主！"

于是王镕家人亲族，皆遭屠戮。一时镇州城内，杀得刀光血影，哀号动地。

王镕有一幼子名唤王昭诲，年方十岁，被王镕亲信兵将藏匿于地穴之中。挨得数日，骚乱稍定，王镕亲信将其髡发摩顶，披上僧衣，冒充僧人，隐身于寺庙。恰巧有一湖南茶商李震欲归家乡，王镕亲信赠以重金，李震将王昭诲藏匿于茶笼之中，载出成德。到湖南后，王昭诲寄身南岳，改名崇隐。总算留下了回鹘王氏一支血脉。

第三十二回
史建瑭秉忠攻镇定　李存勖承恨破契丹

王镕遇害，张文礼自称留后，遣使报知李存勖，只说是李弘规、李霭旧部造乱，袭杀赵王，自己戡乱靖藩，为赵王报仇，被众兵将推为成德之主，求李存勖赐予节钺。书信中再次劝进，劝李存勖宜登大宝。

李存勖时驻德胜，正在宴饮，闻知此事，掷杯盏于地，叹道："赵王仁义礼信之主，不意竟被此狼心逆子弑杀！"不觉流下泪来。

郭崇韬道："张文礼弑父夺镇，诚属罪大恶极，然今我军正与逆梁激战于河上，不可再树劲敌于肘腋。应暂授其节帅印绶以安其心，待灭梁之后，更从容图之。"

李存勖尚未答言，忽闻哭声自外来，符习跟跄号啕而入，泣拜于地道："故主为贼人所弑，若不能为故主复仇，生不如死！"

李绍荣在旁说道："成德使者转张文礼之言，请大王遣符习将军归成德，彼另派别将来助大王。"

李存审道："符习将军若归成德，必为张文礼所害！"

正说间，军士送入一枚蜡丸，乃晋军河津哨兵所截获。李存勖教剖开蜡丸，取出里面绢书，正是张文礼结通汴梁朱瑱之书。不一时，又送来一枚蜡丸，乃是张文礼勾结契丹之书。

李存勖离座扶起符习道："孤与赵王，同盟讨贼，义同骨肉。不料今日祸起萧墙，赵王为豺狼所弑，孤之悲恸，实不逊于将军。将军不忘故主，为赵王复仇，孤自当竭力相助！"

符习复拜倒道："我自幼长于军旅，少持卷册，却也知田横五百士以死报主之典故。我离成德，追随大王之时，赵王曾赠我佩剑，嘱我以此剑

沙陀！沙陀！

攘寇除凶。今成德变故，赵王遇弑，我之悲愤无以言表，本欲以此剑自刎以报赵王之恩，自思徒死无益。大王若念我辅佐稍有勤劳，准我复仇，我已感激不尽！我自带本部赵兵回成德搏斗凶竖，以报王氏累世之恩，虽死不恨！诚不敢烦大王劳兵。"

李存勖道："赵王于将军，恩也；赵王于孤，义也！将军是报知遇之恩，孤亦是全同盟之义！勿复多言！"便以符习为成德留后，发檄文讨贼。

李存勖欲自统兵往镇州，郭崇韬道："今在河上与梁对峙，最是紧要，大王不可轻离！"

李存勖遂对阎宝道："琼美在邢州多年，谙熟赵人行兵，便由你统兵伐赵！"

阎宝道："谨遵令。更求一前锋。"

史建瑭前行道："末将愿往！"

李存勖点首道："无以易卿！"

张文礼在镇州闻李存勖起兵伐赵，情知蜡丸事泄，心中惊惧，忙召诸将商议。其子张处瑾道："既然与李亚子反目，便刀兵抵抗。镇州城池坚固，足御强兵！更再遣人往汴梁与契丹求助。父王与韩延徽交情莫逆，彼如今在契丹位极人臣，必能助我镇州。"

张文礼叹道："只怕韩延徽虽顾我之义，更不忘李亚子之恩。"遂命张处瑾处置。

张处瑾更遣精细作探潜出成德，往契丹、汴梁送信。朱瑱在汴梁亦闻成德之变，接到张文礼书信，书中言道："赵王全家为乱兵屠戮，臣等舍命，保得公主平安无恙。今臣重奉正朔，复归天朝，乞望朝廷发精甲相助，则李亚子首尾难兼顾，溃败不远矣！"

朱瑱将书信示与诸臣，叹道："回鹘王氏，执掌成德百年，竟一夕为变，殊难逆料。"

敬翔喜道："此乃千载难逢之机！陛下乘贼人内讧，出兵收复河北，沙陀可破。望陛下依从张文礼所请，勿要失此良机。"

赵岩、张氏兄弟道："今夷贼近在黄河，倾尽我朝之力，尚恐难以应付，何以再分甲兵，救助镇州？况张文礼首鼠两端，坐持自固，欲以我朝之兵保得镇州周全。我朝不合劳兵伤财，'为他人作嫁衣裳'。"（秦韬玉是

唐末诗人，此处引用其诗句不算穿越）

朱瑱欲从赵、张之言，敬翔急道："张文礼父子虽骁悍，终不堪敌李亚子，陛下若不施援手，成德必为李亚子所克！王镕在日，纵是与晋结盟、奉李亚子号令，然其自专域内兵马钱粮诸事，李亚子不得染指。李亚子若克镇州，必自兼领，则成德与河东无二矣！陛下前番已失魏博，今不可复失成德也！"

朱瑱闻言不悦道："成德远离汴梁，纵是夺取，亦难久固。昔日秦混一六国，是依范睢'远交近攻'之策，卿不知乎？"遂不纳敬翔之言，只全力增兵河上，又以大将戴思远为北面招讨使，代王瓒抵御李存勖。

戴思远至河上，与众将谋道："今李亚子亦分兵去救镇州，河上之晋兵不多。我军可趁机袭取德胜北城，占得此城，再尽毁李存进所筑之蒹葭浮桥，则德胜南城孤陷无援矣。"众将遵命。

不料梁军中有一小校，因小过而受戴思远责罚，心中怀怨，潜投晋军，尽泄戴思远之谋。

李存勖闻知惊道："此计颇毒！"遂命李嗣源伏兵于戚城、李存审屯兵于德胜北城，又令元行钦引兵虚作往攻镇州。

戴思远探得晋军北去，便引大军来袭德胜，行至魏店，便遇李存勖精兵截杀，戴思远并力死战。李嗣源从戚城杀出，元行钦又从后杀回，数路晋军围杀，戴思远抵敌不住，徒涉洹水而逃，梁军自相践踏，坠河陷流，阵亡两万余人。

再说阎宝、史建瑭、符习等自邢洺北上，直取成德。史建瑭为前锋攻打赵州。赵州刺史王铤知沙陀军悍勇，不敢大意，齐集全城军民，严阵以待。史建瑭率数千骑兵旋风般飞至赵州城下，不及扎营造饭，数千沙陀军便下了战马，持了短刀盾牌，蚁聚攻城。城上矢石齐下，沙陀军毫不退缩，一鼓作气，只一个时辰便攻陷赵州。

王铤尚未得再传将令，城池已陷。王铤逃跑不及，只得归降。

张文礼自闻晋军来攻成德，心中惊恐，已卧病在床。闻史建瑭一个时辰攻下赵州，更是心胆瑟瑟。又从赵州奔回一成德军校，呈上一封书信，言是李存勖写与张文礼。张文礼展开书信，见确是李存勖亲笔，书信言道："赵王何负于君？竟遇杀身；王氏何负于君？竟遭灭族。君以怨报德，不

沙陀！沙陀！

惮报偿因果乎？"

张文礼阅罢，心胆俱裂，口中喃喃自语："我负王氏，罪合身死！"跌倒至地，口中咯血。众人连忙施救。正在此时，又有哨探飞报，言晋军日间又克深州，深州刺史张友顺交战一合即被史建瑭斩首，此时晋军已渡滹沱河，前哨尖兵更已掠镇州近郊。张文礼恍惚间又闻知此凶讯，终于不支，大叫一声，吐血而亡。

张处瑾秘不发丧，召集众将道："李亚子掩有河北、威满天下，今以大军侵我成德。较之李亚子，我成德地狭兵微，然我辈向来不畏强暴，夷敌来犯，悉力抵御便是，让天下见识我成德气略！"

韩正时等将领齐声应诺。

史建瑭前锋如旋风般飞至镇州城下。史建瑭督众军士攻城。但镇州城池险固，难以靠近。史建瑭策马前行，身先士卒，直逼城池。蓦地，城上箭如雨下，史建瑭身中数箭，撞下马来。张处瑾在城上窥得分明，见史建瑭落马，晋军无首，忙招呼赵军出城歼敌。

张处瑾刚出城门，阎宝大军已随后赶到。张处瑾见晋军势大，知不可敌，忙又退回城中。众人将史建瑭救起，已气绝身亡。阎宝命盛殓尸身，措置后事，一面又忙将史建瑭死讯奏报李存勖。

李存勖闻史建瑭阵亡，放声大哭，不能停止。众文武劝慰。李存勖哭道："史建瑭之父史敬思便是先王股肱，随先王戎马倥偬，屡建殊勋。上源驿一战，史敬思护卫先王，自行断后抵挡追兵，成全忠义。史建瑭自幼长于我家，先王视同亲生。长成以来，复为我河东柱石。父子前后为国捐躯，思之令人神伤。"

笔者有言语感慨史家父子一体忠烈令人钦敬：

"虎貔壮士本氏史，
善战无前出直北。
从王专务杀伐事，
王恩不啻并父子。
王之帐下义儿多，
君辈节烈不逊彼。

宣武雷电照刀矛，
镇州旌旗迎弓矢。
天伦不贰弼天伦，
一体从容继而死。
忠魂会当列神班，
六军泪落尘埃里。
孰言乱世多狡黠，
忠孝从来共仰止。
君不见：
时如江水东不回，
草木青黄更复始。
平陵筑城儿执节，
李令复京男擒鸷。
世代掩有义武心，
人慕慷慨咸如此。
身极富贵何足欢？
后人一誉多胜矣。
今有君辈更继承，
其勋无遑得狐笔。
何怨狐笔曲直之，
翰墨千年流香渍。"

李存勖道："镇州城坚，孤自往攻，更为史建瑭报仇！"于是留李存审、李嗣源守德胜，李存勖自带兵赴镇州。

张处瑾在镇州城内婴城固守。阎宝布阵有法，将镇州城围得不透风雨。这一日，张处瑾登城，却见晋军骤增，中军更竖起晋王李存勖旗号。张处瑾之弟张处琪惊道："李亚子亲来攻城，恐镇州难敌。"

参军齐俭道："可往晋营，谢罪请和，再许以重金，或可保全镇州上下。"

张处瑾慨然道："大丈夫立于天地间，生而何欢、死而何惧？我若惧死，便自始不敢与李亚子为敌！"

沙陀！沙陀！

大将韩正时道："定州王处直，毗邻我镇，我若往求救，彼思唇亡齿寒之理，必来救应。"

张处瑾道："将军辛劳，可往一行。"

韩正时道："原当效命！"

是夜，韩正时率一千精骑，潜出镇州北门，一声呐喊，踹营而过。北门晋军猝不及防，韩正时一行更舍命奋勇，一场厮杀，韩正时冲荡而出，身边尚余三百余人。

韩正时率残部不敢耽搁，急急北行。李存勖闻知，命元行钦领数千骑兵在后追赶，不可使其走脱。

元行钦道："擒一韩正时，何劳恁多兵马？"

李存勖道："你却欲引兵多少？"

元行钦道："五百精骑足矣！"

元行钦便率领五百铁骑，自后飞奔追蹑。追至行唐，赶上韩正时。韩正时尚欲抵挡，元行钦手中长枪起处，已将韩正时刺于马下，随后枭了首级。那三百余赵兵也尽数被斩，无一走脱。

再说定州王处直，闻知李存勖攻打镇州，自思镇州与定州，唇齿相依，李存勖若攻陷镇州，必兵胁定州。思忖再三，王处直便命人送与李存勖一封书信，书信中有言道："赵王之薨，殊诚叹惋。然今国事多艰，元凶尚在。殿下万乘之躯，天下仰济。唯愿先全大义、后顾小节，首诛梁寇、且赦张儿。"

李存勖阅罢，提笔作回书，书信中有云："张文礼蓄谋作乱，弑父杀尊，罪愆之大，殊不可赦。且其觊觎邻邦、不存善念，勾联外患、更蓄险心——暗通梁寇，意在染指易定也。叔父国之重臣，宜加察查，勿为亲痛仇快之举。"写罢并将张文礼勾结朱梁之蜡丸绢书一并付与王处直使者。

王处直阅罢李存勖回书，郁闷道："李亚子外托为王镕复仇之名，实则欲霸取镇州。李亚子若得镇州，则我定州与虎狼为邻也。"

王处直沉吟半晌，对诸文武道："如今唯有请契丹南下，牵制李亚子！"

此语一出，众文武哗然，多谏道："李亚子固是可畏，然契丹垂涎我中土日久，苦无机会，今若招其前来，必谋夺我州郡——此所谓'前门驱虎后门引狼'也。况李亚子虽是沙陀后裔，然久沾圣化，与汉人无异；而契丹尚蒙昧无礼，彼若据中土，'我等皆左衽矣'。"

256

王处直怒道："我宁左衽，亦不肯将中山付与沙陀！"

此时王处直嫡子王郁正在新州任防御使——当年王鄗逃亡河东时，王郁相随。（事见十七回）李克用怜其忠义精明，将自己之女嫁与其为妇，并使其镇守新州。王处直便写信与王郁，命其设法说动契丹南下，侵扰边境，使李存勖分兵防御，无力攻打镇州，并许诺此事若成，则立王郁为义武节帅，继承中山王爵。其书信中有云："昔日父为中军劫归于定州，儿随尔兄奔走于晋阳，自此天各一方，天伦分离，实是造化弄人也。然百年之离别，难割血脉勾联；万里之隔绝，不舍骨肉眷念。今李亚子借口镇州内乱，加兵成德，虎视邻州。我定州百姓将有餐刃之苦，为父将有临渊之祸，父子同心，儿岂忍坐视？儿当往契丹，该回赐之智慧、鼓秦仪之唇舌，说其单于，挥兵南下，以分沙陀犲狼之师，得救义武累卵之危、拯中山倒悬之难。父年齿垂迈，筋骨衰跎，儿其勉之，以承义武之业。书不尽言。唯盼从速！"

王处直义子王都，已位居义武节度副使，王处直已许其继承义武节帅之位。如今闻知王处直更欲使王郁嗣位，心中惧愤，遂秘与书吏和昭商议。和昭道："令公使王郁招引契丹前来，更以王郁为嗣，云郎若坐视无为，则有扶苏之祸也！"

王都切齿道："今日之事如箭在弦上，不得不发！"

是日，王处直在城东与定州众官宴。饮至沉酣，暮色已近，王处直尽兴归府，刚入府门，王都引伏兵冲出，挟住王处直。王处直大惊问道："何人作乱？！"

众乱军答道："令公招契丹入中原，不啻引狼入室，我等不愿惹火上身，请令公且归西第颐养天年！"

王处直瞥见王都在旁指挥，登时明彻，大骂道："刘云郎竖子最是叵测！"

乱军不容王处直多言，将他幽禁于西第，其妻妾一并捉拿禁困，又将王处直子侄、亲信将佐尽数捕杀。

王都自称义武留后，将义武之变作书细报与李存勖。李存勖接王都表章，道："王处直首鼠两端，却也合该有此报偿。"便下诏授王都义武节度使。

李存勖之子李继岌在旁见李存勖授王都义武节度使，便言道："刘云郎囚父，其悖逆之举远比刘守光、近同张文礼，父王为何对其褒奖拔擢？"

沙陀！沙陀！

李存勖手抚李继岌之首道："儿所见甚是！我岂不知刘云郎确是中山之狼！然今国事多艰：南有梁逆、北有辽胡、肘腋更生镇州之乱，为父实不愿定州再生别端。"

李继岌道："父王以复兴唐室为己任，当如春秋五伯扶王室而征伐不道，以副天下之望。"

李存勖目视李继岌道："今天下之势，与五伯之时大异。彼时虽周礼崩坏，然君臣咸能恪守大义；时下诸藩，趋之以利、恃之以力，浑不顾礼义。若仍拘五伯之行，则不啻刻舟求剑。况且为父身承你祖父之三矢遗嘱，即位以来始终以此为志，所做诸事皆为偿此三恨，昼夜不敢懈怠，唯恐辜负重托。"

李继岌拜道："孩儿知之矣！"

李继岌退下，李存勖转入后室，刘玉娘见其面容郁闷，便问究竟。李存勖叹道："和哥虽幼，却知是非；孤今迫于情势，竟违心背愿，褒扬恶者——我不及和哥矣！"

刘玉娘忙劝慰李存勖道："大王守大义、行大孝，天下定知大王之苦心。待和哥岁增，自明其理。"

却说王都接诏，欣欣喜悦，遂持诏来到囚禁王处直之室。只见王处直形容枯槁。王都笑道："父瘦矣！"

王处直目视王都道："刘云郎悖逆，安得不瘦！"

王都笑道："父勿忧。自此儿男为父操劳义武巨细诸事，父可安乐富贵。"说罢，将李存勖诏书示与王处直。

王处直阅罢，登时怒火中烧，猛然跃起，抓攫王都便撕咬。王都猝不及防，竟被王处直咬破脸颊，不觉恼羞成怒，用力一簇，将王处直掼倒于地。王处直本已年迈体衰，此时愤恨满胸，痰喘迂结，顿时面红耳赤、气息不畅，过不多时，竟至气绝。

再说王处直之子王郁得王处直书信，急急前往契丹。拜见阿保机游说道："镇州美女如云，金帛如山，陛下如速速前往，则此皆大王囊中之物；不然，则尽归李亚子也。"

阿保机沉吟不语。

卢文进道："汉人内讧，彼此纷争，邀我南下，此诚千载难逢之良机，

258

陛下且勿错过！"

阿保机侧面顾韩延徽问道："先生以为如何？"

韩延徽思忖良久道："中原富饶，非北地苦寒可比。沙陀当年与契丹皆游牧北地，今彼驰骋中原，威慑天下。沙陀可为，我契丹胡不可为？"

阿保机笑道："朕知矣。"便拟出兵。

萧后在旁谏道："自陛下一箭而定上京以来，我契丹今东抵渤海、西至楼兰，疆域辽阔，羊马肥健，富足无尽，其乐实不逊中原，何必劳师远出以乘危徼利？况且我闻李亚子出世以来，用兵鲜有败绩，天下忌惮，实是一奢遮儿；陛下轻出，万一不利，岂不损折陛下数十年之威名！"

阿保机手拍虬髯，南向而视道："自黄巢之乱，天下英雄并起：朕一意漠北，独眼龙与朱三、刘窟头、宋文通等角逐中原，更有杨脚夫、王私盐割据吴蜀。如今群雄多已作古；宋文通虽在世，却年齿日增而胆略日萎，实不足更论。李亚子纨绔小儿，竟驰骋中原、睥睨天下，当真自以为天下无敌乎？奢遮、奢遮，朕虽年迈，当年与独眼龙洒金川骑射之余勇尚在，却要前往会猎这奢遮儿！"遂调拨兵马出征。

众人退出，韩延徽仰天长叹，泪堕腮边。诸人疑惑，问道："先生何故哀伤？"

韩延徽叹道："向日晋王待我甚厚，我曾向晋王立誓，终身不使契丹一兵一卒南下。然张文礼与我是生死之交，我亦曾立誓，如彼被祸，我必为之报仇。今为全张文礼之义而背我对晋王之誓，心下痛煞！"

卢文进劝道："子胥衔家恨而背楚、仲权怀亲仇而去魏——义不两全，自古亦然，先生不必自责。"

阿保机亲自统带数十万大军，悍然南下，兵锋径指幽州。时李存勖命中门使马绍宏守幽州，其部下见契丹兵势忒大，心下惴惴，遂对马绍宏言道："贼虏甚众，莫若弃城。"

马绍宏道："大王以幽州付我，我若临敌不战而逃，岂不愧对大王之嘱托。昔日李嗣昭离幽州，百姓结队挽留，以其保境安民之能也。我之威名固然不及李嗣昭，然忠烈之心与之并无二致！今日之势，当全力守城，若不能持，有死而已！"于是征调军民，死守幽州。

契丹军围困幽州多日，不能攻克。阿保机不愿耽搁，遂舍弃幽州，南

沙陀！沙陀！

下直取定州。

王都慌忙告急于李存勖。李存勖部下多言道："镇州一时急切难下，更有契丹来势汹汹，若分兵抵御则益捉襟见肘；又闻逆梁加兵魏州，意欲动我根本，不若暂且回军。"

李存勖听罢道："镇州内乱，契丹外侵，此诚危急之时。我若撤兵，张处瑾定与契丹联兵，定州益加势孤，必陷于贼手；镇定易帜，幽州则置于南北夹攻之下，亦恐沦丧。如此河北半幅非我所有也！故断不可撤军。"

有人言道："分兵则力薄，恐难兼顾。"

李存勖道："昔日太宗与王世充战于洛阳，更临窦建德重兵之夹击，腹背受敌，唐军师老兵疲、粮秣罄尽，其势最是穷蹙，然太宗临危不乱，先以神勇擒窦建德，而后携威震慑王世充，遂不战而克洛阳——疆场胜败，瞬息多变，但事在人为。"

又有人言道："镇州城坚，非重兵难以攻克。"

李存勖道："大军皆留于此，我只带五千骑兵往救定州足矣！"众皆失色。

李存勖带领五千精骑飞驰至定州新城之南，候骑来报说契丹前军已抵新乐，正渡沙河而南进。

李存勖问道："贼虏多少？"

候骑答道："皆云阿保机此番倾国而来，且扬言要与大王会猎于定州。"

诸将在旁闻言，多有惊慌失色者。郭崇韬见状，遂言道："契丹夷贼听信王郁蛊惑而来，本是贪图中原财帛珍宝，并非为解镇州之围，其斗志不高。而大王率领我等连破梁兵，威震夷夏。夷贼若闻大王亲至，定然心沮气索。我等但能挫败其前锋，其大军必乱而败逃——便如当年淝水之秦军。"

李嗣昭仗剑喝道："今强敌在前，我等有进无退，断不可轻动以动摇军心。若有畏敌逡巡者，只与我手中之剑言说！"

李存勖道："古今兴亡成败，自有天命，契丹其如我何！我以数万之众平定山东，今若遇此小虏而畏避，则何以面临四海天下！"

李存勖遂率铁骑为前锋，李嗣昭、郭崇韬继进，直出新城之北，在桑林遇契丹数万大军。李存勖一马当先，张弓引箭连连射出，并无虚发，射杀十余契丹将士。契丹兵将大惊，皆言道："晋王神勇，我契丹无人可敌！"

李存勖一鼓作气,挥军杀入契丹军中,契丹军不敌,慌乱败走。阿保机之子牙里戈意欲喝止败军,被李嗣昭一槊刺于马下。契丹军益加惊惧溃乱,晋军穷追不舍。奔至沙河,浮桥甚窄,容不得众军。见河面已然冰封,契丹军纷纷踏冰涉河。不料初冬世界,冰面甚薄,众人踏上,顿时破裂,契丹军坠落河中,溺死无数,仅百十人逃回望都阿保机屯军之处。

李存勖追至望都,阿保机整军应战。二人阵前相见。阿保机出马道:"我与你父结拜,最是倾心,久闻贤侄叱咤中原,威赫华夏,着实欣慰,唯抱憾不得相见故人之子。今日得会贤侄,我愿足矣!"

李存勖跃马道:"我自幼闻叔父大名,家父临终,更是念念不忘叔父。今日得与叔父会猎于定州,实是我人生大快之事!"

阿保机身后闪出秃馁喝道:"我来与李亚子对决!"

李存勖冷笑道:"闻你是契丹第一勇士,今日一会最好!"

二人交马只一合,李存勖挥铁挝将秃馁打下马来。身后李嗣昭招呼众军将一齐杀出,契丹兵虽勇,竟抵挡不住晋军之剽悍,被冲开阵脚,顿时大乱。李存勖、李嗣昭率千余铁骑在契丹阵中往来横冲直撞,如狂飙扫叶一般,契丹兵纷纷溃散。

阿保机见契丹兵势败,自知无力回天,只得引残部北退。李存勖引兵在后穷追,直赶至易州。此时正值隆冬,又遇大雪,平地雪深数尺。契丹兵平日随身不携食粮,只是随处索取。如今大雪遍地,无处觅食,契丹兵冻饿而死者不可胜数。

阿保机见状,对身边诸人叹道:"朕不服老迈,恃勇来战李亚子,竟遭此败绩!亚子之勇,更在其父之上!萧后所言甚是——奢遮、奢遮,此儿确是奢遮儿!"又举手指天长叹道:"天不使我居于此!"

阿保机身旁幼子耶律德光道:"父皇不需愁颜,他日儿定使契丹再回中原!"

阿保机回头怒目凝视王郁道:"朕误听你之蛊惑,致此惨败!纵斩你亦不足息朕之愤懑!"

王郁惶恐至极,浑身战栗,口不能言。

李存勖追蹑途中,但见契丹兵将尸体叠枕遍布道中。但观契丹野宿之所,布笪于地,回环方正,皆如巧匠编蒻,虽逃离遁去,却井井有条、寸

沙陀！沙陀！

枝不乱，李存勖不觉叹道："夷虏法度竟严谨如斯，我中国有所不及也！"

李存勖兵至定州，王都引全城文武远出城门迎谒，极尽卑恭。李存勖好言抚慰。

王都拜道："定州阖城平安周全，皆赖大王！"

李存勖道："亦是君修德履仁所致。"

李存勖一行入城，王都盛筵款待。席间，王都见李继岌侍坐李存勖身畔，便问其生辰年纪，笑道："我有一女，愿奉与和哥执巾帚，乞大王垂爱。"

李存勖笑道："最好！待归晋阳更备聘礼。"

王都离席拜道："得与大王结为亲家，乃是我生平第一荣华！"

李存勖便命李继岌更与王都施礼，李继岌不敢违拗，只得再拜王都。

李存勖穷追契丹败兵，直至幽州，更欲北进，忽接李存审急报，言段凝奇袭卫州，擒刺史李存儒，又乘势连取淇门、共城、新乡，澶州以西、相州以南，尽数失守，李存勖大惊道："段明远兵处劣势，竟能出奇制胜，真奇才也！人多言段明远唯以巧佞事君，不谙兵事——今日观之，此言甚谬！"

马绍宏等人道："卫州失守、魏州危急，大王当亟往措置，不可专务于败虏也。"

李存勖道："契丹乃是天伦三恨之一，孤若轻纵，岂不有负先父之遗嘱！"

李嗣本道："末将愿代大王往追契丹！"

李存勖赞道："兄长有李药师之风！"遂拨给李嗣本精骑千人，嘱咐道："莫轻敌寇，务必谨慎，提防埋伏、出境即返！"

李嗣本道："不敢奢望为李靖，只求不做李陵！"领命而去。

于是李存勖又引兵自幽州飞赶回魏州驰援。

按：《新五代史·义儿传第二十四》载，"十三年，（李嗣本）从破刘鄩于故元城，收洺、磁、卫三郡。六月，还镇振武。八月，契丹安巴坚倾塞犯边，其众三十万攻振武，嗣本婴城拒战者累日。契丹为火车地道，昼夜急攻，城中兵少，御备罄竭，城陷，嗣本举族入契丹。"史载，李嗣本当是公元916年契丹攻振武时被擒，不屈而终。

第三十三回
顽敌终破四柱倾覆　孤城不屈一节升遐

却说晋卫州刺史李存儒，本名杨婆儿，优伶出身，今得掌州郡，不免跋扈，用法严峻。卫州军民，畏惧其苛刻暴戾，竟多有逃亡。

段凝此时正驻兵郑州，闻此讯息，召集诸将议道："今卫州杨婆儿残暴不仁，尽失人心，我可乘此良机往夺卫州。"

诸将面面相觑，而后道："我大梁与沙陀争锋于河上，屡屡受挫，诸兵将畏晋甚于畏虎。况近日戴思远又新败于洹水。将军轻肇兵机，万一不胜，岂不使我军河上之势更蹙！"

段凝道："我军多败，晋人必恃胜轻敌；今李亚子又携兵北上抵御契丹，魏博空虚——此正是用兵良机，断不可错失！"

段凝又请戴思远前来共议道："晋守军多在德胜，符存、邈佶烈皆百战名将，智勇兼该，不可小觑。戴将军可整兵虚言欲攻魏州，以符存、邈佶烈用兵之法，必分兵魏州、澶州，以图两路包抄；戴将军自狄公祠再涉洹水、据成安，则进可攻德胜、退可守杨村，符存、邈佶烈必不敢轻动。我则引奇兵奔袭卫州，卫州若得，与将军在成安相呼应，淇门、共城、新乡等城便与晋军隔绝，必为我有——如此则澶州以西、相州以南，皆得收复矣！"

戴思远拜服道："将军神算，天人莫及！"

于是戴思远依计虚攻魏州，牵绊李存审与李嗣源。段凝与步军都指挥使张朗引一支精兵，乘夜色偷渡黄河，掩至卫州城下。卫州降兵指点守军稀少之处，段凝便指挥登城。城上守军万没料到梁军自天而降，加之痛恨李存儒暴虐，不肯尽力抵抗，遂多投降。段凝一战而克卫州，径直入府衙

沙陀！沙陀！

捉住李存儒。

段凝攻克卫州，戴思远据住成安，淇门等三城孤立无援，只得归顺梁军。晋军在魏博之粮草军械，在卫州储有三成，至此也尽为段凝所有。

却说李存勖接李存审告急，不敢耽搁，引兵自幽州星夜奔回魏州，数日便至。李存审、李嗣源见李存勖请罪。李存勖笑道："胜败乃兵家常事，二位兄长不必自责。"

又问军势。二人道："卫州失陷，我等恐魏州、澶州有失，德胜又最是要冲。遂扼兵德胜，对外放言大王已逐契丹、克镇州，引得胜之兵并镇定之兵一同南下，且作疑兵游弋于魏州、澶州之间，使段明远一时不敢加兵于此。"

李存勖赞道："败而不乱，实是难得。"遂与李存审、李嗣源分兵，各守要害，互为犄角。段凝寻不得战机，只得与晋军在黄河对峙。彼此不敢松懈。

再说阎宝围困镇州累月，未能攻克。阎宝思忖良久，生出一计。遂命军士掘土为堑，环城筑成长围。再决滹沱河之水淹漫城池。于是镇州城内外断绝，未及多日，城中粮尽，饿殍遍地。

一日，镇州城内闪出三五百军士，并许多车辆。诸晋将禀告阎宝。阎宝觇看，笑道："城中无粮，这必是张处瑾派出寻粮之人。"

说话间，这数百军士已渐近长围。诸将道："可出兵阻止。"

阎宝道："这数百人何足道？且容其近长围，聚而歼灭。"

这数百镇州军已抵长围，蓦地从车中又蹿出无数军士，攻向长围。晋军不及提防，被攻破长围。镇州兵四处纵火，呐喊厮杀。镇州城中大军又随后继进，冲荡晋军大营。阎宝统带晋军死战，双方死伤无数，阎宝受创，不能抵挡，不得已弃营而去，退保赵州。

李存勖闻阎宝兵败，惊叹道："琼美宿将，智勇无双，竟败于张处瑾！"因遣使往赵州抚慰阎宝，另以天雄马步都指挥使、振武节度使李存进为北面招讨使，代阎宝往攻镇州。

阎宝在赵州养伤，心中郁闷，惭愤成疾，对左右言道："我行兵一世，鲜有败绩，今竟失于孺子，有负大王重托！愧对天下！"连声大呼："可恨！可恨！"竟咯血而死。

李存勖闻知阎宝死讯，失声痛哭道："琼美难得将才，今竟辞世，我朝失一股肱也！"

再说李存进统兵至镇州，便在东垣渡扎营。

镇州城中，张处瑾道："孙重进随独眼龙、李亚子征战多年，亦是悍将，不可小视。"

其弟张处球道："史建瑭、阎琼美皆折于此——我镇州已与李亚子结下深仇，唯有拼死一搏！弟愿率城中精锐往袭孙重进中军！"遂率七千精兵出城直奔李存进东垣渡大营。

恰在此时，李存进遣数千精兵来镇州攻城，余者多外出巡粮。张处球之军与李存进攻城之军竟错道未遇，径直杀到东垣渡。时李存进身边仅十余亲兵，见数千镇州军骤至，并不畏惧，大喝道："诸君与我在此与敌一战！我等若退，镇州军必捣毁我中军，则在外之军皆无依从也！"遂率此十余亲兵据住营前桥头，与数千劲卒格杀。

奋战多时，往攻镇州之军得讯杀回，外出诸路人马亦急急返营，将张处球七千兵将困在垓心，尽数斩杀。张处球只身逃回镇州城内。

诸晋将忙来探看李存进，却见他早已身死多时，兀自立于桥头，尸身不倒。

李存勖得知李存进阵亡，哭绝多时，连连呼喊道："兄何忍弃我而去！"诸将亦哀伤。

笔者有言语赞叹李存进云：

"执律比屈突，
　运谋夸杜预。
　平生唯志忠，
　至死身犹兀。"

李存勖便以李嗣昭为北面招讨使，往攻镇州。临行设宴，李嗣昭但吃菜肴，却滴酒不沾。李存勖道："二兄犹记父王之言？"

李嗣昭道："绝不敢忘先王之训诫！我立志终生不饮酒。"

临行，李存勖执李嗣昭鞍辔道："孤但有急，二兄是解。"

第三十三回　顽敌终破四柱倾覆　孤城不屈一节升遐

沙陀！沙陀！

李嗣昭道："千里疾驰，救我于潞州——此恩义古今之主难有！我本出身寒微，蒙先王垂爱，收于帐下，更有大王之信赖，至今执掌方镇，位极人臣，功名富贵，不复求矣。唯一死以报先王与大王之恩！"言讫，上马径往镇州。

李嗣昭行军如飞，待赶到镇州之时，张处瑾正率万余精兵外出巡粮而归。李嗣昭便在李存进故营设伏。

张处瑾押粮归来，正欣欣然间，忽听号炮响处，伏兵四起，李嗣昭大军杀出。张处瑾猝不及防，仓促应战。李嗣昭昭义军煞是凶悍，不及半日时分，将张处瑾万余精兵尽数斩杀殆尽，粮草也尽数被昭义军劫缴。张处瑾换了士卒衣装，逃回镇州，哀叹道："自此我镇州元气尽矣！"

李嗣昭跃马往来驰骋穿梭，督促众军打扫战场。却有五个镇州败兵，藏身于废墟之间。窥见李嗣昭驰过，悄声商议道："这便是韩进通！我等若隐匿不动，或可逃得性命。然此人乃我镇州死敌，我等当死命一搏，以报张节帅！"

其中一人拈弓搭箭，向李嗣昭射去。李嗣昭不防，这一箭正中头颅。李嗣昭箭囊中箭矢已尽，只有手中一张空弓。李嗣昭遂伸手拔下头上之箭，回射那镇州军卒，那军卒应声中箭而死。昭义军齐上，将其余四人也斫为肉泥。

李嗣昭亦负痛跌下马来，中军救起，见伤口血流不止，忙抬回中军将息。李嗣昭自知不保，便命任圜暂时署理军权，妥善退军。

任圜拜道："节帅知遇之恩，永世难报！"

李嗣昭道："公明敏睿达，世所罕匹，假以时日，必为国之重臣。然公惜气略重，望日后多与人为善，勿堕小人之构陷。"

又召集诸子于榻前道："我一生征战，得授显爵，唯恃忠勇。我之身后，你等善事大王，勿损我名。"诸子跪泣应承。

长子李继俦言道："可有陈于大王之言？"

李嗣昭道："大王不世之英武，凡事自有措置，不需我多言。"言讫身亡。

任圜下令秘不发丧，一面又遣人将凶讯飞报李存勖。次日，任圜又挥军攻城。张处球登城呼道："城中兵食俱尽，此事人神尽知。而镇州久抗王师，今纵泥首自归，亦惧无以塞责。"

任圜朗声道："以令尊之罪，固难宽宥，然罚不及嗣，你兄弟尚可从轻；然你兄弟拒守经年，连伤我大将，今一朝困竭，方布款诚，以此计之，你兄弟亦难免！"

张处球闻言冷笑道："公不欺我！"遂继续死命抵御。

李存勖闻知李嗣昭阵亡，竟呆立无语，如同痴也。刘后等大惊，连连呼唤。半响，李存勖方转醒，以头抢地而号啕，不能自已。竟累日不食。诸将也无不落泪。

笔者有言语赞叹李嗣昭云：

"汾州将军神勇姿，
年未弱冠掌兵机。
戎马倥偬生平事，
中原遍闻霜蹄疾。
银烛照映戈矛刃，
雪花钢刀夜鸣镝。
君父呖呖声在耳，
义儿从此绝酒卮。
身历百战败殊少，
何惧劲兵围复围。
向守孤城经年岁，
面有菜色非有戚。
临敌直前无退意，
天子嘉壮为倚恃。
荡涤逆气拂青锷，
自拔敌矢翻射敌。
血盈衣衹而气尽，
君王辍朝引为悲。
生而忠烈人莫及，
奈何后世作狼罴？

沙陀！沙陀！

但教将军犹在日，
安容魑魅魍魉树旌旄！"

李存勖遂以李存审为北面招讨使，执其手道："区区一镇州，竟折我朝四柱，三兄不往，无以克伐！"

李存审淡然道："大王此前三番征讨，镇州兵力已尽，此时已是强弩之末。我此去征伐必胜，然勋劳却在前番损折之四柱。"

李存审兵至镇州，下令四面攻打。张处瑾分兵守御。

此时镇州城内精兵已折损殆尽，粮草更是断绝多日，只有老弱残兵，难以守御。有人更劝张处瑾与晋人媾和。张处瑾叹道："李亚子在我镇州连折四将，与我仇深逾海，安能允和！前番任圜之言，声犹在耳。大丈夫行事如行弓，断无回头之理。今番唯有与沙陀死战便是！"

镇州大将李再丰，本是王镕旧部，感念王氏之恩。今见张处瑾穷途末路，便暗暗命人出城与李存审通款。当夜，李再丰教部下军士在城头坠下绳索，一声暗号，晋军攀缘而上，未及天明，晋军多人已然入城。遂斩杀了四门守军，打开城门，大队晋军攻入城来。

李再丰指引，晋军随即擒住张处瑾、张处球、张处琪诸兄弟及其家眷，其亲信党羽高蒙、李翥、齐俭等也无一遗漏。张文礼父子之变，历时一年余，至此方平定。

李存审命其子李彦超将一行乱党押赴李存勖魏州行台。押送军士计议道："张氏兄弟皆有勇力，途中恐生变故。不可不防！"便将一行人踝骨尽数折断，方置于囚车之内，押往魏州。

无数百姓沿途观看。张处琪负痛不堪，口中号叫。

张处瑾怒目道："我燕赵男儿，死且不惧，何言些微痛楚！"因慷慨而歌。

李彦超亦赞道："此真男儿！"

押至李存勖行台，王镕旧臣多前往行台请重惩乱党。遂将张处瑾一行施以醢刑，其肉被王氏旧臣分而食之。又将张文礼掘墓，拉出尸体，施以磔刑，以快人心。

李存勖又命寻出王镕尸骨遗骸，以王礼重行安葬。符习等旧臣皆服斩衰送葬。

268

李存勖便以赵将符习为成德节度使、乌震为赵州刺史、赵仁贞为深州刺史、李再丰为冀州刺史。符习坚辞不受，与王镕旧臣共请李存勖兼领成德节度使。

李存勖固辞，符习道："今天下大乱，非大王无以镇成德。大王与赵王至亲至友，岂忍坐视赵王基业复被干戈。"

李存勖流泪道："我权且署理成德事，一俟安定，再以赵王后人执掌。"遂兼领成德节度使，以魏博观察判官张宪兼镇冀观察判官，署理镇州军府诸事。更加封李存审兼领侍中。

李存勖赞赏符习人品，欲从魏博割出两州，设义宁军，以符习领义宁军节度使。符习又辞道："魏博乃天下霸府，不可分割——前番逆梁分魏博而肇乱之事宜深察之。愿大王以河南一镇相授，我自往夺取！"

李存勖深深赞叹道："忠勇直义，将军当之无愧！"遂以符习为天平节度使、东南招讨使。

再说李嗣昭死后，李存勖命李嗣昭诸子扶丧归葬晋阳。李嗣昭第五子李继能闻谕怒道："我父帅以死命坚守方保潞州不失，更在昭义抚养创残，葺理军府，备有勋劳，今身死行阵之间，当归葬潞州，以慰人心！"遂率领潞州牙兵数千，护送李嗣昭灵柩往潞州而行。

李存勖闻知，道："二兄与我并诸兄弟，皆是父王之子，当归葬晋阳以伴父王！当往告知二兄诸子。"

李存勖之弟李存渥道："弟愿往传谕！"遂骑快马追赶李嗣昭灵柩。

李存渥快马加鞭，一路赶上李嗣昭灵柩一行，策马道："诸贤侄扶中书令灵柩欲何往？"

李继能乜视道："归潞州安葬。"

李存渥道："大王有谕，中书令是先王爱子，宜归晋阳以伴侍先王。"

李继远冷言道："我父帅在潞州多年，与潞州军民休戚与共，宜葬潞州，如孔明葬定军山之故事。"

李存渥尚欲再言，李嗣昭次子李继韬仗剑策马前行道："欲劫我父灵柩乎？欲挟我兄弟乎？欲试我宝剑利钝乎？"

李存渥见事不妙，遂温言道："我只代转大王之谕，并无他意。"言讫，回马飞奔而去。

沙陀！沙陀！

李继韬兄弟扶李嗣昭灵柩归潞州安葬，而后商议潞州之主。此时任圜尚在镇州助李存审镇抚各处未相从归。监军张居翰道："宜行台定夺。"

李继韬道："我父居潞州多年，餐刀饮剑、沥血劳心，今其又尽忠于行阵，复欲延外人执掌潞州，置我兄弟于无处乎？"

张居翰便又道："如此可由长子继任。"

李继韬又道："我兄懦弱，临机而不敢发，此天下纷乱之时，恐难镇潞州！"

昭义参军魏琢、牙兵统领申蒙起身喝道："值此乱世，非勇决者不能秉钧衡。我等愿拥二太保为帅，执掌潞州！"

李继韬对申蒙道："我长兄文雅敦儒，不谙武事，恐为奸人戕害，可另置别院安居，你遣牙兵好生扈从。外面之事，自不劳他过问！"

申蒙道："谨遵命！"即去布置。

李继韬遂自封昭义节度使，遣使告知李存勖，只说为部下所拥，不得已暂摄节度使之位。

张居翰退出叹道："此子行事，与刘守光何异！"

李存勖得李继韬之书，怒道："留得小儿，孤见他自幼便骄狯无赖，今竟囚禁兄长、谋夺节帅！"

郭崇韬道："今战事方殷——以南论，我新败于段明远，亟待重振军威；以北论，我虽克镇州坚城、诛张氏逆党，然连丧四将，军力大蹙——宜暂时安抚留得，不可于此时再令变生肘腋。"

李存勖怒道："虽如此，昭义节度使即是二兄，此名不可再授他人！"便下谕，为避李嗣昭之名讳，改昭义军为安义军，授李继韬安义军留后。

李继韬接谕，恨恨道："为何不径直授我节度使，却使暂摄留后！"

正在此时，李继韬又得报：安义监军张居翰被李存勖召往魏州、任圜亦被李存勖从镇州召往魏州。李继韬心中愈发不安。

魏琢、申蒙复来见李继韬。申蒙道："沙陀良将丧尽，朝中无人，终将为大梁所灭。"

魏琢道："晋王召见张监军、任判官，必不利于节帅。"

李继韬尚自踌躇，其弟李继远自外而入，李继韬道："魏申二人鼓动我背离河东，弟以为如何？"

李继远道："李亚子呈匹夫之勇，侥幸一时得胜，去岁以来，连连遇挫，可见其终不能长久也！潞州四战之地，众目关瞩，兄宜善断顺逆，以保不败。"

李继韬道："我知之矣！"遂命李继远往汴梁见朱瑱，自请以泽潞内附。

朱瑱喜出望外，便改安义军为匡义军，授李继韬匡义军节度使，道："去河中朱简，乃是去一狼；得匡义李继韬，乃是得一虎也！"

李继韬令广募兵勇，以备非常。又巡牢狱，见死牢中有一魁梧后生，便问："此人是谁？所犯何罪？"

狱吏答道："此犯名唤郭威，邢州尧山人，颇有勇力。本已是潞州军卒，偶日酒后与一屠户相争，屠户袒胸道：'你若是英雄，便刺我！'郭威气不过，当街搠死那屠户。"

李继韬闻言大笑道："此子却无淮阴之隐忍！"怜其勇武，便令开释，收为身边牙兵。

李存勖闻知李继韬之叛，并不言语。诸将皆言道："亟往发兵，擒此竖子！"

李存勖道："宁二兄之子负我，我不负二兄在天之灵！"

刘玉娘乘间问道："当年先王升遐之日，大王身负重孝，奔袭千里击逆梁而安潞州——同袍之情固是不必言，然亦足见泽潞之要紧。今因何坐视泽潞叛离而不问？"

李存勖道："此一时，彼一时——彼时敌强我弱，我朝仅辖河东与泽潞，泽潞若失，河东无屏障矣；今河北尽为我有，黄河天堑我亦与梁共凭之，纵失泽潞，无动我根本，我亦无燃眉之危。"

却说李嗣昭旧将裴约，镇守泽州，闻李继韬之叛，遂聚合部下兵卒道："尔等肯从我令否？"

诸兵卒齐道："但有吩咐，无不从命！"

裴约泣道："我自幼追随故使令公，至今已逾二纪，眼见其有生之年唯知分财享士，志灭仇雠。今令公不幸捐馆，柩犹未葬，而郎君遽背君亲，此举与禽兽何异！我宁死不能从也！"

诸兵卒道："我等俱非蝇营狗苟之辈，誓随将军，万死不辞！"

于是裴约据城自守，不肯归梁。

沙陀！沙陀！

朱瑱知泽州不肯归附，恨恨不已，问道："谁肯去收复泽州？"

骁将董璋道："末将愿往！"

朱瑱喜道："朕闻你与高季昌昔日俱从李让，今高季昌节略荆南，将军若成此功，更胜高季昌也！"遂授董璋泽州刺史，往攻泽州。

裴约兵少，难以退敌，遂婴城自固。董璋围住泽州，昼夜攻打。泽州兵将并不畏惧，拼死抵御，战事惨烈，城头伤者犹战，城下尸身相叠。

苦战多日，城中粮尽，军民罗雀掘鼠，亦不屈服。兵将虽尽面呈菜色，犹操弓执刃死战。

裴约内外交困，只得遣人往魏州向李存勖告急。

此时李存勖正在魏州与梁军夹河苦战，无力分兵。闻知裴约势急、泽州危殆，不禁叹道："我兄不幸生此枭獍，不顾亲情而贻兽心于天下；裴约独能知忠奸、别善恶，诚忠义之士也。"

遂召北京内牙马步军都指挥使赵德钧道："泽州得失，我不挂怀；卿但为我救出裴约即可！"更赐赵德钧名为李绍斌。

李绍斌率五千精兵，奔往泽州，行至半途，得知泽州已陷，裴约与诸将俱死义。李绍斌情知无功，只得返回报知李存勖。

李存勖闻言，悲痛不已。

后人以裴约爵位不尊、兵将不众，犹能秉怀忠贞，死守节义，诚为令人钦敬。有言语感叹云：

"泽潞自古兵锋地，
　金鼓不绝剑戟汇。
　赖得太尉相把持，
　四方豪强侧目视。
　太尉离日人咸悲，
　天子嘉优子承之。
　身后变乱生难料，
　猛虎生麇并生黑。
　藩镇易帜归敌去，
　唯有孤城不相附。

第三十三回　顽敌终破四柱倾覆　孤城不屈一节升遐

城为泽州将为约，
捐志君恩泣血据。
城下尸身叠复叠，
城头旌旗倾复树。
天子与知天子惊，
貔貅亟往泽州城。
非为州城但为将，
却见将军黄泉行。
君王从来重疆土，
今何轻之只重卿？
卿之高义动天地，
三晋多闻唏嘘声。
黄土无心埋卿骨，
卿之形骸从云升。
百鸟作歌歌无尽，
哀过杜宇黄昏鸣。
今人读此复嗟叹，
孤灯对影空抱憾。
史书从来便多嗔，
争奈把玩终无倦。"

沙陀！沙陀！

第三十四回
李存勖称尊夺郓州　王彦章挂帅袭德胜

却说李存勖声望日隆，四方劝进之表不绝，李存勖之心复有所动，只是不忍拂张承业之忠谏。

是日，在晋阳城中，李存勖之母曹太夫人又亲临张承业府邸探望，言道："今内外多欲尊亚子为帝，亚子谨记特进之言，不为所动。"

张承业笑道："晋王宜称尊。"

曹太夫人诧异道："特进何出此言？"

张承业道："唐室基业凋零日久，赖晋王父子力挽。今河北皆奉大唐正朔，关东尽树李氏旌麾。万民心中，晋王即是唐室，唐室即是晋王，若要复兴唐室，舍晋王尚有其谁？昔汉光武帝亦是汉高疏族，终能克灭群豪，恢复汉室。今晋王称尊，重振唐室，其功业更胜光武中兴也！"

曹太夫人道："特进之言，金石之论。亚子若登基，特进诚乃第一元勋也！"厚赐金帛珍玩而告辞。

曹太夫人走后，张承业仰天长叹道："亚子不世英才，必克逆梁，复唐之天下而自取，我终不能事之；而亚子之父于我有斛律寺活命之恩，我又不能背之。'悠悠苍天，此曷人哉！'"遂迁宿于斛律寺中，不饮不食，绝粒而死，亡年七十七岁。笔者有言语赞叹云：

　　"秦原寥落豺虎吼，
　　君志坚白耻营苟。
　　斛律寺内感知恩，
　　从此身随王行走。

274

文终固为兵驱驰,
留侯之志未违离。
关中钱粮丰足日,
博浪椎挝复鸣镝。
孰言中涓多巧佞,
君之忠直天日映。
生年不复觇新基,
后人扼腕文若梦。"

李存勖闻知张承业病故,悲恸欲绝,亲回晋阳,以子侄之礼为之行服,极尽厚葬,谥号贞宪。又以河东留守判官何瓒代知河东军府事,继张承业之职。

(《新五代史》《旧五代史》和《资治通鉴》俱载李存勖未归晋阳,其母曹太夫人以子侄礼葬张承业)

事毕正欲归魏州,又闻讣告,河东节度副使卢汝弼病故。李存勖复痛哭道:"今后谁人可作'疏檐看织蠨蛸网,暗隙愁听蟋蟀声'?子谐若不去,宰相无二选矣!"亲执哀礼,厚葬卢汝弼。卢汝弼乃是大历十才子之卢纶之孙,其诗风迥于其祖,然瑰丽斐然,后世亦重。

李存勖归魏州,众文武每日劝进。李存勖遂依从,择吉日在魏州筑坛称帝,复国号唐,改元同光,后人谥号为庄宗。以义武节度判官豆卢革为门下侍郎、河东观察判官卢程为中书侍郎,并同平章事;郭崇韬、张居翰为枢密使;卢质、冯道为翰林学士;张宪为工部侍郎、租庸使,支度务使孔谦为副;又以义武掌书记李德林为御史中丞。

以魏州为兴唐府,建东京,于太原府建西京,又以镇州为真定府,建北都。以魏博节度判官王正言为礼部尚书,行兴唐尹;太原马步都虞候孟知祥为太原尹,充西京副留守;潞州观察判官任圜为工部尚书,兼真定尹,充京副留守;皇子继岌为北都留守、兴圣宫使,判六军诸卫事。

李存勖登基,尚踌躇嫡母秦国夫人刘氏、生母晋国夫人曹氏之尊封,故迟迟未下诏。刘夫人体察圣意,遂上表李存勖,自言无后,不足以母仪天下,请尊曹夫人为皇太后。李存勖遂依从,于是尊曹夫人为皇太后、刘

沙陀！沙陀！

夫人为皇太妃。诏旨下，刘太妃来曹太后之处致贺。

曹太后忸怩道："本合姊为太后。"

刘太妃道："妹育圣儿，合该居此位。只愿亚子享国久长，我辈获没于地，园陵有主，余何足言！"

曹太后道："姊随先帝多年，外呈勇武，与先帝戎马倥偬；内怀宽仁，优抚诸姬，不生嫉妒。虽邓、冯、长孙诸后，亦不及也。"

刘太妃道："昔先帝与朱三交恶于上源驿，先有士卒侥幸脱逃而归送信者，我为安军心，竟皆斩杀；后先帝脱险，欲攻汴梁，我力阻之而力主申达于朝廷，遂错失良机。以此观之，宽仁聪敏，我俱有损矣！"

二夫人促膝而谈。刘太妃款款磊落，毫不做作；曹太后谦恭有加，毫不倨傲，众人迭口称赞。

李存勖称帝，召马绍宏回朝中任宣徽使，与郭崇韬计议谁可镇守幽州。郭崇韬以为李存审智勇兼该，威名天下，若镇幽州足挡契丹。

李存勖领首道："三兄用兵，不逊李药师。北拒契丹，舍三兄其谁！"遂下诏以李存审为幽州节度使。

李存审接诏，叹道："本欲建灭梁讨逆之功，圣上却使我去戍守北疆。"时李存审已年逾六旬，且带伤病，仍抱病北上幽州。李存勖以李嗣源代李存审为横海节度使。

李存勖初登基，便与群臣商议攻梁之计。群臣多言道："今卫州已失、泽潞内叛、契丹虎视幽州；且去岁镇州征战连丧大将，元气大耗；陛下初莅大宝，更有百事待张——此时不宜遽尔再开大战。"

李存勖不悦道："昔日先皇升遐付三矢之时，朕尚弱冠，今朕已年届不惑——人生如白驹过隙，再迁延数年，筋力斗志俱衰，恐先皇之遗恨难申矣！"

正言语间，忽报梁朝郓州（东平府）军校卢顺密来降。李存勖面露喜色，教宣入。豆卢革道："陛下以万乘至尊，奈何亲见一小卒？"

李存勖回顾豆卢革道："乱时万事皆无定，小卒亦能动乾坤。"

李存勖便单独召见卢顺密，问道："因何来投？"

卢顺密答道："自忖才当为将，然戴思远不识人，愚志不得展，遂心生怨望，故弃朱梁来投陛下。"

李存勖道:"你何以知朕可用你为将?"

卢顺密道:"可助陛下取郓州。"

李存勖道:"你何以知朕欲取郓州?"

卢顺密道:"陛下与朱梁夹河苦战十年,穷移山填海之力,方在黄河南岸得据德胜、杨刘,且朝夕临朱梁重兵之攻扰;陛下若得郓州,径取中都,则汴梁即在眼前矣!陛下其无意乎?"

李存勖道:"何以取郓州?"

卢顺密道:"戴思远失策——今郓州守兵不满千人,且巡检使刘遂严、都指挥使燕颙暴烈贪敛,失却众心,陛下但有奇兵往袭,一战可下也!小人愿为前驱指引!"

李存勖教好生安顿卢顺密,自与诸文武计议此事。郭崇韬道:"悬军远袭,万一不利,枉弃数千精兵;况卢顺密来投,真假莫辨,不可轻信!"

众人多附和郭崇韬之言。

李存勖见独有李嗣源不语,便教众人退下,只留李嗣源。李存勖道:"兄以为如何?"

李嗣源因前番胡柳坡之事,一直心中不安,欲建奇功以图弥补,便言道:"今用兵岁久,生民疲弊,若非出奇取胜,大功何由可成!今卢顺密来降,乃天赐良机,真假与否,皆应一试。陛下身系天下,不可轻出犯险,臣愿独当为陛下试此役——若胜,陛下功业可成;若败,臣以一身之死而报陛下,亦无憾也!"

李存勖闻言,执李嗣源之手道:"兄与朕更胜亲生骨肉!"

李嗣源遂率领麾下五千精骑,自德胜北城潜出,以卢顺密为向导,循黄河北岸直扑郓州。行至杨刘,天色已暮,乌云密集,无片时,大雨滂沱,阴冷无比,道路泥泞,众军士苦不堪言。高行周对众军士喝道:"如此大雨,敌军以为无法行军,必疏于防范,此天助我也!诸军将努力前行,立功勋夺富贵便在眼前!"

众军闻言,斗志昂扬,不多时奔到黄河岸边。李嗣源教速速收集船只,冒雨渡河。其时大雨如注,黄河河面上水花四溅,天地间浑茫茫一片。众人尽数刀枪衣甲淋漓,却毫无退意,渡船过河,直奔至郓州城下。

李从珂引数百人乘夜爬城,登上城楼,砍杀守城梁军,而后打开城门,

沙陀！沙陀！

李嗣源引大军呐喊入城。梁将刘遂严、燕颙万没料到此大雨之夜，唐军竟从天而降！二人自知不及抵御，上马仓皇而逃。待天明雨住，李嗣源已夺取郓州。

唐军捉住郓州知州事节度副使崔笃、判官赵凤，李嗣源好言抚慰，教军士护送回兴唐府。

李存勖闻知李嗣源雨夜夺郓州，大喜道："我兄真是奇才！朕大事几成矣！"下诏褒奖攻克郓州诸人，更立擢卢顺密为将。

却说李存勖既得郓州，命李嗣源且驻守其地。梁将刘遂严、燕颙逃回大梁，朱瑱已知郓州失守，正自惊惧愤懑，见此二将，顿时怒从心生，骂道："败军之将，尚有颜面见河南父老乎？"遂将二将斩首。

朱瑱又下诏罢免戴思远北面招讨使之职，贬为宣化留后；又下诏诘责段凝。段凝部下多有不平，私议道："戴思远失策，为何诘责我家将军！"段凝受责之后，并无怨言，一如既往，尽心守备。

朱瑱罢免戴思远，正思再寻良将。老臣敬翔忽从外大哭而入。朱瑱诧异道："国老因何如此？"

敬翔伏身跪于地，哭道："昔日老臣追随先帝取天下，先帝不以老臣为不肖，老臣所谋无不采用。今敌势与日益强，而陛下遽忽老臣之言，老臣自思此身无用，不如死于陛下眼前！"言毕，从靴内取出绳索，便欲悬梁。

朱瑱慌忙制止，执敬翔之手动容道："国老之心，朕尽知之；国老之言，朕无不从！"

敬翔道："今情势之危急，迫在眉睫，若非用王彦章为大将，则国不可救也！"

朱瑱道："朕即遣人往滑州调王铁枪前来，授他北面招讨使，以代戴思远。"

早有唐军细作探知此事，报知李存勖。李存勖闻报变色道："此乃劲敌！"遂自提大军驻守澶州，更命幼时苍头役朱守殷为将，前往驻守德胜。

朱守殷临行之时，李存勖告诫道："王铁枪勇决，此番乘愤激之气，必来突袭德胜，尔切记谨慎防备！"

朱守殷恭谨答道："不敢大意！"提兵飞往德胜。

再说朱瑱召王彦章入朝，授北面招讨使。朱瑱问道："卿畏惧李亚子否？"

王彦章冷笑道："李亚子斗鸡小儿，有何畏惧！臣子擒与陛下！"

朱瑱又问："朕欲知卿破贼之期。"

王彦章不假思索道："三日即可！"满朝文武无不诧异，竟有多人忍俊不禁，窃窃私议道："自大梁出师，二日未必能抵黄河，如何三日破贼？"

朱瑱赞道："卿直可嘉壮！"

王彦章出殿，径自上马飞驰，直奔滑州，一路并不停歇，两日抵达。

滑州朱梁兵将，见主帅蓦地飞至大营，慌忙置酒接风。王彦章并不推辞，恬然就座，与诸将痛饮。一时觥筹交错，热闹异常。酒至半酣，王彦章起身如厕，诸将并未在意。

王彦章步出帐外，牵过马来，飞身上马，疾驰而至黄河南岸。此处有其亲兵千余人，具舟整装待命。王彦章与诸军将弃岸登舟，王彦章下令："飞棹！往德胜！"

彼时天降微雨，在河上细密如织，拂面流润，沾衣浸湿。细雨中梁军舟行如飞。王彦章对诸军士道："前番邈佶烈雨中袭郓州，今我等雨中夺德胜！"不多时已近德胜南城。

再说李存勖令朱守殷守德胜，今日夜幕微雨，朱守殷自觉无事，便与部下诸将置酒欢饮。有人进言道："皇上叮嘱将军，王铁枪勇决，须谨防。"

朱守殷笑道："有细作报知，王铁枪两日前方在汴梁受命，这几日如何到来？纵是他身不离鞍兼程赶到，也必是人困马乏，如何能来征战？"并不在意。

正言语间，忽闻河南岸德胜南城杀声骤起，军士跌撞而入报道："王彦章率军来袭德胜，已入南城！"

朱守殷闻言，惊得面无人色，醉意顿无，忙指挥军士救援德胜南城。

德胜南城之内，早已乱作一团。王彦章引梁兵杀散守浮桥晋军，梁兵手持巨斧劈断浮桥，又有一队梁兵纵火烧断浮桥铁索，一时浮桥断开。朱守殷命晋军乘舟飞往南岸御敌，尽被梁军杀溃。诸晋将对朱守殷道："梁兵势凶，不可再命我军渡河枉送性命！"

朱守殷哭道："皇上委我重任，我今失德胜南城，有何面目去见皇上！"

众将苦劝，朱守殷方撤兵，退守德胜北城。德胜南城遂被王彦章攻陷。

沙陀！沙陀！

自王彦章汴梁受命之日起计，恰好三日。王彦章一面教具表章往汴梁报捷，一面乘胜进军，一时之间，潘张、麻家口、景店等黄河南岸晋军所立诸寨，尽被王彦章夺下。

李存勖闻败报，惊怒异常，恨道："会儿误我！"

郭崇韬道："德胜失其南翼，徒留北城无用。杨刘之险要，更胜德胜！德胜既失，切要守住杨刘！"

李存勖忙唤过亲信内侍焦彦宾道："朕知你聪敏多智，先皇在日，便多言你能。今命你往杨刘，助通理（李敬周字）守城。朕望你做杨复光，勿做边令诚！"

焦彦宾跪地领命。李存勖一面又命人传语朱守殷，命其弃守德胜北城，顺河而下往杨刘，助李敬周、焦彦宾之力。

朱守殷得李存勖之命，便弃了德胜北城，又忙寻觅舟楫，载渡军士顺河而往杨刘。舟楫不足，朱守殷便教拆毁民居，取其室材，扎制成筏，运送兵士。德胜北城所余辎重粮秣，朱守殷教人且押运往澶州，仓皇之间，毁损颇多。

早有梁军细作探得北岸晋军之举，飞报王彦章与段凝。段凝道："此必是沙陀弃守德胜，集兵共守杨刘。"

王彦章道："如此便径往夺杨刘！"梁兵亦拆毁南岸民居，取材制成大筏，与舟楫一并运载军士顺流而下趋杨刘。

一时晋军行于黄河北侧，梁军行于黄河南侧，一并顺流，遥相望见。漂流而至河曲之处，河水狭窄，双方舟筏相近，彼此弓矢齐发；更近处，便以刀枪拼搏。河面之上羽箭互飞、枪矛相撞，喊杀声震荡河水。梁晋兵将，中箭着枪，死伤落水者不计其数，河水为之变作赤色。

王彦章、朱守殷身先士卒，站在筏上死命厮杀。众军士备受鼓舞，皆舍死忘生。一日之间，双方混战百余场，各自死伤皆过半。双方且行且战。比及漂至杨刘，俱是残损疲敝之师。

朱守殷引余兵入杨刘。王彦章会合杨刘梁军，军势复振，围住杨刘，昼夜攻打。李敬周并不慌乱，沉着应付。

王彦章攻势凶猛凌厉，强攻日久，城中亦渐渐势蹙。李敬周无奈，与焦彦宾、朱守殷计议，只得遣死士冲出，往澶州求救。

李存勖接书，道："有通理在，谅杨刘不至失守；然朕久违王铁枪，今且再往一会！"遂带领大军，驰援杨刘。

待行至杨刘北岸，却见梁军以巨舰相连，横亘河津，阻绝北岸之兵。李存勖指挥冲杀，但梁军堑垒重叠，密不透风，竟冲荡不开。

李存勖便与郭崇韬商议，郭崇韬献计道："今王铁枪据守津要，其用意在于复夺东平；我大军若久不南行，则东平不守矣。臣请筑垒于博州东岸以固河津，既得以应接东平，又可以分贼兵势。但虑为王铁枪所侦知，必来攻打，坏此大计。愿陛下帅敢死之士，每日于梁军营前搦战以分其神，但能拖延王铁枪旬日不东进，则我计成矣。"

李存勖慨然道："此乃妙计！卿但行，朕自当在此力阻王铁枪！"

郭崇韬道："王铁枪一勇之夫，不足虑。只恐此计瞒不过段明远。"

是夜，星月无光，郭崇韬率领万余兵士，人衔枚杲、马去銮铃，潜行倍道往博州而去。至马家渡口，郭崇韬命军士在此垒土筑城，昼夜不息。

再说李存勖在杨刘，指挥军士猛攻梁军营寨，又在河面上冲撞梁军巨舰。一连数日，毫不停歇。王彦章亦拼命抵挡。双方死伤甚巨。

段凝眼见此情景，不禁疑惑道："我军占据地利，沙陀宜与我对峙，静待时机而动；然今彼一味强攻，不计死伤，颇不合兵法战术。李亚子久谙兵事，断不会行此下策。"思忖片刻，猛然省悟，以手加额道："定是李亚子在此羁绊我军，更遣人往马家口筑垒以通郓州之路！"

王彦章闻言，不假思索道："如此我去马家口毁他城垣！"

王彦章旋即点起数万兵马，奔往马家口。适至郭崇韬筑城第六日，城墙只与胸齐，沙土尚然疏松。唐军见王彦章大军气势汹汹而来，不觉胆寒。郭崇韬仗剑喝道："城尚未成而敌军已至，今唯有背城死战，尚有希冀得以活命！若弃城而逃，终不得脱，必与此半成之城俱殒矣！诸公勉力，陛下之援军即可到达！"

众唐军闻言，势气复振，纷纷操起军器，与梁军死战。王彦章以铁枪连刺数人，唐军犹然不惧，有进无退。

正混战间，又闻号炮声响，又有唐军杀来，当先旗号分明，正是新帝李存勖。李存勖纵马搦起一杆银枪道："王铁枪，朱梁气数已尽，你纵勇武，也难扶将倾大厦！"

沙陀！沙陀！

　　王彦章切齿喝道："李亚子膏粱纨绔子弟，亦敢僭号称帝！今日且与尔决角！"

　　二人催马摇枪，战在一处。翻翻滚滚瞬间便厮杀三十余合。王彦章腹背受敌，不免力怯，渐渐遮拦不住。遂拨马败退。众梁军见王彦章败北，势气顿失，如山倒潮退般逃散。

　　王彦章奔到邹家口，又得败报，言杨刘之梁军寨栅，亦被打破。王彦章在马镫里跌足道："如此则前功尽毁矣！"只得与段凝引败兵退保杨村，沿途梁军遭矢石、溺水、喝死者过万人，委弃资粮、铠仗、锅幕，不计其数；所得唐军城寨，尽被唐军收复。

　　李存勖引兵返回杨刘，李敬周接入。李存勖与之并辔而行。言谈间，李存勖得知杨刘城中已断粮三日，军民皆身体饥羸、面目浮肿。李存勖叹道："若非卿力守，杨刘不保矣！"

　　又嘉勉焦彦宾。见朱守殷战栗于人群之后，李存勖不觉怒起，便以马鞭击打其头道："庸奴！尚有面目见朕！"

　　朱守殷忙伏于李存勖马前，哭道："奴铸成大错，不敢乞求陛下宽宥！"

　　李存勖欲斩朱守殷，犹豫片刻，终是不忍，遂申斥道："今且寄下你首级，准你戴罪立功！日后务必谨慎！再有差失，一并严惩！"

　　朱守殷连连叩首，不迭应答。

第三十五回
康延孝投名行险计　李嗣源邀志克敌都

却说李存勖大破梁兵，解杨刘之围。朱瑱惶恐。大将霍彦威献计："可在滑州决黄河水，东注曹、濮及郓以阻挡唐兵。"朱瑱不加细思，依计而行。

张氏兄弟私下与赵岩言道："闻言王铁枪出兵之日对其左右言道：'待我成功还，当尽诛奸臣以谢天下！'"

赵岩恨恨道："我辈宁死于沙陀蛮夷之手，不可被此莽夫所杀！"

于是赵岩与张氏兄弟便在朱瑱面前极力张扬王彦章之过，朱瑱亦不悦王彦章之恃勇急躁，便以段凝为北面招讨使，王彦章为副。又诏段凝自高陵津济河，至于顿丘；命王彦章屯兖、郓之境，以图复夺郓州。赵岩奏道："王彦章轻佻好斗，恐冒进折兵。"朱瑱便以张汉杰为王彦章部监军，约其进止。

朱瑱复与众文武议道："自太祖晚年，沙陀蹶而复振；近岁以来，更猖獗炽焰，数度犯临廷阙；且我朝连失良将，士气低靡。朕夙夜愁患不寐，谁可为朕解之？"

群臣面面相觑，良久不言。朱瑱叹道："卿等食国禄，却不分国忧！更有诸国老随先帝于刀丛剑阵中草创我朝，今亦无言？"

赵鹄言道："沙陀连年入寇，战事不绝，我固衰竭，彼亦疲敝。且去岁以来，贼虏内讧纷纷，镇定骚然于先、泽潞反正于后，彼既折悍将，复失疆土；我朝更光复卫州，予彼重创。今宜厉兵秣马、蓄养势气，待今岁秋末冬初，挥师北伐——可令董璋自泽州联络匡义军攻晋阳，再令霍彦威自卫州攻镇定，再令王彦章、张汉杰引本部攻郓州，更令段凝、王晏球以大军阻挡李亚子——如此沙陀可灭也！"

沙陀！沙陀！

群臣闻言，交口称赞，朱瑱亦大悦。

独指挥使康延孝反驳道："此书生之见也！我军连年征战，士卒减损颇多，今若分兵，彼此各不成势；莫若合其力以求聚歼李亚子之军，李亚子之军若败，则北夷其余诸部皆溃散矣！"

朱瑱闻言不悦道："诸多勋柱在此，尔安敢妄言，真真不自量力！"将康延孝斥退。

康延孝退出，愧恨不已。与左右亲信抱怨。左右亲信密言道："朱梁主暗臣庸，终必为李亚子所灭。莫若此时去投李亚子。"康延孝自思有理，遂率领亲信百余骑，潜出汴梁，北上投李存勖去了。

李存勖闻听康延孝来投，大喜过望，亲出相迎，执康延孝之手笑道："晋阳故人，今复归，朕甚慰矣！"

康延孝拜道："负罪之人，不敢承陛下之恩。"

李存勖解下身上锦袍玉带赐予康延孝，立即授其为南面招讨都指挥使、博州刺史。康延孝感激不已。入行宫中，李存勖独与康延孝秘议道："卿有何良策教我？"

康延孝道："朱梁地不为狭，兵不为少，然细考其行止，终必败亡——何则？——主既暗懦，赵、张兄弟擅权，内结宫掖，外纳货赂，官爵之高下唯视贿赂之多少，不择才德，不校勋劳。段凝虽知兵，然以外戚之宠，一旦居王彦章、霍彦威之右，自将兵以来，专率敛行伍以奉权贵。每出一军，朱瑱不能专任将帅，常以近臣监之，进止可否动为所制。近又欲数道出兵，令董璋引陕虢、泽潞之兵自石会关去太原，霍彦威以汝、洛之兵自相卫、邢洺寇镇定，王彦章、张汉杰以禁军攻郓州，段凝、王晏球以大军挡陛下，决以十月大举。臣窃观梁兵聚则不少，分则不多。愿陛下养勇蓄力以待其分兵，帅精骑五千自郓州直抵大梁，擒其伪主，旬月之间，天下定矣！"

李存勖闻言大悦，赐康延孝名李绍琛。遂召集群臣计议。李绍宏道："自德胜失利以来，丧刍、粮数百万，民多流亡，租税益少，仓廪之积不支半岁。今泽潞叛乱，尚未安靖。卢文进、王郁引契丹屡过瀛、涿之南，传闻俟草枯冰合，深入为寇。得郓州不过得一孤城，城郭之外皆为寇境，孤远难守，有之不如无之，莫若以郓州置换卫州及黎阳于梁，与之媾和，以河为界，休兵息民，俟财力稍集，更图后举。"群臣多以为是。

李存勖怅然不乐，低声自言道："如此则朕恐无葬身之地也！"退入后室。

郭崇韬随入。李存勖道："安时之见，与众同否？"

郭崇韬道："陛下栉风沐雨，衣不解甲，十五余年，其志欲以雪家国之雠耻也。今已正尊号，河北士庶日望升平，始得郓州尺寸之地，不能守而弃之，安能尽有中原乎！臣恐将士解体，将来食尽众散，虽划河为界，谁为陛下守之！臣亦曾仔细询问康延孝朱梁之事，度已料彼，日夜思之，成败之机决在今岁。梁今悉以精兵授段凝，据我南鄙，又决河自固，谓我猝一能渡，恃此不复为备。使王彦章侵逼郓州，其意冀有奸人动摇，变生于内耳。段凝虽是将才，然不能临机决策，无足可畏。降者皆言大梁无兵，陛下若留兵守魏，固保杨刘，自以精兵与郓州合势，长驱入汴，彼城中既空虚，必望风自溃。倘若伪朝君王授首，则伪朝诸将皆可不战自降矣。否则，今秋谷不登，军粮将尽，若非陛下决志，大功何由可成！谚曰：'当道筑室，三年不成。'帝王应运，必有天命，在陛下勿疑耳。"

李存勖闻言开颜道："此正合朕志！大丈夫成则为王，败则为虏，吾行决矣！"

豆卢革闻知李存勖欲出奇兵长途奔袭汴梁，乃入奏道："陛下行此大事，系国根本，依制，当命司天占卜凶吉。"

司天奉命占卜，奏道："今岁天道不利深入，必无功。"

郭崇韬道："昔日太宗行玄武门大事之前，本欲占卜，张公谨取龟箸投地言道：'卜以决疑；今事在不疑，尚何卜乎！卜而不吉，庸得已乎！'今日之势，已如箭矢离弦，其不疑更胜昔日玄武门之举，则更不必凭占卜定策！"

李存勖言道："先帝怀三恨而崩殂，朕每思之，莫不血泪合流。朕若贪恋富贵安逸而罔顾先帝之遗恨，不孝莫大焉。倏忽间十余年已逝，赖先帝佑护、诸君舍命，二恨得雪，今唯朱梁尚在。人生如白驹过隙，朕诚恐生年未尽血先帝之恨，则死后无颜拜先帝于地府也。"

诸将闻言，群情踊跃，纷纷道："愿以命随陛下灭梁！"

于是诸将皆将家属遣归兴唐府，李存勖亦将刘玉娘、李继岌母子遣回。李存勖执刘玉娘之手，与之诀别道："我今率孤军深入敌境，奔袭汴梁。

沙陀！沙陀！

事若成，则一血先父遗恨，更执掌天下；若不成，则必不得生还，且先帝基业亦恐不得保全。事之成败，在此一决；若其不济，当聚全家于魏宫而焚之，不可失于贼手！"

刘玉娘袖出一柄短刃于手道："妾唯盼陛下功成。万一不成，妾必不玷辱陛下之名。"

李存勖赞叹道："得妻如此，夫复何求！"复目视李继岌道："儿生于我家，虽然富贵，却是游走于锋刃之间矣！"

李继岌道："儿若临危，亦不惧死！"

李存勖大笑道："真我儿也！"

三人把臂，笑泪并流。

于是李存勖留豆卢革、李绍宏、张宪、王正言同守东京兴唐府，自率精兵，自杨刘渡河，前往郓州。来至郓州，李嗣源接入，计议军事。

李嗣源道："张汉杰为王彦章监军，本欲使梁军固守兖州，然王彦章复夺郓州心切，今屯兵中都，迫近郓州。"

李存勖以手加额道："王铁枪若驻扎兖州，凭险固守，我势必难以攻下；今其屯于中都，真天助我也！"

郭崇韬道："兵贵神速，我军深入敌境，不可久持，宜速战速决。来日便夺中都！"

李存勖拍案道："何待来日，趁王铁枪无备，今夜便去攻城！"

李存勖便率大军直袭中都。中都距郓州只六七十里，转瞬即至。

张汉杰等万没料到唐军骤至，一时不知所措。王彦章咬牙道："兵来将挡，水来土掩，何惧之有！我自出城迎敌便是！"

张汉杰道："唐军势大，莫若坚守。"

王彦章道："壁垒无坚，何谈坚守！"遂引兵出城。

迎面正遇李从珂。李从珂喝道："天兵已至，尔不思早降，犹欲抗拒，何不知天命耶！"

王彦章恨道："小子亦敢如此猖狂！"纵马挺枪来战。

李从珂与之周旋数合，回马便走。王彦章退敌心切，穷追不舍。正奔跑间，号炮连声，伏兵四起，将王彦章困在垓心。王彦章将双枪舞动如飞，鏖战多时，无法杀退唐军，身边军士却死伤大半，王彦章亦伤痕累累，血渍征衣。

王彦章无奈，长叹道："果天不佑梁乎？"挥枪闯围而走。迎面却遇到两员健将，正是李绍荣、李绍奇，喝道："王铁枪何处走！"

王彦章催马上前，力战二将，终是厮杀多时，体力耗尽。李绍奇一枪刺中其马首，战马扑地，王彦章跌下马来，李绍荣、李绍奇以枪矛制住王彦章，将其活捉。王彦章所率之军，已尽丧于唐军重围之中。

唐军聚歼王彦章之军，乘胜便来抢关。中都城中所余守军无几，不堪抵挡，唐军遂攻入中都。监军张汉杰、曹州刺史李知节、裨将赵廷隐、刘嗣彬、康文通、王山兴等二百余人，尽被擒获。

李存勖入城安民。不一时，李绍荣、李绍奇押解王彦章至。王彦章伤重，由床舆抬来。

李存勖见王彦章笑道："将军常呼我作'小儿'，却为我所擒，今日服否？"

王彦章道："小儿得志，自古不乏。"

李存勖又道："将军浸淫沙场日久，谙熟兵机，自以为良将，奈何不守兖州坚城？中都无险，何以自固？"

王彦章摇首叹道："天命已去，无足言者。"

李存勖怜其忠勇，遂命以良药治疗王彦章创伤，好生照料。王彦章道："我本一介匹夫，蒙朱家厚恩，位至上将，富贵已极。我与陛下交战，累计已有十五年；今兵败力穷，死自其分。纵皇帝怜而生我，我何面目见天下之人乎！岂有朝为梁将、暮为唐臣之理？此我死所不为也！"

李嗣源上前道："将军久违！"

王彦章睥睨道："你可是邈佶烈？"

李嗣源道："将军夙秉忠义，天下尽知。然朱梁猜忌将军，处处掣肘，使将军之志难以得申。今朱梁败亡在即，将军奈何固抱朽木而舍新桐！"

王彦章冷笑道："我非蝇营狗苟之辈，岂可以利害诱之胁之。"

李嗣源赧颜而退。

李存勖又道："朕就此往攻汴梁，可行否？"

王彦章道："段明远有精兵六万，虽主将非才，亦未肯遽尔倒戈，殆难克也。陛下勿再多言，臣唯请死。"

沙陀！沙陀！

李存勖知其志不可扭转，乃命将其斩杀以全其忠节之名。笔者有言语赞叹王彦章云：

"生逢乱世多罹悲，
壮士双枪更谓奇。
乡里却书白甲恨，
他人能悯楚臣期？
倏忽骨肉临刀斧，
遽尔手足近虎貔。
草莽犹然耻二事，
赧杀甲第屈节儿。"

李存勖斩了王彦章。康延孝道："中都之捷，壮我气势。请陛下疾发兵往攻汴梁。"

李嗣源道："兵贵神速。王铁枪兵败被执之变，段明远如今未必知晓，即使有人走告，疑信之间尚须数日。纵然是段明远得知我军之动向，即发救兵，若取直路捷径，则受阻于滑州决河；须自白马南渡，数万之众，舟楫一时亦难齐集。此去大梁甚近，前无山险，方陈横行，昼夜兼程，信宿可至。窃以为段明远未离开河上，朱梁伪帝已为我所擒矣。延孝之言是也——臣愿以千骑为前驱，请陛下以大军继进——数日之间，天下可定也！"

李存勖执李嗣源之手道："兄此番行军，系天下！兄其勉之！"

李嗣源拜道："当以死报陛下！"于是李嗣源率李从珂、石敬瑭诸将连夜起精骑飞奔汴梁，李存勖率郭崇韬、康延孝等继进。

却说中都溃败梁兵，早有数人奔回汴梁，报知朱瑱："中都已陷，王彦章及城内文武俱被擒获，沙陀军长驱直入，旦夕便可至汴梁。"

朱瑱闻言，惊愕无语，半晌方垂泪道："我朝运祚尽矣！"

于是朱瑱召集文武商议进止，众人复沉默无语。朱瑱对敬翔哭道："朕平日多不纳国老之言，以至于此。今事急矣，望国老念先帝之情，勿以为怨，当教朕对策！"

敬翔哭拜道："臣受先帝与陛下厚恩，已近三纪。臣名为宰相，其实朱氏一老奴耳,事陛下如郎君。臣前后献言莫匪尽忠:陛下亲信奸佞,臣极言不可,然陛下无动于衷。我朝小人朋比,致有今日。今唐兵且至,段凝限于水北,不能赴救;臣欲请陛下出避狄,陛下必不听从;请陛下出奇合战,陛下必不果决——虽使张良、陈平复生,恐亦难脱陛下之困厄!臣愿先陛下而死,不忍生见宗庙之倾颓也。"

朱籣惶然。张汉伦言道:"沙陀兵势迫近,且我朝精兵,俱戍边庭,远离宫掖。今诸道之中,唯段凝之军离大梁最近。臣请往顿丘为陛下引段凝来救大梁!"

朱籣垂泪道:"'疾风知劲草,板荡识节臣。'卿之忠义,朕死亦不忘!卿乃是朕之不世恩人也!"遂书写诏旨,藏匿于蜡丸之内,交与张汉伦。

张汉伦不及归家,带了蜡丸出廷上马径奔顿丘。一路打马如飞,不敢停歇。

途经滑州,穿行山岭之间,张汉伦不顾道路崎岖异常,催马奋进,不妨蓦地马失前蹄,跌下马来,右足折伤,骑不得马,困顿于当地。张汉伦手抚伤足大哭道:"我误国家大事!我死不足惜,然汴梁之危难解矣!"

再说朱籣盼张汉伦音信不至,汴梁城内人心惶惶,纷乱一团。朱籣与诸文武亲信登上城南建国楼。朱籣哭道:"救兵不至,今将奈何?"

中书侍郎萧顷道:"贼虏近在咫尺,烟尘已抵廷掖。请陛下移驾幸洛阳,召集天下兵马勤王。沙陀纵得汴梁,势不能持久。"

翰林学士刘岳道:"洛阳亦难拒敌。陛下可径往顿丘投段凝之军。"

控鹤军指挥使皇甫麟道:"段凝虽知兵机,然无胆识。今国家窘危之际,指望其临机制胜,转败为功,实是难矣。段凝若闻知王彦章之败亡,其胆必破,安知其终能为陛下尽节?"

翰林学士姚颛道:"当年汉高祖兵败成皋,逃往赵地,夜夺韩信之兵,军威复振——陛下可效法之。"

赵岩道:"事势如此,一下此楼,谁心可保?"

朱籣正欲下楼,闻此言又止。

宰相郑珏道:"今事已急,请陛下权且与沙陀虚与委蛇,许以降服,并献出传国玉玺,以求暂免时下之大难!"

朱籣道:"今情势如此,固然不敢爱守此国宝,然如卿之计,真可免

沙陀！沙陀！

时下之大难乎？"

郑珏沉吟半晌道："只恐也未必。"

左右皆缩颈失笑。

朱瑱含泪戟指郑珏骂道："无用之辈，勿再多言！"

吵闹间，内侍来报，言传国玉玺竟不知去向。赵岩道："必是被陛下身边首鼠两端之人窃去献于沙陀以谋封赏了。"

众人计议无果，唯有哀叹。不多时，报称唐军前锋李嗣源已兵至汴梁封丘门。众文武闻报，一惊而散。

朱瑱惶顾左右，只有皇甫麟守在身侧。朱瑱收泪道："沙陀与我朱家世代深仇，朕断不能投降，亦不能受沙陀之刀锯。卿忠义之士，可斩朕之首级以全朕之节守。"

皇甫麟伏地泣道："臣为陛下挥剑死于贼军，绝无退缩，却不敢奉此诏！"

朱瑱道："卿欲卖朕？"

皇甫麟急切不能言，拔剑欲自刎。朱瑱把住皇甫麟臂膊道："朕与卿俱死！"

皇甫麟见状，知朱瑱死志已定，遂挥剑斩朱瑱，而后皇甫麟自刎而死。

赵岩知汴梁不可守，自思与匡国节度使温昭图交厚，便乘乱出城投许州去了。

开封尹王瓒见唐军势大，自知难以抵御，便下令开城，李嗣源挥军杀入汴梁。

李嗣源一面安抚汴梁军民，一面安排迎接李存勖大军。未及多时，李存勖大军已至。李嗣源教开启各处城门。李存勖自乾象门而入汴梁。朱梁百官伏于道旁迎谒请罪。李存勖慰劳一番，徐徐入城。

蓦见李嗣源在前迎候，李存勖喜不自胜，挽住李嗣源并辔而行。李存勖执李嗣源手道："朕有天下，皆大兄之功劳，当与兄共有天下。"

李嗣源慌忙逊谢道："皆是陛下洪福，微臣不敢贪功。"

李存勖大笑。

李振知唐军入城，忙来与敬翔商议道："我朝势败，难再力挽，我等莫若前往朝见新皇。"

290

敬翔摇首道："我二人为梁朝宰相，君昏不能谏，国亡不能救，今若更事新朝，何以面天下之人？"

李振知敬翔志不可回，遂叹息而去。

敬翔目视李振背影良久，叹道："李振枉称忠义——我朝与沙陀世为仇雠，如今国亡，忝颜事新朝而不死社稷。我朱家老奴，今朱家灭，我自当相从。"于是自缢而死。

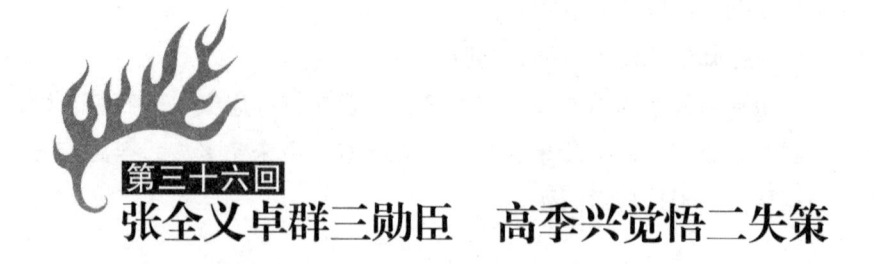

第三十六回
张全义卓群三勋臣　　高季兴觉悟二失策

却说李存勖兵进汴都，朱梁覆灭。李存勖欣喜异常，一面肃静军民，一面诏令寻找朱梁故主。

正向前行，忽有一人拦住李存勖战马，并不言语，只一味痛哭。李存勖辨认，原来是昔日身边一伶官名唤周匝，胡柳坡被梁军所捉拿，辗转至汴梁。李存勖扶起周匝道："不意复见卿。卿得安然，颇有福也。"

周匝哭泣道："臣得活命，全赖陈俊、储德源二人护佑。"

李存勖便又教招来陈、储二人，厚加封赏。

并不多时，早有朱梁降官献上朱瑱首级。李存勖凝视朱瑱首级良久，叹道："自上源驿交恶以来，你我两家缠斗四十余年，今方结矣！朕与你争战十年，恨不能生食你之面目。"命收朱瑱尸身，妥善殡葬于佛寺；又漆其首级，收藏于太庙。

郭崇韬道："昔日赵襄子灭智伯，以智伯之头做溺器——我朝与逆梁之仇，殊不逊于赵子与智伯之恨——今陛下却善待仇雠之首。"

李存勖道："前人怨仇，不延后嗣。梁主为人温恭，并无大过，只是宠信群小，疏远贤臣，以致亡国。且亡国之时能够身死社稷，却也有可敬之处。"

正言语间，闻前梁崇政官李振来降。李存勖传入。李振拜道："逆朝伪官，特来领罪。"

李存勖道："梁主若从国老之言，恐朕难坐于此。"

李振惶恐道："逆主昏暗，岂可与陛下相匹？"

李存勖知李振之才，意欲留用。郭崇韬在旁道："李振乃是逆梁巨奸，朱温所行诸般恶事，皆出此人之谋。今势败屈节，安能指望其忠于本朝乎？"

李存勖领首，对李振道："朕本欲赦卿，无奈白马驿冤魂不允。"遂命将李振赐死。

正在此时，前梁匡国节度使温昭图来朝归顺，并献上赵岩首级。原来赵岩往投温昭图，温昭图本欲降唐，正便顺势斩杀赵岩，以作觐见之礼。李存勖抚慰温昭图，赐名李绍冲。

时人见李振与赵岩首级并作一处，纷纷叹道："二人争斗多年，势同水火，今竟并首。"

再说张汉伦在滑州足伤略愈，忙又飞驰往段凝军中报讯。段凝闻言，失色道："李亚子长途奔袭大梁，实是冒莫大之险。竟成功，得无天意！"

段凝招来麾下诸军排阵使杜宴球，言道："我朝不幸——康延孝降敌，尽告我朝虚实。今李亚子出奇兵，攻陷中都，擒杀王铁枪，大梁危在旦夕。将军意欲如何？"

杜宴球慨然答道："食君之禄，忠君之事。节帅当统带我等往救国都，再整山河！虽万死亦不推辞！"

于是段凝命杜宴球为前锋，自引大军继后，往救大梁。临行，段凝叮嘱杜宴球道："此去行军途中，必有敌军拦截，将军务必与之纠缠苦战，我便引军速速解救大梁。"杜宴球唯唯领命。

杜宴球兵马飞奔至顿丘，遇到李从珂人马拦截。杜宴球并未交战，率众解甲投降。

段凝正自催军努力前行，忽接杜宴球差人送来之书信。书中略言道："大梁已陷、朱脉已绝，李唐复兴已成大势，我已归顺同光新朝，望节帅审时度势，为自身善谋。"段凝阅信，前军倒戈，惊愕半晌，叹道："杜宴球不战而降，陷我部于困境。我独力难挽回此倾颓之局。"

张汉伦在旁道："节帅欲降沙陀耶？"

段凝目视张汉伦道："杜宴球降敌，必将我军虚实尽数告知唐军。我军进退维谷，若不投降，更无别策。"

张汉伦道："节帅久与沙陀交战，多斩杀沙陀兵将，恐李亚子难容。我有一策，可使李亚子信用节帅。"

段凝道："先生教我。"

沙陀！沙陀！

张汉伦道："节帅取我首级献与李亚子即可。"

段凝惊道："何出此言？！"

张汉伦道："先帝待我甚厚，我兄弟与赵岩等皆不容于新朝，节帅天下奇才，自当献我首级以助节帅再谋富贵。节帅取我首级后，可再上书新帝，彰暴我等之罪恶，则于节帅锦上添花也。"

段凝待欲再言，张汉伦已拔剑自刎。

段凝泪如雨下，下马对张汉伦尸身连拜，而后教取下张汉伦首级，又教厚葬张汉伦尸身，遂持张汉伦首级，归降唐军。

李存勖闻听段凝率部来降，欣喜道："此人归顺，朕无忧矣！"遂亲出远迎，执段凝之手道："朕得段明远，胜得大梁十倍矣！"

段凝拜道："亡国臣属，不敢奢望陛下褒誉。"说罢，献上张汉伦首级。

李存勖凝视张汉伦首级片刻，转视段凝笑道："此效淮阴献钟离眛首级之事乎？"

段凝拜道："臣之于陛下，并无韩信之功业，却有雍齿之怨仇，只乞陛下赐臣一条活命。"

李存勖哈哈大笑，对段凝言道："黎阳一战，于我军全盛之时，将军竟能夺得完胜，将军奇才，韬略殊不在刘鄩一步百计之下，只望与将军共图大事。将军不弃朕，朕定不弃将军！"

段凝拜道："陛下之深恩，微臣结草衔环难报万一也。"

李存勖又招过杜宴球，赞慰一番。当下赐段凝名李绍钦，授泰宁节度使；赐杜宴球名李绍虔，授耀州刺史。

却言旧梁西都留守张宗奭得知李存勖兵进汴梁，忙不迭上表恭贺，逢迎归顺，并复名张全义。李存勖因其为政宽柔、颇有仁声，加之年迈宿稽，便对之格外亲敬。张全义便上表言洛阳富庶繁华，请迁都洛阳。李存勖亦不愿居于前梁旧都，且洛阳又久是李唐东都，遂依张全义奏请。

旧梁各处藩镇见新朝皇帝宽仁，纷纷入朝觐见，顿首归顺。宋州节度使袁象先率先前来，陕州留后霍彦威接踵而至。李存勖均善言抚慰，使各居原职。袁象先赐名李绍安，霍彦威赐名李绍真。霍彦威眇一目，只因李存勖之父李克用绰号"独眼龙"，因此唐廷众人皆不敢以此讥哂之。

李存勖又诏魏州留守文武及眷属移往洛阳。于是豆卢革一班文武拥刘氏母子至洛阳。李存勖使各安职守。及见刘氏母子,李存勖百感交集,言道:"冒天下莫大之险,得此富贵!"

刘氏道:"那柄短刃妾尚存留,陛下宜居安思危,不可骄堕。"

李存勖大笑道:"妻言甚是!"

正在此时,闻报河中节度使朱友谦携子来洛阳致贺。李存勖忙亲自出迎,与朱友谦携手而入。众文武尽皆侧目。朱友谦笑道:"臣一旧朝降将,获此殊荣,殊难逆料也!"

李存勖笑道:"此何足道?更别有荣光!"

当下赐朱友谦名为李继麟,加封太师、尚书令,封其子令德为遂州节度使、令锡为忠武节度使,李继麟部将史武等人皆封刺史。李继麟喜出望外,连连拜谢。

当晚李存勖在洛阳宫中大宴文武,待要行酒,李存勖在群臣中未见李绍荣,便问道:"李绍荣为何不至?"

豆卢革道:"散官不得入内。"

李存勖顿时不悦,吩咐冯道拟诏,授李绍荣同平章事之职。韦说奏道:"授职阁宰,还需谨慎。"

李存勖道:"我取天下于十指之上,尚不得招一人入殿饮酒?"

豆卢革、韦说等惶恐惊惧,不敢再有多言。

李绍荣入殿拜道:"微臣一勇之夫,不合为枢阁重臣,不敢受此职。"

李存勖扶起李绍荣道:"卿有此言,足见卿之公心坦荡,胜却无数禄蠹!切莫再多言,入席饮酒便是!"

酒宴开始,群臣纷纷致辞,极力颂扬李存勖之英武。豆卢革率先道:"陛下承先帝三矢之重托,克复卢龙、击走契丹,伏链僻眦、震悚夷酋,河北奄靖、关山肃然。与逆梁夹河苦战廿载,百战而定鼎。古来君王,无有如陛下得天下之艰险辛劳者!"

韦说道:"陛下秉天伦之遗训、副天下之重祈,亲冒矢石、身临剑戟,以雄图而起三晋、以血战而定汴梁,家仇既雪、国祚中兴,扫灭奸凶、光复大唐,其功勋较之少康之嗣夏配天、光武之膺图受命,亦不遑多让。"

李绍真又起身道:"陛下以万乘之尊,临阵自如,挥斥倥偬、指点峥嵘,百战不殆,智勇兼该。所逢逆梁之康怀贞、寇彦卿、王茂章、谢彦章、贺瓌、

沙陀！沙陀！

刘鄩、王彦章等，皆是百战悍将，行兵熟稔、睥睨天下，然尽行挫败于陛下之马前。陛下之兵机，虽孙武白韩，难望项背也！"

李存勖道："朕锄凶讨逆，全赖诸卿用命。今日勿再颂朕，只言朕之文武之中，何人之勋劳可堪为首？"

众人纷纷畅言。李存勖只微笑不语。

张全义起身，从容说道："陛下诸卿之中：侍中运筹帷幄，智计百出而无阙漏，且临机决断，定策钩衡，可堪称智勋；横冲善战无前、摧坚逐韧，千里奔袭而克大梁，可堪称勇勋；河中明鉴顺逆、清晰是非，以大义从陛下，稳固陛下侧翼，可堪称义勋——此三勋可匹昔日汉室定鼎之三杰也！当为群臣功勋之首！"

李存勖领首道："国老见识，果然卓尔！三杰居功至伟，然朕却不为汉高之薄情，当与诸卿共富贵！"当即下诏，赐郭崇韬、李嗣源、李继麟三人丹书铁券。三人伏身拜谢。众文武道："陛下万古仁君也！"

酒宴尽欢而散。

李存勖既莅大位，尚未册立皇后。他本属意刘玉娘，只是之前已有正妻韩氏、妾伊氏二妇，刘玉娘更在其后。郭崇韬亦多有阻谏。

李存勖携刘玉娘并群臣归魏州兴唐府，宿于魏州行宫。越日，李存勖外出游旧日行军之处，自德胜乘舟，经杨村、槭城，指点各处，俱言当日战时之激酣惨烈，群臣无不感慨万千，惬意而归。却在宫门遇见一黄须老叟，身背药囊，自称是刘玉娘之父。李存勖知刘玉娘当年是将军袁建丰所掠，便教招来袁建丰，使辨别黄须叟。

袁建丰凝视良久道："当年得夫人之时，有一黄须翁多方护持，正是此老者！"

李存勖大喜，亲往告知刘玉娘。刘玉娘闻言变色道："家父在我年幼时便亡故，尚记得我抚尸恸哭之情景。此老儿自何处来？安敢冒充欺诈！"因命武士将老者打出。老者放声大哭，遥望宫门，含泪而去。

李存勖与刘玉娘既归洛阳，幸临张全义府第。张全义水陆俱备，盛情接待。刘玉娘借机对李存勖道："妾自幼丧父母，每见老者，辄凄然思之。今欲拜张国老为父，恳请陛下恩允。"

张全义惶恐推辞。

李存勖笑道:"魏国夫人有此意,国老奈何推辞?国老乃是我国朝宿稽,可堪此拜!"

张全义又推辞再三,方才受了。厚出金帛以充礼数。

李存勖心下明彻,知晓刘玉娘心思——刘玉娘一心欲谋得皇后之位,只是愠恨自己出身低微,此时黄须刘叟前来寻亲,刘玉娘自是不肯相认;张全义四朝老臣,名满天下,富贵宽仁,刘玉娘甘拜其为父,意在自举身阶,跻身望族,免遭士人之嗤笑诟病——虽然如此,其心未免太过凉薄。

李存勖便招来长子李继岌问道:"和哥可知前番在邺宫你母所鞭笞之老翁为谁?"

李继岌道:"我母之父。"

李存勖道:"你可知你母缘何未认承?"

李继岌道:"嫌其微贱。"

李存勖笑道:"你我父子二人扮此优伶戏,何如?"

李继岌道:"恐母亲怪罪!"

李存勖笑道:"为父扮黄须翁,儿相随便是。"

李继岌不敢违拗,于是李存勖扮成刘叟,衣衫褴褛,李继岌手托毡帽紧随其后。恰好这日刘玉娘在张全义宅府拜会,李存勖父子便赶到张宅。李存勖苍声对门值之人道:"你只说魏国夫人之父前来。"

刘玉娘闻报大惊,匆忙出门来看,见是李存勖父子,不由得由惊转怒,不敢对李存勖无礼,便批打李继岌。李存勖大笑劝解开。刘玉娘哭道:"陛下奈何轻慢妾身如此?"

李存勖笑道:"只博一笑,何言轻慢?"

张全义在旁亦劝解。

笔者效颦《喜春来》言语讥讽刘玉娘云:

"洛城攀附螟蛉义,
　邺府拆分骨肉情。
　蓍囊药陲换眉横。
　富贵梦,
　怜煞黄须翁。"

沙陀！沙陀！

郭崇韬得知此事，与孟知祥言道："陛下此举，可是不复钟意魏国夫人？"

孟知祥道："不然，陛下豁达阔朗，不拘小节，且酷爱伶官之戏。此番扮刘叟而戏魏国夫人，正可明示陛下与魏国夫人亲密无间也！"

郭崇韬叹道："陛下宠幸伶官及宦官，我虽位列枢阁，日常却多受这等奸佞小人之掣肘。我时常心亦灰冷，欲辞去官职，只去为一富家翁也！"

孟知祥起身道："不可！蛟龙失水，蝼蚁足以制之！"

郭崇韬沉吟半晌，颔首不言。

孟知祥又道："兄莫不如联合朝中重臣，上表力主立魏国夫人为后，彼必感念兄之厚恩，则诸伶宦小人见风使舵，必不复敢与兄为敌也。"

郭崇韬思忖有理，便联合豆卢革等重臣上疏，言刘玉娘贤德淑静，当立为皇后。李存勖便顺势立刘玉娘为皇后，李继岌为太子、封魏王，又封韩氏为淑妃，伊氏为德妃。

却说旧梁泽州刺史董璋亦前来朝拜。李存勖见董璋，脸色陡然一变，喝道："朕久欲擒那陷泽州、斩裴约之人，为之雪恨。今尔竟自来！"因命退出斩首。

郭崇韬劝谏道："彼时各为其主，不宜穷究。况董璋世之勇将，善战无前。昔日汉更始刘玄部下大将朱鲔杀光武之兄刘縯，后光武灭更始，而赦朱鲔之罪。陛下既拥天下当心怀四海，奈何以旧恶阻勇将之忠肝？"

李存勖沉吟道："如此则有负裴约在天之灵。"

郭崇韬道："裴将军乃识大体之人，彼若在世，必亦劝陛下收容董璋。"

李存勖方才赦免董璋，不免训诫一番。董璋唯唯领训，汗流遍体，衣衫尽浸。

董璋归镇，荆南节度使高季昌却遣亲信前来——原来董璋与高季昌幼时皆是汴州豪强李让家奴，夙来亲善；后李让以朱晃为父，更名朱友让，董、高亦归附朱梁。高季昌亲信道："主公问候将军，并致询，新帝何许人也？"

董璋道："周武、太宗之属，不世英主也！"

高季昌亲信记下董璋之语，疾回荆南报与高季昌。

高季昌闻报后，心神不安，欲亲往洛阳。其幕下宾客梁震劝谏道："沙陀有吞并天下之志。我荆南严兵防守，犹恐不能自保。节帅奈何千里赴洛阳，以身犯险？节帅乃朱氏旧将，久事前朝，安知李亚子不以仇雠相待乎？"

高季昌道："先生差矣！今沙陀势气正盛，兵锋指处，所向披靡。我荆南地狭兵弱，我不亲入京师致贺，必授彼以口实；彼若加兵于此，则我荆南危如累卵也。况国朝新立，李亚子欲取信于天下，我身赴洛阳，谅必不致有文王囚羑里之难！"

为避李存勖祖父李国昌名讳，高季昌更名高季兴，携重礼北上洛阳。

李存勖召见高季兴，问道："卿来迟矣。"

高季兴拜道："路途遥远，且居于吴蜀之间，苦其侵扰，未敢轻辄离开江陵。"

李存勖笑道："卿乃昔日北齐忠武之后，承悍勇之血脉，何惧徐知诰、王衍之属？"

高季兴道："微臣孱弱，愧对先人。更企望陛下天兵南下，荡涤浊秽，为江南营太平。"

李存勖问道："朕若南下用兵，当先取吴，先取蜀？"

高季兴思忖蜀道艰险难涉，便奏道："吴地土薄民贫，纵是攻克，益处无多。莫若先取蜀——蜀地富民饶，更兼主政荒幽、人心沸怨，倘若攻伐，必胜无疑。待灭蜀之后，再顺流而下，取吴易于反掌也。"

李存勖便加封高季兴守中书令。高季兴几番请辞归江陵，李存勖只是温言挽留，在洛阳寻豪宅华府令高季兴居住。高季兴叹道："我被困于洛阳矣！悔不从梁震先生之言！"

高季兴之子高从诲与其父一同来洛阳，此时便对高季兴道："郭侍中三勋之首，权倾内外，陛下对其言听计从。且郭侍中与董泽州最是亲善。父帅曷不请董泽洲求郭侍中向陛下进言！"

高季兴喜道："甚善！"于是派遣亲信往泽州拜见董璋，告以困顿。董璋遂备下厚礼，送与郭崇韬，求其设法放高季兴回江陵。

郭崇韬遂来见李存勖问道："陛下将何以处高季兴？"

李存勖道："高季兴久在荆南，深得军民之心。朕欲依当年丁会、贺德伦故事，将其留居于洛阳，而后可图荆南。"

郭崇韬道："陛下新得天下，诸藩镇多遣子弟将佐前来贡贺。高季兴身自入朝，当厚加褒赏以激励后来之人。今若羁留而不遣其归镇，则弃信

沙陀！沙陀！

亏义，阻四海之心，非久长之计。纵得荆南，亦恐招天下非议。"

李存勖思忖片刻，遂遣高季兴返归江陵。高季兴叩谢不已，招呼跟随之人，不及打点行装，上马疾驰而去。

高季兴一行，身不离鞍，倍道而行，不越日而近许州。高季兴在马上对高从诲言道："此次洛阳之行有二失！"

高从诲问："何二失？"

高季兴道："至洛阳朝觐是我一失；纵我归江陵是李亚子一失！"

高从诲并一行人皆颔首。

高季兴道："尚未脱离险地，不可轻忽！"于是一行人继续奋力奔逃。

再说高季兴去后，景进忙来见李存勖进言道："高季兴外秉恭卑、内蓄奸狡，其心叵测，今日纵去，必贻祸他日！"

李存勖道："朕已放他南归，若复食言，则失信于天下。"

景进道："昔汉高以鸿沟为界，媾和霸王，换回太公及吕氏。后汉高不守信约，复侵楚地，霸王殒命于乌江。汉高既得天下，天下安敢以其不守信约论之？"

李存勖便书密诏，使亲信星夜赶往襄州，交与襄州监军刘训，命其截住高季兴一行。

高季兴行至襄州，山南东道节度使孔勍是高季兴好友，便力邀高季兴入城宴饮。高季兴推辞不过，只得入城。

孔勍招待高季兴一行欢饮一回，至深夜方散。孔勍将荆南诸人安置在馆驿，相约明日送其出城。待孔勍离去，高季兴与高从诲计议道："恐有他变，不可久留。此处已近江陵，不如今夜便走！"于是荆南诸人趁夜离馆驿，奔至襄州南门，赚开城门，夺路而逃。

正在那夜，李存勖密诏驰至襄州，交与刘训。刘训得诏，不敢怠慢，忙点起兵将，来到荆南诸人下榻之馆驿，却已是人去楼空。刘训带兵追至南门，高季兴却已夺门而去。刘训指挥兵马，追出南门，在后一力追赶。直追至荆南地界，亦未能追及。刘训恐中埋伏，只得收兵，恨恨返回襄州。

高季兴返回江陵，一见梁震，握其手道："不听先生之言，几乎不得归！今天子矜伐，我无忧矣！"命将军倪可福、鲍唐等，招纳兵勇，缮城积粟，用心守备。

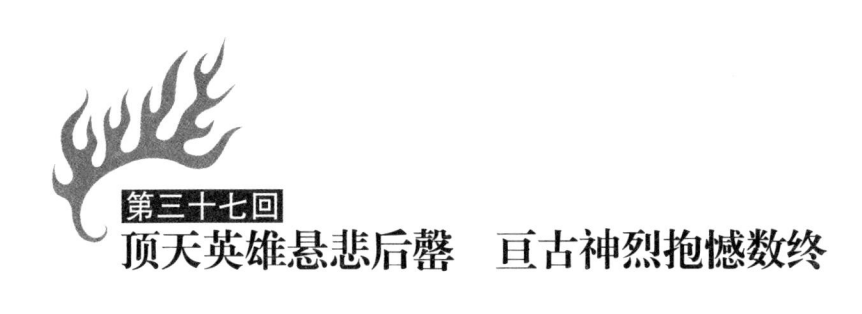

第三十七回
顶天英雄悬悲后罄　亘古神烈抱憾数终

却说李继韬在潞州闻知李存勖灭梁，心中惶恐不安至极。不日，李存勖又有诏旨至潞州，征李继韬入洛阳。李继韬不知如何措置，遂与近属商议。

李继韬将李存勖诏旨与众人传阅毕，之后道："李亚子徼天之幸，犯险奔袭汴梁竟成大功，却令我进退两难矣！今各处藩镇纷纷上表，或致恭贺、或达顺承，我无颜入朝以对当今天子，欲离潞州，北走契丹，可行否？"

李继远道："向日我等以泽路叛离河汾而归汴洛，结怨天子甚深，今天子灭梁而征兄长入朝，窃以为入朝必死；且兄长叛逆之名，天下尽知，试问谁人敢予收留？利害相衡，趋利避害——我潞州城池险固、粮草丰足，不若效昔日河北三镇故事，深沟高垒、坐食积粟，自行其是，不受他人之节制捭阖！"

其母杨氏说道："你父于国有大功，与天子义逾同胞。天子之于你，父子之情也。我儿但至洛阳，面见天子，恸情哀告，必保无虞。"

李继韬权衡再三，对杨氏道："便与母亲共往洛阳谢罪。"

李继远急道："此乃曹爽驽马恋栈豆之行也！"

李继韬又招来魏琢、申蒙二人斥道："当初你二人煽动我背离叔父而投逆梁，今令我骨肉成雠、进退维谷，皆你二人之罪也！"喝令将二人绑缚，推出斩首。

申蒙临刑，大呼不绝口："此欲以我二人首级求李亚子之宽宥也！今杀我二人，只恐你之来日亦无多！"

魏琢至死，缄口不言，唯摇头叹息。

李继韬便与其母杨氏携重金并魏申二人之首前往洛阳朝觐李存勖。既

沙陀！沙陀！

至洛阳，广散资财，厚赂李存勖左右宦官伶人，杨氏又入内宫，拜见刘玉娘，求其疏通。

于是刘玉娘与李存勖左右皆为李继韬美言，只说："留得本非邪逆，只因年幼而被奸人蛊惑。今其顿悟悔过，当允其痛改前非。况益光社稷之柱石、陛下之亲辅，不宜令其无后。"

是日，李继韬入宫见李存勖，自殿外便伏地，膝行而入，恸哭道："侄儿误从谗言，造滔天逆罪，今特来请死！"

李存勖扶起李继韬道："'人谁无过，过而能改，善莫大焉。'侄能知过，朕心甚慰！甚慰！当令侄富贵如故也。"

李继韬又献上魏申二人首级道："奸人谗唆，罪无可赦，侄男将二贼人头献于陛下！"李存勖教号令示众。

杨氏哭拜道："昔日陛下破潞州夹寨，救益光之命；今复赦犬子大逆之罪，活其性命。陛下于我家两世再造之恩也！"

李存勖忙扶起杨氏道："二兄国之柱石，功勋可并日月！惜早亡于镇州，未得亲见唐室复兴之也。朕每思及，未尝不泪湿衣衫。"三人相拥恸哭良久，刘玉娘等解劝，方才止住。

李存勖便留李继韬居住洛阳，厚赐豪宅珍玩，陪伴李存勖围猎优戏，恩宠无比。

见李存勖如此恩信李继韬，李存勖之弟申王李存渥私下对李存勖道："韩留得无信多诈，陛下不可不防。"

李存勖笑道："弟犹衔当年留得护柩拔刃之恨？"

李存渥道："臣并非衔私恨而进谗言，实是留得小儿长蓄险心，不可不防。"

李存勖道："弟之言，朕知之矣，自有区处。彼若多行不义，必自取祸。"

月余已过，李继韬思量返回潞州，便对李存勖道："侄男离潞州日久，恐有差失，乞归镇巡检，再归神都以伴陛下。"

李存勖笑道："潞州之事无妨。自你父去后，朕甚是思念。今见你，便如又见你父。你乳名留得，留得留得，你便留得在京师，朕授你三公之职，更从皇族中择女嫁与你之二子，永延富贵，岂不美哉！"

李继韬心中惊惧，口中连连称谢。

回到宅中，将此事告知杨氏。杨氏道："天子此举，欲去你兵权，厚赐你爵禄，令君臣无猜，却也使得。"

李继韬道："我若离泽路，如蛟龙失水矣！"

杨氏道："蒙陛下赦你大逆之罪，我儿不可再生异心！"

李继韬口中应承，心下盘算，便修下书信，命潞州李继远鼓动军士早乱，再申报朝廷，言士卒难禁，请李继韬回镇弹压。李继韬吩咐亲信持信潜回潞州付与李继远。那亲信刚出洛阳，便被景进部下擒获，搜得李继韬书信，献于李存勖。

李存勖阅信怒道："此子心实叵测！"

郭崇韬道："当斩李继韬并其党羽！"

李存勖凄然道："朕实不愿诛二兄后人。"

郭崇韬道："陛下柔仁，恐贻祸患。臣愿为陛下分忧！"于是教兵将去擒李继韬。

李继韬闻知事泄，叹道："我计不成。运也！"便拔剑自刎。

杨氏诰命，李存勖特诏免予追究。李继韬二子亦被擒获。有人对杨氏言道："可哀求陛下赦二孙。"

杨氏哭道："我有何面目再见天子？"于是李继韬二子也被斩于市曹。

李存勖知李继韬之恶事，李继远尽是共谋。便以张弘祚为泽路监军，密令其伺机斩杀李继远。张弘祚引兵渐近潞州，便使人入城，教李继远出城迎接。李继远已知李继韬之死，亦恐祸及于己，闻知监军新来，便欲乘其不备，斩杀监军，勒兵自守。当下点起兵马，暗藏锋刃，出得城来。双方未及接触，遥遥相见便知彼此居心不良，于是径直挥军交战。混战多时，节度副使李继珂又引兵前来相助张弘祚。李继远不敌，翻身欲回潞州坚守，却见城门紧闭——原来李继远出城之后，李继俦亲信便放出李继俦，关闭城门，断了李继远归路。李继远回不得城内，只得再与张弘祚、李继珂大军厮杀，竟被斩于乱军之中。

李继远已死，李继俦便开城门迎接张弘祚、李继珂入内。李存勖随即下诏，以李继俦权领泽路节度使之职，又以其弟李继达为军城巡检，以代李继远之职。

李继俦被李继韬囚禁日久，心中对其自是无比恼恨。今既得志，便将

沙陀！沙陀！

李继韬家资姬妾，尽数据为己有；又搜捕李继韬余党，酷虐杀戮。

李继达心中不忿，于是召集部下百余骑，踞坐戟门。李继达身穿重孝，含泪道："我父国之栋梁，勋劳至伟，惜身后凋零。今我家兄弟父子四人被诛杀，我大兄却毫无骨肉之情，只是一味贪婪恣虐。我诚为之羞愧，无以面对天下之人。今我欲行壮举，诸君可愿从我？！"

诸军校慨然应道："愿效死命！"

于是李继达率军攻入内城，斩杀李继俦。泽路副使李继珂闻变，忙整军攻剿。李继达兵少，难以抵敌，溃败下来。

李继达奔回自己宅邸，聚集妻儿于正堂，哭道："你等莫怨我心毒，只怪命蹇，至于我家！"说罢，挥剑将妻儿尽皆斩杀。

李继达见身边只有数人相随，便与此数人整装上马，逃出城去，择道北行，欲投契丹。李继珂追兵不舍，李继达从人尽数战死。李继达自知难逃，不愿被擒，遂自尽身亡。

李存勖见潞州纷乱不止，心知缘由兵将骄横，难以约束，便借口幽州契丹入寇，调潞州兵三千北上戍守涿州。

潞州兵得知行将离乡背土，北戍边关，不免群情郁郁。潞州牙将杨立，本是李继韬亲信，自李继韬死后，心中一直怀有怨恨，乘机聚众慷慨言道："昔日梁晋对峙之时，我泽路是河东屏障，潞州兵将从未戍边；今天下已定，诸镇尽奉朝廷正朔，则天子待我泽路不同往日矣！今朝廷欲置吾侪于边关、投我辈于绝塞，则你我还乡之望渺矣！与其捐身躯于荒迹、曝尸骨于流沙，不如束甲操戈、据城自守，成则居家乡而富贵，不成则上山为盗，亦逍遥快活！"

众军士鼓噪应和。杨立便率领众人起事。由于事起仓促，张弘祚、李继珂等人不及应对，慌乱间弃城而走。杨立被众人推为留后，上书朝廷，以求旌节。

李存勖得杨立表章，怒道："贼子猖狂如斯！"即命李嗣源为招讨使往征潞州。

李嗣源便以石敬瑭为前锋，自统大军合后，杀奔潞州。

石敬瑭所部作前锋，冲到潞州城下，已过黄昏。石敬瑭稍作驻扎，便引军乘了夜色攻城。杨立慌忙抵挡。此时，潞州军校郭威等人径自开了城门，招呼石敬瑭军马入城。

比及天明，李嗣源大军赶到，石敬瑭已攻克潞州，擒获杨立及其党羽。李嗣源命将杨立一行尽数斩于镇国桥，一面向李存勖报捷。郭威等军校并入石敬瑭所部刘知远麾下。

（《资治通鉴》载李嗣源、李绍荣共伐潞州，张廷蕴率先登城）

潞州既平，李存勖心下欣然，便遣弟李存渥、子李继岌往晋阳迎接太后与太妃入朝。刘太妃辞道："陵庙在晋阳，若皆赴神都，恐每岁无人奉祀。"于是刘太妃留居晋阳，曹太后与李存渥、李继岌等赴洛阳。

却说李存审镇守卢龙，不得参与李存勖灭梁之战，心下郁郁。待闻知李嗣源夺中都、擒王彦章、兵入大梁，不觉叹道："自上源驿父王与朱温交恶，梁晋争战四十余年，百将用命，不意最终邈佶烈成其大功！"南向良久，又叹道："悠悠苍天，此曷人哉？"

于是李存审上表，请入京师致贺。表章至洛阳，递至郭崇韬处，郭崇韬回复，只言北防契丹事大，嘱李存审不可轻离重地。李存审不得归京，只得留守边地。

李存审年事已高，赴幽州之时，已生疾病，如今忧闷郁结于心，逐渐成沉疴。

李存审已知病不可愈，遂将诸子招至病榻之前，取出一个袋囊。长子李彦超接过解开，见囊内皆是羽箭箭簇，计有百余。

诸子不解其意，李存审道："为父出身寒苦，少年时携一口宝剑离乡，历四十余年，位至于此。为父一生唯务征战，无数番出生入死，体上伤痕计有一百二十余处，大创为斧钺所斫，小伤为箭弩所中，自我体上取出之箭簇便有百余，我皆收藏于此袋囊之中，今交付与你等。你等生于将门，自幼富贵，当铭记你父创业之艰险辛劳，长秉居安思危之心，不可溺于膏粱、形于纨绔也。"

诸子含泪顿首领命。

李彦超向前道："自胡柳坡之战，周镇远殒身之后，父帅便是诸将之首，便是昭义李益光，亦未逾父帅。今天子册封智、勇、义三勋，昭告天下。彼三勋功劳威望，固是煊赫，然皆不及父帅——父帅戎马倥偬，临阵沈明，料敌决胜，百战无疏，事二帝而秉忠诚、掌六军而布恩信——以论智、勇、义，

沙陀！沙陀！

皆著于天下，足胜三勋。然功高受忌、位重遭谗，父帅徙镇边地、远去中原，难成灭贼之功，实是令人不平！"

李存审道："贝州斩降、镇州屠门——此是我杀戮过重，有失柔仁之处。"

次子李彦饶道："彼时情势所迫，不得已为之，父帅不需自责！"

李存审又道："我之肺腑，可鉴天地。尔等当秉持丹心，勿堕我名！"

李存审病势日渐沉重，自知来日无多，遂又亲书表章与李存勖，表中有云："臣事先帝与陛下凡四十年，幸蒙殊遇，忝居方镇，权掌兵戎，敢不竭罄驽钝，所幸略有微劳。本合沙漠覆身，天下桑梓，以报陛下。然诗云：'靡不有初，鲜克有终。'每念先帝简拔臣于行伍，言传身教、授臣兵机，未尝不涕泣不能持也。今年齿更增、贱躯近殒，愿陛下体察臣之孝义，恩准臣葬骸骨于晋阳以伴先帝。倘蒙垂鉴，臣生愿不复加矣！"

表章书就，李存审复又叹道："昔日班超久戍西域，只望东归洛阳而乞骸骨，犹有其娣曹大家为其仗言。今安时把持朝纲，我又为其所忌，恐此表章未必能达于圣听。"

李存审之妻郭氏道："我与郭崇韬同宗，愿持此表，赶赴洛阳，力通三省而上达殿陛，付与天子。"

李存审领首，命四子李彦卿护送其母郭氏前往洛阳。郭氏母子即日起程南下。

郭氏母子走后，李存审病势沉重，卧于病榻之上，伏枕叹道："老夫历事二主，迄今四十余年，幸而遇今日天下一家。彼远夷极塞之辈，皆得面觐丹墀；射钩斩祛之人，孰不奉觞殿陛。独老夫壅隔不得目睹此盛况，岂非命哉！"泪如雨下。

郭氏至于洛阳，持李存审表章直抵枢阁，请行印转至天子。郭崇韬见是李存审表章，便欲留中不发，只对郭氏敷衍道："夫人请回，容我区处。"

郭氏已知郭崇韬之意，不由得怒从心生，戟指郭崇韬斥道："我夫为国戎马倥偬数十年，纵乏功勋，亦有劳苦。侍中今把持纲纪、执掌钧衡，纵不念姻亲之情，奈何忍心令我夫老死边荒、孤悬沙迹！"言语间，泪流满面。

郭崇韬羞愤难当，正欲再言，郭氏已不待，持了未行印表章，径直向皇宫而去。

至于宫门，郭氏高声道："我，李德详之妻也！今自幽州来面见天子，勿阻拦我！"排闼而入，守卫竟不敢阻拦。

既见李存勖，递上表章道："我夫有言欲使陛下听闻！"

李存勖忙温言抚慰郭氏，持了表章，步入后殿细览。览表之间，不觉涕泪横流。曹太后恰巧亦在，便接过李存审表章，阅后亦潸然泪下。

曹太后向李存勖道："我儿奈何待德详薄情？"

李存勖道："安史之乱后，自河北三镇跳梁割据，藩镇渐与朝廷博弈，翻手为云覆手为雨。朱温篡逆，不独移唐鼎祚、终唐庙食，更是开一恶例：功高兵强者，直可取朝廷而代之。三兄自幼便追随父王，数十年来，行军纵横南北、殊勋不可计数，振臂一呼，天下侧目，若再教其取汴梁而灭逆梁，三兄便是立下不赏之功，无爵可赐也！儿请三兄镇守卢龙，以其智勇声威，足以挡契丹之南下——以是'恒其富贵、止其僭逾'也。"

曹太后道："德详数十年来，从你父子二人，心比铁石，谅不至生异志也。"

李存勖道："三兄丹心赤胆，儿断无质疑。然彼若成大功，其麾下将校儿郎，安肯人人甘于就范？近日潞州之变便是明鉴：以二兄之忠勇，却儿男出枭獍、将佐存豺狼，二兄在日犹能约束，二兄亡故，叛乱迭生，以致二兄身后凋零——儿实不愿三兄身后复见此败状也！"

曹太后道："既如此，儿奈何册封三勋？"

李存勖道："国朝定鼎，除旧布新，册封勋臣，古来之定例也。否则何以安抚天下激壮人心？况且，安时于儿即晋王之位后方崭露头角，更是夤缘婿戚举荐而进，其声望履历不足与三兄相并论——也因此如今安时多有抑制三兄之行；大兄自幼随父王争战，上源驿时便有功劳，两朝重臣，勋望俱高，然其有胡柳坡弃阵之过失，始终心存愧惧，不至跋扈；朱简反正之臣，赖拥有河中重地才获此殊恩，不敢存他念。此三勋，纵假以比肩之隆遇，亦不至生汉初异姓王之祸也。"

曹太后道："虽如此，儿不可使德详终老于边地也。"

李存勖道："儿即诏三兄还朝。"即下诏以李存审为中书令、诸道蕃汉马步总管领宣武节度使。诏至卢龙，李存审已死。

笔者有言语感叹李存审，因其后人复符姓，故呼之为"符将军"，言

第三十七回　顶天英雄悬悲后罄　亘古神烈抱憾数终

沙陀！沙陀！

语云：

"符将军，出将府，
少年倜傥作羁旅。
长成多智且敦诚，
父子君王并肱股。
孰言勾栏尽寡情，
琵琶弹就羊左曲。
乱世图存仗剑戈，
从此南北驱尘土。
霜蹄踏石石裂分，
旗展蟠螭案伏虎。
一身唯务征战事，
不逊韩白精文武。
体有伤痕百二十，
小为弩箭大为斧。
奈何勋身老边戎，
唯乞晋阳埋骸骨。
人间处处堕泪碑，
不如意事难从数。
生为勤谨积恩德，
恩德延泽后世许。
子列枢阁孙母仪，
宗祠显荣罕今古。
堪笑丹书铁券望齐家，
华堂作墟萤作舞。"

李存勖闻知，悲愧难当，辍朝三日，追赠李存审尚书令。以其长子李彦超为晋阳留守，以李彦卿为银枪都领将，居官洛阳。

李存勖诏李存审回京时已命李存贤往镇卢龙。昔日李存贤曾相扑手搏而胜李存勖，李存勖当时戏言道："兄胜我，他日当授兄藩镇！"今既诏下，李存勖对李存贤道："手搏之约，朕不曾忘！"

李存贤道："臣年迈，恐有负陛下。"

李存勖凄然道："昔日随我父子披荆斩棘之故人，今多已升遐，朕唯有依兄矣。"不觉泪下。

李存贤拜道："陛下之诏命，臣之职分，有死而已。"立即起身赴任。

李存贤亦年逾六旬，此番赶往幽州，疾行颠簸，为风霜所侵，行至中途，竟得暴疾。李存贤自知难抵幽州，南向拜道："手搏之约，臣不得践矣！老臣有负陛下！愧见先帝于地下也！"咯血而亡。

李存勖闻知李存贤死于途中，泪流不止，遂又命李绍斌为卢龙节度使。李绍斌拜道："陛下不计前番臣救裴约不成之过，仍委臣以重任，臣自当竭死以报陛下！"

再说李存审既死，契丹阿保机闻讯，喜道："符三已死，无人阻我南下矣！"遂整兵南下。

李存勖闻知契丹南犯，自忖以李绍斌之才智声望，远非李存审可比，便又命李嗣源坐镇成德，犄角拱卫幽州，并诏各镇发兵御北。

时多有人对李存勖进言，称魏州银枪都跋扈难制。适逢此用兵之际，李存勖便教银枪都亦北上效命。银枪都诸兵将闻诏，颇不情愿，指挥使赵在礼优言解劝，带兵出征。

契丹军闻知李嗣源在成德，却也忌惮，便与唐军对峙，期间偶有杀伐，并无大战。

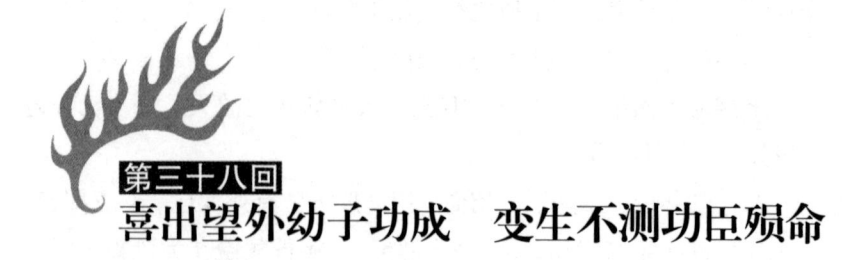

第三十八回
喜出望外幼子功成　变生不测功臣殒命

李存勖洛阳称尊，天下各镇俱已上表归附，只有吴、蜀两处，仍以国书往来。李存勖便遣客省使李严出使巴蜀，以觇看动静。临行前，刘玉娘嘱咐李严乘此机会多多购买蜀中锦绣珍玩，李严领命。

李严跋山涉水，自洛阳西入成都，觐见蜀主王衍。

王衍问道："唐主何如？其志何如？"

李严答道："不世之圣主。其志在混一天下。"

王衍又笑问："你主本是唐室臣辅，缘何不寻唐室后裔尊立为帝，而自踞坐唐室殿陛？"蜀国文武闻言多有窃笑。

李严从容答道："功奇伟，德厚重，人心归附，居之无愧！昔日朱温篡唐，天下纷乱，蜀本是唐之藩镇，不思勤王复仇，反乘机自立为帝，窃据尊号，不亦赧颜乎？"

蜀国文武闻言皆愤愤有不平色，将军王宗俦意欲斩杀李严，王衍止之。循礼答谢，将李严遣归。

李严归洛阳向李存勖复命。李存勖道："卿观王衍何如？蜀中何如？"

李严答道："王衍童骏荒纵，不亲政务，斥远故老，昵比小人。蜀中用事之臣王宗弼、宋光嗣等，诡谀专恣，黩货无厌，贤愚易位，刑赏无衡，君臣上下以奢淫相尚。以微臣观之，若我大军一至，彼立时土崩瓦解，破蜀可翘足而待也。"

李存勖领首，刘玉娘在旁对李严道："卿可购回蜀中锦绣珍玩？"

李严拜道："王衍有诏，禁止精美奇巧之物北入中原，只准粗鄙滥俗之物外流，名曰'入草物'，故无法购得上好之品。"

刘玉娘顿显失望。李存勖不悦道："王衍不怕自己变作'人草人'乎？"回身对刘玉娘道："宝物权且寄存在王衍之处，待朕军马到时，车船相载而入洛阳矣！"

李存勖便与郭崇韬商议伐蜀之事。郭崇韬道："巴蜀虽山河险峻，然政事荒驰，军校疲弱，臣以为灭蜀远易于灭梁。"

李存勖道："朕欲亲统兵伐蜀，何如？"

郭崇韬道："陛下至尊之躯，不宜轻动。"

李存勖又道："段明远盖世奇才，用兵仿佛孙、吴，用其统兵伐蜀何如？"

郭崇韬道："段凝亡国之将，奸谄绝伦，不可信用而委以重任。"

李存勖又道："朕之大兄智勇兼该，行兵谨慎，用其统兵伐蜀，何如？"

郭崇韬道："契丹势盛，北地事紧，总管不可轻离河朔。"

李存勖道："卿以为何人宜统兵伐蜀？"

郭崇韬道："太子储君，乃陛下之后之天子，然未立殊勋，于群臣中尚无声望。臣请以太子为伐蜀都统，以成其威名。"

李存勖听罢言道："卿言甚是。只是和哥年幼，未谙兵事，岂能独往巴蜀？当有重臣辅佐。"言及于此，李存勖恍然笑道："卿乃是辅佐和哥伐蜀之不二人选！"君臣相视莞尔。

于是李存勖下诏，以太子李继岌为西川四面行营都统，以郭崇韬为东北面行营都招讨制置使，节制军事，李继麟之子李令德为行营招讨副使，李绍琛为马步军都指挥使兼排阵斩斫使，李严为西川管内招抚使，毛璋、董璋为左右马步都虞候，任圜、李愚参预军机；李茂贞之子李继俨专责军马转运接应，高季兴充东南行营招讨使。

李存勖又问郭崇韬道："灭蜀之后，何人可镇蜀地？"

郭崇韬道："孟知祥信厚有谋，可镇西川。"

李存勖又问："何人为辅？"

郭崇韬道："张宪志虑忠纯，才智卓群，可辅弼孟知祥。"

李存勖颔首道："此二人颇合朕意。"

刘玉娘私对李存勖言道："安时城府颇深，彼欲成破蜀大功，举荐和哥，不过是自荐之托辞耳。"

沙陀！沙陀！

李存勖道："安时之心思，朕亦明晰。然伐蜀和哥为统帅，功成之时，和哥自是居首，此于和哥确是美事。"

刘玉娘道："虽如此，和哥未经军旅之艰险，今远涉西南，实是令人忧心。"

李存勖道："和哥若不经历练，他日何以掌天下。"当下令宦官李从袭、李廷安、吕知柔等监押通谒，随大军而行。

刘玉娘不再多言，于是唐军择吉日西出伐蜀。出征之日，刘玉娘校场送别，泪流不止。李存勖道："何作此儿女之态？待和哥功成回朝之日，当再叙别情！"刘玉娘便与李继岌洒泪而别。

李绍琛引兵为前锋，李继岌、郭崇韬统大军继进，取道凤翔南进蜀地。行全大散关，任圜道："出此关则入蜀境也。"

郭崇韬手指秦岭道："我等若进而无功，则不得复归此关！"

诸将多言道："蜀地山峻地险，不宜取当年夺汴梁之法而长驱直入，应谨慎按兵，次第渐进，可保无虞。"

独有李愚言道："蜀人皆苦于王衍之荒淫，不肯为之用命。我军宜乘其人情崩离之际，风驱霆击，彼军胆落披靡，虽有山河险阻，谁肯固守？窃以为行兵之势不可稍缓也。"

郭崇韬对李愚道："公言甚是！"

正言语间，接前方李绍琛捷报，言兵不血刃而攻克威武城，蜀将王承捷以凤、兴、文、扶四州不战而降，得降兵万人，粮四十余万斛。郭崇韬对李愚道："公料敌如神也！"

于是唐军一路攻无不克，蜀军望风倒戈，一路收获兵甲粮米无数。

王衍初闻唐军来犯，并未在意，以为凭借川蜀之险地，足以阻挡唐军。待闻唐军一路斩关夺隘，兵锋日近，方才慌乱。以王宗勋、王宗俨、王宗昱为三招讨，统兵抵御。三人与李绍琛战于三泉，一战即溃，蜀军被斩万人，失粮米十五万斛。宋光嗣道："三招讨战败，宜诛杀以儆效尤。"王衍便教王宗弼寻机诛杀三人。

宋光嗣又言道："昔日刘璋心存妇人之仁，不肯坚壁清野，终失却山河。今沙陀远来，无有根基，陛下但教焚毁沿路仓廪以绝贼军粮秣供给，贼必无生还之望也。"王衍依从。

李绍琛与李严前锋抵达绵州，却见仓廪已罄、居民已迁，前有绵江，浮桥皆被拆毁，舟楫亦尽被蜀军搜于对岸。唐军虽勇，多人不免望江兴叹。

李绍琛对李严道："我等孤军深入，利在速战，乘时下蜀人破胆之机，但教我军有百骑驰至鹿头关下，蜀军必争相迎降，大事可定！若等待修复架设桥梁，必延宕数日，恐王衍加兵固守成都近处关隘，但有一处不克，则折我兵威。迁延旬日，我军不得补给，则胜败未可知也！"

李严道："将军所言甚是！今当与将军共生死！"于是二人为首，率领诸骑兵浮江而渡。绵江水深流湍，诸兵将紧紧抱住马首，不敢差失。

待泅渡过江，仅剩千人，其余千余人皆在江中溺死。李绍琛、李严诸人衣甲湿透，亦顾不得，千人并不停歇，一气奔到鹿头关下。鹿头关守将不意唐军自天而降，不敢作战，忙不迭献关投降。李绍琛乘势又夺取汉州。三日之后，李继岌、郭崇韬大军继至。

郭崇韬对李继岌道："今克汉州，成都近在眼前。如今巴蜀朝中用事者王宗弼乃是奸佞首鼠之徒，臣当手书于他，晓以利害，彼必可献成都也！"

李继岌依从。于是郭崇韬写了书信，命人潜入成都，递与王宗弼。

王宗弼阅了郭崇韬书信，招来王宗勋、王宗俨、王宗昱三招讨，出示王衍诏书道："宋光嗣怂恿陛下诛杀尔等，我不忍为之。"

三人拜泣。

王宗弼又言道："前番王宗俦劝我废黜王衍，更立明主。我尚踌躇，王宗俦忧恐而死。"

王宗勋等三人道："今唐兵势不可当，西川大厦将倾，莫不如以王衍为奇货，献与李继岌、郭崇韬，我等更以此奇功求得魏王永镇西川！"

四人计议已定，于是王宗弼调集兵马，掌控成都。又严兵入宫，对王衍道："陛下德薄，不宜居此！"遂将王衍及蜀国太后徐氏迁往西宫软禁。又给郭崇韬回信，声言归降。

王衍在西宫与母亲徐氏相对而泣，徐氏道："王宗弼昔日背先帝（王建）而投顾彦朗，今复背陛下而以你我母子作牺牲献与沙陀，此等小人，必不得善终！"

王宗弼又借机将枢密使宋光嗣、景润澄，宣徽使李周辂、欧阳晃以及成都尹韩昭等斩杀。

沙陀！沙陀！

郭崇韬得王宗弼回书大悦，又令李严先行入成都与王宗弼接洽。王宗弼早遣人以牛酒钱粮犒劳唐军，又命翰林学士李昊草撰降表，并献上蜀中珍玩。李继岌手指诸贡品笑道："此已是我李家器物，尚需王宗弼进献？"

郭崇韬笑道："此断非'入草物'。"

于是李继岌、郭崇韬大军进入成都，李严引王衍及西川百官衔璧自缚、抬榇牵羊、白衣跣足，号哭迎降于升迁桥。李继岌受璧，郭崇韬释缚焚榇。王建之蜀国至此灭亡。郭崇韬自发兵至入成都，前后仅七十日。

李继岌虽为伐蜀都统，然军中大小诸事，皆决于郭崇韬。故唐军入成都后，郭崇韬府邸前，将吏宾客蜂拥接踵，车水马龙；而李继岌府前，门可罗雀。蜀中权贵纷纷以珍宝伎乐献于郭崇韬及其子郭从诲，李继岌所得，不过是寻常器物数件而已。李继岌左右李从袭等皆怨怒不平。

王宗弼重礼贿赂郭崇韬，言道："欲求为西川留后。"

郭崇韬佯装应允，又言道："我意自是属君，待我告知太子即可。"

王宗弼苦等多日，未得音讯，王宗弼寻思郭崇韬定是欲自霸西川，遂纠合蜀中旧官，联名书状呈与李继岌，请留郭崇韬镇蜀。李继岌对王宗弼等人言道："郭公乃是我朝重臣，陛下依仗如同山岳，朝夕与之计议朝政，岂可使之离庙堂而远置于川蜀之地？"

王宗弼拜道："巴蜀僻处偏方，现为王土，只是新皈王化，盗匪猖獗，非柱石之臣不能镇抚。昔日魏孝文帝有云：'在廷如在野，视迩如视遐。'为天子者，当心怀天下，岂能厚此而薄彼？"

李继岌愈发不悦道："执掌蜀中之大事，非我所敢自行裁断。尔等若一力挽留郭公留镇蜀中，可自往洛阳宫阙，面见天子陈说心愿！"说罢，拂袖而退。

李从袭、吕知柔等随李继岌退入后堂，说道："郭公父子专横跋扈，今又唆使蜀人为己请命，欲留镇西川，其心险毒、其志难测，太子不可不防。"李继岌面沉似水，并不言语。

郭崇韬闻知此事，也觉不安。左右亲信言道："太子之言，显是猜忌明公，以为明公指使王宗弼诸人请命，若使陛下得知，恐明公不得全身而退也。不若斩杀王宗弼以求清白。"

郭崇韬便命收捕王宗弼、王宗勋、王宗渥等人，责以不忠之罪，将其尽数族杀。临死前，王宗弼叹道："我作践社稷，卖主求荣，今日受死，也是合该！"继而又愤恨言道："我以王衍作牺牲以保富贵，郭崇韬复以我为牺牲以避猜忌——今日我赴泉台，他日郭崇韬亦不得善终！"恨恨而死。

郭崇韬既斩王宗弼，寻思东西两川分置节度使，便招董璋商议此事。

董璋忙赶往郭崇韬府邸，途中正遇李绍琛。李绍琛问道："何往？"

董璋答道："郭公见招。"

李绍琛怒道："平定巴蜀，我身先士卒，劳苦功高，尔等不过朴樕影从，反占嚁于郭公之门庭，不自量力。我为都将，岂不能以军法斩杀尔等！"

董璋并不敢回言，唯唯而去。既见郭崇韬，便将李绍琛之言语尽数陈说。郭崇韬怒道："康延孝何敢如此！"遂表奏董璋为东川节度使。

李绍琛闻知郭崇韬表奏董璋为东川节度使，愤懑抱怨道："我冒白刃、平险阻，涉水跋山，历尽险难而定两川，董璋反坐享其成，实是令人不甘！"

于是见郭崇韬言道："东川重地，不可轻易委人。任圜尚书韬略才智皆属上乘，宜执掌该地，应表奏其为东川节度使。"

郭崇韬闻言大怒道："何人镇守东川，我自有主张，何容尔多言！尔不遵节度，妄自言论大事，欲反乎？"吩咐左右将李绍琛逐出。

再说洛阳李存勖接郭崇韬表章，见其表奏董璋为东川节度使，心中不快。冯道在旁道："安时乃是陛下股肱，助陛下取天下，陛下奈何吝一小藩？"李存勖便准奏，教宦官向延嗣往成都宣旨，并催促郭崇韬回师。

向延嗣快马加鞭赶到成都，并不见郭崇韬出迎，只得自行入见郭崇韬。郭崇韬一向与宦官不睦，今又自恃有灭蜀大功，待向延嗣甚是倨傲。

向延嗣催问何时返回洛阳，郭崇韬道："新得蜀地，盗匪猖獗，我正自命各路兵马加力剿灭。待蜀境平定，自然东归。"

向延嗣道："天子只盼太子与枢密使速归。"不悦而辞。

向延嗣本与李从袭等人交好，李从袭密对向延嗣言道："魏王太子，国之储君，社稷根本，而郭崇韬自恃功高，视之如无物。其子郭廷海终日与蜀中权贵豪强密谋，欲拥郭崇韬自镇巴蜀。今上下兵将，唯奉郭崇韬号令；我等左右，皆是郭崇韬亲党——只恐一朝有变，我等死无葬身之地也！君归洛阳，务必将太子与我等之危告知天子。"

沙陀！沙陀！

向延嗣道："原当如此！"

向延嗣又向王衍出示李存勖诏书，诏书有云："卿但至洛阳，固当列土而封，必不薄人于险，三辰在上，一言不欺。"王衍面向洛阳再三拜谢。李继岌便命李继俨、李严领兵押送王衍及其宗族百官数千人往洛阳。

向延嗣不及与之同行，先行打马驰归洛阳，在李存勖面前极力言说郭崇韬之专横无礼。李存勖先前听闻蜀人欲拥郭崇韬为帅镇守蜀地，今又闻向延嗣之言，对郭崇韬愈发猜疑。又查阅巴蜀府库册籍，问道："人言蜀中珍宝无计，今为何如此之少？"

向延嗣趁机道："破蜀之日，珍宝皆入郭崇韬父子彀中矣，故奉于陛下者甚少。"

李存勖不禁大怒，便诏孟知祥、张宪来洛阳，促其入蜀以代郭崇韬。枢密承制段徊等人道："北都重地，非力臣不能镇守。"李存勖便改命张宪为北都留守，镇晋阳。

刘玉娘又道："闻保胤与安时亲厚，不若另遣他人入川。"

李存勖沉吟片刻道："朕已负一详，不能更负一祥。保胤心有大局，定不负朕望。"（符存审字德详）

孟知祥到洛阳，李存勖对其言郭崇韬诸般不臣之事，孟知祥拜道："安时乃是国之勋柱，跟随陛下多年，忠心赤胆，不至于此。待臣此去巴蜀细察之，若无异志，即遣还洛阳。陛下切不可轻诛重臣！"李存勖应允。

孟知祥走后，刘玉娘终是放心不下，便密遣衣甲库使宦官马彦珪再往成都。马彦珪临行前密对刘玉娘言道："向延嗣言蜀中之事危在旦夕，今皇上当断不断。夫成败之机，间不容发，岂有容三千里往返禀命之缓急？"刘玉娘便自写教书与马彦珪，教李继岌诛杀郭崇韬。

马彦珪领了教书，飞奔追赶孟知祥。在石壕追上，已是半夜。马彦珪叩打孟知祥住处之门，唤醒孟知祥，向其宣皇后教书，催促其速行。孟知祥叹道："天下行将乱矣！"遂加快行程。马彦珪更是一路飞驰成都。

时蜀中之乱初定，李继岌留任圜在成都暂时署理诸事以待孟知祥，便拟回军。恰在此时，马彦珪赶到，向李继岌出示皇后教书。李继岌阅罢，沉吟片刻言道："大军垂发，招讨使并无衅端，安可为此负心之事！况且并无主上敕旨，唯有皇后教书，仅凭此教书便诛杀招讨使，不亦轻率乎？

卿等且再议。"

李从袭跪拜于地，哭泣道："事已至此，犹如箭已离弦，势不可回。况且此间皆是郭崇韬党羽，万一令郭崇韬闻知，回军途中为变，则益发不可收拾也！"

吕知柔亦跪拜于地道："昔皇上初即晋王之位，李克宁反迹初见，皇上当机立断，擒斩李克宁，锄其变乱于萌芽，河东乃得安靖。今郭崇韬反迹，远昭显于当年之李克宁，太子若还犹豫，只恐祸乱在即也！"

马彦珪亦跪拜道："皇后闻太子身处险地，昼夜涕泣，恐骨肉不得相见矣！况郭崇韬久临战阵，常在军旅，行事狠戾，杀人如麻，剪除我等直如儿戏也！"

李继岌不得已道："卿等见机行事。"

李从袭忙命人招郭崇韬来李继岌处议事。掌书记滏阳张砺疑道："太子缘何夤夜招令公议事？"

郭崇韬道："大军行将归京，诸事琐碎繁杂，深夜议事，亦是常理。"不疑有他，带二子郭廷诲、郭廷信来至李继岌府邸。

郭崇韬行至大门，见李从袭迎出。郭崇韬方欲登台阶，李继岌侍卫李环在后以铁锤猛击郭崇韬后脑，郭崇韬猝不及防，登时脑浆迸裂，扑倒于地而死。郭廷诲、郭廷信见变起突然，惊诧之间亦被李继岌护卫斩杀。

张砺闻知郭崇韬被杀，奔至李继岌府门，伏于郭崇韬尸体之上恸哭。众人欲杀，李继岌阻止。

都统推官李崧密对李继岌言道："行军三千里之外，并无敕旨，竟擅杀主将，太子奈何行此危事？难道不能隐忍之至洛阳再行定夺？"

李继岌道："公言甚是，今悔之不及。"

李崧于是召集书吏数人，伪造皇帝敕书，教诛杀郭崇韬，并以蜡摹刊为中书省印加盖，而后宣示，军中粗定，未生大乱。

笔者感慨郭崇韬之死，有言语云：

"郭军门，出代北，
　从来英雄聚生此。
　　佺偬赞画皆奇谋，

沙陀！沙陀！

古今良将罕为比。
君王倚恃恩有加，
沙陀称尊多其力。
入掌枢机竭心思，
中书门下黯然避。
神兵电扫天险国，
始发受降七十日。
莫料功成身殒亡，
丹书儿孙无遗类。
公斯孤介且忠直，
龙虎宁从蟛虾蛰。
子禽淮阴诚太息，
千年竹帛唯望止。
夷吾不见乱齐宫，
景略未闻嚣淝水。
假公时日弼亚儿，
何得夹马营中红光起？"

李继岌命任圜代郭崇韬总摄军务。不日，孟知祥至成都，闻郭崇韬已死，乃慰抚吏民，犒赐将卒。

李继岌便留马步都指挥使陈留李仁罕、马军都指挥使东光潘仁嗣、左厢都指挥使赵廷隐、右厢都指挥使浚仪张业、牙内指挥使文水武漳、骁锐指挥使平恩李延厚留守成都，辅佐孟知祥。李继岌自引大军，以李绍琛为合后，返归洛阳。

第三十九回
皇甫晖负气行大事　逸佶烈奉诏伐叛臣

却说郭崇韬在蜀之日，遭洛阳疑忌。河中节度使李继麟自恃功高位尊，且与李存勖亲厚，上书为郭崇韬辩解。内宫宦官对李存勖言道："郭崇韬之所以胆敢跋扈于蜀中，只因其与河中李继麟暗中勾结，彼此呼应也！"

景进更言道："当初征蜀大军起兵之日，李继麟以为乃是讨伐河中，慌忙集兵固守自卫，对外只言说检阅兵卒。"

这些言语传入李继麟耳中，李继麟益发不安，欲入朝面见李存勖。左右亲信劝止道："此时入朝，无异于羊趋虎豹、肉临刀俎。"

李继麟道："安时功勋威望，皆高于我，今日犹有累卵之危。我当面见天子，陈说真伪，不使天子受蒙蔽于小人。若安时得安，我亦安也。"遂不听劝阻，身入洛阳。

既见李存勖，李继麟极言郭崇韬之无罪，李存勖愈加生疑，只教李继麟且在洛阳暂住。

不日，马彦珪回到洛阳，言郭崇韬已伏诛。李存勖凝视马彦珪道："朕并未教你杀安时。"又道："此必是皇后所教！"

马彦珪伏地谢罪道："彼时情形危急，间不容发，为护佑太子平安，故行此事。"

李存勖长叹一声，教下诏张暴郭崇韬之罪，并诛杀郭崇韬在洛阳之子郭廷说、郭廷议、郭廷让，一时朝野骇然。李存勖之弟睦王李存乂，乃是郭崇韬之婿，亦不免被株连。

景进又密对李存勖言道："河中有人出首，言李继麟与郭崇韬勾结谋反；待郭崇韬死后，李继麟又与李存乂通谋。"

沙陀！沙陀！

李存勖道："连诛重臣，恐寒天下之心。"

景进道："昔日刘昱不诛齐高，遂有苍梧之恶名；宝卷不灭梁武，遂有东昏之废号——陛下欲为此史笔嗤慢之君乎？况李继麟骑墙之徒，奸险反覆——始合李蟠，则杀其身；又投朱梁，则夺其地——平生唯视力利，诛杀此辈，正是匡正人心！"

李存勖便命朱守殷连夜带兵围住李继麟住处，将其擒至徽安门外斩首，复其朱梁时姓名朱友谦。朱友谦临死叹道："我死固非其罪，然我一生有负多人，今日也是报偿！"笔者有言语感叹云：

"殿陛荣华人莫吁，
暮夕为李朝为朱。
徽安门外临刀斧，
可叹福薄臂短无？"

朱友谦之二子：朱令德为武信节度使，朱令锡为忠武节度使。李存勖便依次下诏给太子李继岌张暴朱友谦之罪并令东川节度使董璋诛杀朱令德于遂州，郑州刺史王思同诛杀朱令锡于许州，河阳节度使李绍奇诛杀朱友谦家人于河中。朱友谦其余在各处为官诸子，李存勖教当地监军刺史诛杀；史武等朱友谦旧将，也被连族屠杀。

景进对李存勖言道："李绍琛勇悍果敢，杀朱令德足矣！"

李存勖道："李绍琛所部统领多是河中军，安肯犯幼主？"

景进恍然，又道："董璋与郭崇韬亲厚，恐不肯尽力。"

李存勖道："董璋骑墙之辈，郭崇韬被诛，早怀忧恐；今委任此事，必效死力。"

却说李绍奇领兵包围河中朱友谦府邸，朱友谦之妻张氏已知临祸，并不惊慌，率领宗族二百余人出门接旨。李绍奇道："陛下有恩命！"

张氏从容道："我朱氏宗族罪固当死，唯愿将军莫要滥杀无辜，殃及外人。"便将家中奴婢仆从数百人放走，至于家人在府门前就死。

李绍奇道："夫人尚有言否？"

张氏取出李存勖所赐丹书铁券道："此皇帝所赐之物，我乃一妇人，不识书文，不知此物所载之言语。"

李绍奇惭愧，不能答言。于是朱友谦家人皆被斩杀。

李存勖遣往川中之使者在武连遇到李继岌大军，宣示诏旨。李继岌大惊道："数日之间，我朝三勋竟诛杀其二！"速招董璋来密议杀朱令德之事。

不料此事却教李绍琛得知，李绍琛心中不悦，便与河中诸将饮酒叙说。乘了酒兴，李绍琛言道："我朝得以南取大梁，西定巴、蜀，皆出于郭公之谋划而我之战功也；至于去逆效顺，与河东互为犄角以破逆梁，则朱公之功也。今朱、郭二人皆无罪而遭族灭，归朝之后，只恐将及我矣。冤哉！天乎！奈何！"

河中诸将闻言，尽皆落泪。焦武、李肇、侯弘实等皆哭拜于地道："西平王何罪？阖门屠脍！我等若还朝则必与史武等同遭诛戮，决计不东归矣！"

此时李绍琛之军正在剑门关，李绍琛便矫诏称李存勖以自己为西川节度、三川制置等使，取代孟知祥，引兵西还，径指成都，沿途召集散兵流民，数日之间，增众数万。

李继岌闻知李绍琛反，已截断桔柏津，忙与任圜商议。任圜道："康延孝既反，却不能据守剑门关险地，势难成矣！"

李继岌便命任圜与都指挥使梁汉颙、监军李廷安追讨李绍琛。任圜先命别将何建崇夺取剑门关。

行军途中，梁汉颙对任圜说道："康延孝久在军旅，如何不知扼守剑门险要？"

任圜道："康延孝深谙韬略，熟稔军机，曾对天子献灭梁之奇计——如何不知此中利害——因其恐分兵剑门则不足以攻取成都也！"

梁汉颙道："诚然如是！"

任圜道："当疾行军，我军利在速战，稍有迁延，彼若得联络蜀中豪强盗寇，则难制也！"

于是督军倍道而行。

李存勖闻知李绍琛之变，亦吃惊不小，叹道："康延孝这厮终是桀骜，不肯居于人下。"吩咐中使崔延琛赶往蜀中。

景进又奏道："王衍尚未远离蜀境，蜀中其旧党亲随颇多，恐乘乱拥其而还成都。宜早作决断！"

沙陀！沙陀！

李存勖便教枢密使张居翰拟诏，诛杀王衍一行。张居翰拟就诏书去用印，便在殿外石柱之上将"王衍一行"之"行"改为"家"。

宦官向延嗣持诏，逆迎王衍一行于秦川驿，宣示李存勖诏旨。王衍闻诏哭道："前番陛下有云赦免我等，切设誓云：'三辰在上，一言不欺。'然反复何其速也！闻陛下自幼读《春秋》，何其叵信如此！"

王衍之母徐氏大呼道："我儿以巴蜀一国迎降，反遭屠戮，你沙陀蛮夷信义俱弃，行此恶事，祸亦不远矣！"继而又叹道："昔日先帝弑田令孜、逐韦昭度、灭顾彦朗，多失信义，合有此报！"

于是王衍宗族尽被斩杀。王衍同行蜀中官员王锴、张格、庾传素、许寂、李旻等并其家小千余人皆免于难——尽是张居翰一字之仁厚也。

再说孟知祥得知李绍琛来取成都，忙率马步都指挥使李仁罕、骁锐都指挥使李延厚等出城迎战。此时任圜也追及李绍琛至汉州，董璋杀了朱令德，也带兵来助任圜。

任圜以董璋率军前去诱敌。李绍琛挥兵来战。董璋厮杀一阵，回头便逃。李绍琛恨极董璋，紧追不舍，奔出数十里，任圜、张励两路伏兵杀出。李绍琛犹奋力冲荡。背后李仁罕、李延厚军又杀到。李绍琛抵敌不住，溃败下去，退守汉州。任圜、孟知祥、董璋诸路人马将汉州围定。

汉州并无险隘，李绍琛只得伐木为栅，以拒敌军。任圜吩咐四面纵火，烧毁木栅。李绍琛在金雁桥最后与数路大军逆战，部下大多战死。李绍琛无奈，率十余骑落荒而逃。在绵竹又遇伏兵，李绍琛与部下皆被擒获。

孟知祥便在汉州犒劳任圜、董璋军马，盛排延宴。军士将李绍琛囚车押至席间。孟知祥亲自捧一大觥酒奉与李绍琛，道："将军于灭梁之战中有奇功，已拥节旄，又有平蜀之大功，既归朝廷，何患不富贵？而作茧自缚入此槛车，实是令人可惜！"

李绍琛道："郭侍中佐命功勋第一，临机决断而灭朱梁，兵不血刃而取两川，然一夕之间，无罪被诛，天下寒心。'鸟兽尽，走狗烹；敌国灭，功臣亡。'我辈亦恐首级不得保全，以此不敢归朝也。"

孟知祥沉吟道："将军举事，事败则必难免一死。"

李绍琛道："大丈夫立于世间，岂可如砧上之鱼、俎上之肉，任人剖宰？事败固然一死，此死却壮烈，并不苟且！"

孟知祥、任圜等却也钦敬，遂吩咐善待。

孟知祥犒军已毕，任圜押解李绍琛归李继岌大军，孟知祥、董璋各归治地。朱友谦旧将李肇、侯弘实等被孟知祥收揽于麾下。

李继岌忙将捷报飞奏朝廷，李存勖教将李绍琛斩首，恢复其旧名康延孝。

李继岌诸事已毕，吩咐征蜀之军日夜疾行，以求速归洛阳。

李存勖既灭蜀，又平定康延孝之乱，心下方定。又闻申奏，言魏博军戍守瓦桥关期限已满，士卒欲归家。李存勖道："朕不可激庞勋之变。"便欲教魏博军还镇邺都。

左右亲信道："今朝廷多事，内外堪忧。魏博军一向骄横难制，若纵其归乡，恐趁机为乱。"

李存勖便教魏博军暂且驻守贝州。

魏博军闻知不得返乡，群情义愤，其势汹汹。

魏博军使杨仁晸部下有一士卒名唤皇甫晖，夜晚饮酒大醉，乘了酒兴，与其他军士赌博，连番不胜，心中懊恼，遂掷了骰盅喝道："我等离别天伦妻儿，戍守北疆，今戍期已满，天子不体恤我等劳苦，令我等不得归乡与亲眷团聚，只在此以博戏为乐，宁不悲乎？当日庞勋自桂州不远万里尚率众返回徐州；今贝州与邺都近在咫尺，我等安肯坐视相隔！"

另一军士赵进响应道："闻蜀中有变，太子逢凶身亡，皇后归咎于皇上，已弑杀之。诏令真伪尚不知晓！今天下大乱，谁复能约束我等？"

于是结众作乱。乱军奔往杨仁晸住处，团团围定杨仁晸。皇甫晖厉声道："天子所以能扫靖河北、讨灭朱梁而得天下，我魏博军实是出力良多！彼陈俊、储德源之辈，无尺寸之功，只因结好周匝伶人，竟得授州郡刺史；我魏博兵将体不去甲、马不解鞍达十余年，可谓劳苦功高，而得授刺史者几人？今天子坐拥天下，浑不念我等之勋劳，不予封赏，翻加猜忌，以契丹侵扰之故，令我等北戍关山。今日戍期已满，我等长颈翘首以盼归家。然朝廷无信，令我等更戍贝州，使我等离家咫尺不得与亲朋团聚！近日闻皇后弑逆，京师已乱，我等奉将军为帅，唯愿将军率领我等归乡，使我等得享天伦之乐，则感激涕零也！"

杨仁晸道："皇后弑君之事，只是流言，难辨真伪，若天子万安，如之奈何？"

沙陀！沙陀！

皇甫晖道："我银枪效节军久从天子与朱梁征战于河上，谙熟河东军用兵之法，知其来去进退。若天子仍在，兴兵伐我，以我魏博之军足以抵挡。若得战胜沙陀鸦兵，则我等西进，更求富贵也！"

杨仁晟道："纵然如此，断不敢为！"

皇甫晖向前道："将军既无胆识，则先失性命！"带领众军士将杨仁晟乱刀砍死。

众人又欲推杨仁晟麾下一小校为首，小校推辞道："我位卑望轻，不足以服众。"

皇甫晖等不容其分辩，又将其砍杀。

皇甫晖道："今日之势，唯有奉赵指挥使为首！"于是率众人直扑效节指挥使赵在礼住处。

赵在礼在住处已闻知魏军生变造乱，恐乱军劫持自己，不及擐甲束带，奔出后门，欲翻垣而逃。才上墙头，乱军已至。皇甫晖抓住其脚踝，将其拖曳下来。皇甫晖将两颗人头递在赵在礼眼前道："我等之心，指挥使尽知。我等只求指挥使率我等归家！若不依从，则与此二人同餐刀枪！为帅为鬼，但凭指挥使一言而决！"

赵在礼道："若推我为首，当从我号令。"

众军士齐道："自是依从！"于是众乱兵以赵在礼为帅，剽掠贝州之后，径直杀往邺都。

早有贝州败兵逃奔邺都，报说魏军造乱，正向邺都杀来，今日已至临清。邺都巡检使孙铎忙与监军史彦琼计议道："魏军造乱，将至邺都，请监军传令，打开府库，将衣甲兵器、弓箭石弩付与军民，为守备之急需！"

史彦琼恐孙铎借机为乱，遂言道："报信者言说乱贼今日方至临清，屈指计行程须六日晚方能抵达邺都，到时筹谋守备未为迟晚。"

孙铎急道："贼兵既然作乱，必乘我军不备，昼夜倍道，安肯计程而行？监军宜速开府库，武备军民。更请仆射帅众守城，我自率劲兵千人埋伏于王莽河伏击乱贼。乱军初结，心尚在忐忑，如遇小挫必当离散溃逃，然后自可乘势剿灭。若容乱军杀至城下，城内多其亲友故旧，万一有人为内应，则邺都不保矣！"

史彦琼只是不从。

当夜时分，乱军便杀至邺都，蚁聚攻城。城内早有魏博旧军开城接应。史彦琼见势不妙，单骑飞出邺都，逃奔洛阳。孙铎率部下死命力战，葬身于乱军之中。

于是乱军拥赵在礼为魏博留后，赵在礼便居住于李存勖旧日宫城。以皇甫晖、赵进为马步都指挥使。

有人对赵在礼进言道："晋阳留守张宪，才高望重，若得彼相助，大事成矣。张宪去岁方自邺都调往晋阳，其家眷尚在邺都，可以此招徕。"赵在礼遂厚待张宪家眷，又亲笔作书，令人送往晋阳。

张宪见是邺都赵在礼之书信，并不拆阅，只将书信扯碎，又将赵在礼信使斩杀。

史彦琼逃至洛阳报知邺都之变。却说李存勖既斩康延孝，然心中殊无喜悦；前数日邢州赵太聚众为乱，李绍真正自前往征剿。今番又闻知赵在礼叛守邺都，不免愈加煎忧。李存勖欲以李绍钦为帅，便向其咨问伐魏之计。李绍钦上奏条陈。李存勖见李绍钦条陈中所举荐之人皆是朱梁旧将，心中疑忌，遂舍李绍钦而不用。

刘玉娘道："魏州之乱，疥癣之疾，李绍荣统带千人前往足矣！"

冯道言道："魏州乃是陛下践祚之处；且士卒思乡，其情尚可原宥，宜先行招抚。"

李存勖道："正合朕意。"遂教李绍荣持诏率精骑三千前往魏州招抚赵在礼。更往各处调遣人马以备不虞。

李绍荣兵至邺都，遣使者持敕书入城往谕赵在礼。赵在礼不敢开城，只命人献出牛羊酒食，犒劳李绍荣之军。赵在礼在城上拜道："将士思家而擅归，并无别志。诚望相公向天子善为敷奏，得色于死，敢不自新！"又将李存勖敕书传阅于左右诸兵将。

皇甫晖就在赵在礼身畔，戟指城下喝道："既云悯恤原宥，如何还遣精兵猛将前来！敢是赚开城门，屠戮无遗。观元行钦旁史武德之神情颜色，天子断难赦免我等！"劈手夺过敕书，扯作粉碎，掷于城下。

史彦琼怒目城头，目眦欲裂，喝道："死群贼！城破之日，尽数万段！"李绍荣便挥军攻城，赵在礼只得拼死据守。混战多时，双方死伤甚众，城上城下尸身叠累。李绍荣不能攻克，只得歇兵。

沙陀！沙陀！

李存勖得知邺都裂诏拒兵，勃然变色，便欲亲征邺都。豆卢革、李绍宏等皆道："京师根本，车驾不宜轻动。"

李存勖道："魏博之军剽悍勇猛，朕不亲往，谁人复能制之？"俄尔又慨叹道："若益光、德详在，朕复何忧？"

豆卢革、李绍宏等道："总管智勇堪定邺都。"

李存勖沉吟道："嗣源旧勋，朕倍惜之，当在朕左右宿卫京师。"言罢退入后堂。

张全义跟随而入道："绍荣一勇之夫，忠贞可鉴，然短于捭阖大局；河朔多事，宜从速平靖，若拖延日久，则祸患深矣——宜令总管督兵进讨。总管与陛下外托君臣，实为手足，陛下尽可信赖！"

李存勖方命李嗣源统带从马直亲军往征邺都。

李嗣源整顿兵马，预备行兵。出发前夜，李存勖亲来军营送行。持觥与李嗣源道："今国家多事，朕之旧人凋零殆尽。朕居洛阳，以待太子军还；魏州之事，尽付大兄。大兄乃朕之勋旧、国之柱石，勿负朕望！"

李嗣源含泪拜道："老臣承先帝与陛下两世厚恩，虽万死不足以报。今当披肝沥胆，竭尽心力，不畏万死，为陛下扫靖凶顽！"

正言说间，忽然帐外喊杀声起，火光熠熠。李存勖、李嗣源忙出帐观看。从马直指挥使郭从谦本来报说："是军士王温等人谋杀军使，欲图为乱！"

李存勖识得王温，遥看他正在军中指挥厮杀。李存勖镇定自若，自郭从谦手中取过弓箭，笑道："待朕射杀此贼。"此时王温与李存勖相距一百二十余步之遥，且夜色昏暗，只借火光闪烁可隐约辨别人形。李存勖拈弓搭箭，并不凝看，只一箭，正中王温咽喉，撞倒地上而死。王温从者见状胆裂，纷纷弃刃就缚。

李嗣源赞道："陛下夜射反贼，其神技不逊当年先帝洒金川射雁！"

李存勖将弓箭还给郭从谦，冷笑道："你认郭崇韬为叔，敢是为其之死不平，故唆使王温为乱？"

郭从谦张皇失措，汗透衣衫，拜倒在地，连说"不敢"。

李存勖笑道："朕戏言耳。"

于是次日，李嗣源统带从马直杀向邺都。此时李绍真已破邢州，擒住赵太，前来助李嗣源攻邺都。李嗣源途中遇李绍真，与之合兵一处。

既至邺都，又会李绍荣之军，将邺都围紧。又将邢州叛将赵太在邺都城下斩杀以威慑城中。城中魏军并无惧意。

于是李嗣源召李绍荣、李绍真计议军情，商定明早攻城。议事已毕，李嗣源留二人宴饮，极是欢洽。

酒至半酣，李嗣源起身如厕。李绍真对李绍荣道："有心腹片言相语。"

李绍荣道："将军但言，愿闻其详。"

李绍真低声道："今天子听信伶宦，猜忌文武，阁臣镇将朝不保夕——前番平定西蜀，郭崇韬、康延孝以功臣见诛；朱友谦、李存乂更无端就戮——天下莫不寒心。将军宁不有居安思危之心？"

李绍荣目视李绍真道："将军更言！"

李绍真道："国朝三勋，今去其二，唯令公尚在——令公威武仁厚之名，天下所知——将军与令公乃是生死之情，莫若与令公联军，则洛阳以东，必无不应从，彼时则退可自保、进可更谋。"

李绍荣怒不可遏，霍然起身道："独目贼！何出此逆言！我蒙天子知遇之恩，唯有赤心以报，绝无相负！福祸生死，此心不改！"说罢便欲离去。李绍真伸手挽留，李绍荣甩臂挣脱，李绍真踉跄跌倒。李绍荣步出大帐，并无人敢拦阻，自归城南大营。

是夜，李嗣源大营蓦地杀声震耳，火光冲天——原来是从马直军士张破败纠合众军造乱，斩杀都将、焚烧营舍。李嗣源身边亲军匆忙抵敌，一片混战。李嗣源中门使安重诲道："令公身边亲军无多，可招元行钦之军来助战。"

李绍真道："李绍荣负气离去，心存芥蒂，未必肯来。"

石敬瑭道："可差其故人前往。"

李嗣源便唤过高行周道："你与李绍荣有幽州山后八军之谊，可前往招其出兵。"

高行周飞马来到李绍荣大营道："从马直再次作乱，令公危矣！请将军速起兵援救！"

李绍荣闻言思忖道："我与霍彦威二人之大营分列李嗣源中军大营之左右，且霍彦威之营盘近近而我之营盘略远，霍彦威之军更多于我之人马，李嗣源奈何舍独目贼而招我？此间必定有诈！"遂不发兵。

乱兵冲至李嗣源中军帐，李嗣源出帐叱问道："尔等意欲何为？"

沙陀！沙陀！

张破败等人答道："我等兵将跟随天子十年，披霜枕戈，百战以得天下。然天子既得天下，弃恩任威，贝州戍卒无非思乡而归，天子竟不赦宥，且说'待克城之后，当尽数坑杀魏博之军'；近日从马直王温等数人作乱，天子便迁怒余者，欲尽诛我等无辜之人。我等并无叛逆之心，但畏死耳。今我等计议，欲与城中魏军合势击退天子诸道之军，请天子帝河南，令公帝河北，为军民之主！"

李嗣源情急含泪道："我人轻望浅，不能约束你等。你等好自为之，我自归京师待罪。"言讫欲走。

众乱军纷纷亮刃，挡住去路。

李绍真暗踢李嗣源之踵，轻声言道："此乃虎狼之辈，不识尊卑，令公不可逆拒其意，否则祸在眼前。"

众乱军不容分说，将李嗣源与李绍真拥至邺都。张破败向城上喊道："李令公已知你等之委屈辛苦，愿与你等联袂，速开城门，迎令公入城！"

城内得知，赵在礼与皇甫晖、赵进等计议。赵在礼道："城外言李嗣源欲与我等联兵，未辨真伪，然李嗣源乃是国朝三勋仅存之人，德高望重，奇货可居，我等若得李嗣源，不啻吕氏拥秦孙、曹瞒挟汉帝。"

皇甫晖道："如此便只接邀偕烈入城，以防万一。"

于是布下伏兵，方打开城门，张破败拥李嗣源入城，伏兵四起，张破败猝不及防，被魏州军乱刀砍死，余众死伤溃散。只余下李嗣源一人。赵在礼赶来拜道："我等皆是令公麾下之卒，令公率我等北御契丹，我等奉令公为神明。今擅归故里，实是愧对令公。令公当年曾居魏州，魏州军民视令公为再生父母。但请令公为我等之首，我等定唯令公马首是瞻。"

李嗣源沉吟片刻道："凡举大事，不可无兵。今我麾下之兵流散各处，我当出城收聚，则将军如虎添翼也。"

赵在礼自思有理，便又将李嗣源放出城去。李嗣源出了邺都，会合安重诲、李从珂、石敬瑭等人。李绍真引本部人马前来，李嗣源兵势稍振。李嗣源哭道："我明日即归藩镇，上表请罪，任凭天子处置。"

安重诲与李绍真阻拦道："此非上策。令公既为元帅，不幸为凶人所劫；元行钦不战而退，归朝必将罪责尽数诿于令公。令公若再自归藩镇，则为据地邀君，适足以坐实谗愿之言耳。不若西行洛阳，面见天子，庶可自明无罪！"李嗣源颔首，又教召集各路人马。又遇马坊使康福，得数千战马，李嗣源兵势大振。

再说李绍荣得知李嗣源入邺都，便吩咐拔营西返。待李嗣源召集各军，李绍荣已西行多时。李嗣源遣石敬瑭往招。

石敬瑭追及李绍荣道："将军奈何西行？"

李绍荣道："邈佶烈反叛，我欲勒兵卫州，以充洛阳门户，防其西进！"

石敬瑭道："令公与将军，生死之情也！将军奈何不顾？"

李绍荣道："我乃是一介武夫，并不知书，却也知天地之间，君臣为大。石郎勿再多言，速速归去。你我莫逆，却不敢以私废公！"

石敬瑭面带羞愧而去。李绍荣一面将李嗣源反叛之事奏与李存勖。

李存勖接李绍荣表章，叹道："大兄反叛，朕复信何人？"

张全义得知李嗣源反叛之事，因李嗣源是自己所荐，心中恐惧，加之年迈体弱，竟惊忧而死。时人讥笑道："黄王旧部，竟如此无胆识。"

李嗣源之子李从审当时留在洛阳宿卫，忙上表请往李嗣源军中，说其归顺。李存勖便放李从审东行。景进等劝谏。李存勖道："李嗣源若谋反，何惜一子之生死？朕纵留质李从审，于李嗣源无损，何如纵之？"

李从审一路东奔至卫州，为李绍荣所阻拦。

李绍荣问："欲何往？"

李从审道："往说总管归顺。"

李绍荣道："总管若不归顺，君何往？"

李从审道："当以死谢天下！"

李绍荣道："我助君先谢天下！"遂斩杀李从审。

此时李嗣源已知往洛阳之路为李绍荣所阻，奏章不能通达。突骑指挥使康义诚道："主上无道，军民怨怒，公从众则生，守节则死！"

石敬瑭又道："夫事成于果决而败于犹豫，安有上将与叛卒入贼城，而他日得保无恙之事？大梁，天下之要会集枢，我愿率三百骑先往夺取；若幸而得之，令公宜引大军继进，如此方可保周全。"

李嗣源依从，遂一面命石敬瑭突袭汴州，一面教安重诲移檄会各镇兵马西进。李嗣源大军行经白皋，正遇山东所上贡绢数船。李嗣源命截下，悉数分发各路兵马以励士气。

沙陀！沙陀！

第四十回
无愧天地君臣节烈　有报古今兄弟情绝

却说李嗣源勒兵西进，李绍荣见情势急迫，便奔回洛阳面见李存勖。李存勖道："贼势猖獗，朕自往关东！"于是李存勖率京师禁卫东出，迎李嗣源而行。

行至荥泽，李存勖吩咐龙骧指挥使姚彦温道："邈佶烈西进，必遣奇兵夺取大梁。将军乃是曹汴之人，熟识大梁地理，请引三千精骑为朕先往大梁据守，切不可使叛军掌控河汴。"

又吩咐指挥使潘环道："王村寨尚有屯粮数万石，足够支撑我军用度，将军引兵前往据守，不可使之失于贼手。"

二将领命而去。

姚彦温出兵即直奔李嗣源大军投降，俱言李存勖之计。李嗣源惊道："天子用兵，不逊往日！尔若不临阵变节，则大梁不可得也！"

次日，石敬瑭之军方至大梁。

后潘环亦来投李嗣源，于是王村寨亦失守。

李存勖兵至万胜镇，得知李嗣源已据守大梁，所遣诸路军马，尽数离叛。李存勖闻听后半晌无言，继而勒马登高，遥望东方，叹道："吾不济矣！"麾下兵将，哭声一片，声震山谷。

李绍荣道："兵无势气，且流散甚多，难以御敌。莫若暂归洛阳坚守，以待太子灭蜀大军返回。"

李存勖颔首。于是结阵西返洛阳，一路亦多有士卒逃亡。

行至石桥西，李存勖所余兵马已然不多。时值暮春，日色氤氲，暖意融融；路边碧草黄花，相映如画。李存勖便在田间置酒，君臣席地而坐，无比凄怆。李存勖目视诸将道："诸卿辈皆朕之股肱，与朕共谋天下，急难富贵无不比肩；今朕之天下至此，诸卿辈皆无一策以相救？"

李绍荣等哭拜答道："臣等本微末小人，蒙陛下简拔，位至将相。今国家有难，竟不能为陛下分忧，虽万死难辞其咎！今日之势，臣等无能力挽，唯一死以报陛下！"

李存勖叹道："朕每读史册至项籍困于垓下、苻坚蹙于五将，未尝不叹息彼势败之倏忽，今朕亦历此势败也！然项籍势败于巩洛之失、苻坚势败于淝水之挫，朕此前平定河朔、袭灭朱梁、并吞巴蜀，未尝历一失败，何得遽尔势至于此？！朕不负天下，天下奈何负朕？！朕不服矣！朕不服矣！"言讫，泪流满面。

诸将百余人，皆截下头发，置于地上，以示誓以死报。

是夜，李存勖还军洛阳，与宰相阁臣计议策略。李绍宏道："洛阳无险可守，莫若陛下收集散军，控扼汜水；一面更差人急促太子大军速回。"

李存勖叹道："姑且如此。"

四月初一一早，李存勖欲起驾往汜水据守，集兵在外。李存勖正自食用早饭，忽闻兴教门外大乱。原来是郭从谦率从马直反叛，兴兵攻打兴教门。李存勖忙掷下匕箸，带领诸王及近卫亲兵出战。乱军但见李存勖，终是胆怯，遂退出兴教门。

申王李存渥道："乱军人众，势必卷土重来。陛下身边亲兵不多，蕃汉马步使朱守殷之军现在城中，可招之前来夹攻，乱军必溃。"

李存勖道："乱军蚁聚，非勇将难出。"目视李绍荣道："卿为朕招朱苍头来何如？"

李绍荣慨然道："臣当前往！"于是李绍荣绰枪上马，杀出门去。乱军虽重，却难阻挡。

李绍荣杀开乱军，飞驰至朱守殷北邙山大营，奔于朱守殷面前道："陛下有急，速提兵往救！"

朱守殷道："驻守重地，不敢擅离。"

李绍荣诧异，惊问道："将军何意？"

朱守殷道："恕难从命。"

李绍荣由惊转怒，戟指朱守殷道："尔自幼跟随陛下，陛下擢拔尔自

第四十回　无愧天地君臣节烈　有报古今兄弟情绝

331

沙陀！沙陀！

苍头役至显贵阁臣。尔不思报效，临事自守，骑墙观望，自古卑劣龌龊之辈，无过尔也！"因急火攻心，李绍荣竟口咯鲜血，遂拨马而去。

再说郭从谦被李存勖一番逐出兴教门，并无退意。整顿军马，再次攻杀。

李存勖见乱兵复来，便持剑欲再出战。散员都指挥使李彦卿及宿卫军校何福进、王全斌等阻谏道："乱兵势大，陛下莫若暂避之。"

李存勖回顾数人道："我堂堂天子，岂能畏避乱贼！朕平生之愿，便是先帝三矢之托。今三矢之托已毕，已无憾事，纵是身死，亦不赧颜羞见先帝于地府！"说罢，仗剑而出。李彦卿等人紧随左右。

乱军益重，李存勖毫无惧色，兵刃所掠，当者身死。乱军不敢靠前。不期乱箭射来，其中一箭，正中李存勖面颊。李存勖大喝一声，飞身上前，手起剑落，将那数十个乱军射者砍杀大半，余者奔逃不及。乱军慑于李存勖神威，又暂时退却。李彦卿等上前扶时，李存勖早已血流满面。

李彦卿等与鹰坊伶人善友将李存勖搀扶至绛霄殿庑下，刘玉娘见状，早已泣不成声。李存勖笑道："大丈夫生死有命，哭泣何为？勿作儿女之态，见笑于人！"

李存勖对李存渥道："李绍荣久不回归，必是朱守殷那厮不肯发兵！今大势已去，洛阳不可居留。趁乱军暂退，你保护皇后速速离去！"

刘玉娘哭道："陛下何往？"

李存勖道："朕是天子，当以身许社稷！"

李彦卿道："陛下不可如当年霸王之使气，晋阳多陛下旧属，陛下暂归晋阳，日后卷土重来，也未可知。"

李存勖手指面颊上箭伤，惨然笑道："朕亦无颜再见晋阳故人。"又目视李彦卿道："朕生平愧疚之事，便是有负三兄。昔日得朕恩惠者今多离朕而去，不意你竟伴朕之始终——天下之事实不可逆料也。"

李彦卿拜倒在地，哭泣而不能言语。

李存勖失血颇多，自觉渴懑，寻觅饮水不得，只见早饭所余之酪饮，便索要解渴。善友阻道："陛下失血，不可饮酪！"

李存勖怒道："天下如此，朕尚有何颜苟活于世！"劈手夺过奶酪喝下。

并不多时，李存勖面色已变。众人知不虞，泣拜道："陛下更有何言？"

李存勖叹道："李天下失天下，夫复何言！"又仰望长天，高呼道："朕

332

无憾矣！朕无憾矣！"伸手拔下羽箭，登时崩殂。

笔者有言语感叹李亚子云：

"沙陀有子傲山河，
尺素春秋功业磨。
自幼聆悟百年韵，
岁月莫敢任蹉跎。
疆场厮拼畅快事，
爱喜刀枪与傀儡。
冲阵斩将人莫及，
生子当如李亚子。
铁马踏得黄河裂，
烟尘又遮边关月。
扫荡豪强挥笑间，
少康光武无颜色。
漫夸十指倜傥画，
远近共尊李天下。
辞章流彩今何寻，
黄花开处哭截发。
六一居士秉笔嗔，
轻言兴国与亡身。
沛公无赖五十岁，
斩蛇称尊唯数年。
梁武践祚方而立，
耄耋台城荷露泉。
慷慨赴死死社稷，
自古君王竟几人。
成败岂皆由人定，
何痴富贵与乾坤？
三矢之托今已毕，

沙陀！沙陀！

泉台无愧面先君。
青史煌煌留数页，
不屑后辈书生臧否论。"

众人见李存勖已崩，伏地哭拜。善友道："虽纷乱如此，不可使陛下躯体辱于贼也！"便收了庑下诸般乐器覆于李存勖尸身之上，以火焚化。众人又拜四拜。此时乱军复冲入兴教门，杀声震天。李存渥又焚烧嘉庆殿，护了刘玉娘出师子门而去。李彦卿等亦突围而出。

刘玉娘问道："当曷往？"

李存渥道："晋阳是我家根本，今日势败，唯有归晋阳！"身边尚有七百骑兵，一行遂投晋阳去了。

李绍荣自北邙山返回，见宫城已然大乱，又闻言天子已崩，李绍荣大哭，遂打马西行，欲投李继岌大军。

此时李嗣源大军已至罂子谷，闻知李存勖驾崩，李嗣源大哭道："主上素得将士之心，只为群小蔽惑，以至于此。今天子既崩，天下必非议我，我百口莫辩矣！"

正在此时，朱守殷又遣人送来密信，信中有云："今京城大乱，诸军焚掠不已，愿令公亟来平靖。"安重诲、李绍真、石敬瑭等道："有苍头役为应，令公但行无妨！"于是李嗣源兵入洛阳。

既入洛阳，李嗣源传令禁止焚掠。先收得李存勖尸骨，依帝王之礼安葬，葬于雍陵，谥号光圣神闵皇帝，庙号庄宗。

李嗣源唤过朱守殷道："京师初靖，烦将军妥善巡徼，以待太子之归。淑妃、德妃在宫，供给尤宜丰备，不可缺失。只待山陵毕、社稷有奉，老夫便归藩镇，为国家捍御北方契丹去也。"

朱守殷闻言，忙联络朝中百官，以豆卢革为首，上表劝进。李嗣源辞道："我奉诏讨贼，不幸部曲叛乱离散；待欲入朝自诉，又为李绍荣所阻隔，披猖至此。我本无他心，诸君遽尔见推，殊非相悉，愿勿再言！"

百官自是不从，又三笺固请李嗣源监国，李嗣源勉强依从。以中门使安重诲与前梁旧臣孔循为枢密使，镇州别驾张延朗为枢密副使。

再说北都留守张宪，闻知洛阳之变，南向哭泣。推官张昭远劝道："事已至此，明公当为自身而谋，莫若上表劝进，奉监国为帝，可保平安富贵。"

张宪含泪道："我本一介书生，自布衣至服金紫，皆是先帝简拔之恩。临事岂可偷生而不自愧？"

张昭远赞道："此古人之事，明公能行，忠义不朽也！"

刘玉娘与李存渥奔至晋阳，却不敢见北都留守张宪及北都巡检李彦超，只是密会李存勖留在晋阳之吕、郑二监军，商议进止。二监军道："非常之时，人心叵测，为周全计，当斩杀张宪与李彦超二人，我二人一监兵马、一监府库，则晋阳在我等手中矣！彼时割据三晋，更可南下恢复河山！"李存渥领首。

谁知密议之事泄露，被李彦超获知。李彦超忙告知张宪，又言道："彼等奸狠，欲图诛杀明公与我以夺晋阳，我等不可坐以待毙，当先剪除彼等！"

张宪道："我受先帝厚恩，实不忍为此。若徇义而不免于祸，此乃天意。"

李彦超叹息而出。是夜，李彦超部下军士将李存渥与二监军斩于牙城，其党羽亦尽数被杀。刘玉娘潜出城去，落发为尼，匿于庵内。

李嗣源便令安重诲于各处寻访李存勖诸弟诸子。安重诲与李绍真计议道："今殿下既监国典丧，诸王宜早为之所，以壹人心。殿下性慈，不可以闻。"于是将匿于民间之通王李存确、雅王李存纪等处死。后李嗣源得知，痛责安重诲残狠，深为哀惋。得知刘玉娘尚在晋阳，李嗣源道："先帝之失，皆缘于此妇人。"遂遣人诛杀。

再说朱友谦死后，李存勖教永王李存霸接掌河中。及李存勖驾崩，河中朱友谦旧部遂谋作乱。李存霸慌忙逃离河中，奔往晋阳投张宪。既见张宪，哭道："张公救我！"

张宪道："我命已属李家，自当护卫永王周全。"遂将李存霸藏匿府中。为防事泄，教李存霸削发扮作僧人。哪知终被河中军士得知。众军士束甲执刃，鼓噪冲入张宪府中，搜出李存霸，便欲斩杀。

张宪以身遮挡李存霸道："永王无罪！"

众军士道："永王诚然无罪，然我等已杀其弟申王，与之结仇，今若不杀永王，我等心中实是不安！"

张宪道："永王于急难中来投我，我命则与之共取舍。你等欲杀永王，则先杀我！"

沙陀！沙陀！

众军士道："张公忠义，我等皆深为景仰，却勿迫得我等不仁！"

张宪道："但教我在，你等便不得伤及永王。"

众军士遂先杀张宪，复又杀李存霸。

笔者有言语慨叹张宪云：

"公出帝乡声名赫，
河东英俊倜傥色。
绾握锱铢黎庶生，
幅员钟鼎邦国策。
君王倚恃伴车骑，
大辂朱门孔雀丝。
赞画斯文若元气，
七步觳觫纵横时。
仓促变乱虎貔内，
天下汹汹人失爱。
琉璃闾阖颜色昏，
紫电骅骝金蹄碎。
公之从容临斧刀，
金堕玉折节义高。
桓范赴死洛水泣，
张悌殉国大江豪。
春秋卷牍世人口，
身躯何惜不复有。
董狐史笔更直言，
垂悲后人再而后。
令名自合列未央，
青琐朝班携袖香。
礼颂原是真富贵，
生极显达何荣光？
男儿立身当如此，

书生意气鸿风起。
　　来世再为帝股肱，
　　为帝筹谋十万里！"

其余薛王李存礼及李存勖幼子李继嵩、李继潼、李继蟾、李继峣等，遭乱皆不知所终。唯邕王李存美以病风偏枯得免，隐居于晋阳。

李嗣源又饬令各处严加缉拿李绍荣。

李绍荣本欲西迎李继岌伐蜀之军，道路被阻，部下从人纷纷散去，只余数人。李绍荣无奈，又欲改河中。行至平陆，所余从人密议道："主人势败难回，且如今彼身悬重赏，我等何如擒之以博富贵！"于是乘李绍荣不备，将其擒住，送与虢州刺史石潭。

石潭大喜过望道："天眷顾我，将此奇货将于我处！"忙将李绍荣装入槛车，送往洛阳。

李嗣源得知将李绍荣拿到，忙亲来勘问。既见李绍荣，李嗣源怒不可遏，问道："我何负于你，你竟杀我亲子！"

李绍荣从容道："天子何负于你，你竟夺他天下！"

李嗣源怒道："你昔日箭矢，穿我腓胫，至今犹痛！"

李绍荣道："你今日行止，刺我心脾，百世不痊！"

李嗣源一时语塞，半响叹道："昔日胡柳坡之战，我见疑于先帝，君舍命相护，此恩我恒不忘。"

李绍荣道："昔日广边活命之恩，我亦终生衔记。"

李嗣源道："我二人始亲厚、终反目，贻笑天下矣。"

李绍荣道："君秉忠义，我以父事君；君行篡逆，我以贼视君。"

李嗣源知其志坚，且怀杀子之恨，遂命将李绍荣斩首，复其原姓名元行钦。李绍荣被斩之日，毫无惧色，引吭高歌。洛阳百姓多怜惜垂泪。笔者有言语感叹云：

　　"幽燕多壮士，
　　节烈元将军。
　　八战群豪倾，

沙陀！沙陀！

单枪环槊奔。
缘勋归散署，
夤宴入阁臣。
截发愁台泣，
饮刀东市嗔。
舍生追大行，
捐志报先君。
故里无留迹，
雍陵绕壮魂。"

李嗣源深恐李继岌伐蜀之军归来有变，为李存勖复仇，遂以石敬瑭为陕州留后、以李从珂为河中留后，加兵以备非常。

再说李继岌引伐蜀大军东返，行至兴平，闻知洛阳之变，帝后崩殂，不觉东向伏地大哭，血泪横流，观者无不动容。及闻李嗣源已加兵陕州河中防范，李继岌忙命暂时西退回武功。

李继岌召集文武左右商议对策，众人各执己词，莫衷一是。李继岌叹道："若郭公在，必能临危决断。"李从袭等闻言，惭愧不已。

不多时，探报来报，言西都留守张筵已拆断渭水浮桥。李继岌部下兵将闻知，不免心慌。

吕知柔哭泣道："今返回洛阳路已断，成都复为孟知祥所据，诚所谓进退维谷也。"

李从袭哭泣道："今监国秉政，必欲除殿下，殿下宜自谋。"

经此二人之说，人心更加慌乱。

李廷安道："此二者愚懦之言也，殿下掌中尚有数万精兵，乃是我朝之锐健，久历行阵，善战无前，进退皆可纵横坤乾；今邈佶烈新立，根基未固，诸藩镇多骑墙观望，其中王都、符习等皆深受先帝厚恩，皆企盼殿下回归以有拥戴之名义；成都孟知祥部下，皆是殿下灭蜀之军旧部，殿下若返锦城，必披靡影从——以此观审，殿下进可与邈佶烈争天下，退可凭守成都暂为王建。"

李继岌叹道："我家之败，如大厦倾颓，势不可回。我何苦更使众兵将再为我家捐躯洒血！但舍我一人，保得数万儿郎周全，归家与天伦妻儿团聚，我心足矣！"

李继岌复转身对任圜道："公其勉力，帅此数万兵将返回洛阳。我自往从先帝。"

任圜泪流满面，口不能言，只是拜伏。

李继岌遂入后堂，教李环缢死自己。李从袭、李廷安、吕知柔等见李继岌已死，自知自己在军中结怨甚多，遂离军逃走，途经华州，皆被华州留后李冲所杀。

任圜为李继岌举哀，率余部继续东返。待至洛阳之时，尚有二万六千余人。李嗣源出城迎接，善为抚慰，令各归其营。以任圜与前梁旧臣郑珏并为中书侍郎、同平章事。

李绍真又屡在李嗣源面前陈说李绍钦、李绍冲之罪过，李嗣源遂将李绍钦、李绍冲贬归乡里，后下敕赐死，恢复其原名段凝、温韬。温韬临死前叹道："我盗掘皇陵，罪固当死；惜段明远天下奇才，不得施展而命终！"

北都留守李彦超上表请举族复符姓，李嗣源照准。

李嗣源又诏武宁节度使李绍真、忠武节度使李绍琼、贝州刺史李绍英、齐州防御使李绍虔、河阳节度使李绍奇、洺州刺史李绍能，各复旧姓名为霍彦威、苌从简、房知温、王晏球、夏鲁奇、米君立。

有司议李嗣源即位之礼。李绍真、孔循等人以为唐运已尽，应新建国号。李嗣源问左右道："何谓国号？"

左右答道："先帝受赐姓于唐，为唐复雠，继昭宗之后，故此称唐。今梁朝之人不欲殿下称唐国号。"

李嗣源道："我自十三岁便跟随献祖，献祖以我为宗属，视我犹如子孙；又侍从武皇近三十年、先帝近二十年，征战杀伐，形同一体；武皇之基业即我之基业，先帝之天下即我之天下，安有同家而异国之事？"

吏部尚书李琪道："若改国号，则先帝遂为路人，梓宫安得所托？不独殿下忘三世旧君，我等为人臣者亦不能自安。前代以旁支入继者甚多，宜用嗣子柩前即位之礼。"

众人皆以为是。于是李嗣源自兴圣宫赴西宫，服斩衰，在李存勖柩前即位称帝，百官披缟素为李存勖举哀；既而御衮冕受册，百官又衣吉服为李嗣源称贺。李嗣源即位，大赦改元，朝政气象一新。

附 录

却说李嗣源即位,终不喜豆卢革、韦说等人,未及多时,将二人革职,流贬边远之地,寻即又将二人赐死。

李嗣源又召见郭从谦,温言嘉誉道:"朕得居大宝,卿厥功至伟,可往镇景州,安享富贵。"遂加封为景州刺史。郭从谦刚至景州,便被李嗣源下诏族诛。郭从谦临死叹道:"邈佶烈最叵信!竟不及李亚子磊落!"

李嗣源亦忧心北方边患,遂遣供奉官姚坤往契丹告哀。阿保机闻听李存勖死于兵变之中,不禁放声痛哭,边哭边言道:"亚子是我朝定儿。我闻知中原有变,本欲提兵往救,只因渤海变乱未息,不能前往,不料我儿竟至身殒!'悠悠苍天,此曷人哉?'"悲恸不已。

萧后亦叹道:"不复闻奢遮儿之威武矣。"

突欲在阿保机身侧,问姚坤道:"今天子何以自立?"

姚坤道:"朝野所拥。"

突欲道:"《左传》云:'牵牛以蹊人之田而夺之牛',可乎?"

姚坤道:"中国无主,唐天子不得已而立。天皇王昔日初执契丹国柄,不亦如此乎?"阿保机见其对答颇有气节,却也钦敬。

李嗣源亦深忧契丹之患,不断向北防增兵,于是兵饷剧增,遂向定州征课。王都怒道:"邈佶烈夺我亲家帝位,我尚未征讨;今竟又来夺我钱粮!"于是抗拒不纳。

李嗣源便以王晏球为北面招讨使,攻打定州。王都左右进言道:"今李嗣源已掌天下,定州势孤力单,莫若归顺。"

王都怒道:"李亚子在日,尚须让我三分;今我怎肯屈膝于邈佶烈!"

遂整兵抵抗。

王都连战连败，不得已退保定州。王晏球将定州团团围定，断其内外交通。一年之后，城内粮尽生变，都指挥史马让能开门归降，王晏球大军入城。王都眼望唐军叹道："王晏球首鼠小人，背朱梁、陷段凝，我耻为其所擒！"于是阖家自焚而死。

王晏球献捷洛阳，李嗣源大喜，授王晏球天平节度使。

当日邺都变乱之时，平卢节度使符习也引军从李嗣源攻邺都。闻知李嗣源被乱兵所劫，符习便勒军回镇。平卢监军使杨希望欲阻止符习，青州指挥使王公俨乘乱袭杀杨希望，据守青州。李嗣源即位后，便以霍彦威为平卢节度使。霍彦威至青州，王公俨未及抵抗，便被霍彦威擒杀。霍彦威又将王公俨党羽一并剪除。

青州支使韩叔嗣为王公俨鸣冤，霍彦威亦将其斩杀。韩叔嗣之子韩熙载被挚友李谷等救出。韩熙载自知在中原不能立足，遂南下投吴。李谷将其送至淮河岸边，把酒痛饮作别。韩熙载持酒对李谷道："吴若用我为相，当长驱以定中原。"

李谷回敬道："中原若用我为相，取吴如囊中物耳。"二人遂别。

李嗣源本欲将赵在礼移任义成节度使，但赵在礼为魏博牙兵所制，未能从李嗣源之敕命。赵在礼密遣心腹潜往洛阳，面见李嗣源，陈说自己之困险。李嗣源与阁臣计议道："先帝以魏州银枪效节都灭梁，亦由彼取祸，彼诚国家之祸乱也。"

安重诲道："皇甫晖乃是乱军首领，将其调离乱军，乱军自失主心，则易剪除也。"

李嗣源遂下诏，封皇甫晖为陈州刺史，再将赵在礼迁为横海节度使。继而，令房知温统带魏州效节军北戍芦台。魏军抱怨道："我等归家团聚尚未经年，复北戍边关矣。"于是含怨起程。朝廷并不发放衣甲旗仗，众军不得已，俛首而行。

既至芦台，军心不稳。李嗣源便又以乌震代房知温之职。房知温闻知，便召集魏军道："本欲与你等共荣辱进退，无奈朝廷以乌震代我。乌震酷烈异常，若彼统带你等，你等筋骨皮肉不得周全矣。"

众军士闻言纷纷恨道："朝廷奈何如此待我！邈估烈尚不及李亚子！"

沙陀！沙陀！

更有军士言道："我等唯奉节帅。若乌震前来，我等当斩除之！"

乌震来至芦台，与房知温会于东寨。房知温道："节帅远来，当休憩数日，容我交割，更移印符。"

乌震不悦道："多日前便接敕旨，缘何至今方清点交割？"

军校龙晊等向前说道："军营中诸事繁芜，节帅无暇早行清点交割之事。"

乌震怒道："你等小卒安敢插言？"

龙晊等道："尔安知小卒不能行大事？"一拥而前，将乌震乱刀斫死。房知温乘乱奔出营帐，上马欲行。军士窥见，上前挽住缰绳道："我等为节帅效命，节帅当为我等之主，今欲何往？"

房知温道："只有步兵，何能成事？骑兵皆在河西，我前往召集！"众军士便放房知温渡河。

房知温至西寨，与诸道先锋马军都指挥使安审通集合骑兵，渡河围攻乱军。乱军相顾失色，惧且愤道："竟中李绍英之计！"慌忙南逃。骑兵四面合围，马踏刀斫，乱军尽被斩杀于丛薄沟塍。

随即，李嗣源敕旨将芦台乱军在魏州之家属并全门处斩。魏州被杀者万余人，永济渠为之变为赤色。

既灭魏军，李嗣源除去一心腹大患，在朝中信用安重诲。安重诲倚恃天子宠信，自是专横。任圜直介，不免与安重诲多有龃龉，甚至在李嗣源面前厉声相争。李嗣源不悦，加之又有前朝宫人在李嗣源面前说道："妾在长安，见宰相奏事，未尝如此，此人未免轻视陛下。"自此李嗣源愈加疏远任圜。

任圜也知李嗣源之意，索性自请致仕。李嗣源准奏，于是任圜去职，举家迁居磁州。

再说魏军被灭，朝中朱守殷未免心惊。时朱守殷同中书门下平章事、河南尹、判六军诸卫事，位虽尊崇，却无权柄。朱守殷遂与亲信孙晟计议道："邀佶烈寡恩，当日凭借魏州军之乱而夺天下，今竟尽数屠戮，实是兔死狗烹。我与彼当年夹河鏖战之时便有宿怨，彼安能不衔恨？恐其更不能容我，我当如何为计？"

孙晟道："圣人云：'吾恐季孙之忧不在颛臾，而在萧墙之内也。'

342

今朝中巨细,皆由安胡虏、霍眇目执掌,更加天子猜忌,将军居于其间,诚是置身虎狼丛中也。当上表求掌外藩以图自安。"

朱守殷立即递上表章,自言才智浅陋,不堪窃据朝堂,自请外放。李嗣源秘与安重海议。安重海道:"此是陛下剪灭魏州乱军,苍头奴心中忧惧,行此以退为进之计。"

李嗣源道:"苍头奴反复之辈,使居外藩,必生变乱。"

安重海道:"昔寤生不惧段叔于外——今便置苍头奴于京都近处藩镇,更寻机剪除。"

于是李嗣源便授朱守殷宣武节度使,使居汴州。

朱守殷既入汴州,便修缮军备。早有汴州都指挥史马彦超密奏朝廷,具言朱守殷私扩甲兵,欲图谋反。李嗣源接讯,石敬瑭道:"苍头奴反迹未彰,陛下可效汉高伪游云梦之计,只云出巡汴州,相机举止。"

李嗣源依计,统兵出洛阳,只云出巡,东向汴州。

朱守殷闻讯,心惊肉跳,招来孙晟道:"邈佶烈巡汴州,必是谋我!"

孙晟道:"事已至此,索性一不做、二不休,便勒兵相抗,以图自保!"

朱守殷便召集诸将婴城守备。

都指挥史马彦超道:"节帅此举乃是谋反,必不得人心!诚宜卸甲弃刃,开城待罪,以求天子之谅解!"

朱守殷目视马彦超道:"逆贼安敢不尊我号令,慢我军心!"便将马彦超斩杀。于是聚兵登城拒敌。

闻知朱守殷有备,李嗣源便召宣徽使范延光道:"会儿谋反,你可持诏往汴州劝谕。"

范延光道:"苍头奴奸狡狠戾,虽豺虎枭獍不及也,安能奉诏归顺?不若乘其仓促,未及完备,疾往突袭,可如李愬袭蔡州之故事;若迁延时日,彼守备牢固,加汴州城坚,则益不可图——或更甚于当日四战镇州之艰巨。愿得五百骑为前部,陛下更遣大军继往。"

李嗣源应允,遂命范延光引五百精骑为前部飞往汴州,御营使石敬瑭引大军在后倍道趋行。

范延光乘夜出发,飞行二百里,天明时分即至汴州城下。朱守殷见状,便欲整军迎敌。孙晟道:"莫若坚守。"

沙陀！沙陀！

朱守殷道："我在汴州，恩威未立，敌兵围城，我若闭门不战，久之必生内变！"于是擐甲跨马，出城来战。

朱守殷既见范延光，并不多言，便混战在一处。交战正酣，石敬瑭引大军又至。

朱守殷支持不住，反身欲退回汴州城内。城门却紧紧关闭，不纳朱守殷入内。朱守殷情知部下生变，戟指城上亲信兵将喝道："我待你等不薄，你等何故背我？"

城上兵将回骂道："先帝待你更厚，你何故背先帝？"

朱守殷长叹一声，羞赧无语，待欲夺路而逃，早被身边兵将斫死。

朱守殷已死，汴州守军开城投降。孙晟见大势已去，乘乱出城，逃亡吴地避难。石敬瑭、范延光等拥李嗣源入城。既入汴州，李嗣源命将朱守殷全家斩杀。又将朱守殷曝暴尸示众，并传首京师。

李嗣源归洛阳，余怒未息。安重诲乘机进言道："苍头奴反叛，太傅通谋。任圜曾语朱守殷言道：'昔日我统带灭蜀精甲数万，将军执掌宿卫六军，彼时若我二人联手，图天下易于反掌也。将军勉为，我当为呼应。'太傅历事数帝，亲朋党羽遍布天下，若存贰心，危及社稷。臣以为锄奸当尽，以绝后患。"

李嗣源沉吟道："卿为我细察之，不可轻诛重臣。"

安重诲并未深察，径直矫诏诛杀任圜全家，命供奉官王镐持诏前往磁州。

王镐飞奔至磁州向任圜宣诏，任圜接诏，神色怡然，吩咐会聚举族老小，盛排延宴，阖族畅饮。任圜朗声道："今我阖族齐受圣恩，亦是快事！"于是任圜族中老小，次第饮鸩。任圜最后将所余鸩酒，一饮而尽。

李嗣源得知安重诲矫诏鸩杀任圜阖族，也未深加责备，遂不了了之。自此，安重诲益加跋扈，目中无人。

却说秦州节度使华温琪本是李嗣源旧识，彼来朝中，李嗣源待之甚是亲厚。华温琪乘机乞道："贱躯日衰，尚拘隅于偏镇，需跋涉山水始能拜天颜。今既入朝，愿留侍陛下左右。"

李嗣源动容道："朕亦念卿。卿便留在洛阳，朕自在朝中择要职委卿。"

华温琪叩谢不已。

次日李嗣源便对安重诲说道："华温琪是我故人，朕欲留其在朝中，卿可择一官职相授。"

安重诲道："朝中时下无缺，容臣从长计议。"

李嗣源恐安重诲遗忘，屡屡催促。安重诲不悦道："臣已累累言明，朝中时下并无空缺。如陛下定要授华温琪朝中官职，以他代臣为枢密使便是！"

李嗣源徐徐言道："亦无不可。"

安重诲无言以对。自此李嗣源待安重诲日渐疏远。

未及多时，又有成德节度使王建立奏安重诲专擅结党，营私弄权。李嗣源遂召安重诲道："今以王建立代卿之职，与卿一镇自去休息。"

安重诲惊愕片刻，继而跪下恸哭道："臣披荆戴棘跟随陛下数十年，值陛下龙飞，承乏机密，数年间天下幸无大事；今骤然被陛下弃于外镇，臣敢问所获之罪！"

李嗣源大怒，起身拂袖而去。

宣徽使朱弘昭跟上对李嗣源说道："陛下平日待重诲如左右手，奈何以小忿弃之！愿垂三思。"

李嗣源遂召回安重诲抚慰一番，留于旧职；却更以王建立为右仆射兼中书侍郎、同平章事、判三司。

安重诲本与李嗣源义子李从珂有旧怨，李嗣源称帝后，以李从珂为河中节度使，领李继麟旧镇。安重诲矫诏命河东牙内指挥使杨彦温驱逐李从珂。偶日，李从珂出城阅马，归城时竟被杨彦温所拒。李从珂在城下对杨彦温道："我待你不薄，奈何如此？"

杨彦温道："末将不敢负恩，只是受枢密院之宣命，请节帅入朝。"

李从珂无奈，只得入洛阳向李嗣源哭诉。

李嗣源便召安重诲询问道："杨彦温可是受你之命驱逐李从珂？"

安重诲道："此乃奸人构陷，请斩杨彦温以谢天下！"

李嗣源便命西都留守索自通、步军都指挥使药彦稠引兵讨伐杨彦温。临行时李嗣源对药彦稠道："将军务必生擒杨彦温，朕须当面讯问驱逐我儿之事。"药彦稠领命。

二将引兵到河中，一场混战，索自通刀斩杨彦温，尽诛其党羽。

沙陀！沙陀！

李嗣源得知未能生擒杨彦温，深为恼怒。

再说孟知祥据西川、董璋据东川，皆是庄宗时所派；待至李嗣源继位，二人渐有异志。李嗣源亦心下洞明，欲加防范，遂命夏鲁奇镇遂州、李仁矩镇阆州。董璋心中本已不安，却闻李嗣源又派荀咸义加兵阆州。董璋忍无可忍，率先拥兵抗拒，并遣人联络孟知祥。孟知祥亦怀唇亡齿寒之忧，自然与董璋并力拒敌：孟知祥遣大将李仁罕、赵廷隐引兵攻遂州，董璋自引大军攻阆州——以图克二州拱卫剑门。

李嗣源见孟、董二人公然对抗，自是愠恼，便以天雄节度史石敬瑭为两川行营都招讨使，率王弘贽、冯晖、王思同、赵在礼等将领，勒兵入川；又遥授夏鲁奇为副使。

董璋先行攻克阆州，但未能乘势据守剑门。石敬瑭兵过散关，立时出人头山，突袭剑门。孟知祥闻听惊道："董璋误我！"急命赵廷隐、李肇加兵剑州，李筠守龙州要害。西川将军庞福诚、谢锽亦引数千川军在北山布疑兵袭扰唐军。唐军不知虚实，只得退守剑门不出。孟知祥复喜道："石郎克剑门之后，若遣王弘贽等直扼剑州而据守其城，再分兵往袭梓州，董璋必弃阆州回救——我军既失东川军之援，亦须解遂州之围——如此则内外受敌，两川震动，吾事危矣；今唐军焚毁剑州运粮东归剑门，屯兵不进，吾事济矣！"遂在剑州与石敬瑭军对峙。

却说李仁罕围困遂州日久，夏鲁奇部下马军都指挥使康文通开城降蜀，川军涌入遂州。夏鲁奇左冲右杀，不能突围。部下道："将军与孟公当年俱在先帝麾下，乃是故人；今日势急，莫若降孟公。"

夏鲁奇叹道："先帝之崩，我未能殉命，已是一辱；今再乞命，乃是二辱——徒受孟公嗤笑！自当往随先帝！"遂拔剑自尽。

孟知祥得知夏鲁奇杀身成仁，叹道："李绍奇与李绍荣乃是当年先帝麾下二勇，其善战无前不逊先帝。今皆丧矣！"下令厚葬。

李嗣源得知二州失守，夏鲁奇阵亡，石敬瑭兵不能前，忙聚众问计。众人默默无语。李嗣源不觉叹道："先帝之时，但有急难，朕与德详、益光，罔不争相向前；今伐蜀不利，竟无人分朕之忧——朕当亲出散关去征孟门婿董家奴。"

安重诲忖片刻出班道："臣职忝机密。今军威不振，乃臣之罪也——

臣请自往西川督战。"李嗣源准奏。

安重诲西出洛阳，直趋散关，沿途供迎奉送，殷勤无比。

不日抵达凤翔，时朱弘昭任凤翔节度使，远迎城外，拜于安重诲马首之前。既入城中，盛筵款待，极尽恭谨。安重诲乘着酒兴，愤恨道："我一心为国，却遭谗人交构，险些宗族不保。人生如此，甚无味矣！"

朱弘昭道："阁老乃是国之柱石，天子明察，自是明晓阁老之忠勤，阁老自可宽心。"

安重诲宴罢而归馆驿，左右密言道："阁老奈何在朱弘昭面前口吐怨言。"

安重诲笑道："朱弘昭是我旧部，我擢拔他至此尊显之职，安能卖我？"

安重诲适才离开凤翔西行，朱弘昭立即遣人往洛阳向李嗣源密奏："安重诲心怀怨恨，口吐逆言，窃以为不可令其至西川行营，恐其夺石敬瑭兵柄。"又遣人密告石敬瑭道："安重诲狼子野心，若至军前，恐其行信陵君夺晋鄙兵符之事，君慎察之。"

石敬瑭接信，忙上书李嗣源，请召安重诲回朝。李嗣源即行下诏。

安重诲行至三泉，被李嗣源之使追上，宣读诏敕。安重诲心中纳闷，却也只得折回。

途经凤翔，安重诲待要入城歇息，朱弘昭闭门不纳。安重诲戟指城上大骂一番而去。

安重诲至河中，便又接李嗣源诏旨，命其留在河中，不必还朝。

安重诲在河中适才安顿，皇城使翟光邺骤然驰至，大喝道："有诏！"

安重诲只得出门拜接。翟光邺身边保义节度使李从璋手持铁锤，猛击安重诲之首。安重诲登时头颅粉碎，死于阶下。其妻张氏惊呼之间，也被军士斩杀。翟光邺又传诏褫夺安重诲一应官爵，并下令诛杀安重诲满门，张暴其罪于天下。

石敬瑭在剑门与蜀军久战无功，只得回兵。

外患既去，孟知祥与董璋复为怨敌。董璋率先出兵，孟知祥迎敌，会战于汉州鸡踪桥。一场厮杀，董璋大败，退回梓州。董璋部将王晖与董璋侄儿董延浩见其势蹙，便合谋刺死董璋，献其首级于孟知祥。自此，东川亦归孟知祥所有。

沙陀！沙陀！

李嗣源称帝之时，已逾六旬；在位日久，益加衰垂，却并未立储。群臣多有担忧。冯道等寻机讽谏。李嗣源沉吟道："朕之长子李从审，德才兼备，足堪托大事，惜为元行钦所杀；今次子李从荣最长，然其为人浮华轻薄，朕甚是不喜；三子李从厚敦谨持重，然仁弱有余果毅不足；末子李从益尚幼——今天下纷乱，非英主无以捭阖乾坤——将帝位传于何人，朕甚是踌躇。"冯道不复进言。

李从荣在朝中之党羽纷纷进言请立李从荣为太子，李嗣源便以李从荣为天下兵马大元帅，位在宰相之上。李从荣虽位极人臣，但未正储君之名，心中终是不平，不免迁怒于朝中范延光、赵延寿等重臣。范、赵二人俱祸，俱请外放藩镇。于是李嗣源又调朱弘昭入朝为枢密使、同平章事，与冯赟同掌阁事。

是日洛阳大雪，李嗣源登士和亭观赏雪后之景，竟染风寒。既归寝殿，便昏沉于榻。御医奉药，俱不见效。李从荣与朱弘昭闻讯忙入宫问安，连呼数声，不见转醒。李嗣源所宠之王淑妃侍立在侧，便伏于李嗣源耳畔道："秦王在此，陛下可有言语？"

李嗣源不答。

王淑妃又道："朱枢阁在此，陛下可有言语？"

李嗣源仍不答。

李从荣、朱弘昭见状，只得退出。

王淑妃见李嗣源呼唤不醒，不觉失声恸哭。

李从荣尚未走远，听得王淑妃哭声，以为李嗣源已然驾崩，登时心中大动。

三更已过，李嗣源昏睡一昼夜，逐渐转醒，低声问道："几时？"

当值宫人懵懂答道："四更。"继而蓦地转醒，惊喜异常，奔出大呼道："圣上还魂矣！"

诸人忙来问候。

再说李从荣归至府第，等待宫中宣诏。一夜无讯，不免心焦，遂寻朱弘昭、冯赟二人说道："陛下病重，恐奸人乘机为乱，我欲帅牙兵入宫侍疾，且防备突发之乱，二公以为如何？"

朱冯二人对视一眼，对李从荣道："陛下不过小恙，并无剧疾。秦王诚宜竭心忠孝,不可妄信奸人浮言。"

李从荣变色道:"二公奈何拒我?当顾念家眷宗族,处事务要周全。"

朱冯二人不敢顶撞,唯唯而退。不及归家,急急入宫告知王淑妃与孟汉琼。孟汉琼忙教召侍卫指挥康义诚入宫为备。

李从荣已聚集亲兵千余人自天津桥杀向宫中。孟汉琼忙告知李嗣源道:"李从荣反,兵已近端门,须臾入宫。"

李嗣源闻言泪下道:"李从荣何苦如此?卿等自处,勿惊百姓。"

于是控鹤军指挥使李重吉守住宫门,孟汉琼与马军指挥使朱洪实引兵出讨李从荣。迎面撞到李从荣人马。孟汉琼对李从荣所部喝道:"皇上安好,尔等奈何从贼行此逆事?"挥兵掩杀过去。

李从荣麾下人马知李嗣源尚在,无心恋战,纷纷溃散。李从荣自知势败,仓皇逃回府第。追兵追至秦王府,搜出李从荣夫妇,就地枭首。将李从荣阖家老幼,尽数擒斩。

李嗣源在深宫闻知李从荣作乱被杀,又悲又惊,几乎从病榻跌落,垂泪道:"朕为将时,恤爱甲士;朕为帝时,抚怜苍生。自问生平未行愧天地之事,缘何暮年逢此不幸!"

李从荣尚有幼子,养于内宫,亦被捉出。李嗣源道:"如此幼子,不与乱谋,不得免乎?"

平乱诸将答道:"法度不可废!"

李嗣源不得已,只得将李从荣二幼子交与诸将处死。

冯道率百官入宫问安,李嗣源泪如雨下,道:"朕家事至此,愧见卿等!"

李嗣源逢此不幸,病势加剧,数日之后,抱恨而死。死前诏宋王李从厚继位。

李从厚既居帝位,自是忌惮藩镇尾大不掉,便向朱弘昭、冯赟问计。朱冯二人道:"诸镇难制,尤以二十三与石郎久随先帝征战,位高权重,宜调离其所镇之处,以弱其权柄。"

李从厚听从朱弘昭、冯赟之计,迁成德节度使范延光为天雄节度使,代孟汉琼;迁凤翔节度使潞王李从珂为河东节度使兼北都留守,代石敬瑭;迁石敬瑭为成德节度使,代范延光。李从珂心怀怨恨,遂拒不受命。李从厚忙诏西都留守王思同、护国节度使安彦威、山南西道节度使张虔钊等联

沙陀！沙陀！

兵征讨凤翔，却反被李从珂杀败。李从珂乘胜东进，兵指洛阳。

李从厚惊慌失措，不免切责朱冯二人。朱弘昭惧祸自杀，京城巡检安从进趁机斩杀冯赟，诛灭其族，将朱冯二人首级送与李从珂，献洛阳投降。李从厚逃出洛阳，奔往卫州。冯道等百官便迎李从珂入洛阳，在李嗣源柩前继位。李从珂称帝，便又遣殿直王峦前往卫州弑杀李从厚。

李从珂继位，亦对石敬瑭心存疑惧，遂下诏迁石敬瑭为天平节度使，石敬瑭依旧拒不受命。李从珂便遣蕃汉马步军都部署张敬达攻打晋阳。石敬瑭索性向契丹割地称儿，借兵南下。此时阿保机已崩多年，其少子耶律德光继位。耶律德光亲统大军助石敬瑭攻打洛阳。各藩镇见状，纷纷归顺石敬瑭。

李从珂自知大势已去，遂携传国玉玺与曹太后、刘皇后以及皇子李重美等人登上玄武楼自焚而死。石敬瑭灭唐称帝，改国号为晋，定都汴京，奉耶律德光为父，割幽云十六州与契丹。又以李嗣源幼子李从益为郇国公，与明宗妃王淑妃居住洛阳，以奉唐祀。

石敬瑭既称帝，将皇甫晖召回京师任卫将军，后终是不愿将此人置于身边，又命其出京为密州刺史。

却说吴国太师齐王徐知诰闻知石敬瑭灭唐，遂受禅称帝，徐知诰更名李昇，自称唐宪宗之子建王李恪四世孙，改国号为唐。

石敬瑭始终恭事契丹，在位六年而终。冯道、景延广等朝臣以为其子石重睿尚幼，便拥立其兄石敬儒之子石重贵为帝。石重贵称帝，对契丹称臣不称孙。耶律德光大怒，引兵复南下，攻陷汴京。耶律德光自在汴京冠冕旒、衣赭黄而称帝。密州刺史皇甫晖闻知言道："我堂堂汉人，耻居胡人之下！"遂率部下往投南唐。此时李昇亦已崩殂，其子元宗李璟遣人乘船逆江而上接应，置皇甫晖于歙州。

一时中原大乱，耶律德光亦不得平定，遂掠石重贵一行北归。临行前将李嗣源幼子李从益立为皇帝，国号梁。契丹人马行至栾城，耶律德光病死。

刘知远乘机起兵入汴京，斩杀李从益，自称皇帝，改国号为汉，粗定中原。

汉立国仅四年而亡，郭威取而代之，改国号为周。

郭威临终，传位于其甥柴荣。柴荣夙有大志，即位以来，四方征讨，所向披靡。

柴荣嗣位三年，南下伐唐。皇甫晖率大军扼守清流关。柴荣命大将赵匡胤夺关。赵匡胤见关隘险峻，却也踌躇。当地乡村塾师献计，言有一暗隐小路直通关下。赵匡胤引精兵循此小路潜行，骤至关下。皇甫晖仓促列阵迎战。

判官赵普在赵匡胤身边道："此人便是魏州皇甫晖，播乱李亚子江山便自此人始也！"

赵匡胤道："一介酒徒赌棍，时势造就也！看我擒他！"催马上前，皇甫晖身边扈卒待欲阻挡，尽被冲翻。赵匡胤飞至近前，挥刀砍去，皇甫晖抵挡不及，受伤落马，周军一齐向前，将其擒获。赵匡胤指挥兵将乘势一鼓作气，夺取清流关。

入关之后，赵匡胤一面遣人往柴荣处报捷；一面教善置皇甫晖，择良医为其治创。

皇甫晖卧于软榻之上，忍痛道："擒我者何人？企望一见。"

赵匡胤闻报，径来见皇甫晖。二人对视良久，赵匡胤叹道："将军昔日微末小卒，振臂一呼，众人影从，竟倾覆庄宗百战而得之天下——将军亦古今奇人也！"

皇甫晖道："我为晋将之时，曾与契丹交战，其军马固是雄壮剽悍，却不及将军部下也。"

赵匡胤道："将军以为我所部可匹何军？"

皇甫晖脱口而出道："银枪效节都！"继而叹道："惜我年齿已衰，力不能及，非我不尽心国事也！"

赵匡胤道："将军好自为之。"转身步出。

皇甫晖眼望赵匡胤背影道："细思我之生平，令我钦佩者，唯李亚子也！今观将军，竟有昔日李亚子气度！败于将军之手，无憾矣！"

赵匡胤更不言语，径自离去。

有医官欲为皇甫晖疗伤，皇甫晖道："我不过一泼皮小卒，醉酒使性，跳梁播乱，竟坏了同光基业，换得三十年富贵。今既受创，亦是命中使然，何疗为！"竟不允疗伤，数日之后，伤重而死。

跋

自古无穷节烈，
从来不尽英豪。
金戈铁马百千遭，
几页班书照耀。
秦汉品格历历，
隋唐筋骨昭昭。
临风把酒论逍遥，
却爱人间正道。

——效颦《西江月》